原昫会在送她的花里放写着情诗的卡片，说她是人间四月天；也会送她公主裙，说世间美好不及她，她配得上一切美好的事物。

她不喜欢分别，想不通为什么人要不停地离别旧人、遇见新人，她在经历过数次刻骨铭心的离别后，仍然学不会笑着享受这个过程。

但毕业典礼那天，原昫站在匆匆人流中，逆行着朝她而来。

他穿着白衬衣、西装裤，带着一身干净的少年感，怀里的向日葵在刺眼的阳光下格外漂亮。

那一瞬间，檀西突然觉得，离别或许痛苦，但相遇一定是喜悦的。因为总有人带着一身光，披荆斩棘，奔你而来，是你的欢喜，是你的幸运，是独属于你一个人的小小世界。

何天

U0884924

我们阅读
WOMENYUEDU
魅丽文化
花火工作室

焰焰自白

有厌 著

江苏凤凰文艺出版社
JIANGSU PHOENIX LITERATURE AND ART PUBLISHING

图书在版编目（CIP）数据

焰焰白日 / 有厌著 . -- 南京 : 江苏凤凰文艺出版社 , 2023.6

ISBN 978-7-5594-7722-4

Ⅰ . ①焰… Ⅱ . ①有… Ⅲ . ①言情小说 - 中国 - 当代
Ⅳ . ① I247.5

中国版本图书馆 CIP 数据核字 (2023) 第 084038 号

焰焰白日

有厌 著

出版统筹 曾英姿
责任编辑 张 倩
特约编辑 朵 爷 图 南
装帧设计 刘 阳 @RECNS
封面绘制 容 境
出版发行 江苏凤凰文艺出版社
南京市中央路 165 号，邮编： 210009
网 址 http://www.jswenyi.com
印 刷 长沙金鹰印务有限公司
开 本 880mm × 1230mm 1/32
印 张 10
字 数 297 千字
版 次 2023 年 6 月第 1 版
印 次 2023 年 6 月第 1 次印刷
书 号 ISBN 978-7-5594-7722-4
定 价 46.80 元

江苏凤凰文艺版图书凡印刷、装订错误，可向出版社调换，联系电话 025 - 83280257

目录

Contents

目录
Contents

第一章
新婚室友

YAN YAN BAI RI

趁着校庆，返校的高中老同学组织了班级聚会。

檀迦复读了一年，加上在青浙大学读书的四年里鲜少回来，所以保持联系的老同学就那几个，偏偏那几个都不在。

檀迦听着这些老同学聊天的话题从“借钱买期货，现在不但还上了账还买了辆车”到“哪里新开盘的别墅洋房环境如何”，脸上的笑容都快挂不住了。

她把手机放在餐盘旁边，百无聊赖地给微信通讯录里备注是“新婚室友”的人求证：“期货真的很赚钱吗？”

她从小学习不好，高中时更是典型的“问题少女”，一连经历了两次高考，用家里亲戚的话来形容就是“祖坟冒青烟了”，才能踩着一本线考上青浙大学。读完四年本科，她肚子里的那点儿知识也慢慢地还给了学校的老师。

所以，她最佩服那种毕业后写数学题还很厉害的人。

等了一会儿，这个数学很厉害的“新婚室友”回了消息：“小玩儿的话看运气，长期投有门道。想学？”

檀迦闷闷地敲了几个字发过去：“随便问问。”

那边不知道是在忙，还是懒得回，没有再发来新消息。

和这些老同学没什么聊的，檀迦开始闷头吃东西。

哪想到服务生端上来的菜经转盘转了一圈后，到她跟前时就没剩多少了。她打量了半天，实在不知道该怎么下筷子。

她索性把筷子一搁，拿起手机继续骚扰她的室友：“我太惨了，端上来的菜永远吃不到第二口。”

对方回：“给你留了两只蟹，结束后过来吃。”

他现在所在的那间包厢，里面招待的都是校领导和优秀的学长、学姐之辈，她和这位室友的关系没公开，自然不方便去，但不耽误她耍嘴皮子功夫。

“给扒吗？”

“你是说蟹吗？”

变态！

檀迦把手机放下，听到旁边的同学跟自己说话："笑什么呢？嘴角都快咧到后牙槽了。"

说话的女生叫葛清梦，是檀迦学生时代的死对头。

餐桌的座位分布得随意，就看谁先挨着谁坐。檀迦跟葛清梦坐得很近，两人中间只隔着高中时的班长。

打从坐下起，葛清梦就有事没事地拉着班长聊天，生怕别人不知道她有个好人缘。

"刚才看到一个笑话。"檀迦笑了笑，没打算继续说。

葛清梦高中时便跟她不对付，大到穿的衣服、背的书包，小到抄歌词的笔记本、马克笔，甚至连笔迹也学她，有样学样，无处不模仿。

虽说撞衫不可怕，谁丑谁尴尬，但这种事情多了，心里难免硌硬。

班长看着她们俩，想起来："高中时你们就像姐妹俩，没想到现在关系还这么好。"

檀迦不知班长是怎么看出她们关系好的，嘴上只道："是啊，我跟清梦多年没见，没想到这次再见，发现她还跟高中时一样，看着特亲切。"一点儿长进也没有。

葛清梦哪儿能听不出她话里的隐意来，可还没来得及反击，包间门就被打开了。

刚才去卫生间的男生一进门，就神色兴奋地告诉大家："隔壁包厢坐的是校领导啊！我刚才看见原学长也在，他们有说有笑的，好不热闹！"

"原恂吗？他作为从明德毕业的杰出企业家，跟校领导一起吃顿饭不奇怪，其他优秀毕业生应该也在吧。"

檀迦注意到，一提到原恂的名字，优雅得体地捏着餐布擦嘴角的葛清梦立马坐直了身子，眼睛放亮，盯着门口。

也不怪她有这样的反应。

原恂读高中时便是明德校区的风云人物，大学期间在竞赛中的表现也令人瞩目，自主创业研发的飞行器品牌更是在市场上有不俗的成绩，更何况由原恂父亲创立的原氏集团在南境也不容小觑。

檀迦高中时和原恂没什么交集，但不妨碍她听说过他的事迹。

“迦迦，你应该对原学长很熟吧。”檀迦右手边的女生和善地冲她笑了笑，说道，“你年初的时候不还采访过他吗？”

开口说话的女生叫舒杳，在聚会上不算惹眼，大多时候都在听别人聊天。

檀迦冲她笑了笑：“那只是一次普通的采访。”

其实不算是檀迦采访的。

檀迦大学学的是新闻专业，临近毕业时导师有意劝她留在青浙大学，便经常带她一起社交。

关于原恂的采访是她导师负责的，她完全是去凑了个热闹。听说原恂的采访很难约，檀迦为免自己不知轻重而说错话坏事，全程只微笑点头附和，没主动说过几句话。

檀迦话音刚落，葛清梦先笑了：“这都大半年了，原学长要处理的事情多，估计早把你忘了。”

被阴阳怪气了一个晚上，檀迦提了提嘴角，也不打算装好脾气了。

哪知舒杳快她一步，先撑了回去：“确实，原学长忘了也说不定。毕竟当年你缠了他两个学期，他都没记住你的名字。迦迦这才和原学长见了一面，没被记住也不奇怪。”

葛清梦吃瘪，“哼”了一声。

檀迦在心里冲舒杳同学竖了竖大拇指。

其他同学突然听到新鲜事，没眼力见儿地问：“清梦，你认识原学长？”

葛清梦嘴角动了动，明显是不愿意提。

舒杳“热心肠”地将葛清梦的这段黑历史翻出来，在葛清梦脸色难看的时候，友好地冲檀迦挤挤眼。

檀迦回以微笑。

伴随着这个话题的结束，聚餐也到了尾声。

从餐厅出来时，他们在校门口和隔壁包厢的那群人碰了个正着。

校领导和学长、学姐们在路边坐车，檀迦在密密麻麻的人群中轻易地找到了那道高瘦的身影。

他还如上学时那般，只是端正地站着，便已经是人群中显眼的存在。但他还是比学生时代多了些人情味，倾身听校领导说话时，向来冷漠的眼梢难得染上些温情。

檀迦猜是校领导在做媒，因为她看到一位自信出众的学姐望向原恂的眼神里流露着羞涩，但随即对方失落地抿了下唇角，应该是原恂婉拒了校领导的好意。

不知是不是檀迦这边太吵了，原恂交谈间偏了偏头，视线掠过兴奋地嚷着续摊的人群，直直地落在檀迦身上。

檀迦生怕被他逮住，连忙别开脸。

她正准备用软件叫车时，舒杳背着手垫脚跳到她跟前："嘿！你一会儿怎么走？"

檀迦晃晃手机，莞尔道："打车。你呢？"

"我送你吧。"见檀迦要拒绝，舒杳说，"迦姐，你是不是不记得我了？"

檀迦眨眼，听到对方补充："高中时我被葛清梦她们为难，是你帮了我。"

檀迦有点儿印象："我记得，你念完高一就转学了。"

"是啊，当时我妈接我去跟她住，所以我就转学了。"

看上去，舒杳这些年过得不错，所以性格很乐观，没受到当时那些不愉快的事情的影响。

"当年一直没有和你说声谢谢，现在终于有机会补上了。"

跟舒杳这样用心学习的好学生不一样，檀迦以垫底的成绩考上高中，开学后混得风生水起，带着一身匪气行侠仗义，当年帮舒杳也是顺手。

舒杳都这样说了，檀迦也没推辞，坐上了舒杳的车。

路上聊天才知道，舒杳跟原恂考上了同一所大学，两人还是同一个专业。

“所以我才会知道你采访过原学长，当时的新闻稿被我们校报转载，我看到编辑的名字，立马就知道是你了。”

“你发挥得不错啊，都考进北央大学了。”

“我学习一般啦！原学长才是真厉害。我们班有同学大四的时候想进他的公司实习，连初试都没过。”

“他们公司要求很严苛吗？”

舒杳丧气地垂头：“我们这个行业的大多数企业会觉得女人娇气，抗压能力不如男人。‘同风起’的员工更是业内出了名的忙碌，加班是常有的事。”她一顿，纠正道，“不过我觉得‘同风起’不会这样的啦，它的创始人之一就是女人，听说她超飒的。”

檀迦：“这样很没道理，咱女人不比男人工作能力差。”

舒杳笑了笑：“我就知道你三观正。”

檀迦被夸了一路，有些受不住，正要和她说“你不用这么客气”时，便听舒杳特别真诚地问：“迦姐，我们能交换一下联系方式吗？周末我想约你一起逛街。我一直想告诉你，高中时我就想跟你做朋友，但那时我的性格比较怯弱……”

檀迦有点儿蒙，但还是爽快地答应了：“我刚回来，发现这里跟咱们高中时比变化很大，也想好好逛逛。我们找个机会一起逛。”

“嗯！”

车子开到小区门口，舒杳停下车后，抻着脖子朝小区里望了望：“真不用送你进去吗？”

“几步路而已，我走一会儿就到了。”檀迦解开安全带，想了想，说，“等下次有机会，邀请你到家里做客。我现在刚搬过来，家里有些乱。”

舒杳爽朗地回道：“喊我帮忙收拾卫生也可以。”

檀迦笑着答应，开门下车：“我进去了，你回去路上注意安全。”

“迦姐拜拜。”

在聚会上没怎么吃东西，檀迦出了电梯才想起来自己应该先去对面的便利店买一份关东煮，可现在已经上楼了，只能回家看看还有什么吃的先垫一垫。

檀迦在南境没有住处，为了给妈妈治病，小时候住的房子早被卖了，这也是她在青浙念大学期间很少回南境的原因。

檀迦输了密码进门，家里的灯亮着。房子是原恂买的，里面的家居布置也体现了他的喜好，基本是黑、白、灰色调，装修是强烈的工业风。她打开鞋柜时，看到原恂今天穿的那双系带皮鞋整齐地摆在那里，就确定他已经回来了。

檀迦穿过玄关，正犹豫自己该不该以妻子的身份对他嘘寒问暖之时，书房的门被打开了。

原恂一手端着水杯，另一只手揉着眉心，眼底的劳累挡都挡不住。

舒杳说得没错，原恂的公司忙得很。

他平日在实验室里一待就是几个月，这次回来参加校庆八成是推了不少工作。这不，校庆一结束，他便得加班加点地赶工作。

“你怎么回来得比我还快？”明明她先出发的。

原恂声音清冷：“一路比较顺。”

檀迦无所谓地点点头，回房间换了身舒服的衣服出来。

“给你带了蟹黄面。”原恂接完了水，说，“饿的话，吃一点儿再去洗澡。”

洗澡可以算是两个人之间的加密信号。

原恂有洁癖，除了初次在酒精作祟的情况下两人稀里糊涂的木已成舟，之后次次原恂在这方面对她都有严格的要求。

原恂交代任务似的说完，示意她去尝尝蟹黄面。

檀迦坐到餐桌旁，踢掉鞋子盘着腿坐。她瘦，保持这样的姿势不会太难受，而且后背贴在椅背上，让她很有安全感。

她在原恂的注视下掀开盖子，浓郁却不油腻的海鲜味萦绕在鼻尖，勾着檀迦肚子里的馋虫。

她是真的饿了。

檀迦吃饭时总习惯看点儿什么，但翻遍了视频软件的收藏夹也没有特别想看的。她轴，容易钻牛角尖，必须得找个视频看才行。

原恂不知什么时候坐到了她对面。他慢悠悠地喝了口水，提醒道：“趁热吃，一会儿面该坨了。”

檀迦一向不喜欢吃坨了的面，但现在不是面坨不坨的问题。

她也不知道自己是哪里来的怨气，心里烦得要命，索性把手机一关，不看了，转而抬头瞅了他一眼。

男人五官立体清秀，还是冷白皮，下巴硬朗却不尖，长相帅气，有男人味。

檀迦在心里犯嘀咕：他们班的班长高中时长得也挺帅的，怎么一毕业就跟灌了化肥似的，长得贼壮，说话也没了过去的意气风发？原恂明明比人家还大两岁，为什么依旧干净清透，还罕见地保留着一丝少年气？

她放弃研究这道无解的命题，拿起筷子，挑了几下面：“季老师身体怎么样？”

“挺硬朗的，就是血压有点儿高。”原恂眼底平静，注意到檀迦敷衍的动作，不动声色地问，“他教过你？”

檀迦嘴挑，但不得不说这面挺香的，蟹黄也不腥。

“我是复读那年认识他的。”檀迦说。

市第一中学有两个校区，学校为了升学率，将火箭班和竞赛班安排在明德校区，两个校区中间隔着一条街，学习氛围却差得不是一星半点。久而久之，不少人直接喊明德校区为明德高中。

檀迦高中时是典型的“问题少女”，在本校区就读，而原恂是明德校区的优等生。

季元山是檀迦认识的为数不多的明德校区的老师。今天在学校碰见他时本来想去打招呼的，但无奈季元山身边一直有人，檀迦没找到机会。

“今天晚上在餐厅外面，我让你过来你怎么还装没看见？”

“人太多了。”当时班上的同学都在附近等车，檀迦如果过去的话就太招摇了。她十七八岁时做惯了学校的话题人物，而今觉得安安静静地做一个透明人挺好的。

“不想让别人知道？”

“也不是。”檀迦斟酌着回答，“我是觉得挺突然的。”

他俩结婚时签过一份协议。檀迦坚持不要他的财产，如果几年后感情不和离婚，孩子归她。至于结婚的事情公不公开，两人谁也没要求，顺其自然。

所以今天她很自然地没公开。

原恂瞧着她有一筷子没一筷子吃面的架势，跟个闹脾气的孩子似的，在心里对这家店在网上的高评价产生了质疑，嘴上却闲闲地问她：“觉得我哪里拿不出手？”

“是我担心自己成为众矢之的。”檀迦无语地澄清。

原恂八成不知道自己是他们班上这场聚餐的主要话题人物，檀迦和他走得近了，才会被当成八卦来讨论的。

原恂直白地评价：“胆小鬼。”

檀迦只觉得冤枉，也懒得跟他解释女生间的那些弯弯绕绕：“你还幼稚鬼呢！我就胆小，你活该倒霉摊上了！”

她耍赖地撑他，颇有小娇妻恃宠而骄的架势。

原恂也不生气，眉目间的冷淡和疏离减了些，看上去心情不错：“等有空一起去看他。”

檀迦正在心里跟原恂置气，半天才反应过来他说的是季元山，便点头答应了。

季老师的脾气是出了名的刁钻古怪，如果知道檀迦把他的得意门生拐走了，估计会被气得不轻。

原恂接到一个工作电话，准备去书房详谈，走之前冲檀迦抬了抬下巴，示意她快点儿吃。

檀迦夸张而顺从地“哦”了一声，心情莫名地好了。

正巧焉斐誉给她分享了几个有趣的短视频，附带着一连串“哈哈哈哈”的魔性笑声。

檀迦顺势看了起来，彻底把烦恼抛到了脑后。

短视频一刷便很难停下来，面竟也吃了不少，直到檀迦不经意地刷到一条视频——

视频中，小娃娃们排成队，为首的那个举着幼儿园的班级牌一晃一晃地过马路，一脸憨笑，超级可爱。檀迦看着看着，便忍不住跟着笑起来，不由自主地将手放在自己的小腹上。

她原本也有个孩子。

准确地说，是她差点儿有了一个孩子。

当初她误以为自己怀孕了，原徇得知后，提出结婚。两人没什么感情，确定结婚那天，仅仅是他们毕业后的第二次见面。

结婚没多久，檀迦经期恢复正常，才知怀孕这事儿是个乌龙，但两人的婚姻关系还是这样一直保持了下来。

想到这儿，檀迦吃面的动作慢了下来。她心里别别扭扭的，琢磨着自己对原徇这样算不算是道德绑架。

原徇打完电话从书房出来，朝她看了一眼："吃不完就放那儿吧。"

"有点儿浪费。"檀迦回视他。

原徇垂眸，淡淡地扫了眼她刚才用过的碗筷，说了句"放着吧"，便没了其他动作。

檀迦那句话是随口接的，但瞧着原徇的反应，她自个儿又开始胡思乱想了。

她记得有一回和大学室友去吃饭，看到邻桌一对情侣腻歪得不行。

一小份烩面女孩子只动了两口便说不吃了，那男生温声批评她浪费粮食，哄着她又吃了些。在女孩子嘟着嘴露出一副再也吃不动的崩溃状后，男生无奈又纵容地把碗拉过来，就着女朋友用过的筷子解决了剩下的。即便是吃着东西，男生仍能腾出一只手牵着女友。

对比其他恋人，她跟原徇之间，终究是差了点儿什么。

"下次买小份的吧。"檀迦主动揭过这个话题。

原徇"嗯"了一声，也很有默契地给她安排下一项任务："刚吃完饭，等一会儿再去洗澡。"

"我知道，我先去敷个清洁面膜。"

檀迦洗澡慢，光看浴室置物架旁的那些瓶瓶罐罐便有数，一套步骤折腾下来，她的注意力被成功转移。

她哼着小曲儿，坐在化妆镜前慢悠悠护肤的时候，原恂才进浴室。

檀迦简单做了个皮肤保湿，就去书房修改面试的简历了，城镜报社难得招聘，她不想放弃这个机会。

书房里的台式机是原恂购置的家用电脑，檀迦刚住进来的时候原恂告诉过她密码，但这还是她第一次用。

改好简历后，她打开网页想登录邮箱，不经意地注意到搜索栏自动弹出的历史词条记录中的某几条——

哪些婴儿用品是必须购置的？

第一次生孩子要注意什么？

女人坐月子要注意什么？

还有一条——关于夫妻之间的事情……

檀迦的脸唰一下就红了，原恂搜索的都是些什么！！！

原恂洗完澡去酒柜拿酒，经过书房时问她："要喝点儿什么吗？"

檀迦盯着电脑，无意识地应了句，连原恂从书房外走进来停在自己身边都没有发现。

她洗完澡换了件吊带睡衣，其实平日里也是这样穿的，但刚刚照镜子时，檀迦不知又抽的哪门子风，从衣橱里将搭配的罩衫掏出来，把自己裹得严严实实。

不一会儿她觉得热了，不自觉地把衣服往后扯了扯。刚洗完澡，白皙的皮肤滑腻得过分，柔顺的衣料就着她弯曲的手臂堪堪挂住，没比头发丝粗多少的肩带衬得她的肩膀越发瘦削。

等到原恂的手在自己眼前晃过，檀迦才回过神来，抬头看了一眼，说："马上好。"

她点击发送键，把脚放下去准备穿鞋，却被原恂伸手勾住了下巴。

檀迦吓了一跳，被迫仰头："怎么了？"

"今天的蟹黄面好吃吗？"

"嗯？"

"现在是不是该轮到我了？"

她这个人明明比谁都会扯谎，但直勾勾地盯着人时，清澈的眼睛楚楚动人又满是真诚。此刻檀迦便是用这种无辜又脆弱的眼神回望着原恂。

不知好歹。

原恂一把将人拉近，倾身吻上去。

两人刚洗过澡，身上交织着相同的沐浴露的气味，但原恂自身的气息更分明、更强烈。

原恂把人抱起来，腾出一只手去扫电脑桌上的东西，好让怀里的人坐稳。檀迦没来得及穿鞋，莹白的脚背紧紧地绷着。

这时，手机突然响了，听铃声应该是檀迦的。檀迦猜是焉斐誉打来的，便推了推原恂的肩膀要去接电话。

原恂不让，把她重新抱起来，往卧室去。

檀迦被丢到床上时，眼里只剩下原恂站在床尾的模样，哪里还记得姐妹的电话。

檀迦次日一早才顾上回焉斐誉的消息。

檀迦靠在枕头上，摸了摸后腰，朝另半张空荡的床看了一眼，一边听着焉斐誉在电话里问："昨天的聚会有意思吗？我看孙业华的朋友圈发了你们聚餐的照片，葛清梦的脸还有一个地方是真的吗？"

檀迦听焉斐誉絮叨了一会儿，瞌睡也醒了，百无聊赖地翻着群历史消息，看到有人转发过市第一中学明德校区官方账号推送的附着原恂参加校庆活动照片的公众号文章。

当初檀迦接到班主任电话说要回学校参加校庆时，她本打算喊着焉斐誉一起回去逛逛，哪承想对方一听原恂也在，立马遁了，说什么这是他们的夫妻档，自己便不凑热闹了。要是焉斐誉在，班级聚会还能好玩点儿，她也不至于连肚子都没填饱。一想到这儿，檀迦又饿了。

她揉着扁平的小腹起身，听到焉斐誉正说道："我昨晚可是在班级群里看见了，不得不说，你的眼光绝了！原学长真是帅得没天理，身材也看着超好的样子。"

檀迦在市第一中学混得风生水起，焉斐誉和她很聊得来，也是“风生水起小分队”的一员。檀迦结婚的事情，别人不知道，但焉斐誉是万万不敢瞒的。

“挺好的。”檀迦回想起什么，轻咳一声，搪塞道。

“看来我昨晚那通电话打得不是时候。”

檀迦怕她再说下去就彻底跑偏了，忙岔开话题：“你昨晚直播怎么样？”

“别提了。”焉斐誉叹气，“非常糟糕。迦迦，我哪天混不下去了，你记得刷你老公的卡养我。”

檀迦附和道：“行，到时候给你买买买。”

檀迦进了卫生间，把手机开着免提放到盥洗台上，绾了下头发准备洗漱。

焉斐誉又聊起别的来：“你老公研发的那款飞行器最近是不是要开新品发布会？”

檀迦对着镜子摸了摸自己脖子上的红痕，随口道：“好像是吧。”

她几乎不过问原恂的工作安排，但也知道他近几个月异常忙碌，上个月更是飞了趟珠穆朗玛峰，在极寒之地做飞行测试——原来是要推广新产品。

檀迦叼着牙刷，问：“你还关注这个？”

“原本是不知道的。但我们行业有个电竞选手，你应该有印象，叫Kira，他直播时提到了这款无人机——他的人气不输娱乐圈的明星。现在不止我，很多网民都在关注这款飞行器的上市。”

檀迦学业不忙的时候，没少跟焉斐誉打游戏，有时也会碰上职业选手，久而久之，檀迦对这个圈子也熟悉起来。况且这两年，电竞作为新型热门行业备受关注。去年冬天，中国战队在世界比赛中夺冠那天晚上，男生宿舍楼凌晨两点还在嗷嗷直叫，她想不关注都难。

檀迦大概能想象到“明星效应”的优势。

焉斐誉又问：“你老公真请了Kira做代言人？那场发布会Kira也会去吧？”

檀迦的职业规划是社会新闻记者，跟原恂做的科技研发属于不同行业，如非必要，两人在工作上是八竿子打不着的。

年初的时候她陪同导师应酬，无意间见过他一面。那时听他说了不少有关“同风起”的事情。他们要请电竞选手当代言人，也无可非议。

察觉到焉斐誉过于上心，檀迦问：“怎么突然关心这个？你和这个Kira有梁子？”

“没。”焉斐誉说，“是我有事找他。我不是打算搞个电竞俱乐部嘛，他跟MON的合约快到期了，我如果能在新赛季开始前把他签下来，肯定能组个很好的队伍。但MON的管理层好像听到了风声，防我跟防贼似的，我现在一直和Kira搭不上话。要是有了你老公这层关系，我好歹能多条路。”

檀迦含糊地应道：“行，我晚上帮你问问。”

“嗯！记得帮我要张发布会的门票。”焉斐誉捕捉到檀迦话里的重点，问，“你老公一早又走了？连顿早饭也不陪你吃？”

檀迦没听到外面有声音，猜是原恂没在，无所谓地解释：“这样多好。跟他吃饭有压力，冷着张脸，极其‘吓’饭，‘吓人’的‘吓’。”

“正好，我好好跟你聊聊Kira，他的颜值，不输给你老公。”

檀迦关键时刻还是护犊子的：“是吗？我不信。你发几张照片给我看看。”

焉斐誉速度也快，女人在聊男人时永远不拖拉。

檀迦收到照片后煞有其事地端详了一会儿，点评：“长得还行吧，和我老公比还是差点儿意思。看着乖戾叛逆，年纪应该挺小的。”

“他刚成年，是MON青少年培训升上来的选手，还是迄今为止电竞圈历史上最年轻的世界冠军选手。”焉斐誉问她，“是不是特别帅？”

“是是是……”

檀迦拿着开了免提的手机慢悠悠地从卧室出来，谁知一抬头就对上了原恂的目光。

原恂还穿着家居服，没有出门且看着暂时不会出门。

“洗漱了吗？”他语气平淡自然，“过来吃饭。”

“……哦。”檀迦在餐桌旁坐下，喝了一口水润了润嗓子。

她想到还要跟他共处至少一早上，便不知道自己是该尴尬于跟焉斐誉的聊天内容可能已经被他听到，还是该别扭于他垂眸落到自己胸前略带疑惑的眼神。

原恂开口问道：“今天有安排吗？”

檀迦头也没抬，懒懒道：“和焉斐誉约了一起逛街。”檀迦借着那篇公众号推送的内容，说，“我听说‘同风起’有一个要跟高校合作公益午餐的项目。”

檀迦之前给他做专访时便了解过，“同风起”每年都做公益项目，原恂也会分出精力在这件事上。

他低调而尽心，是实打实地做善事，对外不会主动提起，媒体对这方面的报道也甚少。

檀迦因为大学期间常常组织并参与类似的公益活动，所以听说了一些。

“对。”原恂说，“应该提前跟你商量的。”

檀迦凝声，后知后觉他误会了自己的意思，补充说：“婚前协议约定了，我们的财产各自管理，互不干涉。”

檀迦没有觊觎他财产的意思，这会儿若揪着这个话题解释，多少有些故作清高。于是，她很快糊弄着点点头，表示自己知道了，随后才说起自己的用意：“我之前参与过类似的公益项目，如果有需要，我也可以出一份力。”

她虽然是个刚出象牙塔的学生，一穷二白，但在公益上一直很积极。

原恂意外地抬头看向她。之前因为檀迦还在念书，两人分隔两地，除了偶尔进行短信交流，便是他借着出差的由头飞去青浙大学看她。两人的生活原本是各自分开的，而今她却在过问并试图参与到自己的生活里，这态度的转变令原恂有些诧异。

“下次我回学校签合同，你陪我去？”

檀迦留意到原恂突然投来的打量，以为他是在质疑自己的决心和能力，干脆地答应：“可以。”

檀迦记着焉斐誉的事，一直在想怎么开口。眼看着原恂准备出门，檀迦连忙丢下碗筷跟进试衣间，佯装也要换衣服出门，状似随意地问起：“你这次回来打算住多久？”

“月内暂时不出差了。”

“会一直住在家里吗？”

原恂“嗯”了一声，问：“不习惯？”

檀迦被原恂轻飘飘地瞧了一眼，不自在地别开脸，从耳根到两颊微微烧起绯红。她轻咳了一声，才说：“没有。”顿了下，又问，“是忙发布会的事吗？”

檀迦不常问他工作上的事，原恂看了看她，还是答了：“我负责的研发层面的工作已经结束了，有关发布会的准备、宣传和发行一般不用操心，接下来有一段清闲时间。”

他又说：“南境周边有想去的地方吗？我们可以出去走走。”

“度蜜月吗？”

“可以这么说。”

“那我得好好想想……”檀迦觉得铺垫得差不多了，引出正题，“发布会是在下个月吗？你那里有多余的门票吗？”

原恂有些意外地看向她：“要几张？”

檀迦：“一张就好。”

原恂按了按领带，说：“我晚上给你。”

“好。”

檀迦戴好另一边的耳饰时，趁机从镜子里打量他，随后走过去，从他手里把领带抽出来，微踮着脚将他衬衣的领口翻起来，然后把领带贴着他的脖颈压好。

“换香水了？”原恂在她耳侧嗅了嗅。

檀迦耳根敏感，痒得缩了缩脖子，这动作看上去跟往原恂怀里缩似的——主动得居心叵测。

原恂抬手扶在她的腰侧，说：“待会儿一起出发，我送你过去。”

“好。”有顺风车搭，檀迦省心，也好找机会帮焉斐誉打听消息。

两人费了些时间，才一起出门。

原恂正想问她怎么突然想去发布会，却听檀迦先问道：“发布会那天 Kira 也会去吗？”

“谁？”原恂主要负责产品研发，在实验室里和机械打交道多，对公司新来了什么人，还真不了解。他倒认识个叫 Kira 的，是打游戏的，檀迦应该说的不是他吧。

“就是给你们机器做宣传的电竞选手，‘同风起’打算找他做代言人吗？”檀迦把手机拿出来，趁车子还没启动，给他看了眼那个直播片段。

“……”还真是他，但原恂明显不知道这件事情。

“同风起”有三个老板，原恂负责研发，另外两个是原恂的大学同学，负责找投资和市场推广。先不说“同风起”现阶段有没有请代言人的打算，这项工作本就不是原恂该负责的。

他关心的是：“你喜欢他？”

不知道是不是错觉，檀迦平白地从这句反问中闻到了醋味。但转念一想，这绝不可能，更多的怕是男人的占有欲。

她垂着眼，注意力在手机上：“是我闺蜜焉斐誉，她想知道。”

半天没等到原恂吭声，也不见车子发动，檀迦这才偏头看向他。

原恂的目光落在她的手机上，他不知看到了什么，表情耐人寻味极了。

檀迦茫然地低头在屏幕上找答案，只听原恂提前揭晓：“新婚室友？”

质问的语气，显然说的是檀迦给他的备注。

檀迦刚刚是在与焉斐誉的聊天记录中找到的视频，看完后想起要给舅舅发条消息，便只退回到微信聊天列表的界面。她正准备找与舅舅的对话框呢，不想被原恂打断了。

原恂理性地评价道：“挺准确的。”

她觉得自己又产生了错觉，原恂的语气分明听上去挺开心的。

好矛盾的一个人，令人看不懂。

算了，本来她也没看透过他。

原恂在人前还算斯文，不是很好亲近，也不算完全冷漠，身上依然带着讨人嫌的优越感，但比学生时代好了不少，估计是自身的格局让他待人处事更随和、从容了。

好像他想要什么都有能力且都可以得到，所以跟同龄人比，在他身上看不到“立马振山河”的心气，也不会有“壮志难酬”的落寞。

而檀迦呢，没什么大志向——以前也不是没有，年少轻狂时，她也有不少了不得的梦想，但随着年龄的增长，越发认定了自己只是个普通人。

她是唯物主义者，但近几年顺风顺水的生活让她一度觉得，这些好运是檀惠的那场车祸换来的。她一点儿也不想要，反正好赖都能活，索性就这样过吧。

总之，她觉得在原恂身边虽然生活顺遂，但心一直落不到实处。

可能也怪她，在檀惠去世后，她就一直没什么安全感，也不愿意相信别人。

原恂把檀迦送到商场门口，掉头回工作室。

经檀迦提醒，原恂才关注到公司请了代言人这件事，否则还被蒙在鼓里。

在十字路口等红灯时，他先是在网上看了相关的报道，然后又切到工作群群聊的页面，群里安安静静，没有消息。

殊不知公司里一早便喜气洋洋的，员工因为这突如其来的热度，小小地沸腾了一下。但随着大家被祁周礼强调了其中的利害关系后，个个都缩在工位上，再也不敢议论这件事。整个公司陷入了一种诡异的紧迫感中，众人忐忑地等待着原恂的到来。

原恂很少来产业园这边，更多的时候是待在实验室里。B 区 6 栋 6 层一整层都是“同风起”的工作区，随了二老板祁周礼的艺术家特质，整个工作区被装修得极具科技的前卫感与艺术的时尚感。

出了电梯，迈过声控玻璃门，前台后面的墙上是“同风起”的品牌标志，设计很潇洒，“风”字中间是一架无人机的图样。

等原恂经过摆着不同系列产品的展示架，刚缩回工位假模假式工作的员工立马一个个伸长了脖子：“原哥被Kira抢了女朋友，突然觉得他好惨好惨。”

“重点难道不应该是原哥这么冷的人，竟然也会谈女朋友，好羡慕那个女孩啊！”

“Kira道歉的诚意挺足的，而且原哥这么善良，一定会原谅他吧！”

办公室里，祁周礼还在为自己编的“两男争一女，原恂竟然输了”的悲伤故事沾沾自喜。

谁让这件事情况复杂，他不能如实地告诉员工原家复杂的豪门关系，只能编个类似程度的矛盾，以杜绝相关的讨论。

直到原恂进来，祁周礼才正色些，神态自若地跟他搭腔：“迟到了啊！”

原恂面不改色地在沙发上坐下：“去了趟国金。”

祁周礼知道原恂家的地址，也知道他一大早绕路了一大圈不说，还刚好碰上了早高峰期。

“去做什么？”祁周礼骤然严肃地看向他，“线下店的那批单子有问题？”

为了转移话题，他担心订单的样子真是让人心疼。

“这个不重要。”原恂屈着手指叩了叩桌面，反问道，“网上的新闻是怎么回事？”

“同风起”虽说挨过了创业初期的艰难，但距离成为一个声名远播的企业还差得远，好不容易拉的投资大部分都用在了技术层面，宣传用款捉襟见肘。

而今沾了Kira的光，平白多了这条宣传途径，于“同风起”而言自然是有力的。但坏就坏在，这个被捧上神坛的Kira，本名原恪，是“同风起”创始人之一原恂的亲弟弟——向来与原恂关系不和、成天谋算着坑哥的亲弟弟。

祁周礼不是得了便宜还卖乖的人，试图岔开话题："你喝茶还是喝咖啡？我要不让人点些快餐？今天这会有得开，一时半会儿结束不了。"

见原恂一直地盯着自己，祁周礼认命地叹了口气，硬着头皮说："上周你弟来公司，问闫哥要了台样机。当时你没在，闫哥问我能不能给，我觉得没事，便替你同意了。"

祁周礼死皮赖脸，倒打一耙："好歹我也是'同风起'的创始人之一，有百分之二十的股份，不会连这个决定也做不了吧？"

"重点是在这里吗？"

祁周礼跟原恂上的同一所大学，最初知道原恂，是因为原恂是自己喜欢的姑娘的暗恋对象。刚认识原恂时，祁周礼觉得他很装，等深入了解后才知道，他是真的厉害。

跟那些没什么墨水还爱四处显摆的人不一样，原恂很低调，是那种能沉下心做事的人。当时院里以严厉著称的教授都拿他当半个儿子。

但祁周礼没料到，这样一个稀有学霸竟然要跟自己一起创业。

"同风起"这两年看着风光，但刚起步时连中关村的门面都租不起。他们白手起家，是真的苦。而原恂当时已经收到业内几家排名前 50 位的公司抛的橄榄枝，一年的年薪就够别的普通毕业生拼搏好几年了。更何况祁周礼知道他的家境也不错。

可能正因为这个，那年原恂问自己要不要一起创业时，祁周礼想也没想就答应了。如果非要个定语来解释，那可能是原恂这个人身上有着强大的信服力。

祁周礼坚信，原恂是个有格局的人，所以他一定通情达理。

祁周礼往前挪了挪凳子，坐直，语重心长地做和事佬："我觉得你弟这次挺仗义的，这波热度来得多舒服。去年世界赛冠军战队成员、最年轻的电竞职业选手、今年热门夺冠队伍成员，顶着这些头衔，他的代言费一般得六位数了。"

仗义？原恂抬头看了祁周礼一眼，似乎是想要确认他说这句话时的真诚度。

原恪是原恂拉扯大的，他还能不了解？这浑小子是给他挖坑呢！

不过，正如祁周礼说的，这波热度很及时，刚好解了燃眉之急。

其中的利害关系，他跟祁周礼也算不着账，原恂只闲闲地撂了几句：“等你哪天被人卖了，还傻呵呵地帮人理财。”

“……你再返回上一个页面，我怎么越看越觉得眼熟……”檀迦就着焉斐誉的手机，重新打量起Kira的照片，“你觉不觉得他像我老公？”

焉斐誉并非故意泼凉水：“每天说这句话的粉丝没有上千也有几百了。”

“不是，我说认真的。他本名原恪，原恪、原恂，你就没往这方面想？”

巧舌如簧的焉斐誉也沉默了。

不怪她现在才往这层面想，Kira关于家庭信息的保密工作做得很好，刚打出成绩时听他的经理在直播时调侃“游戏打不好就要回家继承公司”，但谁也不知道说的是哪家公司。

有回被粉丝问烦了，Kira倒是用开玩笑的语气说：“咱南境最大的原氏集团，你们应该听说过吧，就是我‘原恪’的‘原’。”

电竞选手惯会扯皮，嘴里没几句真话，粉丝们当就听了个热闹。而原氏集团老总原忱鑫在采访中也透漏自己的小儿子在海外留学，加上“原”在南境是大姓，所以没人真往这方面想。

檀迦只是猛然间冒出这么个大胆的念头，但仔细一看，又觉得不像了。她自顾自道：“可能是滤镜加重了，我眼花看错了。”

焉斐誉若有所思地打量着，点点头。

檀迦以为她是赞同自己后一句话，正准备把手机推回去，却见焉斐誉抽风似的朝自己转过身来。

焉斐誉郑重其事地拉过她的手，问道：“我平时对你好不好？中学时你被野狗追，是我在前面拦着，把狗赶走。虽然我很看好Kira在电竞行业的发展，也确实觉得他不够格做你老公的弟弟。”这话说的是真狗腿，“但如果这是真的呢……我能否东山再起，能不能买大平层，就靠你了。”

檀迦听她说得一套儿一套儿的，瞬间表示不敢接这个重担：“你别听我称呼原恂为老公，就以为我们关系很好，这只是因为我嘴甜。我跟他的关系吧……其实挺陌生的。”她笃定地一点头，煞有其事地重复一遍以表强调，“嗯，对，陌生。”

焉斐誉眨眨眼，突然间灵光一闪：“你们还没见过对方的家人吧？”

“没、没啊！”

她之前一直在青浙大学上学，而原恂在南境工作，等她毕业回了南境，原恂又频繁加班、出差，比起别的正常夫妻，他们两个能见面的时间非常少。他俩也不属于随时会聊天、互相有分享欲的人。

更何况檀迦在这方面确实有顾虑，倒不是担心原恂会介意她的家庭，而是檀迦一提起关于家庭的事心情就很糟糕。

她打小没见过她爸，她妈也在她高考那年去世了。原恂一直没问，檀迦只是在确定要跟他结婚时提过一嘴，没详细说过。

“机会这不就来了嘛！”焉斐誉似乎对这个答案很满意。

“怎么突然提这个？”

“家庭聚会啊！”焉斐誉眉飞色舞地提醒她，“我干吗还要到发布会上碰运气逮人啊，你陪原恂去参加家庭聚会，不就能替我见一见Kira了嘛！”

檀迦浑身都写满了抗拒：“不好吧……”

她就是一个室友，也配见他的家人？还主动去问，这不是等着被嘲讽吗？

关于檀迦缺少安全感这事儿，焉斐誉自然也知道，所以才借着这个契机让檀迦提出见家长。这都结婚小半年了，两人连家长都没见过，像什么话。

焉斐誉点到为止，主动把话题扯开。

“晚上还有安排吗？”焉斐誉提议，“和你老公说一声，今晚去我那儿住。我刚配了两台机子，打游戏特别流畅。”

檀迦扬眉：“没问题。”只要不让她见家长，干什么都行。

檀迦拿出手机，琢磨着怎么给原恂发消息，直接说“我今晚不回去了”像是在汇报行程，怎么看都觉得有些亲昵。她想了一会儿，索性问他：“你今天加班吗？”

他似乎不忙，很快回复了一个很简单的“嗯”。

檀迦正想着多发个标点符号费流量吗，便见原恂又发了一条：“有事？”

檀迦心里舒坦了点儿，但仍面无表情地回复：“刚才看了一则新闻，说一个不按时吃饭的程序员，年纪轻轻就得了胃癌，做手术切了三分之二的胃，太可怜了。你要记得吃晚饭。”

如果原恂在她跟前，檀迦应该会看到对方抿着嘴角，一脸无语又无奈，用一副“我倒要看看你还要矫情到什么时候”的表情打量她。

但隔着屏幕，檀迦只收到了原恂的回复：“知道了。”

确定原恂要加班，檀迦瞬间毫无压力，潇洒地冲焉斐誉比了个手势：“走起。”

彼时原恂刚散会。

上午祁周礼为了快点儿结束被兴师问罪的煎熬过程，急匆匆地召集员工开会。正如他预估的那样，除了午饭时休息了半个小时，这场会议一直开到了下午四点。

会上，祁周礼提了这次Kira做代言人的热度，没说这里面有原恂的面子，只说是“同风起”的气运，借机鼓舞了大家的士气，并开玩笑说今年年终奖一人一台车。

大家备受激励，讨论的效率瞬间提高，大大缩短了开会的时间。

原恂回完檀迦的消息，再抬头时，会议室只剩下了祁周礼。

祁周礼是想到有事忘记跟原恂说：“对了。今天早上有杂志社想要和约你做专访，打电话的人说她是你的高中同学，叫葛清梦。要接吗？”

原恂想了想，说："推了吧。"

祁周礼耸肩，对这个结果并不感到意外。

在公司里，原恂负责技术，祁周礼跟另一个合伙人负责除技术外的所有事务。

原恂两耳不闻窗外事，不知道巧妇难为无米之炊的难处。祁周礼每每想用"小说里走出的程序员"的噱头包装原恂以省营销费时，都被他毫不讲情面地拒绝了。

说起这个，祁周礼十分好奇："上回在青浙大学，又是开讲座，又是接受校报采访，还被校领导留着吃饭，你不是应酬得挺自然？怎么现在你又开始拒绝了？上回是发生了什么，给你留下了难以启齿的阴影？"

"女朋友管得严，不喜欢我抛头露面。"原恂慢悠悠地说。

"哼！"祁周礼冷笑了一声，"我信你个鬼！你也会喜欢人类？不会是养猫了吧？"

原恂懒得理他，整理好桌上的文件，拿着手机走出会议室。手机指纹解锁后，屏幕还停留在与檀迦的聊天框上。他没怀疑上面这几条消息的真实性，檀迦爱看新闻他是知道的。

不止国家大事，家长里短、矛盾调节类的节目，她也看得津津有味。前几天她在家看了则"独居女孩遭尾随"的新闻，很快就网购了不少便携的防身用具。

一惊一乍的，娇气得跟只猫似的。也不知道就这胆子，她以后去现场采访社会新闻该怎么办。

原恂歪头看了看外面的天，不算晚，现在回家还能一起吃个晚饭。

哪知原恂到家后，公寓里静悄悄的。这个公寓是他爸给他的成年礼，规格不大，原恂毕业后一直住在这儿，距离实验室和公司近，也方便。

家里意外多了个成员，黑、白、灰的环境里添加上一些五颜六色的小玩意儿，倒也很温馨。

"我在小区门口买了点蒸糕。那个婆婆年纪大，腿脚不太方便，我把剩下的都买了，还不少，你尝尝看喜不喜欢吃。"

原恂换了鞋子，在身上喷了遍酒精，手也清洁干净后，才拎着食品袋往里走。

“迦迦？”客厅没人，书房没人，卧室没人，哪儿哪儿都没人。

“……”

原恂拿出手机点开微信，以审视的态度重新看了一遍两人的聊天内容，随后他捏了捏眉心，退出了微信界面。

原恂没想到自己玩脱了，欲擒故纵这招对檀迦没用。

他把蒸糕和手机丢在茶几上，人坐在沙发中央，手捂着额头开始反思：檀迦这是被他气走了，还是清闲地去玩了？

檀迦总能这样，生来随性，如一阵风一样自由地荡在这天地间，明明吹红了花，吹绿了叶，冰消雪融，万物复苏，却不见她为谁停留。

半天没思索出答案，原恂重新拿起手机，解锁屏幕。

焉斐誉的公寓里，两人已经开始直播了。

檀迦在外地上学期间，跟焉斐誉联机打游戏时，焉斐誉就经常会直播，久而久之，焉斐誉的粉丝们也都知道她有个游戏玩得特别好、声音还特别甜的小姐妹。

焉斐誉高中走艺考路线考上了传媒大学，一毕业就进了电竞圈做解说。这两年电竞行业蓬勃发展，是急需储备人才的新兴行业。

她对游戏的理解独到，加上性格爽利、口才好，很适合这个岗位。因着足够的热情，自身驱动力强，最近她还在苦练英语口语，算得上是勤勉上进的时代好青年。

今天的直播很顺利，只是期间檀迦收到了原恂的短信，问她：“在做什么？”

檀迦知道他在加班，非常自然地撒了个谎：“刚才睡了一会儿。”

未料到原恂直接打了个电话过来，檀迦登时吓了一跳，连忙给坐在摄像头前面直播的焉斐誉打了个手势，示意自己要去接电话。

电话接通后，原恂的声音清晰而低沉：“迦迦。”

檀迦伪装出一副犯困的语气，应声：“怎么了？我刚才做了个噩梦。”

“我马上到家了。”原恂脸不红心不跳地坐在客厅里说完这句话后，听见檀迦急匆匆丢下一句“路上注意安全，我在家等你”后立马挂了电话，才觉得自己这个玩笑开得有点儿过了。

中午开会的休息时间，公司里的小姑娘聊到现在女生的择偶观，大家的意见难得统一：“表面上喜欢年轻有活力的弟弟，可真谈了一段时间就会发现，还是成熟稳重的男人适合过日子。弟弟思想幼稚不说，不分场合地黏人真的让人受不了。女孩子很容易被弟弟骗的，比如Kira这种，关键他还长了张祸国殃民的脸。”

原恂听着，随口问了句：“Kira的女性粉丝很多吗？”

“是啊。Kira长得帅，声音好听，游戏也打得好，还拿了世界冠军。电竞选手的年龄又普遍偏小，遇着谁都嘴甜地喊一声‘姐姐’，谁会不心动啊？”

原恂看着祁周礼拿来的发布会的门票，也不知怎的，竟莫名有了一种危机感。晚上回家他没见着檀迦，这种危机感加倍了。

只是这大晚上的，让她折腾回来，也不安全。原恂想了想，给她发了条消息：“前面出事故，路被堵了，交警在解决，我大概要晚一点儿到家。”

言下之意：你回来路上慢点儿。

檀迦收到这条消息后，盘算了一下自己从焉斐誉这儿回家的时间，稍稍松了口气。

她从阳台回到房间，拒绝了焉斐誉提出换个游戏玩的建议，说道：“你的车借我开一下，我现在得回趟家。”

“出什么事了？”焉斐誉说着，把脚从脚凳上放下，“车钥匙在玄关那儿，你自己拿。要不我送你回去？”

“你多直播一会儿。没什么事，我刚才跟原恂说自己睡觉时做了个噩梦，结果他说马上就到家了。我是觉得如果被他知道我骗他，挺不尊重人的，所以打算赶在他之前回去。”

焉斐誉说：“那你路上慢点儿。”

“放心。”檀迦的驾照是在上大学的时候考的，当时脱离了复读班被安排的生活，大学时期相对空闲的日子让她感觉迷茫，不知怎的，就热衷考证。生活和学业必需的、奇怪冷门的证，她闲来无事都考了。

她驾照用的次数不多，但车技不错，加上这个时间，车道空旷，她很快便到了小区。等她把车停好，本以为时间来得及，谁知远远地便瞧见楼下有个熟悉的身影。

檀迦悄声退了几步，从包里摸索出口罩戴好，想了想，又把头发散开，胡乱捋了捋，拨到身前，弄出一副“我刚睡醒”的样子，最后抬手把卫衣帽子扣到头上。

原恂没有要走的意思，时不时朝小区入口过来的方向望，看样子是在等什么人。

檀迦决定先发制人。她关注着原恂的动向，转头溜进了旁边24小时营业的便利店。

在收银员警惕的打量下，她胡乱地在柜台上挑了几串关东煮，然后抱着纸杯坐到了靠窗的高脚凳上。这个位置刚好能看到原恂，但原恂很难注意到她。

她掐着时间等了一会儿，见原恂还不上楼，便主动拨通了他的电话。

“你到哪儿了？”檀迦装得有模有样，“我在楼下便利店吃关东煮，要给你点一份吗？”

原恂朝她这边看过来，声音听上去没有起疑：“不用。”

又过了一会儿，原恂推开了便利店的门。

檀迦装作一副顾着玩手机，等他走到跟前才刚刚发现的样子：“欸，这么快！”接着把大份的纸杯往中间一推，示意他坐，“正好，我刚开始吃。”

原恂淡淡地瞧了檀迦一眼。

檀迦今天和焉斐誉出去吃饭，没有化妆，所以这会儿素面朝天地坐在他跟前，原恂也未必能看出她是从外面还是从小区出来的。想到这儿，她便不自觉地挺了挺腰杆，无辜地眨了眨眼，任由他打量。

甚至，她抬手摸了摸自己的眼角，问道：“有眼屎吗？”

“……”

原恂真是服了她，别当什么记者了，回头没事就去广播电视台的大楼逛逛，被星探挖掘去演戏多好。

原恂也是自找的，爱听她编些无伤大雅的谎话，看她抖机灵耍聪明，以为别人都被自己糊弄过去了而沾沾自喜的样子，便觉得她整个人都生动了，还是高中那个恃美扬威的问题少女。

“晚上做了什么噩梦？”原恂坐到旁边，问。

刚刚在回来的路上，她已经把原恂可能会问到的问题都预想到了，所以回答起来毫无压力：“我现在记不太清细节了，只记得被吓到了。”

原恂抬手按了按她的头：“好啦，都是梦而已。”又随意扫了眼纸杯里的东西，“怎么点这么多？少吃几口，不好消化。”

檀迦撇撇嘴，侧头看向他：“那你一起吃。”

上学时便有同学评价他，活脱脱是一清心寡欲、不食人间烟火的谪仙。

檀迦每每听到都要翻白眼，她最讨厌这种不接地气的人了。所以两人在一起后，檀迦也不知道自己是故意气他，还是为了证实自己的认知，经常有意无意地把吃饭地点定在小吃摊、大排档。

原恂不爱吃这个，但也不是不吃。平日工作起来，统一定的工作餐有什么他便吃什么，不讲究。大多时候只是为了填饱肚子，至于吃什么，他根本不会注意。

“你先吃，一会儿剩下的都给我。”原恂说。

檀迦不合时宜地想到那对共吃一碗烩面的小情侣，低低地“哦”了一声以掩饰尴尬。

她其实不饿，刚刚只顾着想待会儿怎么演才不会被拆穿，压根就没注意自己挑选了什么。所以面对这一大份关东煮，她根本吃不了几口。

想着浪费粮食可耻，檀迦又开始为自己找理由，反正也算是给原恂点的。

“吃不完了？”

可能是原恂可怜她被噩梦惊醒，檀迦觉得他的语气难得很温柔，虽然仍旧带着欠扁的优越感，但说着关心自己的话，还怪动听的。

原恂将纸杯往自己跟前一拉，非常自然地吃起来。

檀迦去买了两瓶水，回来时看到的就是这样一幕——原恂安静而专注地在吃她吃剩的关东煮。便利店靠玻璃摆设的桌椅牢固而整洁，很适合顾客就餐休息，他闲闲地坐在那儿，长腿一直曲支着，略显拥挤，却也没有违和感。

他吃东西快，没几下便把关东煮解决干净了，随即拧开檀迦放在旁边的水喝了一口。

檀迦竟然觉得此情此景有一种岁月静好的踏实感，不知道是不是愧疚感在作祟。

“走吧。”

“好。”

关东煮吃完了，檀迦也不见原恂质疑，以为自己蒙混过关了。哪知她刚松一口气，却在进家门后看到茶几上有一兜蒸糕。

从玄关到客厅的几步路，檀迦体会到了小美人鱼第一次下地走路的滋味。她想了很多种可能，但最大的可能只有一种。她知道这蒸糕是傍晚小区门口才有卖的，所以原恂是已经回了一趟家？已经发现她没在家睡觉？

天地可鉴，原恂是忘了把蒸糕收起来。但这会儿看到檀迦如受惊的猫一样嗖一下竖起了毛，真是太可爱了。他觉得这个意外，出现的时机还不错。

“不是说要加班吗？”檀迦问完，才咯噔一下反应过来——原恂不会是听到自己做噩梦特意赶回来的吧？

“临时取消了。”

“哦。”檀迦心想自己索性摊牌算了，这种疑神疑鬼的情绪太折磨人了；但又觉得摊牌了一定会尴尬，不摊牌就还有蒙混过关的可能，说不准原恂也没有怀疑。她扯了个哈欠，懒懒地说：“突然好困，我先去刷个牙。”

两人同床而眠，檀迦还在琢磨原恂是不是已经知道自己骗他的事。

想到今晚说的一连串的谎，檀迦只觉自己像是在他面前裸奔。不过转念一想，也有可能原恂会认为她早早地便去了便利店，所以回家后才没看到她。

就在檀迦昏昏欲睡时，原恂突然出声："你明天有事吗？"

檀迦无意识地应了声，问："怎么了？"

"陪我回家吃顿饭。"

原恂怎么知道她想要跟他回家吃饭的？！檀迦骤然睁眼，望着漆黑的房间："……好。"

失眠终究是她的归宿。看来今晚免不了做一个原恂是恶人的梦了。

对原恂来说，回家吃饭的决定并不是心血来潮。结婚小半年，原忱鑫的助理给他打了很多次电话，以传达原总的态度：连顿饭也不来吃像什么话。原恂挨着长辈的骂，找各种理由执意推了。

白天原恪又发来消息，说爸让他们回去吃饭。原恂没再拒绝，想着晚上回家问问檀迦的态度，哪承想一直耽搁到这会儿才说。

他等了一会儿，见檀迦没有抗拒，连一句岔开话题的话也没有，便猜想她是做好了准备，这才稍稍放了心。

"睡吧。"他做了这场谈话的结束语，没一会儿，便沉沉地睡去。

檀迦揣测着原恂的用意，实在是百思不得其解。

第二天临出发去原家前，檀迦还在琢磨这件事。一个人脑细胞不够用，她索性找焉斐誉问意见："你说他到底是什么意思？他是我肚子里的蛔虫吗？"

"你知道我现在像什么吗？我现在就像小丑。而原恂是那个安排剧情的人。"

焉斐誉懒得打字，直接发语音："回家吃饭？家宴啊！那 Kira 也在吗？哈哈哈——姐妹我刚才看到 H 家出了款通勤包，贼好看，回头送你当入职礼物啊！你懂我的意思吧？"

檀迦的包里有耳机，但这会儿为了听句语音专门戴上耳机有些突兀，她索性将语音转为文字，看完后，她面无表情地回："姐妹，麻烦收敛一点儿，你笑得太大声了。”

“哎呀，我这不是为你正式进入豪门感到开心嘛！你们这么有默契，只能说明你们夫妻同心啊！”

檀迦看着语音转过来的文字信息，内心冷哼，用力地按着键盘，冷冰冰地感慨：“小丑总能给人带来欢声笑语，但谁又能让小丑开心呢？”

原恂侧头，一眼就看出她没休息好：“如果你没做好准备，我们可以改天再去。”

“不用。”檀迦提了提嘴角，让自己笑起来好看些，“总归要见的嘛，而且我从小就很有长辈缘。”

她能有这个心态，原恂便放了心。

第二章
试探

YAN YAN BAI RI

原恂的担心显然是多余的。

檀迦适应力强，哪怕看着车子驶进市中心的高档别墅区，依旧眼皮都没眨一下。见原恂将车子停下，她才看了眼四周的环境，绿化秀美，私密性强，气派庄严的建筑对得起它“绝美行宫”的宣传语。

檀迦问：“到了吗？”

“嗯。”原恂对她的反应再熟悉不过，这是一种事不关己的淡漠态度。见檀迦解下安全带毫不犹豫就要下车的架势，他忙把人喊住：“先等一下。”

檀迦茫然地应了一声，重新靠回椅背上，不解地望过去。

她五官精致，皮肤细腻，是很清丽的长相，与世无争的恬淡显出她有些脱俗的清冷气质，让人感觉不好接近。只不过她一笑起来就乖顺甜美了，眼神虽然很淡，但“不好接近”瞬间变成了长辈会喜欢的“听话、乖顺、不多话”。

大概是猜到原恂要说的事，她眼角挂笑：“你还没和我说过家里的情况呢！今天都是谁在？我一会儿要怎么喊人？”

檀迦总有本事将平静的氛围营造得很热闹，就像他们虽然婚结得突然，但婚后生活圆满地完成了从两个不论是成长、家庭，还是未来发展都好像不会有什么交集的陌生人，到啼笑皆非、举案齐眉的夫妻的一步式跨越。

似乎这也侧面印证了她是一个害怕孤独的人，所以在一些没有安全感且没有把握的环境中，她总习惯伪装得很坦然。

“哥？”只是还没等原恂说话，驾驶侧的车窗突然被人敲响，一张与原恂有着七八分相似的俊脸突然放大在车窗上，生怕车里人注意不到他似的。来人用力叩了叩车玻璃：“你们到了怎么不进屋？”

声音闷闷地传进轿厢，对方正是原恂的亲弟弟原恪，也是焉斐誉费尽心思都见不上面的Kira。他堵在那儿也不好开门，原恂只得降下车窗。

原恪的头更低了一些，朝副驾驶座位望去，正对上檀迦的视线，他咧开嘴笑了笑，露出一颗小虎牙：“嫂子好！”

檀迦心里什么情绪都没了，瞬间被软化了——真人比照片要可爱几倍！焉斐誉的眼光真是绝了！顶着这么一张脸，他的事业路不坦荡才怪。

檀迦不吝啬地回以足够温暖的笑容："你好。"

原恂将檀迦这一瞬的反应看在眼里，面不改色地朝车门外的人一抬下巴："起开些。"

比往常的态度要冷些，但原恪丝毫没有因这份敌意而产生戒备，反而源源不断地向檀迦这个"外人"传递着热情。

跟网上的冷峻形象不同，原恪私下顶着人畜无害的笑容，很依赖自己的哥哥。反倒是哥哥原恂，对这个弟弟一点儿也不友好。一个"没头脑"，一个"不高兴"。

檀迦实在是看不下去了，偷偷地撞了撞原恂的胳膊，小声说："你弟是Kira啊！你们兄弟俩性格也差太多了。他跟你说话你怎么也不搭理？"

原恂注意到她说的是"你弟是Kira啊"而不是"你怎么没告诉我Kira是你弟啊"，真是连一丝被隐瞒或者说不被重视的怨气与责备也没有。她是真的只把自己当作这个家的路人。

对比她对原恪的态度，原恂清晰地感受到，热情、单纯才是她喜欢的类型。

因为有原恪在，这场家宴显得不那么冷场。原忱鑫带着古板与威严，对檀迦这个儿媳妇没有表露善意，也没有苛刻和挑剔。

檀迦眼观鼻鼻观口，一直端着礼貌、谦虚的好教养。

想来对方是对自己的家庭情况做过了解，所以饭桌上也没提，只问她饭菜合不合口味，吃不惯就让阿姨再准备。

这样基础的社交问答，檀迦自然不会出错。而且，她担心如果过于做作跟突兀会引得原恂反感，也没有过多地跟原恂表现出亲密恩爱的夫妻形象。倒是原恂知道她的口味，换了几道菜的位置，也给她夹过几块去刺的鱼肉。

檀迦以前确实爱吃鱼，但自打有回被鱼刺卡喉咙连夜去医院拍片子后，便彻底留下了阴影。她看着原恂夹到碗里的鱼肉，愣了几秒，才动筷子。

原恂很细心，没有让她吃到鱼刺。

饭后，原恂被原忱鑫叫去书房谈话。原恂喊檀迦一起去，可没等檀迦反应，原忱鑫先说了："你自己来。"

檀迦尴尬地冲他推推手，示意不用管自己。

瞧着原恂跟长辈上了二楼，檀迦在心里为自己在这个家里的处境稍稍担忧了一下。

只要婚姻关系一直维系，她便不可能是这个家的外人。这样一想，檀迦开始回忆自己今天的表现。

她刚刚在饭桌上表现得是不是过于生疏了？她没谈过恋爱，但在大学课堂、校园里常见到情侣，怎么说呢，就是腻歪。如果要腻歪到那种旁若无人的状态的话，那檀迦今天的表现恐怕连及格都达不到。

檀迦虽成长于单亲家庭，但这敏感多思的性格，倒不是那个阶段养成的。檀惠常年打麻将顾不上她，檀迦跟着"风生水起小分队"乐得自在。

直到檀惠去世后，檀迦在几次三番的崩溃与绝望中性情大变。外人看来，这姑娘文静懂事，脾气收敛了。但熟悉她的人只觉心疼得要命。

檀迦也是这时候变得喜欢思考。因为不知道自己的未来在哪里，所以她思考最多的便是过去的事情。思考多了，她整个人不自觉地多了些忧郁气质。

"按我的经验，我爸跟我哥估计是有得聊。要不要打一把？"原恪询问的声音将檀迦从游离的思绪中拽回，他想了想，不确定地问，"你会打游戏吗？"

檀迦觉得自己第一次来长辈家就打游戏的话，过于自来熟了，但想到自己跟原恂现在的关系，顾虑太多显得有点儿见外，再说这对檀迦来说正好是个机会。

"我当然没问题。"檀迦跟着原恪去了电脑房——说是一间游戏室也不过分。一整面靠墙的柜子上摆着游戏手办、战队周边，以及原恪打比赛的照片；五台电脑摆在房间内，装潢得很讲究了。

“酷吧！我爸让人捣鼓的，随便坐。他明面上不支持我打游戏，凶得要命，背地里却偷偷参与我的生活，是不是很令人感动？”

檀迦在这个家表现得坦然自在，却也没过分随意，简单打量了一番房间的装饰后，便坐在原恪给她安排的电竞椅上。看他在开机，她不经意地问：“你爸爸更喜欢你还是更喜欢你哥？”

“干吗？想打听谁分的家产多？”原恪突然警惕地瞅了檀迦一眼，看似凶巴巴的，其实就跟闹着玩儿一样，压根没有威慑力。

当然不是！檀迦故意追问：“所以是谁？”

“嗯……这其实挺难讲的，简单说就是，谁对公司尽心，谁拿的就多。”原恪煞有其事地说，“等我哥接手公司，嫂子你跟着我哥，未来肯定能过好日子的。”

檀迦突然有一种“原恪在暗示自己让原恂争家产”的错觉，越发肯定原恪就是一个思想简单的大男孩。

但原恪打起游戏来那是一点儿也不简单。

檀迦打游戏的水平不低，玩的时候碰上职业选手是常有的事。加上焉斐誉的工作关系，她们队伍里也有几个电竞选手。游戏里妹子是宝，人美、声甜、游戏打得好的妹子自然更是宝中之宝。檀迦吃得开，更是因为她不拘束、不做作。

跟原恪玩了两局游戏后，檀迦整个人都放松下来了。比赛结束，她兴奋地一伸懒腰：“痛快！”

两人就刚刚的那局游戏随意聊了几句后，原恂突然出现在了游戏房门口。

“迦迦，来一下。”原恂的脸上看不出喜怒，但给人的感觉很沉重，像是经历过什么重大抉择似的。

檀迦不好揣测他的心理，应了声“好”，将耳机和键盘放回原位，跟原恪打招呼：“我先过去。”

原恂因为檀迦乖巧体贴地跟原恪打招呼的场景，不由得多看了原恪一眼，后者一脸茫然。原恂淡淡地收回视线，对檀迦说："爸在书房，让你过去一趟。"

"我自己？"

"嗯。"原恂问，"要我陪你？"

"没事。"檀迦想问问他还好吗，可又觉得是自己多心了，所以只是咧嘴笑了笑，朝原恂歪了歪身子，俏皮地一眨眼，语气轻松道，"说不准是说你坏话，才不让你偷听。"说完，檀迦一溜烟儿就跑了。

原恂无奈地挑了挑嘴角，却见檀迦一个急刹车，扭头问原恂："书房是哪一间？"

"哧——"原恂彻底笑出来，整个人柔和了很多。

他把檀迦送到书房门口，她一点儿也没犹豫，作势要推门。原恂伸手把人拦住，压低声问："这就进去了？"

檀迦无辜地眨眼，安慰他："放心，不会给你丢人。"

原恂也不知怎么想的，直勾勾地盯着她，捏了捏她的下巴，用气声提醒她："管家在楼下看着呢！"檀迦刚要有动作，他立刻提醒，"别低头。"

檀迦依旧保持着微笑，从牙缝里挤出声音："那怎么办？"

原恂勾着她的腰把人往怀里一揽："亲我一下。"

只是当着原恂家里人的面亲一下，檀迦也没什么好扭捏的。只见她把胳膊轻轻往原恂肩上一攀，手指按着他的肩膀，稍一踮脚，蜻蜓点水般地啄了他一下。

原恂看着檀迦头也不回地进了书房，才扭头下楼。

楼下没有管家，这会儿工夫原恪不知从哪里捧了个大椰子站在那儿，见着他下来，笑盈盈地喊了声"哥"。

原恂"嗯"了一声，往沙发那儿走，原恪在后面跟着，一起过去坐下。

原恂这会儿心情不错，但想到原恪跟檀迦打游戏的场景，瞅着原恪就不对劲了，问："谈女朋友了吗？"

"没有。"客厅里只剩下原家两兄弟，原恪身上人畜无害的亲和力显然弱了几分，但通过他看向原恂的眼神，不难看出他还是依赖这个哥哥的。

“你工作中应该能接触不少女孩子，有不错的可以交往看看。”原恂说道，“喜欢什么样的？”

“喜欢……”原恪欲盖弥彰地低头划拉着手机上的小游戏。

原恂一瞧就知道这小子有喜欢的人了。

原恪随便挑了个小游戏解闷，说话间，不知想到什么，抬眸瞧着他哥，扬扬眉，一脸“我故意这样说”的样子，道：“比我大一点儿的，会疼人。”

原恪没正行地靠在沙发上，跷着二郎腿一晃一晃的，注意力全在手机游戏上。他隐约察觉到旁边有一道炙热的目光，一偏头，正对上他哥略带审视的视线，有些严肃，十分唬人。

意识到他哥可能是在看他的衣服，原恪抖着肩膀把外套穿正，解释道：“我这外套买小了，穿正了捆得慌。”

原恂点头：“衣服挺好看的。”

“是一个潮牌的联名款。”原恪受宠若惊，“哥，你喜欢的话，我给你代购几件。这个牌子当季出了几件新款，飞行服，设计得超帅！你别总穿衬衣，虽然你帅，但总穿一样的款式容易让人产生审美疲劳。”

见他哥没有反驳，原恪也顾不上玩游戏了，把自己常买的代购链接推给他哥，同时暗暗地瞥了他哥一眼，大脑飞速转着。

原恂没给他使诈吧？他们哥俩的关系，说好吧，特好，这个家里没谁比他们更亲，但说差，也数他俩关系差，成天想着坑对方回家继承家产。

宣传无人机那事，是原恪故意的，反正好赖害不了他哥。但原恂怎么定义这件事情，原恪就不得而知了。

原恪正琢磨着，只听原恂又问他：“你平时除了打游戏，还做什么？”

原恪以为原恂要从他的爱好下手整他，故意往反了说：“也就看看书……”

“看书？”

“对。”原恪笃定地点头，说，“比如春上村树……”

原恪不知道自己有点儿喜剧人的灵气，竟然能把人名说反了。瞧着他哥的表情，原恪及时收声，佯装随意地问：“你怎么突然问我这个？你是不是要给我准备生日礼物啊？我生日还早呢，不着急。”

原恂平淡地“嗯”了一声，没多说什么。

原恪低头看了看手机，暗骂自己这时候玩什么游戏啊，遂将手机一收，朝他哥那边挪了挪，问：“哥，你跟我嫂子怎么认识的？”

“高中同学。”原恂淡淡地说。

原恪诧异地“哇”了一声，脱口而出：“这算是青梅竹马了啊！”

原恂得意地抬眉，换了个坐姿，缓缓说道：“而且我们感情很好，别人破坏不了。”

“你爸给了我一张卡。”檀迦把东西拿出来，搁到扶手箱上，“你一会儿收起来吧。”

“他给我卡时，我还以为他会说‘离开我儿子’之类的话，没想到是让我留着花。他还给了我一套房，在蔷江边，说等打扫好了让你改天带我去。原恂，这些我不要，你看看怎么跟叔叔解释一下。”

檀迦从书房出来后，两人便离开了原家。返程路上，她跟原恂说起原忱鑫在书房里跟自己说了什么。

“檀迦。”原恂出声打断她。

他很久没有连名带姓地喊她了，檀迦能感受得到原恂是生气了，虽然不知道他生气的原因，但是檀迦自觉地不再说话。

原恂表达得很直白：“你是名副其实的原太太，原恂的原。所以这些卡也好，房子也好，甚至将来我拼搏的更多的东西，你都应该参与一下。婚前协议是对夫妻两人道德以外行为的约束与奖惩，但在那之前，我们还是夫妻，是一家人。”

檀迦觉得，有些事得摊开来说：“我只是觉得，我在这段婚姻中的立场不纯粹了，像是用青春换物质。”

“你如果因为一段婚姻牵扯上金钱而感到不舒服，那试着分给我一点儿爱吧。所以把卡收下，今天比昨天多爱我一点儿了，就刷一次卡，这一秒比上一秒多爱我一点儿了，也刷一次卡。如果还是觉得不自在，那就用我的卡给我买个礼物。吃的、穿的、用的，只要是你给我买的，就算是奥特曼内裤我也穿。”

檀迦没把他这些话当成是什么深情告白，她知道他只是在安慰自己。她不是故作清高，之前原恂给她的卡，她也常用，给家里添置东西，给自己买衣服。

檀迦打小没见过她爸，檀惠未婚先孕，生产后一个人带她。日子过得倒是不苦，因为她每个月都会收到一笔钱，是她爷爷那边给的，如果非要定义的话，就是补偿金。

但她听到的风言风语没少过，像是乌云笼罩在头顶。她小时候不懂，也觉得无所谓。可近几年檀惠走了，檀迦一个人想了很多，像是终于开窍了，以前想不明白的事情，现在多少能捋清楚一些。

原恂见她没吱声，偏头看向她：“你这是什么表情？不会真要给我买奥特曼内裤吧？”他纠结着皱眉，“行吧，大小也是个礼物。”

檀迦哭笑不得：“你能注意点儿形象吗？”

“这是开始管我了？老婆权利行使得不错啊！”原恂见她心情好了，开始撺她，“那怎么叫你花个钱跟要你的命似的？”

“服了你，我花，花、花、花！”

檀迦一口气说了好几个叠字，把自个儿都气笑了。原恂嘴角一勾，心情跟着好起来。

返程的心情比早上来时要轻松些，檀迦玩了会儿手机。

车子开进居民区，繁华的都市氛围淡了，四周环境静谧而隐蔽。

原恂把车子停在楼下，示意檀迦：“到了。”

檀迦解了安全带才发现原恂还坐在驾驶座，单手搭在方向盘上，没有动作。她缩回开车门的手，问：“你不下去吗？”

“今天祁周礼过生日。”原恂看着她重新靠回车座上，静了一瞬，问，“想去吗？”

檀迦刚答应焉斐誉一会儿回家视频，闻言，自然是要拒绝。

“我觉得身体有点儿累了，就不去了。你替我跟他说声生日快乐，哦，他不知道你结婚了吧？那就不用说了。你好好玩，我给你留着门。”

檀迦压根就没注意到原恂微冷的脸色，开门、下车，然后扭头就走的动作一气呵成。

她边走边拿出手机给焉斐誉发视频邀请。

看着她踏着小碎步进了公寓楼，原恂没急着走。他把车窗降下来，拢着手点了支烟，认真地捋起这段时间的事情。

如果不是今天的事，原恂以为对于檀迦而言这场婚姻是自由的，一如他预期的那样，甚至现状要比预期的要好。

只是一顿饭的工夫，蒙在两人关系上的幕布便拉下来了，先前所听所看，不过是弄出来的一场闹剧，是一场为了哄人，准确地说是哄他开心的戏。

烟没吸几口，搭在车门上掐着烟的手收回来时，猩红的火星已经快烧到烟蒂了。他最后吸了一口，隔着灰蒙蒙的薄雾将烟蒂捻灭在车厢的烟灰缸里。

他驱车离开时，楼顶某一户住宅的灯已经亮了。

葛清梦从酒吧离开的路上，被江边闷热的风吹着，头脑昏沉，思考着还能有什么解决方案。

杂志社和她不对付的同事估计是知道了她要采访原恂的军令状，酸溜溜地发消息来探她的口风：“7月刊马上要定稿下厂了，你的稿子快完成了吧。”

葛清梦睨了眼手机，把屏幕锁了，紧紧攥着手包扭头往回走。

她好不容易打听到“同风起”今晚在这儿团建，结果原恂没来。再等等吧，一定有办法见到他的。

所以当葛清梦带着置之死地的决心重新回到酒吧门口，看见原恂从车上下来时，别提有多惊喜了。天不绝她！

“同风起”的技术人员平时熬夜薅着头发做数据，全靠功能饮料提神，熬夜蹦迪时倒是精神亢奋。

原恂进去时，只看到祁周礼一个人清净地靠在吧台上。

酒吧里除了他们，还有其他客人在消遣。原恂跟祁周礼在吧台边说话的这会儿工夫，便不断地有女生过来问原恂要电话号码。

原恂拒绝了几个后，把衬衣袖子随意叠了几下，生怕别人瞧不见他手上的戒指似的晃了晃。

祁周礼正仰头喝酒，把酒杯拿开时发现了他的动作，一口酒从嗓子眼儿仓促地滚下去，疑惑着“欸”了一声。

原恂想着，要是祁周礼问，索性就公开了，反正他也没想瞒着，早晚要带檀迦进自己的社交圈。

只是不承想祁周礼“啧啧”两声，仔细看了看他的戒指后，说道：“戒指一戴，谁都不爱。你手上这个防搭讪的道具不错。”

这个傻子！原恂不想搭理他：“滚！”

葛清梦去而复返，先去厕所补了妆，才精神抖擞地出来。

葛清梦一步步朝吧台边的男人走近，渐渐地，她看清了原恂左手无名指上反着冷光的银环，脚步骤然顿住。

她折回来的目的是什么已经不重要了，现在她心里只剩下一个念头——他竟然结婚了？！

原恂还是穿着回原家吃饭的那身衣服，基础款的西裤加白衬衣。

可能他也觉出这样的穿着在这个场合下有些正经，所以难得解了领口的几颗扣子，随意敞着，露出修长的脖颈和清晰的喉结，在平日清冷的谪仙气质上多了些禁欲和不羁。

葛清梦捏着手包的手指微微收紧，心尖发颤——该是什么样的女人才能得他的青睐？

正好祁周礼离开，她鼓起勇气上前搭话：“嘿，原恂，还记得我吗？”

原恂毫无杂质的清澈眼神里尽是冷淡，已经说明了答案——他不记得。所以他只是客套道：“有事？”

“我是AXA杂志的记者葛清梦，之前向贵公司预约了采访，你收到了吗？”

葛清梦靠自己的形象获得过无数便利，尤其是在异性面前。但面对原恂，她只剩了卑微的期待。

即便这样，原恂也只是微微点头，平静地陈述道：“不好意思，我已经拒绝了。”

原恂回来时，檀迦还没睡，但她的注意力全放在书上，所以并没有听到门口的动静。

原恂走到床边，顺手帮她把散在地上的书捡起来，搁回床头柜上。

“你回来了。”檀迦抬头，抿着嘴，露出自然却又尴尬的笑容，“你不去洗澡吗？”

原恂盯着檀迦的睡衣，睡衣是V领系带的，香芋紫的布料衬得她皮肤白皙如雪，吹弹可破。

他嗓音沉沉地“嗯”了一声，掩去其他情绪。

原恂洗完澡出来时，檀迦紧闭着眼装睡。

她连呼吸都不敢用力，过了一会儿，旁边的床垫陷下去，原恂撩开被子盖好后，又帮她掖了掖身上的被子。

他似乎在看她，滚烫的呼吸喷在她的脸上方，但又好像没有。檀迦胡乱想着，不敢睁眼确认。

直到原恂躺回去，关了灯，檀迦觉得四周的空气都安静下来。她正准备松口气，忽觉原恂翻身，檀迦缓缓睁眼，发现原恂正居高临下地撑在自己身上。

这夜，两人大汗淋漓。

檀迦起得晚，靠在床头玩手机时，看到久没动静的大学宿舍群有未读消息。

青浙大学是一本院校，学习氛围很好，檀迦宿舍的四个人，两个考了研究生。相较于比较佛系的檀迦，宿舍的老幺还没毕业就拿到了当地一家口碑报社的聘书，积极又努力。

“我离职了！什么破领导，整个一猥琐男！上班第一天就摸我肩膀，被我挑破后还说只是想指一指我的电脑屏幕。”

“上班太难了！为什么要起那么早？！早起一两天也就算了，悲伤的是，为什么要天天早起？！还有我那个房东……算了，我觉得自己的人生活成了一部情景喜剧。”

老幺说到最后，点名了檀迦，问她的情况：“迦迦，你工作找得怎么样？你现在住在家里还是自己租房子啊？我好怀念咱一千五百元一年住宿费的学生宿舍。”

檀迦看到消息时，群里已经聊了不少，老幺正问褚念研究生的生活怎么样。

檀迦看了一会儿，附和着她们聊天的内容开始发表情图，老幺先发现她：“迦迦，你起了！”

檀迦：“早。”

老幺：“你不用上班的吗？这个点才起。”

檀迦有的没的回着老幺的问题，刚刚话特别多的褚念这回却没了声音。

老幺私聊檀迦：“你跟褚念还闹别扭呢？”

就在檀迦想怎么回复时，老幺直接发了一条语音消息：“你说大学时你俩多好啊，跟连体婴儿似的。别人说你们其中谁的不是，另一个立马生气，怎么现在这样了？”

老幺说的是事实。檀迦上大学后，准确地说是从复读那年起，主动地将自己封闭起来，对什么也提不起兴趣，也不爱社交。大学能跟褚念玩到一块儿是个意外，最后两人闹掰了，也挺意外的。檀迦作为当事人，竟不知道该如何解释这件事。

她和大学同学聊了会儿天，就起床去卫生间洗漱。

原恂最开始装饰这套公寓时，没有做婚房的打算，添置的物品也都是男人常用的，檀迦住进来后，强势侵占了原来只属于他的生活领域。看着盥洗台上歪七扭八的洗面奶、洁面仪、牙刷杯等女士洗漱用品，檀迦心虚地承认，自己也太不注意细节了，把家里弄得乱七八糟。

她换位思考，如果邋遢的是原恂，她指定连人带行李全丢出自己的家了。

檀迦刷个牙的工夫，自我安慰着消了气。她怀着一颗满怀歉意的心，开始整理自己的东西，顺便把原恂昨晚洗澡后丢在脏衣篓里的衣服也收拾了，准备试着发挥自己贤妻的技能。

正当她把衣服往洗衣机里丢的时候，眼尖地瞅见衣服上有一根长长的浅棕色的、无论是长度还是发色都不可能是自己的头发丝。

昨天两人一直在一起，除了晚上原恂去参加过同事的生日会。

檀迦设想，如果原恂真的出轨了，她要怎么做？她跟原恂的婚姻比较特殊，自己也不是无理取闹、不讲道理的人，所以一定要冷静、冷静、再冷静。

如果原恂真倾心他人，檀迦自然不拦着，好聚好散，离婚流程也挺简单的。

在没有实质性的证据之前，檀迦决定少安毋躁。

檀迦把头发丢进垃圾桶里，把脏衣服放进洗衣机里，洗漱好后，若无其事地出了卫生间。

两人一起吃了早饭，原恂去上班，檀迦去还焉斐誉的车。

焉斐誉直播到零点，吃了些夜宵、护个肤，睡觉时已经很晚了，所以醒得也晚。檀迦过来还车时，两人正好约个饭。

车子驶上高架桥后，焉斐誉偏了偏头，聊起来：“我记得咱们上高中时，报社就在这个位置，怎么这些年也没换新地方？咱小时候常来这边的，不知道后街的拉面馆还在不在。”

檀迦看了一眼，城南报社在周遭高楼中分外破败，随口应道：“估计早不在了。”

檀迦大学期间鲜少回南境，感觉明明还是那座熟悉的城市，但角角落落都在静悄悄地发生着变化。日子悄然离去，而每个人，以及他们的生活环境都在发生着改变。

他们这些人里，数檀迦的变化最大了。檀迦这个局中人一时不知该感恩时间的馈赠，还是痛骂人生无情。

焉斐誉陡然反应过来檀迦不爱听这个，也怪自己因为昨天谈成了个关键的合作太开心了，一时嘴快。她自我检讨完，自觉地换了话题。

“我昨天去隔壁省出差，你猜我回来时在机场碰见谁了？”焉斐誉卖了个关子，不等檀迦看过来，自个儿忍不住先公布答案，“舒杳。”

檀迦表情平淡：“我之前聚会时也碰见她了。”

“她变化可真不小。以前上学时瘦瘦弱弱的，谁都能欺负的样子，现在漂亮又有灵气，远远地看见我就打招呼，特热情。知道我的行李被托运丢了，一个电话打到航空公司不知道哪个管理那儿，等了几分钟，就帮我解决了，好像她妈的关系挺硬的。你说咱们拼搏这么久，还不如人家会投胎。”

檀迦朝焉斐誉看了一眼。

“我这不是骂人啊，是说舒杳的妈妈。你不记得了？当时舒杳的爸爸去世，她就跟着她妈妈生活了。”

檀迦没误解这个，是不认同她最后那句话。

焉斐誉突然琢磨过来：“你刚才说校庆那天舒杳也去了，那她岂不是和葛清梦撞上了？情况还好吧？当年葛清梦把人欺负成那样……你别说，还真挺戏剧的，那个训葛清梦的主编也在机场，跟舒杳有说有笑，一副姐妹花的样儿。”

“舒杳现在挺开朗的。”檀迦说了聚会上的事。

人果然不经念叨。正说着，檀迦就收到了舒杳发来的语音消息，问她现在在做什么，约她一起吃午饭。

檀迦正纠结该怎么拒绝。自打校庆后加了联系方式，两人常聊天，不过大多时候是舒杳主动分享个搞笑视频，或者推荐一些有趣的东西挑起话头。檀迦有来有回地聊几句，转头便因为别的事情忙去了，说起来还挺不好意思的。

“不好意思啊，我……”檀迦按着语音键说了一半，又觉得这样太敷衍，然后取消了。她琢磨着，怎么拒绝才不至于伤感情。

“干吗拒绝呀？”焉斐誉听见了她外放的语音内容，偏头看了一眼，见她没有再回语音，才说，“我听着舒杳挺热情的。你刚才不也说了嘛，舒杳爽朗乐观，同学会上仗义帮你解围。一起去吃顿饭呗，反正我也认识。”

檀迦也不知道怎么说：“改天吧，我才刚回南境没多久，还没歇过来。”

“和我你还卖关子！”焉斐誉道，“我哪能不知道你！把自己约束在一个安全的壳子里，有没有社交也没关系，逞强地觉得自己什么都能做好，觉得自己没能力做好的索性就放弃不要了。迦迦，你才二十二岁，处在一个少年气依然充足的年纪，你要带着过去十几年在书本上学到的知识，去拼搏闯荡，去一点点试错。而且你以后是要做记者的人，社交不能成为你事业路上的绊脚石啊！我高中认识的那个飞扬跋扈的‘小飞龙’去哪里了？”

“我也没有不交朋友……”檀迦没什么底气地狡辩道。

“你交朋友那可真是太艰难了！前期让对方不停地主动，等对方的付出成本增多，等你觉得她是真心实意地待你，你才开始考虑要不要跟她做朋友。”

檀迦搓搓鼻子，好像确实是这样的，自己在大学里能跟褚念做朋友，确实是这个样子的。

檀迦在大学里就是一副对谁都很有礼貌，但明显和谁也处不熟的样子。是褚念不厌其烦地拖着她去做这做那，又陪着她做这做那。檀迦开始被烦得不行，觉得她打乱了自己的计划。但后来不知怎的，等檀迦反应过来时，已经将她划进好朋友的范畴了。

至于后来闹掰，檀迦也一直没理解问题出在哪里。以至于檀迦进行了无数次的自我检讨与反思。

焉斐誉总结道：“你这是自我保护意识太强了。迦迦，你既然回南境了，就放心大胆地生活。这可是咱自己的地盘啊，出了事我给你兜着！再不济，还有乾子呢！”

说到这个，檀迦顺嘴问：“赵乾人呢？我回来这么久也没见着他。”

赵乾跟她俩是高中同学，也是“风生水起小分队”的一员。上学时几个人什么都敢玩，恨不得在学校里横着走。

“他最近在捯饬个单子，客户挺难缠的，正陪着吃喝玩乐装孙子呢！”焉斐誉自嘲地笑笑，“成年人世界里的心酸哪！你说咱几个当年在学校趾高气扬的，没有哪个男生不服赵乾的！还有咱俩，不也是被别人一口一个‘迦姐’‘誉姐’喊到毕业的？当时觉得很威风，现在想想，真幼稚。”

话赶话，两人又说回了这些年大家的变化。

被焉斐誉这么一调侃，檀迦突然觉得，生活正是因为改变才精彩，大波大折的人生，才够意思。

大步朝前看，处处是风光。

“以前的同学吧，不管当时关系亲疏，进了社会再回头看看，总觉得有一份特殊的情谊在。”焉斐誉冲檀迦抬了抬下巴，继续说道，“我觉得舒杳就很好。”

檀迦折服于焉斐誉游说自己扩大社交圈的坚定意图，无奈地摇头：“太热情了。”

“热情点儿多好，正好配你这种冷淡的性格。”焉斐誉说到这儿，借机调侃她，“欸，你跟你老公不会也这么冷淡吧？不过你老公看着也够冷的，你俩冰块撞冰块……得，我开始好奇你们俩的婚姻能擦出怎样的火花了！”

檀迦不回答，自顾自地聊回最初的话题：“那我答应舒杳吃饭的事情了，餐厅离这儿不远，我们一起过去。”

焉斐誉无所谓地扬眉，说：“行。”

檀迦百无聊赖地玩了会儿手机，看到原恪新发了一条朋友圈。内容是关于原恂的，说的是：“Kira 这个名字是我哥帮我取的。我可以没文化，但我哥一定牛。”

檀迦嘴角勾着，笑了一下，随手点进原恪的朋友圈主页。

没看出来原恪还是个喜欢隔三岔五就发生活动态的人，内容无一例外，是关于他哥的——

“我哥比我讨人喜欢。我打小就以为我舅要把我哥带走，所以我舅成了我最讨厌的人。前段时间听说我舅结婚了，我兴奋得给舅妈包了个大红包！”

“我舅妈是个北方姑娘，比我舅小十来岁，好像跟我哥差不多年纪，听说两人恋爱长跑了快十年（好家伙，快赶上我活着的时长了，总之厉害）。我舅妈性格爽朗，说话直接，见到我哥第一回就跟我舅说她后悔跟他了，气得我舅再也不待见我哥了。干得漂亮！从根源上解决了我担心我哥被抢走的问题，从此我舅妈成为我心中除了我哥外最有眼光的人。”

这弟弟的滤镜有点儿厚啊！

不过，原恂的长相确实讨人喜欢，但性格……行吧，也讨人喜欢，谁让他是原恂呢！

檀迦忍俊不禁，随口分享道：“Kira 的朋友圈挺有意思的。”

焉斐誉茫然地“嗯”了一声，趁着等红灯的空当儿，就着檀迦的手机看了一眼。

焉斐誉沾了檀迦的光，大概看了几条，轻松地笑道：“看不出来啊！这小屁孩还挺依赖他哥哥的。”调侃完又说道，“一提他，我想起来了，下个月 18 号那天晚上你空出时间来陪我，咱俩看比赛去。”

“这么快就到夏季总决赛了？”

联盟的比赛檀迦不会每场都看，但基础常识还是有的，加上平日里刷微博看到的零碎的比赛信息，算算日子，也快到决赛时间了。

但檀迦对各个战队的成绩没多大印象，所以问了句：“MON 今年夺冠的希望大吗？”

“必须稳进总决赛！能不能拿下一号种子进世界赛就看发挥了。”焉斐誉开始吹 Kira 有多牛。

说话间，两人到了跟舒杳约好的餐厅。

“这家店是新开的吧。”焉斐誉找到停车位，跟檀迦确认，“看着生意不错。”

两人一进餐厅，就看到舒杳坐在店里的黄金位置冲她们打招呼。

“迦姐，誉姐！这里！”舒杳示意服务生拿菜单给她俩，“你们看看有什么想吃的。”

焉斐誉自来熟地坐下，把礼物盒递给她：“听说你通过了面试，这是我跟迦迦的一点儿小心意。也没提前准备，经过商场时挑的，是我常用的一款香水。”

“谢谢，你们也太有心了。”舒杳开心地接过去。

檀迦也是今天才知道，焉斐誉的后备厢有个收纳箱，里面备着大大小小不同品牌、不同类型的礼盒，方便她随时随地礼数周全地见合作方或朋友。

檀迦捋着臀后的衣服坐下，笑了笑：“工作还顺利吗？”

“还可以吧。”舒杳沮丧地叹了口气，开始说自己待的公司多牛多牛，又说自己还没正式入职，到时候担心出错。

焉斐誉听了一会儿：“你在‘同风起’啊！”她意味深长地看了檀迦一眼，继续跟舒杳说道，“这家公司近期热度很高的，我们电竞圈都知道。”

檀迦笑着接住焉斐誉的眼神，心想：这些我不早跟你说过了吗？焉斐誉这张嘴啊，真是能说会道。

檀迦为人处世的理念是“各人自扫门前雪，休管他人瓦上霜”，她对别人的事缺少探知欲和八卦欲。所以她跟人聊天时，一般不会刨根问底。时常是听别人提起了，她才点到为止地接两句，听没听进去就看心情了。

其实她这个状态很不适合做记者。不过好在她愿意为了工作改掉不愿社交的毛病，所以有提升的空间。

不同于檀迦，焉斐誉是不停地追问式聊天，正适合舒杳这类表达欲很强的人。所以她俩一唱一和倒豆子似的聊起来，聊的内容基本

是围绕“同风起”和原恂的。

没说一会儿，服务员上菜了。两人又就着菜品的口味和餐厅的环境聊起来。

快吃完的时候，餐厅老板过来跟舒杳打招呼。原来舒杳跟这家餐厅的老板认识，还有这家店的股份。

等老板走了，舒杳笑吟吟地跟两人解释：“这家店是我一个朋友开的，我学的计算机，对市场营销类的东西一窍不通，但又觉得做老板挺酷的，就凑了个热闹，跟着投了点儿钱。餐厅生意还挺好的，这好像是在南境开的第三家分店了。”

焉斐誉从不吝啬夸奖：“随便投投就能赚钱，说明你眼光不错啊！”

檀迦话不算多，聊到自己时才接几句，大多时候都在听她俩聊。趁舒杳去厕所的工夫，檀迦提醒焉斐誉：“你刚才干吗一直拧她？”

“有吗？”焉斐誉一琢磨，好像真是，“我就是听她说的话习惯性想拧。她刚刚又是显摆学历，又是显摆资产的，听着别扭。待会儿我收着点儿。”

檀迦无奈：“我说不来，你非来。”

焉斐誉笑了笑：“这不挺好的吗？她也没坏心，跟咱们说这些估计也是想让我们看看，当年被欺负、处于弱势的人现在飞黄腾达了，混得还不错。给她个施展的机会，她心里也好受点儿。”

“你还挺善解人意的。”

“我确实是善解人意。人生嘛，不是自己演戏给别人看，就是自己看别人演戏。你给别人捧场了，别人才会捧你的场。”

焉斐誉话糙理不糙，说话直，檀迦自然知道她心地干净。

这顿饭舒杳吃得确实挺开心的，要不是突然接到电话有急事，还想和檀迦她们再约着看一场音乐剧。

和舒杳分开后，檀迦跟焉斐誉下午都没事，便去旁边的商场逛了一会儿，顺便聊聊天，不自觉地将话题聊回檀迦跟原恂的关系上。

“……看你怎么想。你们是夫妻，本就是一体的。说句不好听的，你知道现在社会最稳固的资源置换途径是什么吗？就是夫妻关系。”

焉斐誉不认同檀迦觉得借原恂的人脉办事不好这一想法，发表起自己的看法。

“如果你觉得愧疚，那就在下次他需要帮助时，不遗余力地帮一帮他。”焉斐誉转而又道，“当然，这次的事你是为了我，就当我欠你们夫妻俩一个人情。”

“我不是这个意思。”她俩什么关系，檀迦肯这么做是因为自己想帮。只是她拿捏不好分寸，所以挺纠结的。

“我能不知道你？我也不是说这一件事，而是说你目前所处的形势。既然你选择了这场婚姻，在原恂对你产生道德层面的伤害前，它不该是一种束缚。”焉斐誉说，“婚姻的存在形式有很多种，有爱情做基础的婚姻未必长久，而完全陌生的两个人也未必经营不好一段婚姻。迦迦，在法律意义上，原恂是你的家人，我不主张女孩在感情里迷失自我，不管不顾地将自己全盘托出，但你可以试着一点点置换真心。”

她继续说：“这一点你就该向舒杳学习。人生难得糊涂，不要太跟自己较真。稀里糊涂地过，说不定会有不一样的体验。”

檀迦觉得自己也只能听得进焉斐誉的话了，因为她心里认定焉斐誉不论做什么说什么都是为了自己好。

两人又逛了一会儿，不知不觉就到了晚饭时间。

檀迦看了看时间，说：“我晚上就回家吃饭啦！我打算试着把原恂当成家人，我先走啦！”

原恂回来时，一进门就闻见屋里飘来一股煳掉的味道，还伴随着东西掉在地上的声音。

“迦迦？”

屋里没人应他。

原恂出现在厨房门口时，只见檀迦正把一个装着黑不溜秋、看不出原材料的炒锅往洗菜池里一丢。

原恂连忙过去拧上灶台的阀门，皱眉："你在做什么？"

"你回来了……"檀迦被呛得咳嗽起来，皱着眉看向原恂，"我想煮个汤。我看网上的步骤挺简单的。"

原恂瞧着厨房的狼狈景象，无奈道："生活已经很难了，我们这些闯关者就不要平白增加难度了。"

檀迦很赞同原恂这句话，而且狼狈而慌乱的下厨经历让她暂时忘了自己这个行为的初衷。

她沮丧地坐在餐桌旁，抱着玻璃杯喝水，然后朝冰箱的方向看了一眼。冰箱旁边放着一个大购物袋，里面装着她从超市买回来的各式各样的食材。

这算是她头一回学做饭，买菜时也是一头乱麻。看着旁边大妈轻车熟路地挑菜，檀迦有样学样，费了好大的劲儿才买好，哪知做饭这么难。

原恂联系了家政阿姨上门清洁厨房，挂了电话后问檀迦："饿吗？"

"还好。"檀迦说，"我回来时看冰箱里有蒸糕，用微波炉热了几块吃。"

"放了有些天了，你别再吃了。"

檀迦"哦"了一声。

原恂打量着她，提醒道："去擦把脸，顺便换身衣服。我们出去吃。"

檀迦用手背蹭了蹭自己的脸，边往洗手间走边答应。

两人以前常一起吃饭。刚确定婚姻关系时，檀迦还在上学，原恂飞去青浙大学看她，不知道是他工作忙还是觉得跟她在一起没话说，经常是陪着吃一顿饭就把她送回学校，自己则去了机场。

从原恂选的餐厅跟菜品不难看出，他是个很挑剔的人，且有着良好的教养但不愿与他人亲近的态度。

檀迦起初觉得跟他吃饭挺败胃口的，后来习惯了，并找到了自己最舒服的相处方式——每一次跟他用餐完全被她当成一次愉快的探店体验，这次也不例外。

檀迦每到一家之前没来过的餐厅，会习惯性地用手机拍下就餐环境，记录用餐体验。

这次原恂端详了她片刻，主动问道："你有事？"

檀迦把手机往旁边推了推，跟原恂说："刚刚在和焉斐誉聊天。她之前来过这家餐厅，服务生把她的生日蛋糕跟别人求婚的蛋糕弄混了，她切蛋糕时看见一枚戒指，还以为自己被求婚了。你可能不知道，她那个男朋友，准确地说是前男友，瞒着焉斐誉劈腿了，还以为她不知道。焉斐誉那天正准备宰他一顿后就提分手。"

接下来焉斐誉的原话是："我看到戒指时，白眼都不知从哪里翻起。他这是拿我当傻子呢！突然觉得这口气我要是不出，以后回想起来得怄死。"

但檀迦看着原恂木然的神情，渐渐收了声。她平日很少跟他说这些事。女生要比男生敏感些，感情细腻丰富，芝麻点儿大的事情都能被延伸到很多层面。但这些事男生大都理解不了，所以不爱听。她想到这个，没打算继续说下去，改口问："你刚刚要说什么？"

主动权抛回给原恂，他正色道："我接下来可能会有工作变动。"

这几天，"同风起"相关的新闻较多，檀迦比往常多关注了一些，不过对于他们内部的变动，她并不知情。她回忆了一下昨天跟舒杳的聊天，也没听对方提过，所以她只问道："是会更忙吗？"

"还不确定。"原恂看着她，想知道她的期待或者答案。

但檀迦只是点点头，一直低头吃东西。过了一会儿，她注意到原恂盯着路过的服务生看，便随口问："有认识的人？"

原恂收回视线，平静地说："你说她这次有没有送错蛋糕。"

檀迦先是迟疑地"啊"了一声，然后朝那桌客人看去。巧了，那桌的男生正在给女朋友庆祝生日，服务生刚刚端着蛋糕过去。意识到原恂说的是先前聊天的话题，檀迦莞尔，诧异地觑向原恂，说："说不准阴差阳错地促成一对郎情妾意的好姻缘呢！"

旁边响起生日歌，檀迦不由自主地偏头看了一眼。服务生把蛋糕放下便离开了。蛋糕小巧精致，一黑一白两只天鹅的长长脖颈弯成心的形状，看起来格外可口。

“那后来怎么解决的？”

原恂的问题将走神的檀迦叫回。她定睛看着原恂，从他漆黑清澈的眸子里看不出他只是随口一问，还是真的对后续好奇。

“后来……焉斐誉因为男朋友把自己当成傻子更生气了，也不打算这么轻易地提分手。知道是个乌龙后，才不了了之。”见原恂在认真地听，檀迦多说了几句，“哪承想焉斐誉放过了他，他跟那个女人却接连搞事，最后害得焉斐誉工作都丢了。”

他们几个算是高中校友，原恂比她们高两届，但不在一个校区，平日里接触不到，所以对檀迦那几个朋友只有个大概的印象。

听她说这些事不算是完全陌生，但确实不好评价什么。不过，原恂能看出来，檀迦也没期待自己给出什么反应。

檀迦看了眼手机，有几条来自焉斐誉的消息，于是她顺手回了个表情图。抬头时，见原恂的视线正落在自己的手机屏幕上，她随口说：“不是什么重要的事，我不回她了。”

原恂问得直接：“你们白天不是刚见过？”

檀迦笑了笑：“女孩子的分享欲啊！吃到什么好吃的，或者看到什么好玩的，总想找人分享分享。”

她说完，立刻就意识到自己说错话了。

果然，原恂很快问道：“那怎么没见你分享给我？”

他语气平静，神态从容，像是檀迦方才脱口而出，他这句话也问得随意。檀迦一时不知道该怎么回答。

她没谈过恋爱，也想体验体验在恋爱里被人呵护疼爱的感觉，但是她不想太上赶着。

但对于她这些心思，原恂压根不懂。

两人安静地吃了会儿东西，原恂的手机突然响了。

“我接个电话。”他起身。

檀迦“嗯”了一声，目送他离开，也忍不住拿起了手机。

这个时间焉斐誉应该开始直播了，檀迦消息发出去也没指望她立马回，权当是闲聊。

“刚刚我和原恂聊起女生的分享欲，他问我为什么从来没和他分享过。”

“我还能回是因为我跟他没话聊吗……”

忽然，一道充满惊喜的清亮的女声在檀迦的斜后方响起——

“原恂？”

葛清梦迈着小碎步走到原恂跟前，然后朝原恂刚才就餐的位置看了一眼。

刚刚坐得偏，葛清梦只看到原恂的女伴看着年轻，温温柔柔的，气质还可以，这会儿看到正脸，认出对方是檀迦，先是一愣，接着露出不可置信的神情。

檀迦正在给焉斐誉发信息，慢了半拍后抬起头，对上葛清梦诧异又古怪的打量。檀迦茫然地歪歪头，以为是原恂跟她说了什么。

她跟原恂的关系不是见不得光，只是就像她先前担心的那样，两人不论家境还是社会地位相差甚大，凑在一起太具话题性，檀迦嫌麻烦。

这会儿被葛清梦打量，檀迦也不怯，提了提嘴角，露出的微笑还算和善。

原恂并没有跟葛清梦说什么，准确地说是原恂压根没注意到葛清梦。即便是被她叫住，原恂也只是淡淡地问了句：“有事？”

见对方一副唐突而无措的模样，等了一会儿，他说了句“用餐愉快”，便径自回了座位。

葛清梦看着坐回檀迦对面的原恂，窘迫之余，心里只剩一个念头——怎么会是檀迦？但很快，这个念头变成了——檀迦都可以的事情，自己凭什么做不到！

“你们刚刚聊什么了？”

“嗯？”

檀迦突然的发问让原恂愣了一下，他没想明白这个问题有什么值得问的。

檀迦跟葛清梦的矛盾始末搁现在看，确实有些小题大做。但她们那时处于青春期，喜欢跟谁玩，不喜欢和谁说话，根本不需要很明确的理由。

葛清梦的父亲是一所县级小学的校长，母亲是中学老师，她自小比同龄人要受更多的照顾与偏爱。而檀迦，说好听了，也是个苦命的孩子，往难听了说，是个连爹是谁都不知道的野孩子。所以当看到檀迦收到比自己更多的关注时，葛清梦自然是不服的。

檀迦盯着葛清梦的背影说了句："她头发是棕色的呢！"

原恂闻言，抬头看了一眼。檀迦的头发是黑色的，没有染烫，今天出门前随意吹了吹，柔顺地披散在肩上，温婉漂亮。

"你现在的发色很衬你。"

原恂以为她要染头发。

檀迦没从他脸上看出异样的神情，顿时觉得是自己多心、瞎想、太敏感了。

她抬手摸了摸自己的头发，接着原恂的话说："我从小都是黑发。"

原恂"嗯"了一声。

他记得。

高中时，同学们大都还在叛逆期，发型、穿着上的特立独行是最直接的叛逆标志。

别人的叛逆肤浅地表露在外，檀迦不是。

事实上，近些年檀迦骨子里的叛逆少了很多，但依旧是眼里容不得沙子的性格，整个人给人的感觉是疏离的。

能被她计较的事情，说明在她心里有很足的分量了。

就比如那根头发。

从餐厅回到家，原恂就进书房处理工作了。

这期间檀迦去给他送水，想和他开诚布公地聊一下，视线先扫见桌子上摊开的文件。

原恂正在查收邮件，过了一会儿才注意到檀迦的视线落点。

“我不是故意看的。”檀迦忙把文件搁下，胳膊背到身后，静默了一会儿，忍不住问，“‘同风起’要跟金盾律所合作吗？”

“你知道这个律所？”原恂看了眼文件上的名称，想起来了，“这是你舅舅的那间律所？”

檀迦点头，然后又摇头：“对。不过你做决定时不用在意我。”

原恂“嗯”了一声。檀迦也不知道他会在意还是不会在意。但被这一打岔，她的思绪就飘到别的事情上，直到原恂再次开口：“迦迦，你可以占我点儿便宜。”

第三章

分享欲

Y A N　Y A N　B A I　R I

知道舅舅的律所跟原恂的公司有合作，檀迦更不好提让原恂一起回家吃饭的事情了。

关于结婚的事，她还没找到机会告诉舅舅。但原恂带她见过家里人了，她不带人家回家一趟……换位思考一下，总觉得不是个事。

所以纠结了一晚上，檀迦在早餐时状似无意地提起：“我最近打算去我舅舅家一趟。你……你周六有时间吗？”顿了一下，她自顾自地帮原恂找好了理由，“你要忙发布会的事情，是吗？”

原恂瞧着她神经紧绷，生怕自己会答应的神情，顺势应声：“嗯，下次吧。等忙完这阵子，我正式去拜访你的家人。”

“好。”

这下子，檀迦也说不上自己是松了口气，还是更别扭了。

檀迦刚回南境那天去了舅舅家一趟，当时家里没人，她就把东西搁在邻居处，听在小区乘凉的大婶说了会儿话便走了。

这期间，舅舅打了几次电话让她去家里吃饭，檀迦以在忙面试的事情连连推托。今天是舅舅的生日，檀迦实在不好拒绝，便去了。

檀惠出事时，檀迦还是个刚高中毕业的苦学生，纵使在学校里天不怕地不怕，以为未来尽在掌握，但还是慌了。

檀惠年轻时做过一段时间的报社记者，没攒下什么钱。她跟檀迦的父亲是在工作中认识，但怀上檀迦没多久对方便失踪了，名分是不可能有的，但好在每个月能收到一笔不菲的生活费。

檀迦打小没见过她爸，但因为她这个爸爸的关系，他们家的日子过得并不清贫。

母亲后来不工作，从收到的生活费里抽出一笔当檀迦的花销，其余的全败在了麻将桌上。她每天打扮得花枝招展的，没少被人戳脊梁骨。

所以舅舅和母亲的关系并不好，但舅舅对檀迦这个外甥女还可以。

舅舅住的是老小区，小区和单元门都没有门禁。檀迦一路上了楼，正准备敲门时，发现防盗门没关，虚虚地露出一道缝。

也正是这样，她听到了屋里人的聊天。

“……我刚才和你说的事你考虑得怎么样？一会儿迦迦来了，你主动提一下。”这是舅妈的声音。

舅妈毛珺珊是社区街道办的妇女主任，平日里最爱调解一些家长里短，也擅长搓红线当红娘。这不，她就操心起檀迦来了：“郭主任的儿子刚从英国留学回来，人品、样貌那是没得说，和迦迦正合适。”

“再说吧。”檀隶澍了解妻子，也了解郭主任儿子的品行，那就是个不学无术的浪荡子，不是婚配的良人。他这个外甥女命苦，从小没过过几天温馨的日子，他这个做舅舅的不能把她从一个破碎的家庭推进另一个火坑。

所以檀隶澍对此兴致不高，妻子提了几次，他都没给准话。见妻子实在是上心，他才说：“聿怿过几天要回来了，让迦迦先见见。”

傅聿怿是他带出来的学生，不说知根知底，但也是信得过的，是个有责任心、值得托付的人。

哪知他刚提议，便遭到妻子的拒绝：“这可不行！咱们女儿喜欢傅聿怿。”

檀迦正准备等屋里人聊完了再敲门，不巧住在楼上的阿姨拎着蔬菜从超市回来，见着她在门口，热情地打招呼：“小迦回来了！来看你舅舅，怎么没进去？”

老小区隔音不好，屋里人自然听见了，互相看了看。檀隶澍瞪了妻子一眼，提醒她一会儿不要乱说，这才出来迎檀迦。

舅舅很照顾她，但他多少有点儿妻管严，家里的事由舅妈做主。舅妈对檀迦说不上讨厌，就是正常对待。

檀迦进屋后，舅妈端着一盘水果笑盈盈地出来：“迦迦来了。”

檀迦喊了声“舅妈”，毛珺珊清脆地应了，热情地上下打量她：“真是长成大姑娘了，你这包怪好看的。有男朋友了吗？”

毛珺珊这话问得直接，压根不担心自己刚刚跟老公的谈话内容被听了去。换句话说，檀迦是她得罪得起的人，即便檀迦揭穿了，和她撕破了脸，毛珺珊也无所谓。

事实上，檀迦是懒得拆穿。

包里的手机振动了一下，檀迦拿出来看了看消息，同时微笑着回道：“舅妈，已经有了。”

在毛珺珊“迦迦的效率很高啊”的声音中，檀迦解锁手机看到了未读消息，然后冲毛珺珊不好意思地笑了笑，说：“人真不经说，我男朋友的消息。舅妈，我先回一下。”

确实是原恂发来的消息，问她公益方面的事情。檀迦回了几句，把自己这边有的资源共享给他。她自知能力有限，也不知道能不能帮上忙。

聊完正事，原恂来了句：“到舅舅家了吗？”

毛珺珊一直在看她，笑容慈和。檀迦察觉到了，但没有表现出任何的不耐，甚至扬起嘴角回了个灿烂的笑容，自然地跟她互动：“我男朋友非让我拍张照片。舅妈，你切的这个果盘真好看，我端着拍张照。”

说着，她端起果盘，挨在脸边，做作地自拍了几张，拍完，还真就给原恂发了过去。

檀迦：“在吃水果。”

原恂：“很甜。”

檀迦：“你怎么知道？”

原恂：“我说你笑得甜。”

檀迦扬扬眉，心想这不是挺会聊天的吗？

吃完饭，没说一会儿话，檀隶澍便接到了律所的电话，说合作方那边给了准信，约了见面时间。他电话还没挂断，便去房间换衣服，拿上公文包，一副要出门的样子。

“怎么突然要出去？是原氏集团那个负责人答应见面了？”毛珺珊道，“那你快去，这事不能耽搁。”

檀隶澍点点头，看向檀迦，说：“迦迦跟我一起走吧，正好开车送你回去。”

檀迦麻溜地起身，又礼数周到地和毛珺珊告了别。

出门后，檀迦继续聊刚才的话题："我刚刚听到说原氏集团，是律所和他们有往来吗？"

檀迦没有做生意的头脑，对当下商场的局势也不甚了解。但她做新闻，各个领域多少有些涉猎。加上原氏集团是原恂爸爸的公司，自然了解得多了些。

"原氏收购了我们以前合作的一家企业，现在正在和律所重新修订合作条款。"

确定不是坏事后，檀迦也就没多问，只道："舅，你把我放在欣欣超市门口就好。赵乾知道我过来，说晚上一起聚聚。"

"也行。"檀隶澍做长辈的，难免要唠叨几句，"你这几年一直在外面上学，家里的事可能不知道。赵家那小子打小浑，不学无术，长大了虽然没什么作为，倒还挺有担当，丁丁卯卯的，算得清，也不在街上惹事了。去年你赵叔工作时伤了腿，多亏他去要回了点儿赔偿款。"

"赵叔的腿没事吧？"这些年她跟赵乾没断联系，但没听他提过这事。

"被机器砸了一下，不严重。"

檀迦松了口气。

檀隶澍瞧着她，误会了她的意思："学生时代的情谊，珍贵。大家都是街坊邻里，知根知底，你如果能看对眼，舅舅绝对支持。如果还不急，那就等几天，舅舅给你介绍个不错的。你舅妈说的那个男生不靠谱，你别听。"

"舅，你想哪儿去了。我跟乾子是好哥们儿。"檀迦哭笑不得，忙澄清，"你外甥女这么好看，抢手着呢！下次我带男朋友回来。"

"还真有啊？我以为你是唬你舅妈呢！"

说话间，车子开到了欣欣超市，路边站着个高瘦的青年，寸头，穿着工装裤，人很精神。

赵乾也看见了他们，摆了摆手。

车子停下，檀迦和檀隶澍说有空再来看他，便下了车。赵乾扒着车窗，说道："舅，你把后备厢开一下，我出差带了几箱橙子回来，特甜，你跟我舅妈也尝尝。"

"这小子，有什么都想着我们。你留着送到你妈那儿啊！"

"我妈也有。你吃着好吃的话再找我要。"

"行！改天来家里吃饭。"

赵乾很快把水果放好，绕到前面来："早就想吃舅妈酱的牛肉了。你路上慢点儿开。"

目送车子离开，檀迦噎他："就你会做事。"

赵乾从马甲口袋里掏出两个黄澄澄的橙子，塞给她："少不了你的。"

"这还差不多。"檀迦扬眉笑了起来，"一会儿去哪儿？"

"先去我公司转转，晚上吃烧烤去。"

"走着，赵老板！"

那是一家规模不大的游戏公司，员工斗志很足，一看就是赵乾带出来的团队，身上带着相似的匪气。

待到傍晚的时候，檀迦给焉斐誉发消息问她在干吗，说自己正准备跟赵乾吃烧烤，问她要不要来。

焉斐誉回了个猫咪落泪的表情图，说自己在跟客户吃饭。

檀迦发了个"不干活就没饭吃"的表情图后，退出聊天页面。然后她随手点开跟原恂的对话框，晌午的聊天内容挺有趣的，看见就能乐一乐。

这愉悦的情绪一直保持着，以至于到了在烧烤店点的烤串上来后，她就将随手拍的照片先分享给了原恂："在吃烧烤！！！"

原恂很捧场，也拍了张自己的晚饭，是统一订的盒饭。

"你就吃这个？"

"临时开了个会，顾不上吃。"

"心疼哥哥。"

"嗯。"

檀迦又问："那你晚上加班吗？"

"大概率是要通宵。"

檀迦发了个用《甄嬛传》里眉庄的台词“我一切都好，你放心”做成的表情图。

正好赵乾跟她说话，问她工作找得怎么样，檀迦便把手机搁下，聊了几句。等她再拿起手机时，看到原恂也回了个表情图——

一个脸颊胖乎乎的小女孩正在眨眼的表情包。

檀迦十分诧异，回了一个问号过去。又过了一会儿，原恂才回：“怎么了？”

“说！你这是跟哪个妹妹聊天时存的？！”

彼时，被原恂搜刮了不少可爱表情图的祁周礼说道：“先给你这些吧，应该够用了。”

原恂挑了张比较正常的，先回了檀迦，然后陆续接收其他的表情图。他看着这些粉粉蓝蓝的图片，渐渐地露出了疑惑的表情。

祁周礼也在疑惑：“你在跟谁聊天？”

“家里的猫。”

“？”

烧烤店里，檀迦兴师问罪完，跷着鞋尖晃了晃腿。手机一振，有电话打进来，赵乾低头扫了一眼，还没看清，檀迦便把手机拿走了。

“大誉啊？”他随口问。

檀迦顾不上理他，咧着嘴特别开心地接通，语气欢快，拖着长音夸张地出声：“喂——”

赵乾都已经低头翻烤串了，闻言抬眸瞅了一眼。檀迦的表现太殷勤，不像是跟焉斐誉打电话。说实话，他很久没见过她跟外人这样放松地相处了。

但显然电话那头的人要比赵乾淡定得多。

对方似乎习惯了檀迦时不时这样的表现，平静地“嗯”了一声。

原恂是突然想给檀迦打电话的，但她接得太快，他静了一会儿才想到要说什么：“等发布会的事情告一段落，我们找个时间去看季老师。”

“行啊！”檀迦随手拿了根烤串，边吃边通话。两人就要带什么礼物聊了几句。挂断电话后，她抽了张纸巾蹭掉手上的油，抬头正要问赵乾“还要加什么吗”。

只是还没开口，她便注意到他直勾勾的打量。

“怎么了？”檀迦茫然地用纸巾擦了擦嘴角，还以为自己脸上沾了东西。

赵乾问：“原恂的电话啊？”

檀迦不置可否：“说过几天一起去看老师的事情。”

“你俩还有共同的老师？”赵乾问得直接，倒也是实话。

“一个老师在我复读那年帮了我不少忙，也是原恂原来的班主任。”

檀迦中午时在舅舅家没怎么吃，这会儿正饿。在赵乾面前也没讲究什么形象，边吃边跟他聊着天。

“我就纳闷，你怎么嫁给他了？”赵乾忍了忍，还是说了，“你哪怕跟了周肖罪，我也觉得比那公子哥靠谱。”

“你这是捧我还是骂我呢？”

周肖罪读的是镇上的私立高中，与檀迦的学校隔着半个小时车程的距离，但他每周都来第一中学给檀迦送吃的，对檀迦用足了心思。

“我就是夸张地形容一下。”这当真只是一句玩笑话。檀迦要是真和周肖罪成了，赵乾第一个去打人。

“不过他现在发展得不错，有一个新开发的楼盘，他在那儿当经理。上回碰见他，他说自己也在那儿买了一户，临江大别墅，特贵。好像还管着个车厂，玩改装车的，不知是他自己开的还是跟朋友一起弄的，这些年应该赚了不少钱。”

赵乾跟檀迦一起长大，对她的事了解得比较透彻。自己这些年接触过的女生不少，有比檀迦漂亮的，也有比她爽朗的。但令他佩服的，只有檀迦一个。她思想独立、辨是非，明事理，拎得清，身上有一股向上的力量。

赵乾高中时就觉得，她跟他们这群混日子的人不一样。也确实，檀迦在复读那年表现出来的毅力就令不少人大跌眼镜。

而原恂呢，样貌、才学那是没得挑，但檀迦跟了他，就像小白兔进了狼窝，以前那些人生经验都是小打小闹，道行还是太浅，日子危险着呢。

“不是我有偏见。这些公子哥打小会玩，他们的圈子就是那样，哪怕一开始洁身自好，相处久了，人的道德底线也会一点点降低。我平日谈生意，所见所闻，无一不能看到男人的劣根性。他们家没催你生孩子吧？你留个心眼，别被利用了。”

檀迦无语地看向他：“你这些年都经历了什么？”

“那可就多了，一时半会儿也说不完。”赵乾摸出烟盒，手一抖磕了磕，先给她，“来一根？”

檀迦没接：“戒了。”

她之前是会抽烟的，不过以为自己怀孕的时候便戒了，结果怀孕是个乌龙，烟却没再拾起来。

赵乾拢着手点了火，吸了一口，缓缓吐完雾，才接着刚才的话题说：“维系感情的方法千千万，酒是最省事的。古话不是说嘛，酒壮尿人胆，酒后吐真言。酒能坏事，亦能成事。”

确实。只不过檀迦不知道，酒精做媒，牵的这根红绳是件好事还是坏事。

一根烟抽完，赵乾又聊起来：“什么时候带出来吃个饭，让我也见见明德的优等生。”

说的是原恂。

关系近的这几个，焉斐誉、赵乾，只知道檀迦跟原恂结婚的事，他们一没办酒宴，二没有聚餐，还不如大学生谈个对象都知道请各自的舍友吃个饭有仪式感。

“忙完这阵儿吧。”檀迦甩甩头，示意，“回了。”

赵乾开车将檀迦送回去，到了目的地，目送她下了车。

檀迦进小区时，看到楼下有卖蒸糕的，跟阿婆多聊了几句，觉得对方辛苦，就把蒸糕都买了。她扭头一看，见赵乾还没走，正敞着窗百无聊赖地抽着烟。

赵乾等人走近，才说："怎么买了这么多？"

"阿婆挺不容易的。"檀迦说，"出这一次摊也赚不了几个钱，老人味觉没那么灵敏，做的东西不太好吃，有时候太甜，有时候又不够甜。住在这附近的居民第一次会觉着新鲜，买来尝尝，知道不好吃了，买的人就少了。但大家还是会买点儿。你看见没？老人的车棚上贴着张寻人启事，那是她儿子，被人贩子拐了几十年了，老人一直在找。"

赵乾盯着远处看了一会儿，问道："有希望找着吗？"

檀迦摇头，说："还能继续找，便是一种希望。"

她把买下的蒸糕分给赵乾："带回去点儿，我吃不了太多。"

"行。"赵乾推开车门下来，往车后去开后备厢，"正好，你也搬箱橙子。江西赣州当地的脐橙，挺好吃的。欸，还挺沉。走着，我给你送上去。"

檀迦狐疑着打量了他几眼。

赵乾被她瞅得只觉无奈，仿佛自己是什么危险分子："不是，迦姐，你这是什么眼神啊？放心，我一会儿见着原恂，保证客客气气的。"

起风了，闷热。檀迦环着手臂跟在他旁边，咂舌："走呗！"

原恂果然在加班，家里没人。赵乾把东西搁在玄关处，也没进去，临走前，向檀迦补了句："那什么……"

他们太熟了，扯皮惯了，导致一些真情实感的话说多了显得矫情，但该说的还是得说："我今天的话，你就当是我吓唬你，这只是个最坏的可能。过日子不能被焦虑压得不敢活，但心里还是得绷着根弦，免得最后人财两空。"

"少咒我。"檀迦当然知道他是为自己好，故作轻松道，"我命好，遇见的都是贵人。"

赵乾扬眉："确实。我也觉得自己是你的贵人。"

"滚滚滚。"檀迦赶人，作势要关门。

赵乾抓着门把手，拦了一下："我突然想起来，咱们读高中时你俩就挺暧昧的。那晚半座城停电，你跟原恂在停电的教室里发生了什么？我怎么听说原恂出来时脸都红了？说不准还真是一段好姻缘。"

“……”哪壶不开提哪壶！

门被关上，公寓回归安静。

檀迦本就是忧愁多思的性子，独处时想得更多。

她说自己高中时跟原恂没什么往来，这真的不是说谎。两人不同校，又差着两级，几乎没有在校园里碰见的可能。停电那晚的独处，还真是个意外，但两人清清白白，什么也没发生。

若两人现在没有交集，别人肯定信她说的，但背着个夫妻名分，说没点儿前因纠葛奠定感情基础，原恂一个玉树临风、年轻有为的时代新青年，干吗要娶她呢？

要么他是见色起意，要么她这个便宜老公就是蓄谋已久。

檀迦听着心里的声音，连辩驳的立场都没有。

原恂这晚没回来，檀迦靠在床头看了会儿书，实在撑不住才睡了过去。

夜里醒了一次，胳膊被压麻了。她将被卷到薄被里的书抽出来，翻身换了个姿势，迷糊间伸手摸了摸旁边的枕头，冰凉空荡，没有人。

这夜，她做了个不太好的梦。

十八岁之前的檀迦漂亮又张扬，因为有“风生水起小分队”，她无忧无虑，肆意轻狂，是众星捧月般的存在。

但在檀惠去世后，檀迦被敛走所有棱角，再也没有什么年少轻狂，剩下的不过是迷茫与慌张。

她复读，考去了母亲一直念叨的大学，做起了乖乖女，成了同学、老师眼中的好孩子。她还跟一个别人口中的优等生、天之骄子结了婚，对方是一个她站在一旁会显得格格不入的男人。

她所经历的每一步都是出乎意料的。在这种诚惶诚恐的无措中，她逐渐淡定，以至于仅仅隔了五年的时间，檀迦就已经快忘记自己高中时的样子了。

直到这天她做了个梦。

梦里她回到了高中，场景好像是市第一中学的运动会，学校规定本校跟明德两个校区的学生一起参加。

他们班学习成绩不行，但体育竞技能力很强，运动会项目报得满满的，每年都是全校拿奖最多的班级。

檀迦则是他们班拿奖最多的学生。

当时檀迦刚跑完 4×400 米接力赛，衣服上的号码布还没摘，站在他们班观众席前面的休息桌旁跟朋友说话，不知谁递来一罐雪碧，她接过来随手就开了。

雪碧被人恶意晃过，刹那间，无数泡沫从拉环口喷出。檀迦连忙歪了歪上半身，胳膊伸得老远。她这一躲，旁边的人遭了殃。

在其他人的惊呼声中，檀迦认出遭殃的人是隔壁校区的原恂。

檀迦那时候多虎啊，心高气傲的，一点儿也不怕他。

而且她在梦里竟然还记得他们结婚的事，她顶着原恂冷若冰霜、满是厌恶的眼神，嘲讽道："哼，以后我可是你老婆，你最好对我好点儿。"

梦做得断断续续的，依稀又梦到了什么，但檀迦脑子乱，根本记不清楚。

好像过了很久，画面又一转，是檀惠出车祸那时的事情。

檀惠的车祸是个意外，肇事司机家里穷，也没赔多少钱。而檀迦根本不想要对方赔钱，她只想要自己的家人。

那天她跟朋友在游戏厅玩，周肖罪身旁的一个小弟急匆匆地跑来，告诉她："迦姐，你妈要死了。"

赵乾听到后，抬腿卷了他一脚，替檀迦还嘴："会不会说话，你妈才死了呢！"

小弟一边拍着屁股上的土，一边纠正了自己的用词："迦姐，阿姨出了车祸，现在人在医院。"

檀迦赶去医院时，医生正在病床旁盖白布。

檀迦是哭醒的，头埋在枕头里，一阵心绞痛，缓了好一会儿。

房间里只开了一盏暖黄色的小夜灯，檀迦翻箱倒柜好一会儿，才从一件去年的呢子外套口袋里找到了半盒烟。

连个打火机都没有，她索性也不找了，摸黑去了厨房，打开燃气灶借了火。倚在灶台上歇了一会儿，檀迦才在尼古丁的麻痹下稍稍平静下来。

她想到檀惠打麻将的样子，想到檀惠抽烟的样子，想了挺多，开心的，不开心的。实在是不敢继续想下去，她便强迫自己想点儿别的事情转移注意力。

一不留神，她想起梦里原恂那非常难看的脸色，忍不住心想：怎么这人在梦里也一副不近人情的表情啊？

檀迦拿出手机看了一眼，没有原恂的消息。她挥了挥手，把眼前聚着的烟雾挥散，心想别再把这房子给他熏臭了，然后转身去了阳台。

近几年她的小心思多，东想想、西想想，还特别爱延伸，独处时更甚，一点儿也没有高中时代那股子洒脱劲儿。

天空渐渐泛起鱼肚白，不多时，朝阳铺满城市，檀迦才捻灭手里的烟，起身离开了阳台。

原恂早晨回来时见阳台的折叠门大敞着，夏日清晨闷热的风吹进来，公寓里空荡荡的，一片寂静，不见檀迦。

他过去关门时，看到阳台桌子上的陶瓷杯里有不少烟蒂。

原恂刚熬了个大夜，思维有点儿跟不上，所以在原地停的这会儿工夫，他没想出什么确切的结论，只是大概数了数杯里的烟头数量。

他深吸了一口气，转身去茶几旁拿垃圾桶，准备把桌上的垃圾收拾了。

檀迦刚跑完步回来，浑身上下散发着青春荷尔蒙的气息以及夏日清晨的热情。看到在客厅的原恂，她扯下耳机，欢快地说：“欸，我还以为你得到晚上才回来。”

今天是“同风起”的新品发布会，临到关头，估计很忙，檀迦能理解。

“发布会在下午，我回来换身衣服。”原恂把刚拿起的垃圾桶搁回原处，没吭声，随手从茶几下层拿了样东西往客厅的另一边走。

“吃饭了吗？”檀迦抬了抬手臂，让他注意到自己手里的东西，“我带了早点，你先吃。我先洗个澡。”

檀迦把东西搁到餐桌上，抬手绾了绾头发，身影轻松自在。脏橘色的无袖运动背心衬得她皮肤发白，后背窄薄，肩膀圆润，深色的运动短裤显得腿又长又直。

那件背心短，她抬臂时露出一截窄瘦的后腰，腰上有一对浅浅的非常漂亮的腰窝。刚运动完，檀迦白皙滑腻的皮肤上蒙了层薄薄的汗，手臂跟腿部的肌肉呈现出健康流畅的线条。

很阳光健康的形象。

原恂瞧着她的背影，正准备说什么，手机先响了。

“哥，你人呢？”

“迷路了？不能吧？”

“说好要去检查发布会场地的，我还在小区门口等着你呢，你不会自个儿睡着了吧？”

接连好几条消息，都是祁周礼发来的。

昨晚团队熬了个大夜，早晨祁周礼说要提前去场馆对流程，原恂想着早晚都得过去，便说先回家洗个澡，换身下午演讲的衣服，一起过去得了。

哪知出了点儿小状况。

浴室里很快传来哗哗的水声，原恂朝那边看了一眼，给祁周礼回：“没睡。有些事要处理，得晚点儿，你自己先去。我安排其他人跟你一起过去盯着。”

原恂时间观念强，他会放鸽子的话，一定是遇到什么大事了。

小区门口临时停泊的那辆私家车里，祁周礼原本懒洋洋、没骨头似的躺在驾驶座座椅上，收到这条消息后陡然心惊，弹了起来，坐直：“出什么事了？需要帮忙吗？”

“家里的猫闹脾气，我哄一会儿。”

“……”

场馆那边不能没个懂技术的盯着，原恂另找了团队的一个员工过去。等原恂把手上的工作安排好，檀迦也从浴室出来了。

运动让人心情愉悦，檀迦这会儿已经没了梦醒那会儿的颓丧气。她素面朝天，肩上披着条白毛巾，半干的头发一缕缕地铺在上面，身上穿着紧身的吊带和短裤，因为骨架小，皮肤清透白皙，整个人显得格外青春。

她抱着换下的脏衣服去阳台用洗衣机时，心情不错地哼了两句晨跑时歌单里还挺好听的一首歌，直到看到自己昨晚用来装烟头的陶瓷杯，这才愣了一下，下意识地扭头朝餐厅看去。

原恂正站在微波炉旁热檀迦打包回来的米粥。开放式厨房留出的操作空间很宽敞，原恂随便往那儿一站，挺拔又惹眼。

许是熬夜困了，他身上那股漫不经心的懒散劲儿特别浓烈，连带着眼角也没什么耐心地垂着，甚至微波炉完成工作的“叮”声响起，他也是迟了半拍才慢吞吞地把碗拿出来，也不知在想什么，反正浑身没带多少攻击性。

原恂确实是困，但阳台的那杯扎眼的烟蒂令他没办法躲闲。

理科生思考问题讲究逻辑，讲究因果始末，无风不起浪。所以他将能想起的有关自己与檀迦的事情摊开，专注地梳理其中的利害关系。

但任何牵扯上感情的问题，都不会有标准答案，所以原恂的这番思考并不顺利。

确认原恂没有注意到自己，檀迦松了口气，照旧把衣服塞进洗衣机，设置好时间，然后不动声色地把烟头连带着陶瓷杯一起丢到垃圾桶里，这才抬步走向餐桌。

她刚坐下，就见原恂将热好的小米粥推到自己面前，漫不经心地问：“昨晚睡得不好？”

檀迦装傻地“啊”了一声。

原恂自顾自地说：“原本是要给你发消息说一声的，但太忙，没发现手机网络不稳定导致消息发送失败了。”

“少往自己脸上贴金。我没睡好，是因为做了个噩梦，跟你没回来一点儿关系也没有。”

“是吗？做的什么梦？”

“记不清了。”檀迦埋头吃饭，以一副“我很饿，暂时不要跟我讲话”的状态屏蔽掉外界的一切互动。

原恂顺着她的反应，自然地接话：“不信？”他腾出一只手往口袋里摸，掏出手机后，一边慢吞吞地嚼着东西，一边垂眸看着手机屏幕。他单手操作着，打开与檀迦的微信聊天页面后，把手机放到桌子上，推到檀迦跟前。

檀迦压根没因为这个生气，但也没拆穿原恂的误会，只淡淡地瞥了一眼。微信页面上显示，昨晚十点的时候确实有一条发送失败的消息。

她咬着烧卖，忘记了嚼，不自在地别了别眼。早上自己强制性排空的心思正被原恂不着痕迹地填满，但具体是一种什么情绪，檀迦形容不上来。

这种感觉很奇怪，檀迦从未在原恂身上体会过。可能是檀迦太独立了，没对原恂有过期待。但原恂对她确实事事有回应。两人刚确定关系那会儿，他来学校见自己，来回都会有短信报平安；毕业后住进这处公寓，他出差的行程或者留在南境时是否加班，都会告诉她一下，虽然大都是简单的看不出感情的几个字，却让檀迦习惯了。

原恂不着急收回手机，坦坦荡荡地丢在那里，自顾自地问道：“我清白了？”

“想得美，你之前衣服上有根长头发的账我还没跟你算呢！”檀迦多少有些恃宠而骄，无情地掰扯起别的事来。同时她又忍不住地多看了眼手机屏幕。他为什么就这么自然地把她当作家庭的一员，可以做到每天都汇报行程？为什么自己连跟他说句晚上住闺密家都要纠结好久？

这不看还好，檀迦一不留神，注意到了一个更重要的细节——

对话框上面的备注是：AAtan+。

“什么长头发？”原恂不知道还有这茬儿，一头雾水地追问道。

头不头发已经不重要了！檀迦紧着当下的事情追责，手里的烧卖往碗里一放，原恂刚刚热烧卖的时候换了家里的瓷盘装，硬硬的碗在木桌上碰出尖锐的声响，一同响起的还有檀迦的惊呼声："好啊！你竟然给我备注AA，你还说没有觉得我胸小！"

原恂一脸冤枉的神情："我微信里朋友杂，用A备注可以显示在列表最上面。"

但檀迦对这个解释充耳不闻："你把对话框置顶不行吗？"

"也置顶了，你自己看。"

檀迦配合地看了一眼，依旧板着一张脸，嘴巴噘得都能挂油瓶了。

原恂把手机收了，问她："你是不是生理期到了？"

"禁止性别歧视，不要岔开话题。"檀迦顿了一下，借题发挥又给他安了个罪名，"所以是因为这个，你昨晚才没回来？"

"我可真是要被你气到了。"原恂熬了一宿，现在直发蒙，压根跟不上檀迦的脑回路，没好气地把手机重新丢回去，给她权利，"改，你改！你把备注改个你喜欢的！"

"改就改！"檀迦气鼓鼓地把原恂的手机拿起来。

原恂的手机跟檀迦的是同型号，黑色的，她用起来很顺手。

过了一会儿，檀迦嫌弃地把手机丢回去："改完了。"

原恂："改的什么？"

"你自己看。"檀迦把自己的碗碟往桌子中央推了推，抽了张纸巾擦嘴，然后趿拉着鞋子往卫生间走。

原恂瞧着她雄赳赳气昂昂的姿态，无奈地摇摇头，气笑了。他把手机解锁后，看到了新的备注：正牌夫人。

去发布会的路上，原恂问起："那天早晨你蹲在脏衣篓旁边骂我，就是因为看到了我衣服上的头发？"

檀迦一脸"你想好怎么解释了"的神情微笑着望向他。

"我刚刚回忆了一下，那晚祁周礼生日，酒吧人多，不知什么时候沾上的。"

"最好是。"檀迦酸溜溜地说，"沾了根碰巧跟葛清梦发色一样的头发。"

檀迦语速快，原恂一时没听清名字：“谁？”

檀迦撇嘴：“也是，你追求者那么多，怎么能每个都记得名字！”

原恂斜眼觑了她两眼，拆穿：“敢情你这是吃醋了。”

“谁爱吃谁吃，我才没吃！”

“你说什么就是什么吧。”

焉斐誉说得没错，她就是嘴硬，还喜欢窝里横。

“你如果不放心，下次跟我一起去。”车子到了场馆外面，停稳后，原恂说，“正好，今晚发布会结束后有聚会，你过来让大家见见我的正牌夫人。”

“我看看自己的档期吧。”檀迦翘着嘴角，心情不错地解开安全带。

原恂目送她下车的身影，哧笑了一声，可算是哄好了。直到她走远，他才接通了刚刚一直打进来的电话。

“祖宗，您这时间观念是怎么回事？上午不来就算了，怎么都这个点了，你还没出现，电话也不接，我差点儿联系警察报儿童走失了。”对面嘟囔道，“真不该让林葭在这个节骨眼儿出差，本来就没多少人手，还有个耍大牌懈怠工作的。”

被评价“耍大牌”的原恂面不改色地掉头，去找停车位：“马上，我到场馆外面了。”

场馆外面人很多，檀迦下车后，挤在人流里不紧不慢地往前走，没回头看原恂，倒是拿出手机给他发了条消息：“我昨晚做梦梦见你了。但是你凶我，我都被吓哭了。”

檀迦没指望他立马回，兴师问罪完便把手机收起来。没走几步，她就看见舒杳站在场馆门口冲自己摆了摆手臂：“迦姐，这里！”

焉斐誉也在那儿，两人刚刚一边闲聊一边等她。檀迦拉了拉包包的肩带，走过去：“你们来得真早。”

“刚到，没等多久。”舒杳踮着脚朝檀迦过来的方向看了一眼，其实也看不着什么，只看到流畅的车身，“奔驰啊！刚刚送你来的是谁啊？不会是男朋友吧？”

舒杳说着，和焉斐誉一对眼，一脸八卦地笑着。

“我看看，哪辆？”焉斐誉配合地追问，意味深长地冲檀迦一挤眼：“甜蜜啊！”

檀迦赔笑，推着两人往场馆里走，试图岔开话题：“先进去，一会儿人多又挤。你们刚刚在聊什么？”

“说葛清梦呢！我刚才看到她也来参加今天的发布会了。”

“是吗？”她随口应了句。

舒杳就着葛清梦的话题聊起来，檀迦听着，时不时应一下，反正有焉斐誉在，聊什么都不会冷场。

入口处检票时，包里的手机一振，檀迦也不知因为什么，竟直觉会是原恂发的。

她拿出来，看到原恂的回复，还是两条——

“那我替梦里的那个我道歉。”

“我都舍不得对你说一句狠话，他怎么敢的。”

檀迦忍俊不禁，弯了弯唇角。

原恂停好车，到场馆二楼的休息室时，祁周礼正在跟林葭视频通话。

祁周礼今天穿了件印着抽象风油画花色的衬衫，下摆扎在浅色的休闲裤裤腰里。得亏他一张脸够漂亮，皮肤也白，才撑得起这件不知道设计师当时在想什么才设计出来的衬衣。

他个子比原恂要矮一些，但身材比例好，敞着大长腿松散地仰靠在沙发上，衬衣扣子扣了一半，露出里面内搭的纯白色T恤。他一边跟人说话一边拨弄自己的头发，眉梢眼角尽是风流与潇洒。

“少爷，您能别再拨弄头发了吗？”视频里的女生毫不留情地嫌弃道。

祁周礼真是服了林葭，烦躁地坐起来，道：“行行行，知道你不爱看我。”

正巧原恂走到门外，路过的员工喊了声“原哥”，原恂应了一声，随口问道：“祁总在里面吗？”

视频那头的人耳朵尖，立马发问：“是阿恂吗？”

“你身体里是有‘恂达’吗？我还没注意到呢，你就听见了？”祁周礼切换到后置摄像头，手机屏幕里鲜艳扎眼的色彩瞬间变成了黑、白、灰。

原恂回家一趟，确实换了身衣服，但还是一贯的穿衣风格。不过今天的皮鞋好像更讲究了些，虽然他平时穿的皮鞋也都是定制的，但今天这双除了是新的外，流畅的版型看着更贵气一些。衬衣和西裤都是基础款，上浅下深，料子垂落感很好，完美地修饰着他的窄腰长腿。他远远地走来，磊落英俊。

“你可算是来了！”祁周礼被放鸽子的怨气还没消，见着原恂便开始控诉，生怕过会儿忙起来就顾不上了，“赶明儿我得去你家看看你那猫主子金贵成什么样，又是闹脾气，又是需要表情图陪聊的。”

原恂“嗯”了一声，一副“随便你”的样子，不做任何反驳，只问：“没什么意外吧？”

“一切顺利，就等着开场了。”

原恂抬步走近，瞥了眼他攥着竖在身前的手机，抬手遮了下摄像头的位置：“录什么呢？”

祁周礼将镜头一晃，示意原恂看：“在跟林葭视频。”说着，他把手机往原恂手里一塞，说，“正好，关于 GT 合作的事，她有几个细节要问你。”

原恂胳膊一伸，顺势接过手机。休息室里就一张长沙发，被祁周礼坐在正中央霸占着。

他提了下裤管，随意地往沙发扶手上一坐，顺手把视频改成了语音通话，又变成了公事公办的语气：“什么问题？”

原恂讲语音时，祁周礼一直盯着他。

祁周礼当初知道有原恂这么个人，是因为自己的暧昧对象对原恂移情别恋；真正认识他，是因为他们一个共同的朋友。

他那个朋友也是计算机专业的，父母在部队里，职位还挺高，受了成长环境的熏陶，对无人机可谓是痴迷。人看着寡言，但是技术真的厉害。

祁周礼跟这个朋友是发小，一直认定没有比他更厉害的天才了。直到遇见了原恂，才发现对方简直是男神级的人物。

说天才都狭隘了，原恂给人的感觉就是从容又有力量，这种力量不只表现在专业能力上，比如平时的待人接物的小习惯，比如遇到大是大非的处理方法，都很值得人学习，可能是具备强大的信服力，他具有一种领袖精神。

女人欣赏或者喜欢上这样的男人，真的是一件很简单的事情。

借着这通跨国电话，林葭见缝插针地聊起闲话："我刚刚听到，你养猫了？"

"没有。"原恂点到为止，用"话题终结者"来形容一点儿也不过分。

林葭倒是不以为意，轻松地接话："遗憾。本来还想看看你家猫咪的照片呢！"

原恂则说："嗯。我把手机给周礼。"

林葭应："……好。"

祁周礼接过手机，见语音电话还通着，他问："你什么时候回来？"

"应该还有一阵。我尽快吧。"

林葭的性格是真的好，她跟祁周礼属于很能聊的人，社交能力很强。"同风起"的多数业务都是靠这两张嘴"忽悠"来的。

不过今天林葭想胡扯的欲望不大。

挂了语音电话后，祁周礼才后知后觉地咂摸出不对劲来，头一偏，看向原恂，发问："你在躲着她？"

原恂不知这罪名从何说起："我对异性不都是这个态度吗？"

祁周礼质疑："林葭是普通异性吗？你这话被她听了去，她可真是要寒心了。先不说咱仨在'同风起'共患难的这些年，过去在大学里，咱跟林葭也不是普通朋友。"

说话间，原恂接到工作人员的电话。现场灯光的程序出现了点儿故障，祁周礼紧急把大家召集起来开了个小会。

员工们都到齐了，但祁周礼对着休息室的投影仪研究了半天也没弄好。

“我来吧。”原恂及时站出来，三两下就帮电脑白痴解决了投影的问题。

他正准备起身让位置，祁周礼冲他打了个手势，另一只手晃了晃显示着来电中的手机，示意他等会儿：“张总的电话，估计是鑫茂的单子。电脑桌面上有文件，你给大家说说安排。我出去接一下电话。”

上午放了他鸽子，原恂这会儿任劳任怨，开了文件，简单浏览了一遍，代替祁周礼开始安排大家的工作。

祁周礼挂了电话回来，喜气洋洋道：“阿恂，我微信传了一个文件给你，是关于鑫茂的单子的，一块儿给大家看一下。”

原恂看了眼时间，问：“急吗？不急的话，发布会结束后再聊这个。”

祁周礼扬眉：“是个好消息，现在让大家看看，开心一下。”

“行。”说话的工夫，原恂登上微信，接收了祁周礼的文件。

房间里的会议桌不大，不少人站在旁边。这会儿大家窃窃私语，不知说到什么，气氛有些热闹。

祁周礼此时没看这边，他拍了拍旁边男同事的肩，说：“扬子，你这黑眼圈有点儿重。昨晚加班回去后没休息吧？是不是又玩了一晚上游戏？我待会儿就去游戏上看你的战绩，你这是玩了几个小时啊？你自己能熬，但得让身体休息啊！你二十岁的身体扛着五十岁的器官，受不住啊……”

祁周礼正准备拿原恂举例子，说你看你们原哥虽然也拼，但人家知道休息啊，早晨回家换衣服都知道偷懒睡会儿。

话还没说完呢，他一偏头，目光划过幕布上的某个备注时，被紧紧地黏住，移不开了。

幕布上显示着微信页面，右侧是原恂与祁周礼的对话框，文件的接收条马上就加载到尾端，左侧有一排列表显示着原恂近期聊过天的好友。

祁周礼注意的是置顶的那位。

“哈？！”复杂的情绪滚在嘴边，祁周礼没忍住惊讶出声。

他想自然、低调且有效地提醒原恂这件事，但他打量了一圈会议室的人后，知道已经晚了。

在场的所有人都已经看到，他们原哥微信聊天页面置顶好友的备注——正牌夫人。

终于等到会议结束，祁周礼按捺不住心中的好奇，忍不住问他：“谁啊？”

见祁周礼一个劲儿地朝自己的电脑使眼色，原恂以为他又发了什么消息，等打开微信页面，才反应过来他指的是自己的某个微信备注。

“……”原恂突然回忆起其他同事在会议上的奇怪反应，不禁眉头微蹙，意识到问题所在。

祁周礼不知好歹地刨根问底：“不会是那个记者吧？”

原恂意外于他猜得这么准，反问：“很明显吗？”

“昨天她在酒店堵你时，我就觉得她看你的眼神不单纯。”祁周礼想了想，“我记得她说是你的高中同学，叫什么梦来着。”

说的是葛清梦。

原恂干脆地澄清：“不是。”

最近“同风起”除了要准备发布会，还在忙鑫茂的单子。因为中间出了点儿问题，所以昨天下午原恂跟祁周礼直接去了趟客户住的酒店谈事情。

事情谈得还挺顺利的。

两人从酒店出来时，正巧碰见葛清梦。葛清梦倒没有再提采访的事情，只热情地和他们打了个招呼。

根本谈不上什么所谓的“堵他”。

祁周礼打算继续八卦，却听休息室的门被敲了两下。有同事提着两杯咖啡进来：“原哥、祁总，这是你们的咖啡。”

祁周礼问：“谁点的？这么大方。”

“不是原哥点的吗？”来人挠挠头，“是一个女生送来的，姓葛，说是原哥的老同学。”

原恂皱眉：“所有人都有？”

“是啊！”同事顿了一下，反应过来，“是不能收吗？”

见原恂没吭声，祁周礼摆摆手，示意没事：“这有什么不能收的！大家今天辛苦，喝杯咖啡提提神，等结束了还有大餐。”

“谢谢祁总。那祁总、原哥，我去忙了。”

“还真是不经说。”等人走了，祁周礼意味深长地扬扬眉，冲原恂道，“敢情这位记者老同学不想采访，改采你了啊！送都送了，你想不收也迟了。”

因为是科技产品的发布会，所以现场装潢得前卫又吸睛，有不少观众举着手机拍照留念。

舒杳也拿出手机，打开相机前，看到通知栏的消息，不意外地笑了一下，随口说道：“看来‘同风起’很火啊，央大同乡群里也在聊今天的发布会。”

“我发几张现场图让他们羡慕一下。”舒杳正说着，不知看到什么，“欸，这照片里的人是原学长跟葛清梦吗？”

檀迦不经意地朝舒杳看了一眼，舒杳顺势把手机屏幕朝向她：“都这么多年了，葛清梦还妄想追原学长，真是有恒心。”

照片拍得不讲究，谈不上任何构图，但照片中央说话的两个人被拍到了正脸，很清晰。他们背后，酒店的名字也入镜了。

“怎么了？我看看。”焉斐誉凑过来，朝手机屏幕扫了一眼。

舒杳正准备跟焉斐誉说几句前因，焉斐誉却比她料想的要机警，早在第一时间便望向了盯着手机屏幕眼神茫然的檀迦，话说得直白，但不确定的语气又保留了余地——

“原恂这是跟她去酒店了？”

焉斐誉说完便噤了声，四下陷入短暂的死寂。

所以檀迦将自己的心声听得十分清楚——她老公跟别的女人开房？檀迦的第一反应是不可能。喜欢原恂的女生有很多，比葛清梦更放得开追求他的也有，但从不见他对谁特殊过。听舒杳说，他大学时期是学校的风云人物，在各大竞赛上拿奖，院长的女儿也追过他，但原恂对谁都是客气礼貌的态度。

所以这样一个不近女色、清心寡欲的人不至于被情欲战胜。

但很快，檀迦脑海里又出现了另一个声音——你不就是个例外吗？

过去的认知被尽数推翻，檀迦的大脑陷入空白状态。她说不上来是什么感觉，就像在梦里那种想要抓一样东西，却怎么都抓不到的无力感。

一直以来，檀迦对婚姻没什么概念。这样说不是推卸责任，而是事实就是如此。檀惠独自把她带大，在这种散养状态下，檀迦的家庭观念趋近于零。

在她身边，好像每个家庭都有或大或小的矛盾。小时候，舅舅跟舅妈也闹过离婚，因为舅舅的软弱，舅妈的强势，吵架时，家里的盆栽摔了一个又一个，只不过现在年纪大了，人也变得宽容，也愿意给对方更多的信任，家庭才和谐起来。

赵乾的爸妈很早就离婚了。他爸生意头脑不错，赶着创业浪潮小富了一把，钱还没攥热便有了外遇，赵阿姨也强势，宁愿撕破脸也要要个说法。这几年，因为赵乾在中间调和，一家人勉强能心平气和地吃一顿饭，但早些年的伤疤仍历历在目。

如果在这些情况里檀迦只是个外人，一叶障目，所看所闻过于局限，那焉斐誉的例子呢？焉斐誉跟男友恋爱长跑近十年，拥有被檀迦连连夸赞、早早准备好份子钱、恨不得孩子叫什么都想好的甜蜜爱情，结果最后感情破裂，一拍两散。

更不要提檀迦父母的感情了，她连自己亲爹是死是活、长得丑还是帅都不知道……

人类的感情，一旦生变竟可以凉薄至此！纵使曾经真诚相待过，也会反目为仇。

檀迦没有见过“什么是完美家庭”这个问题的标准答案。

发布会现场的屏幕上不知出现了什么，引得观众间爆发出热烈的惊呼声。

她站在欢呼声中央，朝舞台看去——广阔秀美的大自然风光映入眼帘，无人机在迅猛地俯冲后，依然能保持平稳清晰的摄影画面。观众震撼于这项技术与应用的完美融合，而檀迦在这不适的眩晕感中，只觉得反胃、恶心。

她移开视线，连深呼吸都不用做，便可以平静地对舒杳说："你把这几张照片转给我一下。"

舒杳不解地"嗯"了一声，似乎没懂她的意思，但很快还是照做："哦，好。"

舒杳对檀迦的事很上心，听她说完便把照片如数发给她，甚至贴心地把老乡群里目击者的言论截图，然后一并发给了檀迦。

照片里两人面对面站着说话，葛清梦始终看着原恂，眼里的爱意大胆又直白；而原恂不知在看什么，朝另一边侧了侧头，这才被拍到了两人同框的正脸。

檀迦盯着不断有新图片弹出来的对话框，突然陷入了茫然——她要这些做什么？

在檀迦常玩的一款游戏里有一对情侣英雄，它们有一段对白，她很喜欢。

当独立乐观、好像对任何事情都满不在乎的男英雄问起恋人："如果我死了，你会怎么办？"

那个不苟言笑、具有反派色彩的女性角色坦然地说："我会把世界烧成平地，再从灰烬里建起一座城堡，在里面独自生活，直到永远。"

正如角色本身理解的那样，檀迦也这样认为——"那，真美好。"

爱情可以令人疯狂至此。

她承认自己也曾期盼过爱情。她过去想当然地以为，虽然自己和原恂有个草率的开始，但或许能拥有一个不错的展开。如果可以，檀迦愿意将他作为此后余生唯一的家人，事实却让檀迦失望。

焉斐誉欲言又止，问："迦迦，你要……"

意识到舒杳在这儿，焉斐誉后面的话没说。

檀迦浅浅一笑，看着状态还不错："先看发布会吧。"

"好。"

焉斐誉来这儿是找机会跟Kira套近乎的，临时出了意外，她也没了其他心思。

发布会进行到一半，檀迦说要去厕所一趟。舒杳盯着她离开的方向，直到再也看不到她，才收回视线，犹豫地猜测着："迦姐跟原学长……"

继续瞒是瞒不住了，焉斐誉点头承认："已经结婚了。"

舒杳诧异地捂住了嘴，小鹿眼瞪圆，随即露出喜色："般配！"

焉斐誉无奈地笑道："你啊，活像是檀迦的粉丝。"

舒杳鼓了鼓腮帮子，不服气地站直："必须的！"

焉斐誉笑了笑，知道是舒杳记恩。

当年舒杳被捉弄喷了一身雪碧，薄薄的夏季校服湿了一大片，透出里面的内衣。大家都在笑她，好在有一个路过的男同学把自己的外套脱给她救急。

而这个好心的男同学不是别人，正是葛清梦纠缠了很久的优等生原恂。葛清梦因为外套的事，彻底盯上了舒杳。

周五大家都放学了，檀迦离校后才想起家里的钥匙落在学校了，便折回去拿，恰好撞见葛清梦为难舒杳。

时过境迁，当年为难别人与被为难的人都已经跨入了另一个阶段，往事在岁月的长河里变得越来越模糊，似乎无足轻重了。

发布会现场，舒杳低头看了看手机，突然反应过来："那这照片……应该不是……"舒杳笃定地纠正用词，"我觉得一定不是真的。原学长这样坦荡正直的人，不会做有违人道的事情。"

"嗯。但愿吧。"

舒杳频频朝厕所方向看去，面露担忧："迦姐不会已经去找原学长吵架了吧？我们要不要过去帮忙？今天葛清梦也在会场，如果一会儿打起来……"

正说着，檀迦出现在人群里，不紧不慢地往回走——她确实只是去上了个厕所。

整场发布会结束后，檀迦才说：“你们先回去吧，我处理点儿事情。”

“我一会儿也没有别的安排，要不我们陪你吧！你自己——”舒杳面上一急，想陪着她，刚跨出一步，便被人扯住了胳膊。

焉斐誉在舒杳看过来时，轻轻摇了摇头：“让她自己解决。”

檀迦要强也要面子，打小就不喜欢别人插手自己的事，关键时候的决定还得她自己来拿，就连焉斐誉也不能替她做主。

发布会顺利结束，后台有些热闹，但四处都是轻松的气息。

檀迦面无表情地从人群中穿过，有人注意到她，但没人认识她。倒是遇着个她认识、对方也认识她的人——葛清梦，她正站在露台处打电话。留意到檀迦前，她正沮丧地跟朋友打电话：“我请他公司的所有人喝咖啡，结果刚刚他公司的同事把咖啡钱拿给我了……”

她说着，直觉旁边有人，一歪头便看到了檀迦。

檀迦真的只是路过，她心想自己一会儿可能要面对一场争吵，会不会两败俱伤尚不知道，但是情绪强烈的波动势必会让她感到疲惫。

所以檀迦在直面原恂前，站在这个清净的角落，扪心思考自己到底想要什么，权衡着利弊。

檀迦听见旁边有人打电话，认出是葛清梦后刚打算离开，却已经被她发现了。

“你怎么在这儿？”葛清梦面露诧色，率先发问。

檀迦想到那几张照片，眼神淡淡的：“有事？”

“你来找原恂？”见檀迦还要往休息室走，葛清梦立刻跨出去半步，提醒她，“他已经结婚了。”

檀迦脚步一顿。

葛清梦继续道：“你不知道吧！”

檀迦莞尔：“知道。然后呢？”

檀迦在休息室外，刚准备敲门，里面正好有人出来，是个穿着花衬衫的年轻男人。

男人没料到门口有人，被吓了一跳，为自己差点儿撞到她先说了句“不好意思”，随后见她眼生，遂仔细打量了她一番，问：“你找谁？”

檀迦说：“你是祁周礼吧，我找原恂。他在吗？”

祁周礼扬眉，原恂的桃花运怎么这么足？身边的妹子一个赛一个的漂亮。他朝屋里看看，刚准备喊原恂，却见当事人已经过来了，便挑眉笑道：“找你的。”

原恂“嗯”了一声，视线始终落在檀迦身上。

祁周礼正在想原恂会怎么拒绝这个妹子，却听原恂主动开口。

“一会儿跟我们去吃饭。”原恂问，“想吃洋房火锅还是烧烤？”

“都行。”

“那你坐在这儿等一会儿？”原恂说，“我把视频电话打完。大学教授打来的，不好推。”

“好。”

祁周礼目瞪口呆——原恂竟然这么有耐心吗？还解释上了？

休息室的空调开得凉，檀迦今天穿的是短裤，上身穿了件白色的做旧风牛仔马甲，不过马甲是无袖的，扣子只起装饰作用，就是敞开穿的设计，而檀迦在里面只搭了件单薄的露脐背心。

好看是好看。

她个子高挑，身材曲线不属于火辣型，但该有的也没拖后腿，而且是标准的九头身，腕线过裆，两条腿长且直，比例完美，皮肤还很白。

原恂跟导师视频通话时，手自然地伸过去，捏了捏她的手臂，觉得她皮肤凉，便拿起空调遥控器把休息室的温度调高，然后把一旁的西服外套拿过来，示意：“盖着腿。”

“不用。”

“没事，我的衣服。”

檀迦不是这个意思，但不再拒绝。

随后，她拿出手机看了看，整理着一会儿要跟原恂说的话。

走廊上有人经过，檀迦觉得很吵，心想这房间隔音效果真差，一会儿自己要是跟原恂吵起来，外面岂不是都能听见。谁知一抬头，她发现门没关，而刚刚在门口和她打过照面的祁周礼还杵在那儿。对方嘴巴微微张开，很吃惊。

檀迦没有深究他为什么是这副表情，理所当然地提醒他："你不是要出去吗？麻烦把门带一下。"

原恂随后也发现了他，因为刚刚在帮檀迦整理腿上盖着的西服，抬头看过去时他的手还搁在檀迦的腿上。

在祁周礼欲言又止、一副"这是我能看的画面吗"的自我怀疑中，原恂开口道："刚刚忘记介绍了。檀迦，我老婆。"

原恂介绍得突然，连檀迦自己都愣了。

在祁周礼的震惊中，檀迦心想：很快就不是了。

相较而言，原恂是三个人中最坦然的，他随后看向檀迦介绍："祁周礼，我跟你提过的。"

檀迦点头，说了句："记得。"

祁周礼如梦初醒，从两人自然又亲昵的动作里终于肯定这是真的。

"嫂子好。"

"你好。"檀迦的反应很平静。

在祁周礼看来，这就是正牌夫人的气场。尽管脑袋里弹出"你还有多少惊喜是朕不知道的"的表情图，但祁周礼面上仍然保持着笑容，低调而平静地退场："那你们聊，我先撤了。一会儿别忘了一起聚餐。"

祁周礼离开后，休息室里只剩下他们两个人。原恂在打电话，声音干净低沉，十分专注。檀迦与他隔着一段距离，心不在焉地看着手机。

过了一会儿，她抬头朝原恂看去。

休息室里配置的沙发有些小，原恂敞着腿，手肘垫在膝盖上，上身微微前倾，以一种很放松的居家姿态跟别人视频通话。

听着好像是科研会议，除了一位声音慈和、谈吐渊博的老教授，还有几个年轻的声音，有男有女，应该是原恂的同门。

原恂不发言时便会把麦克风关掉，旁听会议的同时，还在浏览一篇全英文的科研论文。他专注力向来集中，认真做事时，生人勿近的气场更加强烈，但又不至于太冷漠。

檀迦觉得自己一定是昏了头，看着他工作的样子，竟还觉得挺享受的。算了，谁让他人帅、学问还高呢，觉得他赏心悦目并不是一件丢人的事情。

檀迦盯着他的侧脸看了一会儿，思维慢慢地发散到了别的地方。

——她好像不是头一次这样看他。

那年停电，在教室里，两人也是这样独处一室。

那时他们都年轻，性格莽撞又无畏。

舒杳因为被葛清梦为难，很长一段时间没来学校，再回学校便是办转学手续。班上的同学都不知道她转学的原因，只听说是舒杳爸爸在洗澡时意外触电身亡，舒杳没人照顾，被她那改嫁的妈妈接到了新的城市生活。

檀迦收到舒杳让她转交给原恂的外套，一时也没想好怎么还回去。外套挺贵的，领口干净平整，带着股冷冽的苦茶味。

可能是先入为主的印象，檀迦看见这件外套，就跟瞅见外套的主人站在眼前一样，别别扭扭的。她想抓紧把外套还回去算了，哪知这个还外套的过程并不太顺利。

原本随便找个男生把这外套送过去便算解决了，但檀迦当时也不知哪根筋搭错了，自己去找了原恂。

那晚刚好遇到停电，在教室里，原恂对她的态度并不好。

檀迦确定他在教室，喊了他一声，说："你在就太好了，我有东西要给你。"

原恂那时也不认识她，目光从胳膊下压着的试卷上移开，茫然地看了看檀迦。

檀迦放下书包，准备把里面的外套拿出来，哪知外套放在书包最底下，往外拿时带出了一封信。

巴掌大的粉色信封，封口处贴着个红红的爱心贴纸。

檀迦刚拾起信，拍了拍上面的灰尘打算装回包里，便听原恂冷飕飕地说："抱歉，我没有谈恋爱的打算。"

檀迦有一瞬间的疑惑，而后低头看了看手里的东西，明白他误会了。

檀迦嘴角动了动，但还没等开口，眼前却一黑。

不只这间教室，整座学校乃至半个城市都停电了，陷入了一片沉寂的黑暗中。

檀迦有夜盲症，登时便看不见东西。

“喂！你还在吗？”檀迦在黑暗的环境里没有安全感，挥腾着手去找原恂。

原恂似乎是躲了，但檀迦还是抓住了他的手臂，抓住的那瞬间才稍稍安了心。檀迦两只手抱着他的手臂，慢吞吞地往他那边挪。

“别乱摸！”

檀迦正准备说你怎么一点儿也不会怜香惜玉，眼前突然有了光亮——是原恂开了手机的手电筒。

手机背面朝上，光源从原恂的下巴往上照，以至于他的整张脸都浸在一种惊悚又诡异的氛围中。

“啊！！！”

檀迦被吓到，胳膊乱挥，把手机打掉的同时，似乎还打到了原恂的脸。当时形势紧迫，檀迦也记不起是手心扇的，还是手背打的。总之，只听空气中“啪——”的一声，然后便陷入了久久的沉默。

檀迦回过神来，满怀歉意地看了看原恂帅气的侧脸，别开视线转移注意力。

休息室空间很大，陈列的家具很简单，所以略显空旷。

桌子上搁着两杯咖啡，檀迦多看了一眼。原恂注意到，很快从旁边的塑料包里抽了瓶矿泉水，顺手给她拧开，盖子松松地旋在瓶口，原恂递了过去：“喝这个。”

类似的场景，但原恂对她的态度不一样。估计他也不记得那一巴掌了吧。

“谢谢。”

檀迦接过来，意思性地喝了一口。

“累了？”原恂看着她的状态，觉得不对劲。晌午分开的时候，她活蹦乱跳的，怎么这会儿再见却好像带着一丝敌意。一场发布会三个小时，她是经历了什么，情绪才发生了这样的转变？

檀迦摇摇头，说：“没有。”

原恂没再说什么。

檀迦自己可能不知道，她的心情好坏全都写在脸上。没有安全感，却比谁都要强。明明晚上一个人躲在阳台抽烟，却伪装出一副积极阳光、热爱生活的乐观状态，掩人耳目，最主要的是欺骗自己。

等原恂挂了教授的电话，正准备搁下手机时，才注意到有几条未读消息。

原恂朝檀迦看了一眼，后者蹲在会客桌旁边，摆弄着“同风起”在今天发布会上刚公开的一款无人机的样机。

原恂知道她兴趣广，愿意接受新鲜事物，也容易被新奇的东西吸引。檀迦这会儿的神态比刚进来的时候自在了不少。

手机屏幕亮起，有信息进来。

原恂低头，连带着之前的未读消息一起看完。

很简单的几句话，纵使原恂理解能力很不错，仍看了两遍，才确定其含义。

注意到原恂结束了通话，檀迦把手上的事也停下，哪知等她转头，只见原恂紧蹙着眉，不知是看到了什么消息。

在檀迦眼里，原恂总是一副云淡风轻的样子，没有很强的心气，也没有明显的落寞，难得见他为一件事情愁得皱了眉。

檀迦轻手轻脚地把无人机放回原处，坐回到沙发上，也跟着拿起了手机，打算等原恂处理完工作再聊聊他俩的事情。

檀迦不想跟他吵，吵赢了或者吵输了都没什么意思，所以她选择了最直接、最简便，且对两个人都省事的办法。

檀迦刚解锁手机，准备看看有没有未读消息时，只听原恂没什么情绪地开口道：“陈律师说，你找过他。”

檀迦悬在手机上的手指一顿，她不知道是因为原恂说这句话的语气是前所未有的冷漠疏离，还是因为他竟然这么快就知道了。

陈律师是当时他们签署婚前协议的公证律师。

檀迦不置可否地“嗯”了一声，嗓子有些干，她应得极不自在。

明明是他做了错事，这个氛围弄得像是她不对一样。

檀迦拿起原恂刚刚拧开的水，慢吞吞地喝了一口，才重新开口：“既然你已经知道了，那我们什么时候把手续办一下吧！我不要你的钱，也不需要你补偿我什么，这段婚姻里我很享受，也很开心。”

反正都要分开了，檀迦也不会吝啬夸夸他。她把准备好的东西用手机发给原恂，接着说：“我这个人脾气不好，也难为你包容我。”

她说什么，原恂就安静地听着，也不反驳，一直到她说完。

“包容你是真的，你是我的妻子，为你做什么我都愿意。而且你脾气挺好的，我不觉得有问题。”原恂说，“你看到的照片是真的，被人无意拍到造成这样的误解，从而影响了我们的生活，我很抱歉。但我跟她的关系是假的。”

“昨天我跟祁周礼去锦泰见客户，当时为了展示无人机的性能，录过几段视频。你看看。”原恂把手机递过去，示意檀迦先看。

檀迦没抬胳膊，就着原恂拿在手里的手机看了几眼，几组视频的详细信息里可以看到拍摄时间。

确认檀迦能听得进去，原恂又说：“再等我一会儿。”

檀迦刚刚没有撒谎，她对于这段关系的感受确实称得上愉悦。所以即便是分开，她也愿意给彼此留个体面，所以她应：“好。”

不多时，休息室的门被敲了两下，门外的人径自把门推开。

“让我拿这个来做什么？是鑫茂那个负责人又作什么妖了？”来人是刚刚怕当电灯泡离开的祁周礼，此时他手里拎着一个黑色的无人机收纳包。

原恂在信息里也没有解释，只让他把昨天下午带的那台无人机拿来，所以祁周礼这会儿正迷茫着。

原恂：“给我。”

祁周礼配合地把包给他。不知道是不是自己的错觉，他竟觉得现在的气氛有些古怪。原恂的神情比昨天知道与鑫茂的合作可能要黄了还要严肃。

祁周礼看看这个，又看看那个，迟疑道："我先出去？"

原恂头也没抬，"嗯"了一声。

祁周礼一头雾水地来，又一头雾水地撤了。

很快，原恂把昨天下午相应时间段的视频导到电脑上给檀迦看："这个全面一些。"

这台机器跟檀迦刚刚摆弄的那台型号一样，她试过它的摄像功能，高清防抖，正如发布会播放的概念片里总结的一样。

原恂昨天应该是在给客户做展示，视频中还能听到原恂一板一眼地讲解的声音。有几个画面原恂也入镜了，或多或少地拍到了他的身影。

檀迦拉着进度条看了一会儿，然后把视频关了。

"一个原本有合作意向的客户突然改了主意，所以我跟祁周礼在他离开南境前去他入住的酒店见了他一面。葛清梦是在酒店门口遇见的，只是打了个招呼。说实话，如果不是你，我对她可能都没什么印象。"原恂说着，见了檀迦的动作，问，"不看了？"

檀迦："不用了。"

"我清白了？"

"嗯。"

跟原恂连架都吵不起来，他就这样云淡风轻地解释清楚了。檀迦突然觉得自己过于小心眼，对原恂好像连基本的信任都没有。

她冷静了数秒，分不清自己是松了口气多一些，还是尴尬多一些。

好巧不巧，檀迦的手机响了，是个陌生的号码。

若放在平时，这样的电话檀迦是万万不会接的，但是今天，檀迦万分感谢这个突如其来的疑似骚扰电话的致电。

"喂，你好。"

檀迦听到对方的自我介绍，不是骚扰电话，而是报社通知她去面试。檀迦捂着听筒和原恂说了一声，然后拿着手机去了外面。

见她出来，一直等在外面的祁周礼赶紧溜进休息室里，终于有机会问出打方才起便一直困扰着他的问题了。

“合法的？”

原恂瞥了他一眼，那眼神分明是在质问他——“你是傻子吗”。

祁周礼难以置信地“哇”了一声，又问：“什么时候的事情？你藏得够深的！怎么认识的？”

原恂说：“没多久，高中同学。”

“厉害！”祁周礼想到那个微信备注，原来正牌夫人确有其人。

祁周礼接受能力强，很快适应了这个多出来的新角色。过了一会儿，他捶了一下原恂的肩膀，说：“哥儿们为你高兴，真心的。但你可得瞒着点儿林葭了。”

祁周礼和林葭一碰面便互呛，但比谁都要默契。所以他也能猜到，如果林葭知道原恂结婚的事一定会大吃一惊。

按林葭的性子，她倒不会做出什么疯狂的伤害檀迦的举动，甚至短时间内还是一副“是吗，那太好了，恭喜啊”的乐观状态，只不过等她回过味来，那才是完蛋。

祁周礼被冲昏了头脑，只为林葭考虑，话说得快，瞧见原恂瞥来的目光时，才意识到自己这话说得不对。

祁周礼这要求有点儿过分了。人家是合法夫妻，是未来几十年里最亲近的人。而林葭只是个连前女友都算不上的异性朋友。祁周礼连忙找补：“我的意思是……”能不能换个更容易被接受的方式告诉林葭。

原恂斩钉截铁地打断：“没有什么可瞒的，我也不打算瞒。”

原恂打小样貌出挑，学习出众，虽然看着孤傲高冷，但十分受欢迎。他开窍早，对目的不纯地接近自己的女生一直抱着敬而远之的态度。但奈何力不从心，如果可以，原恂恨不得把“已婚”的标签贴在脸上，闲人勿扰。

瞧着原恂干脆的态度，祁周礼心里只剩下一个大写的“服”字。

单身二十几年好不容易谈恋爱的男人，这是恨不得把一切特权与偏爱都奉上啊！

“差点儿忘了！”祁周礼回来是有任务在身的，他正襟危坐，严肃地说，“我回来是想说……我好像看到谢鄢了。”

原恂正在看手机上的聊天记录，闻言，抬了抬眸，眼神有些波动。

谢鄢就是连接祁周礼跟原恂认识的朋友，也是祁周礼口中只比原恂稍微差那么一点点的那个人。

“是还没到日子。”祁周礼秒懂原恂的眼神，率先说了，“刚刚我在窗口抽烟，远远地瞧见有个人很像他。准确地说是我只看到了他的侧脸，然后他便把卫衣的兜帽拉起来戴上，其实想想，身形好像也没多像，但我感觉是他。你应该懂我的意思吧？就是他给人的那种阴鸷孤僻的感觉，即便是在人群里也能一眼被认出。”

原恂把手机锁屏，再出声时，嗓音有些沉：“能找到他吗？”

他们三人的关系，原恂跟谢鄢的气场最合，因为在谢鄢认知里的很多东西，只有原恂能理解。但其他在谢鄢眼里无关紧要的偏生活化的一些方面，显然是祁周礼更了解原恂。

祁周礼为难地说：“除非他自己愿意见我们，否则他不会让人找到的。”

这一话题让休息室里的气氛瞬间严肃。

祁周礼敞着腿坐在沙发扶手上，目光无神地盯着地砖的某道缝，开始回忆上次见谢鄢时他的样子，也开始思考自己今天认错人的可能性有多大。

他们确实很久没见了。

一年？

两年？

三年？

……

好像大三之后，他们便没再见过，今天认错人也正常。

“同风起”发展至今，祁周礼从不觉得自己是个多了不起的人，平时也不会跟人说他们拥有了什么成绩。但谢鄢可能是唯一一个，祁周礼想要分享，想要当面告诉他自己这些年成就的人。

他想，原恂也是这样的态度。

但此刻的原恂没有说这些，反而问起今天发布会的影响力，问起最近抱着观望态度的那几个客户的签约意向，还问了不少关于“同风起”工作部署的事情。

祁周礼猜他可能是跟自己一样，听见谢鄢的消息心里难受，所以问些有的没的转移话题，祁周礼便有问必答。

直到公司的其他人在群里聊起庆功宴的事情，两人才停了话茬儿。

“咱俩分开过去吧。正好我也要把车开回去，就不当你们的电灯泡了。”祁周礼低头看了眼手机，在群里回了句“我跟你们原总马上到”。

顿了一下，祁周礼补充了一句：“你们原总给大家准备了个惊喜。”

在同事们纷纷猜是不是有大红包的时候，祁周礼抬头看了原恂一眼，朝门口望望，随口说道：“欸？你家那位是打电话去了还是提前走了？过去小半个小时了吧，怎么还没回来？”

原恂出来找檀迦时，后者正站在走廊的角落看手机。

檀迦与报社的沟通很顺利。她没想到对方对自己的简历很感兴趣，当即对她进行了电话面试，并告诉她，下周一去报社入职。

惊喜来得太突然，檀迦有些意外。

正如报社的名字——城镜，即城市之镜，该报社精准报道热度话题，直击社会热点，在群众间拥有良好的口碑与社会影响力。因此它的面试要求向来苛刻。

距离檀迦投递简历也有段时间了，她还以为自己被淘汰了，没想到好消息来得这样突然。

檀迦挂了报社的电话，准备往回走时收到了焉斐誉的信息：“还顺利吗？”

檀迦诧异，停下脚步，回她：“你怎么知道我接到了报社的面试消息？”

“哈？我是问你跟原恂聊得怎么样。报社通知你去面试？正好，明天我没事，咱们逛街去，给你买身战袍。”

“是线上面试，刚刚结束了，通知我下周一去上班。”檀迦一句话概括了面试的事情，开始跟她说别的事，“这不是重点。我跟你说刚刚真是巨尴尬……”

檀迦觉得自己成功地把生活活成了段子，绘声绘色地把事情说了一遍，越想越窘迫。

原恂找来时，檀迦的注意力全在手机上，一会儿叹气一会儿抿嘴，表情非常严肃。

“怎么了？”原恂突然出声，还以为她遇到什么不顺的事情。

檀迦正在微信上跟焉斐誉说到“我那一刻是真的做好了离婚的决定”，听到原恂的声音，连忙把手机竖起来些，避免原恂看到自己的屏幕。

原恂确实没有看到她的屏幕，但注意到了她戒备的小动作。

檀迦心里不自在，问：“要走了吗？我回休息室拿下包。”

他胳膊一抬：“我给你拿出来了。”

“谢谢。”

粉色的菱格包，提手处配着由品牌标志设计的挂饰。包本来就小，装个耳机、口红和钥匙，就没什么空间了，现在被原恂拿在手里，显得袖珍。

可能是忙了一天发布会累了，也可能是先前檀迦的怀疑寒了他的心，此刻的原恂看上去略显疲惫。

檀迦把包接过来，挂到肩上，想了想，还是说了：“刚刚……不好意思啊！也不是不相信你的人品，只是看到那些照片，有些着急上头了。”

原恂闻言，怔了一下，缓缓抬眸，说了句：“没事。”

话说得不咸不淡，哪里像是没事的语气啊！

檀迦一自责就喜欢用拇指掐自己食指的第二指节，她心里乱糟糟的，觉得有些堵。

她一直知道自己的性格很矛盾，冷漠、绝情，把伤害自己的或者会可能伤害自己的远远推开，杜绝一切潜在危险；但又害怕自己的独裁、任性，重伤了为数不多的真心待自己的人，便会变得愧疚、自责、难为情。

“这次是我的问题。”檀迦有错就认，不逃避。

哪知原恂却说："迦迦，我很开心。"

檀迦有些茫然。

"不论是之前的头发，还是这次的照片，看到你在意的态度，我都很开心。"

檀迦沉默，想反驳他，想说自己今天的行为等同于怀疑他，太冷漠了。但她想了想，又觉得自己这话说出来，更矫情了。

原恂将她的欲言又止看在眼里，只说："走吧，先去吃饭。大家都过去了。"

原恂上学时便知道，檀迦是典型的吃软不吃硬的性格。说起来很难为情，原恂高中时被檀迦扇过耳光——虽然是个误会。

一个是顽劣乖戾的问题少女，一个是优秀的天之骄子，两人是完全不搭的组合。

停电那晚，好像每一件事都发生得很荒唐。原恂皮肤白，被檀迦扇了那个巴掌后，脸很快就红了。

受停电的影响，学生会的同学逐个教室地通知滞留的同学提前离校。当乱晃的手电筒光照进教室的时候，原恂红着脸气急败坏的模样被瞧了个正着。

隔天学校里就有他俩的一些流言蜚语，大家起初是震惊，然后慢慢便接受了。

其中包括原恂，他也默许了这件事情。

一是大家没在自己面前说，二是原恂发现，这个谣言减少了往自己桌子里塞巧克力的女生的数量，所以他也就没主动去解释。

倒是他之后几次遇见檀迦，觉着她看自己的眼神有些古怪。有时他在篮球场上打球，檀迦只要路过都会给他留瓶水，也不声张。

原恂只觉莫名其妙，还没等展开思考，便从好兄弟李濂那儿得知了原因——檀迦觉得他孤零零的，每天的兴致也不高涨，有点儿可怜。

原恂虽然不知道自己哪些行为给檀迦造成了这样的误会，但那以后每每在路上碰见檀迦，不管前一秒是什么情绪，被檀迦注意到的那一秒，他永远都是一副精神振奋的模样。

现在想想，活脱脱俩幼稚鬼。

眨眼这么多年过去了，檀迦觉得自己幼不幼稚他不知道，但他绝对幼稚，连他自己都嫌弃的那种。

要去的餐厅距离今天开发布会的地方不远，车子在路上堵了一会儿，两人到地方时，人差不多都到齐了。

今天恰好是“英雄联盟”职业联赛的比赛日，悬在烧烤店内的液晶大屏幕上正在直播电竞比赛。

檀迦到的时候，大家正情绪高昂地振臂欢呼，亢奋又热血。

“你们可算是来了。”祁周礼一直朝门口望，正准备给原恂发个消息问他到哪儿时，便瞅见这对小夫妻手拉手出现。

有人喊着“原哥”“组长”跟原恂打招呼，同时也注意到檀迦的存在。

四周的气氛还是热闹而兴奋的，但这桌的客人陆续安静下来，有人惊讶得瞪圆了眼，有人脸上的表情来不及收，却又不知道该作何反应，便保持着现有的动作不动，脸都笑僵了。

原恂长腿一迈，跨过烧烤店的塑料椅，同时抬手，自然地帮檀迦把旁边的椅子往后拉了拉，方便她坐。

“抱歉，路上有点儿堵。”

这是重点吗？！

大家面面相觑，都好奇，但谁也不敢问。

作为在场的唯一知情人，祁周礼气定神闲地坐在旁边，两手放在后脑勺上，整个人松散又舒服地往后靠了靠，露出的笑容，十分欠揍。

檀迦就着原恂的动作坐下，冲大家笑笑：“你们好，不介意多双筷子吧？”

檀迦五官漂亮，穿衣打扮也很有自己的风格，在人群中一眼便能被注意到，但不会具有攻击性，说话语气温温柔柔，待人接物真诚自然，给人的感觉很舒服。

下车前，她还特意补了口红，暖橘色的，很提气色。

“怎么会……”大家笑着，局促地互相看看。

原恂拆了片烧烤摊配置的分装湿巾，撕开个口子后，把袋子递给了她。

檀迦面上挂着笑，随时留意着原恂，正等着他介绍自己，所以第一时间便注意到了他的动作，很自然地把东西接了过来。

祁周礼被喂了满嘴的狗粮，心里直吐槽：干吗，你老婆柔弱得连包装袋都撕不开？

原恂照顾完檀迦，又拿了片湿巾给自己擦手，同时大大方方地公开：“我老婆，檀迦。”

第四章

我老婆，檀迦

YAN YAN BAI RI

听着原恂坦然却隐隐流露着炫耀的语气，一天内听过两遍介绍的祁周礼只觉无奈。

原恂啊原恂，你也有今天！祁周礼在心里感慨着，不自觉地看向让原恂变成这副模样的女人。

她五官漂亮，气质很好，走在街上是男生会主动搭讪的那种类型。但过去追原恂的女生中，不乏这类女生，想来檀迦身上一定有什么特别的点。

估计是家里安排的，门当户对。

并非门当户对的檀迦在原恂介绍完自己后，脸上始终挂着笑，不会过分讨好，也没有敷衍，完美地扮演着老板夫人的角色。

她平静地等原恂介绍自己，平静地看着同桌的其他人对自己露出震惊和探究的打量。

原恂领着一个女生来庆功宴，这件事已经够让人惊讶了，更让人想不到的是，两人竟已经结婚了。

“嫂子好！”立马就有人改口。

檀迦从容地应着：“麻烦大家帮我照顾阿恂了。”

“没有没有。”

祁周礼看着双方互相客套，站出来缓解略显尴尬的气氛：“我就说是个惊喜吧，这不比红包香多了。”

“红包也是有的，跟这个月的奖金一起发。”原恂说。

大家一阵欢呼。虽说多了个檀迦，桌上的氛围也没有一直尴尬，大家客套完，继续热火朝天地聊起来。有聊今天发布会的，也有聊正在直播的比赛的，也有聊猫的。

“我在小区一直投喂的那只流浪猫怀孕了，我把它带回家，好吃好喝地养着。结果人家只是把我们这儿当成月子中心，生完小崽子没多久就拖家带口地跑了，整得我还挺难受的。你说它是什么心理？”

这个同事坐在祁周礼旁边，祁周礼听得清楚，插嘴道：“在聊猫吗？你可以问问你们原总啊，他最近很有心得。”

同事惊喜：“原总养猫了？”

原恂："没有。"

——他那位可比猫难养多了。

祁周礼脱口而出："你不是说……"他略一停顿，想明白什么，下意识朝檀迦看去，过了一会儿，暗骂了一句，怨念颇深地瞪了原恂一眼。

檀迦将大部分注意力放在比赛上，听见祁周礼跟原恂说话，却不懂其中深意，所以也没多想，只心说原恂不像是会喜欢宠物的人，又怎么会懂这个。

正在直播的是夏季赛的半决赛，Kira 所在的 MON 战队对上一支实力强劲的老牌战队 AU，现在到了赛点局。

檀迦跟着紧张起来，突然听到原恂开口："是劣势？"

"有点儿。不过 Kira 一直在线上偷偷地升级，拖到后期，MON 也许还能赢。"檀迦说着朝原恂这边侧了侧脸，问，"你平时打游戏吗？"

"很少。"

"也不看你弟弟打比赛吗？"

原恂"嗯"了一声，说："我爸做生意前，没读过什么书，所以对我跟小恪的学历比较在意。小恪去打职业比赛，这让我爸非常生气，觉得他是在胡闹，是瞎折腾。但我爸公司的事情忙，没什么时间管我们兄弟俩，我们真犟起来，他也拦不住。他跟小恪吵了几次后，也就放任了。"

"也正常，早期打职业比赛的很多选手家里大都是不赞同的。好在这几年大家对电竞这个行业有了改观，整体的大环境好了很多。"

原忱鑫松口前也有自己的考量。

家里的生意，小的是指望不上了，期望便寄托在了原恂身上。哪承想原恂高中时也没按他的想法填报志愿，念了个什么计算机还是机械，反正跟工商管理八竿子打不着。还没上完大学，原恂便跟朋友创业鼓捣了个无人机公司。

原忱鑫自己这偌大个公司没人继承，被俩儿子气得不轻。刚看小的顺眼了些，大的就来气自己，真是欠他们的。

两人正小声聊着，四周爆发出一阵欢呼：“厉害！”

比赛局势已经被扭转。

檀迦朝原恂侧了侧身，小声说：“小恪幸好来打职业比赛了。我之前听焉斐誉说过，他的天赋很高，如果不在电竞赛场上扬名立万，真的是一种损失。我替整个电竞圈谢谢你们对他的支持。”

原恂倏然转了话题：“那你觉得我呢？”

檀迦：“什么？你也有个打职业比赛的梦想吗？”

原恂说：“如果我离开‘同风起’，你觉得是损失吗？”

檀迦眨了眨眼，一时没懂他的意思。“同风起”是原恂的心血，现在发展势头正猛，他要离开吗？

“我随便问问，多别想。”原恂抬手按了按檀迦的头发，让她表情不要这样严肃。

檀迦安静了一下，说道：“其实我觉得，不管做什么决定，都很好。我相信优秀的人在哪里都是闪闪发光的，不论是自身价值，还是对社会的贡献，都能有很好的体现。在我眼里，你一直是一个优秀的人。”

原恂握住檀迦的手，温声说：“我知道。”

檀迦不会劝人，也不知道自己说的话有没有被听进去。但她能看出，原恂今天兴致不高，明明发布会很成功，应该是很值得庆祝和开心的一个场合。

檀迦敛眉，盯着原恂握着自己的手。

男人的手要比檀迦的大很多，指节修长，骨节分明，手背有微微突起的青色血管，因为他皮肤白，看上去很显眼。

“不要动手动脚。”檀迦把他的手拨开，抱怨道，“大家都看着呢！”

“看呗！我是合法的。”原恂将厚脸皮发挥到了极致。

檀迦愤愤地瞪了他一眼，抬着自己的椅子往旁边挪：“不理你了！”

檀迦说到做到，转头看了眼直播画面，跟另一边一直在看比赛的同事聊天：“马上要翻盘了。”

同事有些激动地解释着局势，下一秒，直接站起来，振臂高呼：“翻了！翻了！彻底翻了！”

檀迦应着那位同事，扭头看了眼原恂，见他还在盯着自己，气呼呼地哼了一声，给他使眼色，一副“你坐远点儿，别再碰我”的警惕模样。

原恂眉梢挂着笑，静静地看她跟自己使性子，也不生气，反而觉得很享受。

檀迦拿出手机给焉斐誉发消息：“真被你说中了，MON 晋级了！”

焉斐誉也是刚看完比赛，立马回了消息。檀迦隔着屏幕都能感受到焉斐誉对话里的嘚瑟，仿佛 Kira 是她家的似的。

显摆完，焉斐誉问她在干吗，既然在看比赛的话，怎么不早点儿找自己聊天。

檀迦回：“在跟原恂他们公司的员工聚餐。”

“这是你宣示主权的好机会。”焉斐誉提醒她，“你可要好好注意一下，有没有心怀不轨的小姑娘往你老公身边凑。”

檀迦无语：“他们公司男性多，人都挺好的，都特别单纯。”

焉斐誉：“我看就数你最单纯。”

“已经开始吃了啊！”忽然，一道清亮的女声在檀迦身后响起。

檀迦没听出是谁，但同桌的其他人闻声纷纷抬头，面露惊喜之色，热情地喊着“葭姐”“葭总”。

名字的音跟她很像，檀迦险些误会他们是在喊自己。

片刻间，来人走到了桌边，将手里拎着的酒水递给一个员工，语气熟稔而轻松地打招呼：“怎么样？今天还顺利吗？”

檀迦把手机搁下，跟着大家一起看向来人。

刚刚跟檀迦聊游戏的同事小声说：“这是我们林总，林葭，市场部的二把手。”

林葭跟焉斐誉的气场很像，都是强势精明的那一类。不过可能是工作接触的人群不同的缘故，焉斐誉比她更活力、热血一些。

祁周礼满脸疑惑：“中午打电话时，你不是还在德国吗？”他一琢磨，突然反应过来，“难怪我觉得你房间的背景很像酒店！”

“我下飞机先去酒店倒了个时差。”林葭说，“早告诉你们的话，不就没惊喜了。”

说话间，林葭注意到坐在原恂旁边的女生，莞尔：“咱们团队来新人了？”

檀迦微微一笑，说：“你好！我叫檀迦。”

祁周礼像是生怕原恂还介绍第三次似的，在原恂开口前，主动介绍道：“那什么，檀迦是原恂的……老婆。”

“嗯？”林葭声音很轻，带着难以置信的茫然，眼睛微微睁大。

“老婆？！”林葭没有从原恂和祁周礼以及在座其他人的脸上看到“这是玩笑”的暗示，不禁诧异道，“是不是啊？突然就结婚了？”

原恂：“有半年了。”

这下祁周礼也惊了：“你这保密工作做得确实好！”

“恭喜啊！”林葭让服务生添了把椅子，挨着檀迦坐下，随口跟原恂和祁周礼聊了几句出差谈合作时遇到的事。檀迦插不上话，也不方便玩手机，便安静地听着。

原恂的手按在她的椅子上，用力把她往自己这边拽了拽：“坐过来点儿。”

檀迦小声“哦”了一下，慢吞吞地往原恂那边挪。

“没怎么见你吃，不合胃口？”

檀迦朝原恂侧侧头，压低声音胡扯：“淑女不能多吃。”

原恂被逗笑了。

原恂很少在人前这样放肆地表露情绪，林葭没听见他俩说什么，在注意到原恂笑出声时，偏头朝他们看了看。

另一边有同事扒拉着林葭带来的装酒水的袋子，惊喜道：“葭姐，你还带了小龙虾啊！来来来，往那边传一下，搁原哥面前，他爱吃。”

檀迦抬头看过去，不知道是不是自己太敏感了。

林葭佯装没看到檀迦的打量，不动声色地移开视线，诧异道：“是吗？我还真不知道原恂也爱吃。这是我上回见祁周礼在吃，给他买的。”

“给我买的什么？”祁周礼在跟旁边人说话，听到自己被点名，插过来，“麻辣小龙虾啊，我之前有吃过吗？哦，那应该是从原恂那儿抢来吃的。”

“行吧，这次拍马屁拍到马腿上了。”

祁周礼咬着毛豆，一脸莫名其妙：“你拍我马屁做什么？”他问完，警惕地坐直，“你不会是想……”

“你在想什么啊！上回我喝酒吐了赵总一身，多亏了你帮我解围。”

“那事啊……我早看那个赵总不顺眼了，再说，我还能——”看不出你是装醉的？赵总嘲讽原恂的话我也早就听不下去了。

后半句话到了嘴边，祁周礼想了想没说出来。

“没事，都过去了。你这诚意我收下了，以后多来几次。”祁周礼能看出，知道原恂已婚后的林葭，自觉杜绝了一切有可能被别人多想和误会的行为。

“给你脸了还！”

庆功宴在林葭跟祁周礼的拌嘴中渐渐进入尾声。

大家三三两两地坐车回家，檀迦跟着原恂去找车。路上，原恂问：“今晚还适应吗？”

“挺热闹的，你们公司的同事也很热情。”

檀迦觉得自己今天像是动物园里的猴儿，被人打量了一晚上，但整体还是很愉快的。

到了车旁边，檀迦说：“你刚刚喝酒了吗？要不我来开吧。”

祁周礼跟林葭陪同事们喝了不少，知道原恂不怎么喝酒便没劝他，所以一整晚，原恂滴酒未沾。但现在，他想了想，说：“行。”

上了车，系好安全带，原恂继续说刚刚的话题：“那以后常带你过来。”

“好。”檀迦顿了一下，说，“不过我接下来可能也要忙了。我接到了报社的电话，通知我下周一去上班。”

“城镜吗？”原恂算了下通勤的距离，说，“那这台车给你开，上下班路上注意安全。”

“那你开什么？”檀迦刚要拒绝。

“我先开小恪的……”原恂“嗞”了一声，想起来，“他的是台跑车，玛莎拉蒂，我开着上下班太招摇了。”

檀迦也没往深了想，自己上下班通勤确实是个麻烦，想起从家里开车去城镜恰好能路过“同风起”，便说：“要不早晨我跟你一起走，先送你到公司，我再开车去报社。”

“也行。”原恂没怎么犹豫地答应了。

他承认自己有小心思。带她见朋友、把车给她开，无一不是想把两人更密切地绑在一起。檀迦是那种很独立且要强的性格，她不会主动要求别人什么，但如果别人的行为恰好做到了她的心坎上，她便会很开心且幸福。

此刻的檀迦正是这样的状态。

因为檀惠是车祸去世的，所以檀迦开车时格外警惕。两手端在方向盘上，聚精会神地注意着路况。

所以檀迦如果开车开得稍微久一点儿，便很容易疲惫。但现在她忽略了其他感受，心里渐渐被填得满满当当的，觉得晚风温柔，霓虹漂亮。

“我先开一周，等有时间了，你陪我去挑台车吧。”檀迦很自然地提议道。

原恂诧异且开心：“好。”

可能连檀迦自己都没意识到，这些原本该是焉斐誉陪自己或者自己一个人就能够完成的事情，正一点点地需要着原恂。

她在分享自己的生活。

周一一早，“同风起”捷报不断，公司上下散发着喜悦的气息。

林葭是个明艳骄傲的女人，不同于原恂高处不胜寒的气场，她和祁周礼很像，惯有一套见人说人话见鬼说鬼话的本事。所以公司有两人一唱一和，工作氛围不烦闷。对付合作商两人也能打太极，一个红脸一个白脸，事半功倍。

所以她很快就跟公司新招的那几个应届毕业生打成一片。

林葭表面嘻嘻哈哈，却时不时朝门口望，掐算着原恂过来的时间。

她跟原恂是在大学学生会里认识的，一来二去熟了。但林葭有自己的骄傲，认清自己喜欢原恂，却也没做出什么改变，两人依旧是正常往来。他的事需要自己的时候，她会帮；自己的事需要他的时候，他也没客气。可能是太自然了，跟普通朋友无异，原恂没对她有过什么疏远。也正是因为这样，认识这么多年了，两人始终保持在朋友这层关系上。

算起来，她跟祁周礼更熟一点儿。两人同专业，平常上专业大课时也会遇见，但两人关系糟糕，准确地说是死对头。大学刚入学那会儿，同在外联社的两人为抢一个拉赞助的门店，就差打起来了，自此结下梁子，平时互相看不顺眼。

也多亏了原恂做中间人，他俩这才能一起留在“同风起”。

好歹大家都是“同风起”的创始人，同甘共苦这些年，工作、生活介入甚多，用默契来形容不算逾越。

加上她自己的性格原因，跟人相处，包括跟异性相处没什么边界感，直爽坦率，所以林葭对今天自己的别扭状态特别不适应。

原恂到的时候，林葭正站在露台接电话。

做市场的，每天电话永远不停，跟这个沟通，跟那边协调。她觉得挺神奇的，在孩子身上常见到的诚实、守信这些优良品质，随着成长，被各种关系、各种原因模糊了定义。更可悲的是，大家掩耳盗铃般地认为这是一种常态。

原来人真的会成长为自己讨厌的模样。

她这两天没休息好，这会儿冲了杯咖啡，小口小口地抿着提神，一边不厌其烦地处理着工作。一垂眼，她就看见原恂的车子在园区靠近北门的三岔路路口停住了。

林葭正想着原恂怎么把车停这里，是在等什么人吗？今天上午不是要开会？

却见副驾驶的车门被打开，原恂下来，弯腰跟车里人说了句什么，然后从车前绕到马路边，往公司方向走。

没走几步，驾驶侧车门被打开，有一个女人解了安全带下来。

林葭看着那道窈窕的身影，什么情绪都没了，只觉自己是庸人自扰，有些可笑。

檀迦追下车给原恂送他落下的手机：“这都能忘。”

原恂往回走了几步，接过她递来的手机。檀迦今天要上班，化了淡妆，明眸皓齿，五官轮廓很漂亮，在八九点钟的日头下，皮肤显得通透白皙，整个人给人的感觉很舒服。

原恂借着拿手机的动作，拉住了她的手腕，把人往自己怀里带了带：“过来。”

“干吗？”因为要开车，檀迦特意将高跟鞋装进包里，换了双平底鞋，她个头和原恂比不算高，踩在平地上看原恂时需要微微仰头。

大庭广众之下，檀迦没往他怀里凑，只任由他拉着自己的手。

“抱一下。”原恂垂眸看着她。

檀迦没谈过恋爱，不知道恋人情感进阶的过程是怎么样的。可能是原恂正式把自己拉进他的社交圈的缘故，两人的关系有所亲近。

早晨醒来，檀迦睁眼后看着身侧的男人，还赖在他怀里闹了一会儿。一直到现在，檀迦的两颊还泛着甜蜜的红晕，眼波流转，生动黏人。

她柔声拒绝：“大家都看着呢！”

“哪里有人！”原恂头也不歪，只看着她。

檀迦嘴角一弯，和他讨价还价：“就抱一下。”

原恂浅笑：“嗯。”

原恂一直关注着她的状态，所以她有什么变化，总能第一时间察觉到。她由内而外的自在，他自然是能感受到的。所以他拿捏着方式方法，试图让檀迦这种依赖自己的表现更明显一些。

“抱一起那两个人！”北门处值班的保安隔着老远喊他们，打着手势示意道，“这里不能停车，堵路了，快开走！”

檀迦窘得就差找个地缝钻进去。她把头紧紧地埋在原恂胸膛里，试图逃避。

原恂一定是在笑话她。檀迦虽然没抬头，但已经感觉到他胸腔在振了。非但如此，原恂还不知羞地回保安道：“师傅，马上！刚结婚，有点儿黏我。”

“原恂，你要不要脸啊！”檀迦佯装气愤地反驳他，把人推开作势要走。

“路上慢点儿开。”原恂也不拦，压低声线说，“下午再来接我，老婆。”

檀迦哪里见过他这样，心里酥酥麻麻得能沁出蜜来，她好像有点儿能理解那对吃碗烩面都腻腻歪歪手都不撒的小情侣了。

转过身后，檀迦翘起的嘴角怎么也压不下去。

一想到男人清澈深邃勾着自己的眼神，她突然就不想走了。但第一天上班，哪里能迟到。

所以，她嘴上拖着长音，满是怨气地“哦”了一声。

林葭在露台等了一会儿，看到原恂进了公司，便把马克杯搁到茶水间的池子里，踩着高跟鞋“哒哒哒”跟过去。

但她刚迈进办公室便犹豫了。

孤男寡女待在办公室里，好像不太合适。

林葭扭头，朝外面办公区看了一眼，格子间的同事各忙各的，并没有注意她。林葭不是敏感多疑的性格，但凡事总有例外，碰上有关原恂的事，她关心则乱。

“坐。”原恂不常来这边，办公室里干净是干净，但乍看到还有点儿不习惯。他坐下后，随便动了动桌上的东西，发现林葭杵在门口要进不进的，便示意道。

“祁周礼可能要晚点儿到。”

林葭一直以来在原恂面前挺洒脱的。她跟原恂，还有祁周礼、谢鄢，他们几个经历的事情，他们之间的情谊，是别人不能取代的。所以她一直认为，自己之于他们，之于他，是特殊的。

认识他这么长时间，没见过他对哪个女生有过优待，也没见有谁比自己更了解他。

哪里知道，他竟悄无声息地结婚了。

“我听祁周礼说，你跟檀迦是高中同学？怎么没听你提过。”

原恂：“我们不是一个年级的，大学也没在一个城市。”

原恂说的简单，林葭却在心里掂量这几句话的分量。

不是一个年级的都能认识，不在一个城市都能再走到一起。林葭觉得自己差得不止一星半点。

“你刚才进来是要说什么？”原恂把话题扯开。

林葭这才回过神，说：“我看人事部发了招聘启事，研发部要再开一个组吗？咱们是要推什么新产品吗？”

“没。”原恂神色平静，“准备一会儿开会时说的。我打算离开‘同风起’了。”

林葭有些茫然，这比听到他结婚了还要诧异。她只是出差了一个月，怎么回来后什么都变了？

“为什么？是发生了什么吗？”

“我准备接手家里的公司。”

林葭眨了眨眼，只一瞬间，眼里的担忧就消失了，变成了更急切的挽留：“我听祁周礼说了，谢鄢出来了，但你不用走啊！他如果想回来，我想大家都是欢迎的。我们就像大学时那样，一起把‘同风起’做好。”

“不是因为他。”原恂说，“我爸一早就有让我接手公司的打算。小恪有他自己要做的事情，只有我能回去。”

林葭质问：“那你自己想做的呢？”

原恂没回答这个问题，甚至没有看林葭，只是无所谓地说：“有得必有失。”

那天带檀迦回家吃饭，原忱鑫对她的态度说不上冷淡，但也不热情，因为他在等原恂的态度。

饭后，原恂被原忱鑫叫到书房。原忱鑫开门见山地问原恂打算什么时候回来帮自己。原恂知道需要自己的牺牲来换原忱鑫的让步，所以很坦然地把期限定在了“同风起”的新品发布会后。

原忱鑫高兴还来不及，哪里会挑这个儿媳妇的刺儿。问东问西聊了一会儿，拿出自己当时追原恂妈妈的经验，板着脸说教了他一番。什么要对人家好，要哄着点儿，要浪漫点儿，别冷冰冰的，一棍子打不出两句话……生怕他们会离婚似的。

不像谢鄢人生目标明确——做出国内最牛的无人机，原恂什么都会，什么都能做好，反而少了那种孤注一掷的热血与冲劲。

林葭看着他对任何事情都淡然处之的态度，替他干着急，但又觉得自己瞎操心，最后只是向前坐了坐。

那件事能跟谁置气？跟谁置气都没用。

谢鄢出事那天，她在去体育馆的路上见过他，如果当时能拦住他就好了。

林葭很少想起这件事，但每每想到，都会后悔。

那场比赛不太重要，因为活动牵头方是谢鄢的老师，他才拉着原恂去捧场的。有了他俩的加入，其他选手也跟着更上心起来，比赛才稍微好看了那么一些。

那是一位很随和、很宽容的老师，任何时候说话都平稳沉着，虽然爱说教，但不会令人觉得枯燥。

不公平的是，这样一位温柔的老师有一个吸血虫一样的哥哥，疯狂地蚕食着这位老师。

当时比赛快要结束了，本应该出现在颁奖仪式中的老师突然失踪。谢鄢去找人时，那位老师被堵在体育馆后门，堵他的人正编着漏洞百出的理由要钱。

谢鄢等老师离开，才跟过去，挑了个没有监控的地方把对方喊住。

林葭就是在这段路上碰见了谢鄢，还跟他嘻嘻哈哈地调侃比赛结束得真快，但很快，她就发现谢鄢有些不对劲。

他平时阴鸷归阴鸷，但不会令人觉得恐怖。林葭觉得谢鄢当时的眼神阴森得似要杀人。

谢鄢心不在焉地回了她一句“原恂在体育馆，你现在去还能见着”，便匆匆离开了。

林葭觉得古怪，却也没多想，愣怔地朝他的背影望了望，抬步去了体育馆。

没多久谢鄢回来了，没事人似的，依旧寡言冷淡，但阴鸷气息浓烈。比赛结束后，他们去大学城的大排档庆祝。

可饭还没怎么吃，警察便出现把谢鄢带走了。

后来他们才知道谢鄢打了那位老师的哥哥，因为蓄意伤人，行为恶劣，被判有期徒刑三年。

谢鄢家里以及她跟原恂、祁周礼这几个朋友都在想法子帮忙，但谢鄢轴劲儿上头，谢绝所有人包括律师的探望，自我折磨式地折磨着所有人。

事情已成定局，在其他人还为谢鄢的前途遗憾时，原恂最先反应过来——他替谢鄢守住了前途。

连“同风起”的命名也是化用了谢鄢常说的一句诗——“大鹏一日同风起，扶摇直上九万里”。

原恂从不抱怨，无论前期多困难，也没后悔这个决定。他是优秀的，任何时候都无可挑剔。他有着一身驾轻就熟的本事，少了青年人横冲直撞的孤勇，以至于原恂整个人的气质都很淡。

每个人都有目标、有志向、有梦想，但原恂似乎没有，至少林葭在他身上看不到。他像是一团散不开的雾，林葭觉得这样的原恂很让人难过。

冷静下来后，林葭意识到话说得急了些，缓了缓，问：“阿恂，有什么是你很期待得到的吗？”

原恂没料到她会这样问，看了她一眼，很坦然地说：“我已经什么都得到了。”

这个时候，林葭还不知道原恂说的期待是什么，只以为他是心存感恩，感谢这得天独厚的命运的眷顾。

门外传来祁周礼的声音，打断了两人的对话。

“约的是这个时间吗？”

祁周礼风尘仆仆地赶来，被前台姑娘一提醒才记起来。他低头看了看有电话进来的手机，是一个比较重要的电话，分身乏术，四处看了一圈，总算是找到了救星。

“阿恂，我给你们部门招了个人，现在在会议室，你去面试一下。”

相较于被祁周礼安排这安排那没什么面子的原恂，第一天入职的檀迦就显得有些自由了。她早上到公司后，在人事部同事的安排下参观了一圈报社内的工作环境，便坐在工位上，无所事事地看了一天的新闻稿。

檀迦一直关注《城镜日报》，对它过往的报道如数家珍。看了一会儿，她便低头玩起了手机。

她的工位靠近打印机，常有同事从旁边经过，朝她投来注视的目光。

檀迦落落大方地接受着这些目光，碰上友好地冲自己笑的同事，也会聊几句。

总的来说，檀迦上班第一天挺清闲且愉快的。

快下班的时候，焉斐誉发消息问她几点下班，说自己定了餐厅庆祝她入职。檀迦看着她发来的餐厅名，爽快地答应下来。

刚发送过去，檀迦猛然反应过来，改了口：“今天恐怕不行。我得去接原恂下班。”

“？”一个问号不足以表达焉斐誉内心的疑问，她又发了一条，“什么情况？”

檀迦回：“报社离得远，我早上开了他的车。”

焉斐誉发了个坏笑的表情：“感觉你们俩进展神速。”

檀迦也觉得很意外。昨天回家后，两人相处得很自然。她有的没的跟焉斐誉聊着，不知不觉就到了下班时间。

“你俩过二人世界去吧。我消失。”

焉斐誉消失前意味深长地留下了一句：“果然开车能增进感情哟！”

入职第一天，檀迦准时在下班时间离开。

一同等电梯的还有报社的几个同事，檀迦弯弯唇，笑着跟他们打了声招呼。

也不怪檀迦敏感，其他几人上下打量自己的目光确实算不上友好。正当檀迦琢磨着还是不要热脸贴冷屁股的时候，有个同事先开口了，问她是哪所学校毕业的，之前在哪里工作。檀迦觉得这些是职场老员工面对新人会聊的话题，也没觉得不舒服，便一一答了，同时反问起对方的部门跟所负责的工作。

对方看着年纪不大，只工作了一两年的样子，带着自以为是的老成。在他们面前，檀迦倒不会局促，也谈不上谨慎，她身边的人，像焉斐誉，像原恂，不都是工作多年，檀迦跟他们相处起来没有壁垒。

檀迦的长相没有攻击性，脸部线条圆润，五官清丽，看着有少女感，说话声音温温柔柔，别人要是还能挑她的错，那可就有些苛刻了。

几个同事结伴要往附近的地铁站走，问起檀迦怎么回。檀迦指了指旁边的停车场，说自己开车来的。见其他同事又用那种眼神打量自己，檀迦佯装不察，说自己家附近没有通公交，然后笑了笑，主动说“那我先去开车了”。

原恂常开的这辆车是辆辉腾，车身不算笨重，女生开起来也不违和，檀迦开过一次，便很快上手了。她开车从报社楼下经过时，看到刚刚一起下楼的几个同事还站在花坛绿植边闲聊，说话间时不时地朝檀迦的方向望。檀迦留意到了，却没停车，车身流畅地从她们前面的路经过。

可能是她做记者需要比旁人更能看穿人情百态的缘故，也可能檀惠的离开让她变得警惕、敏感，过于患得患失，所以她对所见所闻的思考总会比常人细腻些。不同的眼神、不同的言语，背后的出发点，肯定是不同的。

檀迦不觉得自己刚来报社，一天内没说什么话，没做什么事，会引起旁人的不满。

直到拐弯时无意从后视镜看到有同事拿出手机朝自己这边拍照，她才后知后觉，自己在他们眼里，可能驾轻就熟得不像一个初入职场的实习生，有距离感，而且不合群。

不过这个念头并没有困扰檀迦多久，她很快回归了自己的生活主线上。

车子快到“同风起”的园区时，檀迦给原恂拨了个电话，一直到通话自动挂断，也没被接通。估计是有事在忙，檀迦没多想，挂了电话继续往园区开。

到了“同风起”所在的园区后，檀迦本打算从南门开进去，接上原恂，然后从北门开出，回家。哪知车子在进南门的闸口时就被保安拦住，说是要对来往车辆进行检查。保安虽然对檀迦陌生，却认出了原恂这辆车的车牌号，让她方便时去物业重新做一次车辆登记。檀迦以为这是园区的惯例，只淡声应下。

检查完证件，重新发动车子之前，檀迦又给原恂拨了个电话，还是没人接。

“同风起”会议室内，三个合伙人分散着坐着，气氛严肃。最先从这僵持中抽身的是原恂，他听着外面传来同事们准备下班的说话声，抬手碰了下笔记本电脑的触碰板，处于息屏状态的屏幕亮起，他垂着眼，瞥到右下角的时间。

他摸了摸口袋，手机没带过来。

“今天先到这儿吧。”

等他回办公室拿到手机回拨电话时，檀迦正茫然地坐在车里，保安过来赶了她好几次了，说这里不能停车。檀迦没去过原恂的公司，一时也不好过去找他，只能在楼下等等看。无奈之下，她回保安：“我接个人，马上就走。”

保安又朝她看了几眼，只说让她快点儿。

檀迦又等了一会儿，原恂的电话打来了，问她到哪儿了，说自己刚刚在开会没看手机。

以前原恂也常等她，她跟原恂确定关系时已经是大四了，倒没什么课，但导师常找自己帮忙，有时是真有事安排给她，有时是找她聊生活、聊毕业后的安排。

学校里知道她家庭情况的人不多，这位导师算一个。导师是个很亲善的女性，丈夫是化学院的教授，儿子在国外留学，家庭和睦，一直拿檀迦当亲女儿对待。檀迦知道导师对自己好，她也懂得感恩，所以只要导师喊她，她都会去。也因此，她经常错过与原恂见面的时间。

每每那时，原恂便在学校对面的咖啡店里等她。店里多的是因为图书馆占不到座位，来店里点杯咖啡蹭一天空调的学生。他们埋头苦读，奋笔疾书，原恂坐在那里略显清闲，十分惹眼。他不管等多久，也不会对檀迦的迟到有抱怨，弄得檀迦非常不好意思。

他大多是搭乘飞机到青浙市，航班时间不合适的时候，他也会坐动车。他本就风尘仆仆，一身疲惫，更何况有时只是来陪檀迦吃个饭，就算留宿，也是在市里的酒店订间房住一晚。

檀迦曾一直以为原恂是觉得她学校附近的酒店廉价、不干净，还给他介绍了大学城里有一家五星级酒店，外国专家来学校做交流常住在那里，还说住得近一点儿免得在路上折腾，原恂这才解释说住近了怕对她影响不好。那时，檀迦才知道原恂的细心。

所以这天在“同风起”楼下，檀迦等了好一会儿才接到原恂回拨的电话，也没有任何责怪对方的情绪，而是直接描述了自己停车的位置方便原恂下来后找她。

挂了电话没多久，原恂便出现在檀迦的视野里。他大步流星，走得很急，穿过马路时确定左右无来往车辆，甚至小跑了几步来到檀迦的车边。

原恂来到驾驶侧，檀迦以为他要开车，跟着推开了车门，正准备说“你不用跑的”，却听原恂先问：“等久了吧？”

檀迦摇摇头，嘴角弯了弯，说：“没事。”顿了一下，又问，“你来开吗？”

檀迦开车稳，却慢。她之前经常被坐她车的小伙伴调侃，所以先入为主地觉得原恂也会不适应。

原恂扶着车门没动，只说：“一会儿有事吗？”

“没。”

原恂：“那要不先跟我去公司坐会儿，我有点儿工作还没处理完。”

檀迦把包拿给原恂，说：“好。”然后关上车门，把车开到停车位停好。

“同风起”办公楼层里，不少同事已经下班，但像市场部、研发部这类常年加班的部门，还有一些同事正坐在工位上忙碌着。

林葭停在扬子的办公桌前，敲了敲他的桌子，声音不高却听着不悦：“来一下我的办公室。”

扬子一走，其他几人立马对了个眼神：“怎么了？”

“鑫茂那个单子吧？要不是原哥和祁总出面，估计是要黄了。”

几个员工正聊着，眼尖的人先注意到他们老板之一、向来不近女色的原哥正与一个年轻女孩手牵手进了公司。那晚庆功宴不是所有人都参加了，所以不少人只是听说他们原哥结了婚，却没见过女主角本人。这会儿突然见到，大家忍不住多看了几眼。

两人感情真的很好，看着是他们原哥更主动一些，手紧紧地扣着太太的手，不动声色地将人往怀里带了带。虽然听不到两人在说什么，但可以看出原哥耐心又温柔。虽说平时跟底下的员工相处，原哥也没什么架子，但这两种感觉是完全不一样的。也是，不是很喜欢的人，原哥会跟对方结婚吗？

檀迦能感受到原恂因为害自己久等而抱歉的情绪，本想说“没事，以前你也常等我”，但话到嘴边又生生地咽了回去。这话她自己心里清楚就行，说出来便显得有些见外跟疏离了。

“先去我办公室坐一会儿，等一下带你参观参观公司。”

“都行。”

檀迦朝他走近些，小声跟他说起进园区时保安叮嘱的话。原恂应下，随后又主动解释：“昨晚园区保安在巡逻时发现有人鬼鬼祟祟，所以今天对进出人员的检查严格了些。”

檀迦听着，随口问：“没丢什么东西吧？”

原恂说：“暂时没发现。”

檀迦点点头，跟着原恂往办公室走。她稍稍打量了一下公司的装潢，不经意撞见别人看向自己的目光，抿嘴笑了笑。

那位同事不好意思地垂下头，檀迦看向原恂，小声喊他："原恂。"

"嗯？"原恂偏头。

檀迦凑近了些，生怕被人听了去："你同事在看我。"

"看吧。"原恂回视着她，不看别处，回道，"谁让你好看！"

说着，他松开檀迦的手，手臂往她的腰间一揽，将人拉进自己怀里，另一只手推开办公室的门，轻巧地把人带进去。

他这套动作太自然，一气呵成。

檀迦被他碰到痒痒肉，没忍住想躲，但原恂搂她腰的动作强势，她躲不开，只能往他胸膛的方向靠了靠，免得他搂得太紧。但她哪里会知道，自己这自然得不能再自然的动作落在其他人眼里，活像是如胶似漆的新婚夫妻在腻歪调情。

注意到他们之间互动的同事惊呼：这么刺激的吗？！

办公室里，原恂真就把檀迦按在了墙上——他本来没想这样的，带檀迦回办公室是真的有工作要处理。

可檀迦伸手勾住他的脖子，灵活的手指还不老实地在扯他衬衣的领口。

檀迦是有事要跟他说，关于开他的车上班这件事。

刚刚在楼下等原恂时，她不自觉地琢磨起报社同事对自己的态度，想来想去，觉得可能是自己今天的表现跟别人有距离感，导致别人误会自己不好相处。私下生活时独来独往无可厚非，但工作中讲究各部门的配合，如果和同事相处得不愉快，未来的工作可能也会不顺利。所以檀迦想要避免这种状态。

直接跟原恂说不开他的车，檀迦担心他误会是自己不想接他上下班。但如果要解释，势必要说到自己跟同事的关系。她不想被原恂误会自己人缘不好。这么大的人了，连朋友都交不好，说出来确实挺不好意思的。

所以她黏糊糊地赖着原恂，想把这件事情糊弄过去。

原恂的衬衣穿得还算规矩，顶多开两颗扣子，有时是一颗。檀迦贴在他的胸膛上，手里玩着他的扣子，垂着眼跟他说话时，滚烫的呼吸喷在他的脖颈处，酥酥麻麻的。

“我明天不开你的车了。”檀迦说道。

原恂脸色一沉，乱七八糟的情绪都跑了，只定睛望着她：“生气了？”

檀迦抬头，眼神茫然：“什么？”顿了一下，她知道自己还是被误会了，“你是说——”你没接电话的事情吗？

檀迦正准备说自己没生气，也不是因为这个。哪知自己刚起个头，还没等说到重点，只见原恂倾身，以吻封住了她的唇，连带着封住她没说完的话。

亲到最后，檀迦生没生气已经不重要了。甚至在原恂终于撤开她，去擦她嘴角晕开的口红印时，檀迦咬咬唇，哀怨地抬头瞅了他一眼，佯装生气地质问道：“这就算完了？”

“抱歉。”原恂是真的觉得愧疚，“我今天忙忘了。”

檀迦敷衍地“哦”了一声，说：“就你的工作重要呗！我今天在报社受了委屈，好不容易下班了，还要被你放鸽子。我在楼下等你时，连保安都一而再再而三地赶我，说我再不走就叫拖车了……”她说着说着，眼眶就红了，还真有泪水在眼眶里打转。

原恂猜到她会生气，毕竟自己害她等了那么久，还失联。她本来就没有安全感，一个人在楼下，走也不是，留也不知道去哪儿，就一个人孤零零地坐在车里，应该挺茫然的吧。

他抬手用指腹刮了刮她的眼下，手捧着她的脸，让她跟自己对视。千言万语堵在嗓子眼儿，最后他只落了一句：“不会有下次了。”

檀迦还在生气，别开脸。

原恂才觉出不对劲来，眼神沉了沉，仔细打量着她。檀迦真生气时的样子他太熟悉了，情绪都绷在心里，有时还是一副风轻云淡的样子，寡言沉默着，但心里已经把你拉进黑名单了。像现在这样有来有回地跟你闹脾气、使性子，多半不是真的生气。

带着这个认知，原恂又回忆起刚刚的事。

原恂吻得突然，檀迦吓了一跳，却没推开。她的手正好按在他的肩上，在他搂着她的腰将人往上提时，檀迦适时地勾住他的脖子。原恂有分寸，如果檀迦不愿意，原恂是不会强迫她的。所以在她代表着满意且享受的回应中，原恂加深了这个吻。

原恂的办公室两面都是玻璃，一面将傍晚四溢的霞光收容进屋里，一面由白色的百叶窗隔绝外面的视线。

原恂捏着她的下巴，把她重新扳回来，凑过去，额头抵着，轻声说："那再亲一会儿？"

檀迦一早便知道自己肯定会被看穿，也不打算掩饰。她嘴角翘着，微微仰起脸，大大方方地应了声："好。"

原恂轻笑，遂了她的意，吻过去。另一只手绕到她身后，这回没有搂她，而是伸手锁了门。

檀迦听见声响，从他怀里微微抬头，问："锁门做什么？"

"做坏事。"原恂干脆地回答她，语气十分理直气壮。

他俩在办公室确实待了挺久，檀迦从办公室出来去厕所时，格子间的同事少了大半。从厕所出来后，她有心数了加班的人数，然后悄悄回了办公室。

原恂接檀迦来公司不是为了在员工面前秀恩爱的，确实是有工作要忙。所以两人腻歪完，他开了电脑专心地处理工作。檀迦不敢再往他身边凑，一个人坐在办公室的沙发上玩手机游戏。

又过了一会儿，檀迦给加班员工点的夜宵到了。她接到外卖员的电话去门口拿东西，然后招呼加班的同事一起吃。见有吃的，大家欢喜不已，一口一个"嫂子"叫得特别甜。

倒也有屁股黏在工位上没动的，檀迦之前在庆功宴上见过他，听别的同事喊他扬子，当时坐在她旁边跟她聊游戏的就是他。檀迦单独拿了一盒麻辣小龙虾，用几张纸巾包着放到他的工位上，低声说："一会儿吃。"

"谢谢。"估计是遇到什么棘手的工作了，他一脸愁容。

檀迦帮不上忙，又跟大家聊了几句，便带了一盒虾尾拌面和一盒麻辣小龙虾回办公室。

她进去时，原恂正停了手里的工作，见她回来，问："饿了？"

"有一点儿。你吃吗？"

原恂"嗯"了一声，示意去茶几上吃，人坐过来后，却没怎么吃。

"你不吃吗？我听说你也喜欢吃麻辣小龙虾的。"檀迦随口一问。

原恂却直截了当地回："现在不喜欢了。"

檀迦歪歪头，想到什么，无奈地笑了，澄清："我不爱吃醋。"

"你还不爱吃？"

檀迦陡然坐直，虾也不吃了，就要跟原恂理论理论。只是她话还没说出口，原恂轻飘飘地瞥了她一眼，径自先改了口，说："行行行，你不爱吃醋，你只是太爱我。"

"……"檀迦拧他，"你这辈子自恋就够了。"

"那可不行。我这不是还有你吗？"

檀迦听得心里乐开了花，嘴上却不留情面地说道："你能不要这么肉麻地跟我讲话吗？快吃你的虾吧！"

等原恂忙完，两人离开时，办公室里还有不少人在加班。檀迦正要调侃原恂"老板不走员工都不敢走了"，却见原恂拍拍手，提醒大家："早点儿回去休息，不要拼太晚。"

"原哥再见！"

"嫂子再见！小龙虾很好吃！"

檀迦莞尔，没什么架子地跟大家开玩笑："下回还偷你们原哥的钱点外卖请大家。"

"哈哈哈哈……"

"同风起"的氛围很好，即便是加班，大家也是乐呵呵的。

所以谁也没想到，就在当晚，这里会出事。

第二天，檀迦说什么也不开原恂的车，甚至不让原恂送。吃早饭时，两人谁也不跟谁说话，因为这事开始冷战。

但两人又十分默契地一起吃完饭，一起换衣服，一起往通勤包里收拾东西，甚至连接电话都是前后脚。

原恂先接到了祁周礼的电话，他接通前先看了檀迦一眼，坚持说“你收拾好了等我一会儿，我送你去地铁口”，随后才接通电话。檀迦不知道对面说了什么，只见原恂边接边往阳台走。

檀迦看着原恂的反应，猜是出了什么事，只是还没等深想，自己的手机也响了。

檀迦接到的这通电话是来自一个陌生的本地号码，接通后才知道是她报社的直属领导，一个行事雷厉风行的中年女人。姓连，单名一个敏字。对方得知檀迦还没出门，跟她确认了她在入职信息表上填写的家庭地址后，才说附近有新闻，报社需要她第一时间赶到现场。

檀迦刚入职场，还没完全适应记者这个身份，闻言，愣怔了一下，才呆呆地应下工作后的第一份任务安排。

连敏没有拖泥带水，丢下一句“会把关键信息用短信发给你”，便麻利地挂了电话。

檀迦坐在沙发上接收领导的信息时，原恂从阳台出来，动作有些急：“公司的项目出了状况，我得立马赶过去。今天不能送你了……”

原恂朝向她，正琢磨该怎么解释这件事情时，只见檀迦抬起头，说：“我也有工作，需要立刻出门。”

“那一起。”原恂顿了下，说，“我这边有点儿急，可能没法送你了。”

事情有些突然，檀迦哪里还有跟原恂冷战的心思，也不介意他送不送自己。

檀迦及时赶到现场，拿到第一手资料，城镜报社也拿到了独家报道权，而檀迦作为该报社的实习记者，挑大梁负责所有相关事宜。

因为触及了太多能力盲区，檀迦接下来的工作并不轻松。她每天吃饭、睡觉想的都是自己哪里做得还欠缺。不能抹黑事实或者引导群众，也不能写得平淡无奇、毫无亮点，砸了报社的招牌，再加上新闻讲究时效性，她手要快，笔要准。

所以檀迦连轴转了整整一周，才稍稍歇了口气。

这天下班前，焉斐誉问檀迦忙得怎么样，说晚上是“英雄联盟”

职业联赛的夏季总决赛，MON 战队打 TR 战队，问她要不要去看。

“我不去了。你找乾子陪你去。”檀迦这几天挺累的，打算到家泡个澡早点儿休息。

焉斐誉不依，撒娇卖萌地让她陪自己。

檀迦耳根子软，加上也确实愿意陪她去，便答应了。

焉斐誉执意喊她出来，主要是怕她为了工作的事把自己绷得太紧。焉斐誉太了解她了，有时什么都不在乎，有时又习惯把自己弄得很累，仿佛只有跟生活较一较劲儿，才算是用力活过。

焉斐誉去报社接上檀迦，先去吃了顿大餐。俩姐妹磨叽着聊了会儿天，等到达场馆时，两方刚好打完一局。

周遭观众在讨论刚刚那一局 TR 如果拖到后期说不准能赢。檀迦跟焉斐誉挤出过道，找到自己的位置。

焉斐誉自来熟地跟邻座的观众聊起上一场的局势，檀迦屁股还没坐热，便收到了组长的连环夺命短信。

幸好檀迦备了一手，出来前将电脑带上了。她从包里掏出笔记本电脑，在场馆并不明亮的观众席里，被迫写稿子。

新一轮比赛马上就要开始了，解说在选手们从休息室来到台上的过程中轻松地聊着天。

现场导播很及时地在观众席找到了话题，特意给了檀迦一个特写。

焉斐誉正不吝啬地跟旁边人夸 Kira，眼看着檀迦出现在前面的大屏幕上。檀迦五官立体清丽，皮肤白皙，十分上镜。她根本没意识到自己被拍到了，还在专注地对着文档敲键盘。

“咱现场的粉丝也很拼啊，边加班边看比赛，一会儿导播多给这个女生镜头，让她老板看看公司的员工有多敬业。”因为檀迦不是电竞圈里的公众人物，解说开了句玩笑便把话题岔开了，“咦，她旁边是咱们的老熟人了，子非鱼……”

焉斐誉微笑着跟导播老师的镜头打了个招呼，等大屏幕上显示其他画面时，她才转头看了看檀迦的电脑屏幕，感慨：“不是吧，周扒皮也不敢这样压榨手下，而是你现在还是在实习期！”

“正是因为在实习期，所以才不敢懈怠。”檀迦不能分神，把资料完善好，发送至领导的邮箱。

焉斐誉见她忙完，连连招呼她：“手机静音，领导再找你也别理，明天就说自己睡了，你们报社还让不让人有私人时间了。”

“行，都听你的。如果报社把我开了，我就去你家，让你养着我。”檀迦把手机调成静音模式，被焉斐誉带动着，在沸腾的场馆里努力调动起自己的积极性，成为一个合格的观众。

TR 作为春季赛冠军，更是拿下了季中赛的冠军，玩家们对他们抱有期待，等待 TR 五人组今年能拿个大满贯。但 Kira 在夏季赛队伍四保一的阵容中表现得太过亮眼，无数次完美的极限操作，可以说是凭一己之力将 MON 抬到了世界赛。

总决赛上两支实力队伍狭路相逢，MON 从教练到选手状态都很完美，先是 BP（Ban/Pick 的简称。Ban 意为禁用，Pick 意为挑选）环节拿到理想阵容，以 3 ∶ 0 的比分赢得毫无悬念。

比赛结束后，观众离场。往外走时，檀迦拿出手机看时间，才注意到有未接电话的提醒。是原恂打来的，有三通，她都没接到。

注意到檀迦的表情不对劲，焉斐誉忙问道：“怎么了？你领导又找你了？”

“没。是原恂。我忘记跟他说一声来看比赛了……”

焉斐誉无所谓地说：“忘了就忘了，你这么大个人了还能丢？”

檀迦独来独往惯了，跟原恂结婚初期还挺不适应的，不过后来发现原恂没要求她什么，也就没改变这个习惯，除了家里床上多了个人，平时想干吗就干吗，跟以前没区别。但随着两人关系越来越亲近，互相都想要知道对方在做什么，不是在干涉对方的生活，而是出于思念与担心。

傍晚离开公司时，檀迦有想着给原恂发条消息的，但坐上焉斐誉的车聊起天来，立马把这事给忘了……这事确实怪她，该和原恂说一声的。

檀迦一两句话跟焉斐誉解释不清楚，自责地回拨了原恂的电话。

前几天她在公司加班，撑不住直接趴在工位上睡着了。手机因为没电自动关机，微信也联系不上。原恂联系不到人，只好开车去报社碰碰运气，这才看到了她。

报社的灯关了不少，只有她工位这块儿有亮光。她趴在桌子上睡得沉，但原恂知道这样压着胳膊的睡姿并不舒服。他抬头看了看吹冷风的空调，把檀迦随手丢在一旁的空调毯抖了抖，盖到她肩上。

檀迦心里有事，其实没睡熟，被人一碰便醒了。她惺忪地睁眼，看到眼前人是原恂时还有些恍惚："你怎么来了？"

原恂压着声，怕吵到她："在家一直没等到你。"

檀迦坐起来搓搓脸，把压在胳膊下面的草稿纸和记录本往桌子里面推了推："原本打算加一会儿班就回去的，没想到困得直接睡着了。"

原恂"嗯"了一声，说："一个人在公司加班，大门也不关，要是出了事怎么办？"

檀迦也不知道门没关，闻言惊了一下，接受他的一切批评。

当时，原恂特意强调，以后不论是加班还是要去哪里，一定要提前给他报备一声。

不是原恂控制欲强，而是檀迦这段时间加班加得恍惚，如果迷迷糊糊地在路上磕了、碰了、晕倒了，没人管也很危险。

檀迦知道轻重，原恂一提，她便答应了。哪里知道，她转头就忘记了。

原恂很快接通了电话。檀迦率先道歉，解释自己跟焉斐誉在一起，忘记看手机了。

原恂语气平静地说没事，问她什么时候结束。

檀迦知道自己做错了事，也不敢在外久留，便说现在完事了。

原恂问了她地址，说要过来接她。

挂了电话后，檀迦明显松了口气，心想：还好，还好，原恂没有生气。

"誉姐，我一会儿……"檀迦拽着焉斐誉的袖子晃了晃，正准备跟焉斐誉解释让她先回去时，旁边突然小跑过来一个胖胖的青年人出声喊住她们："稍等一下。"

对方先礼貌地跟焉斐誉打了个招呼，然后看向檀迦，似乎有话要说。

焉斐誉倒是看着这个男人眼熟，但一时没认出来是谁。而檀迦压根就不认识他，但显然对方找的正是檀迦。

男人憨憨地挠挠后脑勺，自我介绍：“檀小姐，你好。我是MON的生活助理，Kira神让我来问问你一会儿有没有事，要不要跟战队去吃饭？”他顿了一下，一口大喘气后说道，“非鱼老师也可以一起。”

“Kira啊……”焉斐誉正愁找个什么法子去后台见一见Kira，扬扬眉，惊喜地冲檀迦使了个眼色。

焉斐誉算是半失业人士，先是被前男友摆了一道，在圈子里背了一身骂名，葬送了自己的解说工作，然后又因为檀迦把工会老板得罪了，断了自己的直播路，现在的处境可谓是背水一战。

随着她组战队的消息不胫而走，各大俱乐部防她跟防贼似的，怕自己的金疙瘩一不留神就被挖走了，其中就包括MON的战队经理。Kira确实是焉斐誉翻身的最佳选择，但她想不明白，转会签约八字还没一撇呢，MON的战队经理怎么会对自己有这么大的敌意。之前MON的辅助跟自己打游戏时聊了几句关于Kira的事，就被他们经理叫去谈话了。自此，焉斐誉上了MON全员禁止聊天、禁止游戏的黑名单。

在这种情况下，MON的庆功宴还能捎带着让自己去，焉斐誉心里知道，这是沾了檀迦的光。

焉斐誉当着MON工作人员的面，装出一副“不是太想去，但是没办法”的模样，犹豫地对檀迦说道：“我都行，你刚才不是跟原恂说在这里等他？”

“去店里等也一样。这里乌泱泱的都是人，他也不好找到我。他弟在呢，他还怕我被拐了不成！”檀迦说完，转头问工作人员，“吃饭的地方远吗？”

“不远，不远。”对方说了个地址。

焉斐誉嘴上无所谓地应道：“那就去呗！”

但在转身往MON战队的保姆车走去时，焉斐誉轻轻抱了抱檀迦，低声说：“你最好了，爱你。”

能帮上焉斐誉的忙，檀迦也很开心：“不过我一会儿待不了多久，你自己加油！”

“我完全没问题，大不了就用一用美人计。”焉斐誉撩了撩自己的大波浪，冲檀迦抛了个媚眼。

檀迦不理她的玩笑，给原恂发送了吃饭的地址，随口回她：“你可得收着点儿，好歹人家还喊我一声嫂子。”

“行行行——现在胳膊肘就向外拐了，我看我还是抓紧时间赚钱，帮你打离婚官司吧。”

檀迦嘟囔：“谁要离婚了！”

说话间，几个人到了保姆车的位置。MON刚拿下夏季总决赛的冠军，以一号种子的身份拿到了通往世界赛的门票，选手们脸上个个流露着兴奋的神采。

檀迦和焉斐誉出现前，其他队友都在起哄：“谁啊，谁啊？是谁让我们小K神兴师动众？”

这群十八九岁的少年，正是意气风发的年纪，见生活助理领着俩漂亮姑娘上车，一口一个“姐姐”叫得贼甜。

第五章
风雨同舟

love

YAN YAN BAI RI

原恂大概能推断出檀迦在公司的状态：她其实有着很规律的喝水频率，但忙起来的时候经常会忘记喝，而当她写不出稿子来时却又会频繁地喝水。如果还是没什么灵感，便开始胡乱刷网页、玩手机，或者去洗手。这些小习惯，檀迦没跟原恂说过，都是他在生活里自己发现的。

距离檀迦正常下班时间已经过去两个小时了，原恂始终没收到她的任何电话和消息。他不放心，拨了她的号码，可连续两次，都没有人接。他拿上车钥匙边往外走边继续给檀迦打电话，格子间里还有留在公司加班的员工，原恂歪头扫了一眼，提醒他早点儿休息。

那员工应了声“好”，说：“公司网速快，我看完这局比赛就走。”刚说完，又来了一句，“欸，原哥，你看这是嫂子不？她上电视了。”

原恂还在为檀迦迟迟不接电话而焦急，闻言，一时没反应过来，又往前走了两步才停住脚，撤回来侧头看向正在直播电竞比赛的电脑屏幕。

“英雄联盟的比赛？”

原恂确定檀迦安全后，整个人松了口气。

MON的庆功宴定在一家私房火锅，距离他们比赛的场馆不远。

说起来，檀迦跟MON的几个选手也不算陌生，她先前没少跟着焉斐誉和他们一起打游戏，跟MON的几个选手都有好友关系。但他们没见过檀迦，平时檀迦在焉斐誉直播间也不常露脸，所以没认出她很正常。

檀迦大大方方地跟几个人打了招呼，简单客套一番后，大家的关系瞬间熟络。虽然是Kira把人叫来的，但不用Kira搭话，檀迦便和大家交流得很好。

队里的射手跟檀迦常玩游戏，问道：“迦迦，你什么时候开直播？我们队的辅助Lear为了能跟你打游戏，都成了非鱼直播间的常驻嘉宾了。”

一旁插不上话的Kira示意队友收敛点儿：“开什么直播，这是我嫂子！你们称呼客气点儿。”

檀迦被几个弟弟围着问东问西，她对他们没有任何心思，就跟看原恂弟弟的感觉一样，都是一群小孩。

而跟檀迦一起进门的焉斐誉身边的气氛就有些诡异了，MON战队的经理路哥从她一进门便直勾勾地盯着她，生怕她做什么事。

焉斐誉听着那边聊到自己，插话："什么意思啊？做我直播间的常驻嘉宾很丢人吗？好歹我也是联盟解说里的门面担当，是战鱼直播平台英雄联盟区的大主播！"

一桌人热闹地吃了一会儿，檀迦就收到了原恂的消息。她身子歪到旁边，悄声跟原恪打招呼："你哥过来接我了，我先走啦！"

"行。要不让我哥过来一起吃点儿。你等会儿，我给他打电话。"

"不用。他工作挺忙的，回去还得加班。"

"行吧。嫂子，那世界赛你也记得来给我们加油啊！"

"必须的。"跟原恪说完，檀迦不好意思地跟大家说，"那什么，我有事得先走了。你们继续吃，还有世界赛加油！MON永不加班！"

"必须不加班啊！"

焉斐誉看过来："这就走了？"

檀迦小声道："原恂到了。"

见檀迦要走，路哥朝焉斐誉使了个眼色，分明是在问："你不走？"

焉斐誉舒坦地往椅子上一靠，完全一副"我就不走，你还能让服务员把我抬下去吗"的嚣张态度，欠揍得要命。

不过这些都跟檀迦没关系了。

檀迦一路小跑着出了火锅店，一眼便看见停在路边的辉腾汽车。原恂靠在车头边，眼前绕着一团薄雾，不知在想什么，整个人看上去有些忧郁。檀迦没见过他抽烟，甚至不知道他还会抽烟。

等檀迦走近，原恂才注意到她，忙把剩下的半截烟往身后一背。

"你拿的什么？"檀迦眉眼弯弯，故意问他。

原恂垂眸，盯着她，不红脸地撒谎："棒棒糖。"

檀迦作势要歪身去看，说："我也想吃。"

原恂将胳膊伸远一些，不给她看见。檀迦也不是真想看，玩闹似的歪了两下头，两条胳膊一抬，贴着他身体两侧伸过去。说是要去拿糖，其实是扑了个满怀，严丝合缝地抱住他。

她不忘撒娇："给我一根，我也想抽。"

"没了。"

檀迦不信，保持着抱他的姿势没变，手伸进他西裤口袋里拿烟。

原恂一手扶着她的后背，把手里燃着的半截烟拿远，沉声提醒她："别乱摸。"

"我摸哪儿了啊！"檀迦委屈地瘪嘴。

原恂搂着她的那只手收紧，把人往怀里抱了抱。

檀迦满鼻腔都是原恂的气息，特别有安全感。

原恂盯着她黑漆漆的头顶，低声问她："晚上吃了什么？"

檀迦最会装乖，听原恂这样一问，立马就说："下班时跟焉斐誉吃的日料，现在好像又饿了。"

"刚刚没吃？"

檀迦瘪嘴，委屈巴巴地说："大家都在聊比赛的事，我没好意思顾着吃。"檀迦推开原恂，摸了摸自己的肚子，舰着笑脸问，"我有点儿饿了，你饿不饿呀？要不我们去吃蟹黄面吧？就去你上次打包回来的那家。"

原恂把烟蒂就着旁边的垃圾桶捻灭，丢了，说："可以。"

坐上车，檀迦自知有错，便一直在找话题聊："我昨晚做了个噩梦，梦里你凶我，我醒来在想，怎么就跟你结婚了呢？"

"不会的。"

"什么不会？"

"我不会凶你。"

听见原恂这句话，檀迦突然愣了一下。她不知想到什么，突然侧过身子，紧盯着目视前方开车的原恂，好奇道："原恂，你跟别人急过眼吗？"

原恂很诚实地回："每个人都有情绪不受控动的时候。"

檀迦不信，原恂冷归冷，但属于恒温制冷。

“那你为什么说不会……”凶我。

原恂望着她，毫不犹豫地开口：“因为我足够爱你。”

周一的时候，“同风起”内，有新同事来研发部报到，人事带她简单了解了公司的情况，最后表示：“欢迎你加入我们。”

新员工正是舒杳，她笑容甜美，很招人喜欢。

檀迦在舒杳通过“同风起”面试那天便知道了这个消息，舒杳还说要请她跟焉斐誉吃饭当作庆祝，但檀迦忙报社的事情抽不开身，便推了。

檀迦确实忙，也怪她刚开始工作，经验不足，挑大梁处理这么大的新闻，难免措手不及。但她倾注全部心力，尽可能做到最好。

这段时间，原恂也有一件很重要的事情需要解决。他要离开“同风起”了，但迟迟没有招到接替他工作的人。

也可以说是“找”，因为他已经有了理想的人选，只是这个人暂时失踪了。

“同风起”办公室内，原恂看向坐在对面的祁周礼，问：“还没找到人吗？”

祁周礼坐正了些，不想承认：“没呢！”他顿了一下，那神情显然是在说谢鄢不把他们当兄弟，“连那个老师家里我也让人守着，老师这些天几乎不怎么出门，往来交集的朋友很简单，好像还不知道谢鄢出来了。知道他人没事就行，再给他点儿时间，他想见我们了，就自己出来了。”

原恂垂眸，视线落在键盘边摊开的一份文件上。他整理了近几年的项目资料，系统地做了记录、归档，便于接下来的工作交接。文件是刚打印出来的，白纸黑字清晰，散发着淡淡的油墨香。

祁周礼也注意到了，跟着看过去，再开口时，敛走了方才松散的油腔滑调：“你几号走？”

“这几天的事。”

原恂不是神，没什么事情是一上手就能做好的。他这几天已经把实验室的工作安排下去了，将重心偏到家里的公司上。原忱鑫倒没催他，一切都是原恂自愿的。他选择檀迦，便默认接受原忱鑫的安排，很公平。

但“同风起”这边不能没人管。

原恂敛眉，再抬眼时，对祁周礼说：“等谢鄢回来吧！等他回来，这边的事我就彻底不管了。”

祁周礼叹气：“我跟你说过吧？谢鄢是被我邻居叔叔领养的，大概是小学六年级的时候，谢鄢在省里拿了个什么奖，登上了报纸被大为报道，结果被他亲生父母看到了，就来把孩子要回去。你说这叫什么事？这事闹得挺难看的，亲生父母要人，养父母不放人，最后是谢鄢自己站出来拿了主意。谢鄢那时候也就十岁出头，冷静得不像个孩子。我们那个地方不大，有点儿什么事，街头巷尾都传遍了。两边人闹了一阵也就不了了之了。但之后谢鄢没少被人明里暗里说‘冷血’‘无情’‘连亲妈都不认’。这些人也是，如果谢鄢当时跟亲生父母回去，估计他们嘴里的话便该成‘养不熟’了吧！”

原恂说：“听他说过。”

“他这都跟你说了？”

谢鄢不是常把这些事挂在嘴边的人，他话不算多，十分刻薄，带着锋芒毕露的桀骜，讨人嫌，又很吸引人，不是善茬儿，心却是热的。原恂身上缺失的那股子为达到目标而执着的冲劲，在谢鄢身上很常见。他们都是十分优秀的人，惺惺相惜成为朋友是很自然的事情。

那年谢鄢出事，也是原恂站出来，替他守着“同风起”。原恂这兄弟，很仗义。

“只有他在，‘同风起’才能更好。”所以，原恂相信，“他会出现的。”

“我也相信。”祁周礼认同道，“他经历的这些事，搁普通人身上早把人压垮了，但他真不一定，他的韧性超乎常人。所以，我相信他一定会回来的。”

手机一振，是檀迦发来的信息，原恂“嗯”了一声，示意祁周礼：“我先回个信息。”

“重要吗？”祁周礼好久没有跟人聊起以前的事情了，竟把自个儿说感伤了，这会儿正在兴头上，还想跟原恂聊聊大学时的事情，便随口问了句，甚至偏头去看他的屏幕，说，“如果不重要的话一会儿再说，先陪我聊会儿。”

原恂毫不留情地回：“老婆查岗，很重要。”

“……”祁周礼一脸无语的表情。

目送祁周礼出去，原恂笑着看向手机。

檀迦发了个表情图，也没说什么事，还真像是来查岗的。

原恂问她：“今天加班吗？”

檀迦：“应该不加吧。”

原恂：“那我过去接你。晚上想吃什么？”

“都行。”檀迦顿了一下，补充道，“我们吃完饭去看电影吧！”

檀迦能够意识到，自己正在逐渐依赖原恂。

上午开周会，领导们重点提到了上周檀迦做的新闻，对她的表现大为赞许，说虽有不足，但成长很快。檀迦当时就想，如果原恂晚上有空，两人要出去庆祝一下。要知道，以前这类庆祝活动，檀迦都是喊焉斐誉一起的，由此可见，原恂在檀迦心里的地位直线上升。

和原恂聊了会儿天，檀迦把手机装好放进兜里，刚准备起身冲水，忽然听到外面有人进来。她们好像只是进来补妆，声音从洗手台的方向传过来，不高不低，檀迦刚好能听见。而对方聊天内容的主角，正是她。

“你们组那个实习生是什么来头？刚实习未满一周便能独立跟报道，上午总结会上没人比她更出风头了。”

“我跟她不熟，不过有回下班跟她一起下去的，看见她开的车了，我本来以为只是辆普通的大众，仔细一瞧，才认出是辆带字母的大众。所以她啊，最次也是敏姐的亲戚吧！”

“啧啧！我听我们组新来的小姑娘说，这次报社面试的时候没见过她。你也知道咱们报社招聘门槛一向高，简历过了，还有一轮笔试和一轮面试，小姑娘说没见过她，那可能人家连面试都没参加就直接进来了。”

“不能吧？我好像听说她就一青浙大学本科生，刚毕业，没有工作经验。”

“这不就说明有猫腻啊！你们以后可得注意点儿，别得罪了人家。”

“我还怕她不成！”

檀迦实在是听不下去了，按着鼻子将卫生字条吹掉，木着一张脸起身。

哪想蹲久了，腿有些麻，乍站起来，险些没站住。她捶了几下腿，整了整衣服，推开门。随着门外两位同事缓缓偏过头来，檀迦调整出一副气定神闲、气场十足的状态。她看着对面两人眼底的茫然一点点变成了震惊，径自抬步走向盥洗台，开了水龙头洗手。

她们明显没有想到厕所里有人，而且这人还是檀迦。这会儿她们互相看看，不知该不该说些什么，装没事人似乎也做不到。

就这样，厕所里的气氛尴尬到了极点。

檀迦慢条斯理地冲完手上的洗手液，从旁边扯了两张纸擦手，转身时，身体朝向两人停住：“没什么靠山，也没抢谁的功劳，机会是自己争取来的，成绩也是自己做的。”

原恂接到人，第一时间觉出她的不对劲。

檀迦上了车，系好安全带后，故作轻松地问：“过来的路上堵吗？”

他一语双关地问：“怎么了？”

檀迦茫然地偏头，对上原恂关切的眼神，不自在地抿了抿嘴，假意调整着安全带的位置，继续掩耳盗铃：“正好是下班高峰期，下回我们可以定个折中的地点碰面。”

檀迦情绪有些低落，平静地盯着链条包上的小挂件，听着原恂开口：“我愿意来接你。”

檀迦抬头看过去，原恂目不斜视地盯着前方的路况，语气寻常地说：“接老婆下班不是天经地义的吗？”

说实话，原恂以前也常正经地说着这类情话。

比如得知她怀孕提出结婚时，他说：“我人还不错，之前没太照顾过人，所以不确定你喜不喜欢，但我愿意学。你跟了我，锦衣玉食我不敢保证，但柴米油盐我陪你过好。”

比如去他家吃饭那天，他让她刷长辈给的卡。

檀惠离开后，身边的人不约而同地对她好。焉斐誉、赵乾于之她，是友情；舅舅、舅妈于之她，是亲情；大学的导师于之她，是长辈对小辈的照顾。原惘作为法律意义上的家人，自然也是对她好的。所以那些话，檀迦只当作是种安慰。

下班前，在厕所里，她不卑不亢地解释完，不管那两个同事的反应，径自出了厕所。

可能是刚入职报社，对这个集体没有太强的归属感，但当这些声音被她听到，她又不能做到完全不在意。

檀迦在车上没怎么说话，原惘也没追问。

餐厅是原惘选的。跟檀迦在一起没多久，原惘便发现了檀迦的这个习惯——一样东西，她如果吃过一次觉得不错，便会一直吃，不是不想接触新东西，也不是说有多喜欢，而是怕踩雷，怕失望，所以自动放弃了那渺茫的遇见惊喜的机会。

这跟她现在的性格挺像的，生活在安全区，永远不出格。

原惘短时间内给不了她做出改变的勇气，但至少在吃饭的选择上，能帮她扫扫雷。

从车上下来，往餐厅走时，原惘被檀迦环住了胳膊。难得见檀迦主动地黏自己，他偏头看了她一眼。

檀迦挽着他的手臂，整个人贴着他。原惘看着她噘嘴、皱眉，一脸不乐意的表情，猜她是有事，问道：“不想吃这个了？”

“不是。”檀迦又挨近些，声音黏糊糊的，明显是在撒娇，“我同事觉得我上头有人。”

“什么上头？”

“我上回开你的车上班，她们觉得我背景不简单。这次我工作做得出色，她们觉得领导特别照顾我。”

原恂静了几秒，反问："就这？"

檀迦想了想，也没再想出其他的了。这段时间，她注意力都放在工作上，确实没太关注到身边人的声音，单就这两件事便已经很有代表性了。

檀迦没想到原恂说的是："那她们挺没见识的。"

檀迦没理解："啊？"

原恂："如果你愿意，她们还能更震惊。"

更震惊吗？檀迦想了想，如果原恂接自己下班时被她们撞见，知道她男朋友——准确地说是老公，就是"同风起"的老板，确实是会更吃惊。到时候，还不知道她们在背后会怎么传呢！

算了算了，还是不要让她们知道了。

"那还是不要了。"檀迦如是说。

她说完便准备往前走，却被原恂捏着肩膀重新拎了回来并质问道："占我便宜还委屈上了？"

原恂手劲大，对她不敢用力。檀迦被碰到痒痒肉后连连躲开："怎么会？我开心还来不及呢！"檀迦两只手攀在他的肩膀上，狡黠地一眨眼，轻声说，"最喜欢占你身体的便宜了。"

原恂被吃了豆腐也不气，哧笑一声，瞧着她得逞后跑远的身影，无奈又纵容。

檀迦对原恂选的餐厅很满意，从她只尝了一口便弯成月牙的眼睛便能接收到这个信息。

"你怎么发现这家餐厅的？好好吃！"

原恂神色平静："同事推荐的。"

她只当是原恂眼光好，对饮食讲究，并没有料到他为自己考虑了这么多。

不过对原恂而言，她知不知道并不重要。

电影院在餐厅所在商场的顶层，两人吃完饭过去时，时间刚刚好。

檀迦选的是一部讲校园暴力的片子。原恂知道檀迦喜欢看一些话题具有沉重意义的片子，也没有异议。电影口碑不错，但导演和编剧都不算出名，所以观众不算多。

檀迦看电影时喜欢跟人讨论剧情，为避免影响到别人，她很自觉地选了最后排的位置。

“我之前跟心理医生接触过，也听他聊起一些案例，校园暴力对青少年的影响是不可逆的。不过我认识一个女生，即便在学生时代经历过这些，但长大后依然身心健康，热爱生活。”

原恂的关注点却放在：“现在还有接触吗？”

“跟那个女生吗？”

原恂回：“我是指心理医生。”

檀迦如实说：“已经很久不联系了。”

原恂淡淡地应了声，没想到檀迦会主动说起：“那是好几年前的事情了。刚上大学那会儿，我有点儿迷茫，对自己的职业没有规划，对自己的生活也找不到方向，便去看了心理医生。不过后来我找到了适合自己的调节方法，就没再去了。”

原恂手扶在檀迦的脑后，轻轻揉了揉，说：“以后有我陪你。”

檀迦冲他笑了笑，说：“我现在已经是个成熟的大人了。”

原恂突然岔开话题：“想不想接吻？”

檀迦还有点儿蒙，朝影院墙角的红外摄像头张望一番——原恂不可能不知道啊！

“现在吗？”

“嗯。”原恂望着她，说，“偷偷的。”

檀迦在昏暗的影院中一眨眼，被原恂扶住后颈，往前揽了揽。

“原恂，我发现你有点儿叛逆。”

原恂倾身靠近，用气声说：“叫老公。”

观众目视前方，注意力都放在电影上，没人往后看。

原恂把两个位置中间的把手抬上去，没阻隔地抱着她。

檀迦一早便承认自己对接吻上瘾，尤其面对的是主动的原恂。

原恂浅尝辄止地亲了一会儿，便把人撤开。两人视线黏在一起，一瞬也没有移开。原恂柔软的指腹捻过她的唇角，轻轻擦掉她晕开的口红，这是结束的意思。

檀迦哪里肯依他，抓着他的衣服，扯了扯，示意还要。

“原恂，有人说过你很‘腹黑’吗？”

原恂第一次听到这个形容词，茫然地轻轻“嗯”了一声。

檀迦道：“先招惹我的是你，先叫停的也是你，真的很没劲！”

虽然不想承认，但原恂确实很喜欢看她生气。类似这样的小情绪，让檀迦整个人都生动、鲜活起来，有一种确确实实属于他的真实感。

“那什么有劲？”原恂伸手把人揽过来，手在她屁股上捏了捏。

檀迦没想到他这么直接，心颤了颤，下意识往前缩。原恂低头瞧着扑在自己怀里的人，笑了笑，手老实地扶在她的腰上，不再乱来。

“原恂！”檀迦生气地瞪了他一眼。

原恂应声，自顾自地问她：“还看吗？”他指的是电影。

檀迦知道他的意思，别开脸，不落下风地说：“我都行，看你。”

“那走吧。”

从电影院出来，两人的手就没松开过。檀迦是个不吝啬在人前秀恩爱的人，先前不愿意对那些老同学公开，是不愿意听他们添油加醋、胡乱猜想地传播。

当年檀惠在时，甚至檀惠去世后一段时间，檀迦听到过各种不堪入耳的声音。她有私心，不想让这些声音脏了原恂的耳朵，脏了她跟原恂的婚姻。但在公共场合，对着来来往往的路人，檀迦没有这方面的顾忌。尤其是这段时间两人越发亲近，相处起来自然又和谐。

回去的路挺顺的，檀迦玩着手机，看了会儿焉斐誉的直播，到家时已经没什么心思了。

原恂示意她先去洗澡时，檀迦随口拒绝，说：“你先。”

原恂去了卧室一趟，再出来时发现檀迦进了书房，她两条腿盘着坐在椅子上，正准备玩游戏。

焉斐誉问：“你今天又加班了？”

“没。下班后在外面吃的饭，看了部电影，刚到家。”檀迦说。

焉斐誉意味深长地“哎哟”一声，说：“不加班也不喊我去逛街，看来是有新宠了。”

焉斐誉随口问起檀迦看的什么电影，听她说了名字后又问：“好看吗？”

“前半部分节奏挺好的，后面还行……吧。”后半部分她就没看了。

提到这个，檀迦才想起原恂来，想起他们提前离开电影院的原因。但等她从游戏页面移开目光去找原恂，发现后者正安静地坐在沙发上玩手机。

似乎是有事，也没顾上她。

不知情的焉斐誉在语音那头说了几句关于电影的话题，问她：“你上号了吗？”

檀迦这才收回视线，说：“上了。”

焉斐誉在列表里找到她，将她拉进队伍：“我找几个技术好的过来一起打。”

檀迦打完一局游戏便溜了。

焉斐誉直播间有个名叫“爱迦”的粉丝，一直给她送礼物，檀迦也不好在直播间待太久。

她伸了个懒腰，从书房里出来，活动着肩膀往客厅的沙发区走。原恂还坐在那儿，横拿着手机低头在看——这是看视频或者打手机游戏的常用姿势。

“打完了？”察觉到檀迦出来，他缓缓抬头。

檀迦朝他伸手，随口分享起刚才的事来：“本来还想玩一局的，但有人刷礼物让我休息，估计是嫌我技术不好吧。”

原恂“嗯”了一声，拉住她的手，把人拽到自己腿边。

檀迦坐到他一边的腿上，胳膊往他脖子上勾：“你刚刚在看什么？”

“随便看看。”

原恂锁了手机屏幕，胳膊一伸，把手机丢到茶几上。檀迦没看到他的屏幕，也没多想，仰着脸去亲他，得了一下，再去亲时，原恂却躲开了，一手抱着她，另一只手随意地搭在膝盖上，上半身往后一靠，懒懒地看向她。

情绪有点儿不太对。檀迦起来了一些，坐在他腿上，胳膊还在他脖子上挂着，软着声音问他："刚刚忘记了。你没生气吧？"

原恂把人往外抱了抱，让她坐得离自己远一点儿。

檀迦低头看了一眼，还没等她说话，原恂先说道："我下午的时候跟祁周礼他们吵了一架。"

檀迦抬眸："你们怎么了？"

下午原恂把祁周礼从办公室赶走后，没跟檀迦聊几句，外面便传来祁周礼跟林葭争执的声音。

是因为谢鄢。虽然谢鄢是"同风起"真正的创始人，但显然林葭有不想让他回来的理由。

原恂扫了眼抻着脖子朝这边张望的员工们，示意这俩分毫不让的人："进来说。"

回到办公室，祁周礼还是坐在刚刚跟原恂说话时坐着的椅子上。

林葭瞧着还没怎么样，他倒先生起气来了。林葭心想，这男人怎么就这么点儿度量，考虑问题用不用脑子啊！

注意到林葭不善的打量，祁周礼往椅背上靠了靠，手臂往身前一抱，满脸怨气地朝林葭一抬下巴："别指望我给你让，你坐别地儿去！"

林葭被激出脾气来："你再瞪我我也是要说的，我不同意谢鄢回来！当年他出事，我们忙前忙后想法子，他倒好，拒绝了所有的帮助！是，他要是真厉害到不用别人来收拾烂摊子，那也行，但事实呢？"

当时"同风起"还是个工作室，刚起步，接手的几个外包的单子还在推进。谢鄢一出事，"同风起"相当于要完了。要不是原恂站出来，又有祁周礼跟林葭一起帮衬着，谢鄢估计还要赔不少违约金。

"我承认他的才华，但他那年的所作所为是一个成年人该有的担当吗？他出事的原因你也忘了吗？一个成年人解决问题的方法是用暴力吗？"林葭不是无理取闹的人，她是为了公司。

祁周礼不是没考虑过这些："你说的这些，我承认，我也在心里骂过他。但我认识谢鄢这么多年，他是个什么样的人，我清楚。他处理事情的方法是有些冲动，但出发点绝对是没毛病的。”

“行了！”原恂适时叫停，让两人冷静下来，“事情没那么复杂，也不用考虑这么多。他这不是还没回来吗？”

这么多年都没消除的误会，不是凭谁几句话就能解释得了的。由谢鄢引起的矛盾只是暂时读档，但依然是悬在大家头顶的一把刀。

林葭跟祁周礼互相看着不顺眼，不知什么时候就能吵起来。相较起来，原恂是最平静的那个。

他不像檀迦会为了一些没发生的事情焦虑，即便是事情即将发生，那也等发生的时候解决掉就好了。

但随着他发现檀迦会担心自己后，原恂十分愿意为这些事情焦虑焦虑。

檀迦诧异于原恂会主动跟自己分享身边的人情世故，虽然她十分想帮他分析分析，找到解决办法，但无奈檀迦对他了解得太少了，也不知道前因后果，自然不敢乱给意见。最终她想了想，故作轻松地问：“那你吵赢了吗？”

“嘴太笨了，不会吵架。”

檀迦眨眼，反驳他：“不笨啊！你亲我的时候亲得挺好的。”

“有吗？”

檀迦不置可否地“嗯”了一声，问：“你怀疑自己啊？那再给你一个亲亲的机会。”

今天的气氛烘托得好，檀迦跨坐在他腿上吻了一会儿，便在他身上蹭了蹭，眼神直勾勾地盯着他，暗示意味明显。原恂把人往身上抱了抱，一手揽着她的腰，一手扶着她的后脑勺，翻身把人压在沙发上。

檀迦头发长，饶是原恂已经习惯并且有心护着也难免会扯痛她。檀迦红着眼埋怨地瞪他。

原恂自责地摸了摸她的头顶，在她额头上落下一吻，然后顺着鼻梁一路亲下去。

两人的心跳声纠缠着炽热的呼吸。

原恂漫不经心地开口：“我接下来会很忙。”

檀迦“嗯”了一声，其实她已经习惯了。

原恂解释说：“我打算离开‘同风起’。”

这一点倒是让檀迦有些诧异。她愣了一下，不解地问：“是因为你们的矛盾吗？”

“不是。”原恂捋了捋檀迦额头被汗打湿的头发，说，“我需要去接手家里的公司。”

听到是这个原因，檀迦倒表示理解了。但她担心：“那你这样走了，‘同风起’没关系吗？”

“现在正在招人。”

“哦。”

檀迦不懂公司运作，对“同风起”的事情也插不上话，原恂做出这样的决定肯定有他的理由，她支持便好了。

檀迦没听原恂说过原氏集团的事情，但在报社里跟隔壁财经组的同事拼桌吃饭时，多少听说了原家现在的情况。新手接管公司，董事会的老人们势必要刁难，给点儿下马威。

原恂忙，檀迦也忙。一眨眼，夏天快要过完了。

八月底的时候，各个学校陆续开学，第一中学后门的小吃街安静了两个月后终于迎来了生意。炸串、炒酸奶、烤冷面……各色各样的小吃摊前挤满了热情的客人。

檀迦坐在一家拉面馆里，顺着窄窄的店门看外面热闹的人群。舒杳从柜台拿了两瓶北冰洋，吸管在瓶口晃晃悠悠。

“先请你吃顿这个庆祝一下，等我转正后拿到薪水再请你吃刺身料理。”

“谢谢。”檀迦接过来，“好多年没回来吃了，不知道还是不是以前的味道。”

舒杳喜欢明媚的颜色，衣服、包包都像她的笑容一样，给人温暖又阳光的感觉。她弯着眼睛示意檀迦：“快尝尝。”

“对了，你听说葛清梦的事情了吗？”

檀迦八卦心不强，没主动去打听，此刻听舒杳提起，才配合地问：“怎么了？”

“她从杂志社辞职了。”

檀迦手里的筷子停顿在空中，然后缓缓搁下。

“听说是因为没采访到原学长，害那期杂志差点儿开天窗，加上屡屡闯祸，在杂志社待不下去了。”舒杳唏嘘，“我虽然不喜欢她，但毕竟是同学，认识这么多年，看到她这个处境，还挺难受的。”

檀迦没什么胃口，但见舒杳还没吃完，便拿起筷子又跟着吃了一会儿。

出于私心，檀迦有意无意地问起：“你入职‘同风起’后是去技术部吗？回头你把地址给我，我给你寄几瓶防脱的洗发水。女孩子工作归工作，头发要养护好。”

“还说呢……”一提到这个，舒杳开始叹气，“互联网、科技这类公司给员工的医疗保险都比寻常公司要多一份补充保险，足以可见其高危性了。我才入职一周，就已经强烈感受到我们技术部的同事有多拼了。”

檀迦认真听：“哦？”

舒杳很欣赏原恂，聊天时多数时候都是在夸原恂：“原学长离开后，研发部倒不至于乱套，大家铆着劲在支撑这个团体。这真的归功于原学长在时形成的极强的团队凝聚力。”

檀迦虽然没有打听到原恂的近况，但听着别人赞叹他的工作能力，便觉得这样一个优秀的人无论面对什么问题，都能完美地解决。

不知道是不是在学校附近吃的这顿饭的原因，檀迦当天晚上胃便开始不舒服，一晚上去了几趟厕所，人也没怎么睡好。第二天，她强打着精神去了报社，到了中午实在是扛不住了，就跟领导请假回了家。

檀迦还以为是自己迷糊中出了幻觉，输了密码打开门，隐约听见屋里有异常的声响，像是什么东西被搬动的声音，还有一阵阵沉重的脚步声。

尽管现在脑袋卡顿，特别沉，但不妨碍她想起一些入室行窃的新闻。她按住门把，控制着门缝的大小，随后从包里拿出防狼喷雾，也提前在手机上输好了报警号码。

“等我一下，我听到有人开门。”屋里传来男人的声音。

往常这个时候，原恂不在家里。他的工作节奏肉眼可见的紧凑起来，平时出行还配了司机，以方便他在路上能处理些工作事务，回家的时间也越来越晚。

檀迦身体不舒服，脑袋晕乎乎的，所以听到屋里有声音，压根没想过对方可能是原恂。

她晃了晃脑袋，往后撤身，找能躲的地方。

公寓楼一梯两户，中间除了有一盆茂盛葱郁的发财树，不见其他遮挡物。

她心里正盘算着，待会儿如果和歹徒正面撞上，在敌不过的情况下，该往哪里跑。电梯肯定是不行的，市面上的电梯门关闭时间最少也要五秒钟，到时恐怕檀迦还没脱身，歹徒便已经伸手把门隔开了。

她脑袋里突然想起电影里常看到的这类画面，禁不住打了个寒战。难道跑楼梯吗？饶是她身体素质不错，但也跑不过一个男人啊！

正想着，檀迦便见正缓缓变窄的门缝处突然伸出来一只手，男人有力劲瘦的手指扶住了门框。

随着檀迦心中一句“完了”，门缓缓被拉开，原恂那张英俊的脸出现在面前。

“迦迦？”

“……”

“物业打电话和我说家里坏掉的灯泡找到了型号，问我什么时间方便来家里安。我正好没事，便回来了。”

檀迦点头：“是我和物业说的。本来想自己换的，但总忘。”

“嗯。下次可以直接给我打电话。”

“你今天不忙了？”檀迦注意到原恂今天的打扮，白衬衣加西裤，将他包裹得斯文又矜贵，低调却价格不菲的腕表不像是他在实验室里会戴的东西，但一点儿也不违和。檀迦突然就想到了校庆那天，混在一群被社会浸润得势利庸俗的同学间，原恂的形象显得格外突出，难得的还能保持着少年气。

“怎么突然回来了？”原恂看着她煞白的脸色，问，“吓到你了？”

檀迦舔了舔嘴角，说：“可能是吃坏东西了。胃有点儿不舒服。”

“先进来。”

原恂把灯换好了，将梯子收起来，去卧室看檀迦的情况。她衣服也没换，蜷缩着在睡觉。

原恂走过去，提了提裤腿蹲下，摸了摸她的额头，没发烧，但她看起来很虚弱。

原恂不放心：“起来，我带你去趟医院，回来再睡。”

“不用。”檀迦半梦半醒间知道原恂过来，慢吞吞地从被子里伸出一只手，拽了拽被子，说，“我睡一觉就好了。”

原恂抿唇，见劝不动她，只好联系了家里的私人医生。

医生来得很快，说她没大碍，如果有呕吐、过敏等症状的话要及时去医院。原恂听着，却没松口气。

等他煮好粥再来卧室时，檀迦已经睡熟了，但眉头皱着，让人格外心疼。

原恂很少见到檀迦在自己面前示弱，即便是在床事上，她也总喜欢掌握主动，好像只有这样，她才能在这段关系中多一些安全感。

他把粥放到一边，把她的右手从被子里拉出来，慢慢地揉虎口的位置。

第二天檀迦醒来时，原恂已经走了。她看到床头贴着的便签纸上写着：“锅里有粥，至少喝一碗。如果还不舒服，要记得去医院。”

檀迦弯唇，心里柔软了几分。

她盛了粥，随手开了电视机，调到新闻频道，端着碗刚坐下，就看到一则最新消息：“据悉，昨日在店内就餐的客人均有呕吐、腹泻等不良症状。因店面位于第一中学和明德校区附近，就餐人数庞大，具体人数还在统计……”

檀迦叼着勺子，忘记了喝。直到被丢在茶几上的手机嗡嗡响起，她才回过神。

是报社的电话，问她身体情况，通知她出外勤。

檀迦也顾不得关电视，连忙去换衣服，捏着录音笔确认电量充足后，径自往门口走。经过客厅时，她猛地想到原恂在留言板上的叮嘱，重新折回去，囫囵地喝光了一整碗粥。

也多亏了这碗粥，檀迦到了小吃街跟领导会合，一直忙到下午两点才有空吃东西。

檀迦说自己幸运，这一路一直遇到贵人，不是她瞎说。就比如她这个领导，人亲切温和，不吝教新人东西，也有耐心带新人。檀迦跟她出这么一趟外勤，于细微处能学到不少东西。

檀迦不是殷勤巴结领导的性格，而她的领导也不是需要人巴结奉承的那类人，两个人相处得很自在。

檀迦一上午太忙了，没顾得上联系原恂。原恂却始终惦记着她胃痛的事，到了饭点就给她发消息问她吃什么。

檀迦是两点多钟的时候才拿出手机看到了消息，连忙给原恂回过去，骗他说跟同事一起吃的，忘记给他回了。

原恂回了个“嗯”字，檀迦带着撒谎过后的强烈的愧疚感，匆匆丢下一句“我要开始忙了，我能照顾好自己，你不用担心我”，结束了聊天。

“要开始忙了”确实不是在撒谎。有领导在场，檀迦不能玩太久的手机。

下午的时候，原恂又发来了消息，问她：“胃好点儿了吗？”

檀迦收到信息时正在参加同事的生日会，她身体素质不算差，平日里有个小毛病没人疼没人关心的，扛一扛就过去了。

面对老公的嘘寒问暖，檀迦抿了抿唇，回：“好多了。”

原恂："记得不要吃辛辣刺激的食物。"

服务生把这桌点的菜上齐，说着"用餐愉快"的吉祥话，檀迦闻言，顺势打量了一番桌子上的菜品。南境人无辣不欢，檀迦同样爱吃辣，碰上生理期只吃微辣是她这个嗜辣爱好者最后的倔强。所以刚才点菜时，她也没觉得今天的菜品有什么问题，但这会儿被原恂一提醒，才有些小自责。

更何况过生日的同事开了酒，给檀迦倒了一杯，道："迦迦，你来报社这么久，还没和大家一起吃过饭，今天可要多喝点儿。"

檀迦来吃这顿饭是个意外，但又好像不算什么意外。她上午跟着组长跑现场，午饭随便用几口面包对付了一下，下午回公司赶稿子，再抬头时已经快到下班时间了。办公室的同事在聊晚上聚会的事情，是隔壁组那个跟檀迦同期入职的女同事组织的，对方叫白鸽，今天是她的生日。

檀迦稿子还没写完，今天在外面跑了一天，脚踝酸胀得厉害。她本想早点儿回家，洗个澡，然后专注认真地写稿子，但瞧着格子间大家打成一片的其乐融融的氛围，后知后觉自己入职这么久，似乎还没融进这个大集体。

办公室的女生似乎常有聚会，檀迦却连每天中午去附近吃午餐的时间都很少。偶尔和同事在茶水间碰见，她也总是行色匆匆，端着空杯子来，冲好咖啡便走。

还有那天在厕所里，檀迦撞到同事在背后嚼舌根。类似的话，她后来没有再听到，但这不代表同事们对她的误解已经消除。只不过大家工作不轻松，工作上虽是竞争对手，但又互为搭档，表面的体面与和谐还是要维持的。

所以这天下午被问到时，檀迦咽下滚到嘴边的拒绝的话，点点头，应了下来。

她飞快地把东西收拾完，叫了个跑腿小哥去附近奢侈品店里买了个小东西作为同事的生日礼物。不知是软件的定位程序出了故障，还是小哥在路上有事耽搁了，檀迦看着页面上迟迟没有更新的位置信息，内心焦急万分，越发感慨焉斐誉在后备厢准备那些小礼物真是太机智了。她必须也给自己安排一个。

好在檀迦到聚会的餐厅没坐一会儿，便接到跑腿小哥的电话，说已经到餐厅大堂了。檀迦这才如愿拿到了礼物，松了口气。她跟白鸽的关系说不上好，作为同一批进入公司的实习生，正如其他员工知道的那样，白鸽是像大部分员工一样面试进来的，而檀迦没有参加那场面试。

连檀迦自己也不明白，这竟然成了她被同事们误会的导火索。但她仍没有跟别人强调甚至纠正自己有接到电话面试这件事情，一是她觉得没必要，如果别人的误会桩桩件件都要去解释，那挺累的。她会在意别人的眼光，不喜欢被戳脊梁骨，但对于这些莫须有的罪名，又懒得解释——既然管不住别人的嘴巴，那她便捂住自己的耳朵。

檀迦拿了礼物回到包厢，同事们刚好在给白鸽送礼物，檀迦随着大家送上了礼物，说了几句吉祥话。白鸽嘴甜，说没想到她还准备了礼物，借机说大家真是破费了，只是想趁这个生日的机会请大家吃顿饭一起聚聚，没想蹭大家的礼物。随后又说觉得檀迦装礼物的这个盒子很精致，问自己能不能现在打开。

檀迦说当然没问题。她送的是条不算贵的轻奢品牌的手链，作为礼物拿得出手，却又不会太隆重，任谁打量一番，都挑不出什么错。

但很快檀迦发现，明明这是别人的生日，大家怎么就不约而同地灌她酒呢？

檀迦对自己的身体有数，胃疼这种小毛病，只在昨晚犯了，这会儿并不影响她在聚会上发挥。她能喝酒，酒量还不错，跟大家意思性地喝了几杯后，便察觉出不对劲。

在有个同事阴阳怪气地说着“迦迦，以后常聚啊！你入职这么久了，咱们报社好多人还没跟你说过话呢”，才终于确定其他人拉帮结派是在针对自己。

原恂不知道这边的事情，看差不多到檀迦下班的时间了，就给她拨了个电话。檀迦听着手机里传来的熟悉的声音，安心了不少，那种举目无亲的悲凉感登时减少了，跟他说了餐厅的地址，让他来接自己。原恂也没多问，答应了。

檀迦放下手机，将手腕处宽松的荷叶边袖口整理了一番，从转盘上拿过酒瓶，决定速战速决。

“白鸽，你这条裙子挺好看的，我也有一件一样的。”檀迦保持着得体的微笑，“我发现你还挺适合这个颜色，搞得我都不好意思再穿我那件了。”

檀迦跟白鸽打交道不多，却也知道公司里有个同事常模仿自己的穿衣风格。自己今天穿了件什么衣服、戴了什么首饰、背个什么包，用不了几天，对方就会整一身一样的。大家低头不见抬头见，檀迦也没小气到去计较什么。但今天发生了这样的事，檀迦再不厉害点儿，恐怕别人真以为自己是软柿子。

“是吗？”白鸽的表情有些尴尬，但很快调整过来，假笑着说，“你比我还白，穿着肯定好看。你明天也穿，咱俩穿姐妹款。”

“那多不好啊，谁丑谁尴尬！”檀迦笑着，给白鸽把酒倒满，举了举自己装酒水的杯子，说，“为了咱们这姐妹情，干一杯。”

檀迦敬酒的同时，夹带私话地回击着别人的阴阳怪气，丝毫不怵。

但喝酒这事，伤敌一千，自损八百。原恂到达时，檀迦已经喝了不少酒。

檀迦低头看了眼手机，顶着其他人诧异的打量，说道：“你们好好吃，我还有工作，就先走了。下次有机会，请大家再聚。”

原恂把车子停在餐厅门口，等了一会儿，便见到了檀迦的身影。

他下了车，准备过去搭把手。檀迦穿的是平底鞋，走路时没注意，脚下一滑，踩着个空矿泉水瓶。她弯腰捡起地上的瓶子往旁边垃圾桶里丢的时候，胳膊被人扶住了。

她正要推开，却认出这只手，一抬头，果然是原恂。他下颌线流畅紧绷，胡子刮得干干净净，嘴唇薄，唇线却很性感，让人很有亲吻的欲望。见是他，檀迦绷了一晚上的虚假笑容散去，卸下一切警惕的防备心，舒坦而懒散地往原恂身上一靠，扬起嘴角，甜甜地笑。

“你来接我了啊——”她一开口，满嘴酒气。

原恂垂眸看她时，眼底的温柔还没被看清，便皱紧了眉。

“喝酒了？”

檀迦赖皮地“嗯”了一声，嘴巴一扁，告状：“她们欺负我。”

原恂眉头更皱了，俨然是担心了。

幸好檀迦补了一句：“都是一个办公室的同事，我平时既没得罪她们，也没说过她们的坏话，她们凭什么误会我？还阴阳怪气地嘲讽我，背地里编派我！”

知道檀迦说的是同事，原恂稍稍松了口气，问：“现在解释清楚了吗？”

“我才懒得解释呢，就跟我说了她们会听似的！”檀迦气呼呼地说，腮帮子一鼓一鼓的，像一只河豚。

原恂对她喝醉酒的模样不陌生，毕竟当初两人便是酒精做的媒。

当时檀迦因为跟朋友吵架，一个人在酒吧喝酒。她长得漂亮，腰细腿长，身材有曲线，穿着热裤和吊带坐在吧台旁，如瀑的长发铺在肩膀上，将少女的灵动发挥得彻底。接连有几个男生前来搭讪，问她要联系方式的，或者请她喝酒的，都被她冷着脸无情地拒绝。

原恂坐到旁边时，檀迦一眼便认出来了，诧异他也在这儿，扬言要请他一起喝酒。

不同于她的热情，原恂神色平淡，甚至对当下的处境有些抵触。看着她从调酒师手里接过酒杯推到他跟前，他随口问：“心情不好？”

檀迦吧唧吧唧嘴，身体一垮，整个人往下一趴，两臂交叠垫在桌子上，脖子转了转，脸枕在胳膊上，偏头看他：“我跟最好的朋友吵架了。”

“为什么？”

檀迦别开脸，盯着正前方的酒杯，都快成斗鸡眼了。她懒懒地回他：“我们关系真的挺好的，不知道她为什么要抄我的毕业论文，甚至还反过来栽赃我……”

檀迦嘟嘟囔囔地说了很多，酒吧的环境乱，原恂其实没怎么听清，但这并不妨碍檀迦一直说。

没一会儿，又有人过来搭讪。没等原恂帮忙，檀迦自个儿就往原恂这边一歪身子，凶巴巴地瞪了那个男生一眼。

原恂当时的注意力都在她身上，怕她栽下高脚凳，抬手在她身后虚虚地护着，确实没想真碰到她。但檀迦不知道后面有只手，往旁边倒的幅度有点儿大，正好跌在原恂怀里。

搭讪的男生见状，知道是自己冒昧了，抱歉地笑了笑，溜了。

原恂保持着揽住她腰的动作没变，问她："还喝吗？"

檀迦摇摇头，扶着吧台站起来，原恂的手还没撤走，檀迦转身时正好转向了他怀里。眼前黑漆漆的一堵墙，她抬起头，原恂也在低头看她。两人互相盯了一会儿，最后檀迦先开口。

"你也是来搭讪的吗？"

原恂反问："可以吗？"

檀迦人醉了，却还能追问道："那你是要微信号，还是要别的什么啊？"

她没等原恂回答，眨眨眼，因为发现了新奇的事情，先笑了，感慨着："你长得真的好帅！怎么有人鼻子可以这么挺——"

说着，檀迦抬手，还真摸了摸。

原恂配合地低头，默许她的动作。

研究够了，檀迦又问他："我听导师说，你住的酒店在附近。"

原恂听懂了小姑娘在问什么，始终扶在她腰上的那只手垂了下去。

可能檀迦自己都忘记她当时说了什么。

原恂把手移开的那瞬，檀迦垂眸看了一眼，不乐意地抬头看他，软着声嘿嘿笑："我腰细吧！"

原恂把人扶到车上，系安全带时，听见她嘟嘟囔囔："我现在脾气是真的好了不少，要是搁以前，绝对咽不下这口气。我虽然长得甜，但这不是被人欺负的理由。"

"还有你，原恂——"檀迦腰一挺，想要坐直，因为有安全带绑着，又猛地摔了回去。

晕是真的晕，差点儿就把她晃吐了。等眼前白花花的星星散开，檀迦酒醒了大半，脑子也清醒了。

原恂坐在驾驶座上，注意到她苦大仇深的可爱模样，笑了笑，发动车子。他的视线落在后视镜上观察着后方的车辆，随口问："我怎么了？"

檀迦揉揉头，不想承认，道："我忘了。"

"那想起来再说。"

"哦。"檀迦扶着脑袋，真就认真地在想。

车子发动，缓缓驶入主干道的车流中。檀迦侧身靠在车座上，单手托着脸直勾勾地盯着原恂，似乎真的在认真想刚刚忘记的话。过了一会儿，她转头盯着前方的路况，指挥起来："往左拐。"

她指的路不是回家，原恂一时没理解她的意图，便问："想去哪儿？"

檀迦也不理他，执意让他按照自己指的方向开。

原恂看着她一不被顺从便要哭的架势，瞥了眼油表的余量，顺从了。

檀迦一通指挥，车子开进了一条没人且偏僻的小道上。

"停车。"檀迦又发出命令了。

原恂照做，问她："想吐吗？"

檀迦摇头，解开安全带，爬上椅子，然后抬腿跨过扶手箱。原恂看着她的动作，不知道她意欲何为，下意识抬手托了下她的膝盖，免得她摔倒。

檀迦个子不矮，身材纤瘦，在轿厢里活动灵活，很轻松地便从副驾驶的位置来到主驾驶座上。

看着跨坐在自己身上的人，原恂一手扶着她的腰，另一只手把座椅往后调了调。

原恂以为她要耍酒疯，一会儿也就消停了。但看着她越发得寸进尺，他才不得不拦她："没东西。"

原恂拥着她，下巴垫在她的肩上，脸朝着她的颈窝。

檀迦想要去帮忙，被原恂推开。

又过了一会儿，檀迦侧头去跟他接吻，吻着吻着，檀迦轻声说：“突然想起来，我包里好像有。”

车子开进小区时，檀迦已经睡着了。原恂把车停好，将车里的灯都熄了。

夜是安静的，虫鸣晚风。原恂坐在黑暗中，静静地发呆。他低头一看到脚垫，便会想起檀迦刚刚仰着头跟自己说话的模样，很诱人。他希望檀迦是自由的，是独立的，而不是为了从他这儿获取安全感而讨好或者屈服于他。

檀迦醒来时看到的就是这样一幅画面——原恂垂着眼，黑暗下，立体帅气的轮廓浸在一种压抑的气氛中，看上去十分悲伤。

“到家了？”她刚一动，身上盖着的外套便滑到地上。她准备去捡，原恂比她动作更快，伸手把衣服拎过去，随意抖了抖，收到后座上。

“醒醒神再上去。”

轿厢里都是两个人的味道，原恂把车窗降下去些，让风慢悠悠地吹进来。

檀迦解了安全带，将睡觉时蹭得乱七八糟的头发捋顺，拨到肩膀前面。不知道是不是因为晚上喝了酒，檀迦这会儿胃有点儿不舒服，泛着酸，也呕不出来。她怕原恂担心，没吭声，一副睡眼惺忪的模样，冷静了几秒，觉得自己状态好点儿了，才说上楼。

但有些事，她不说，原恂也能看出来。

进了家门，她换了鞋便去接水喝，原恂打眼一瞧她按的是热水便看出了端倪。

“晚上吃东西了吗？”原恂随口问。

檀迦刚刚接水时冷水热水兑的比例不合适，水接好了，还是有点儿烫嘴。她两手捧着水杯，摇摇头。

原恂点点头，往厨房走去：“我煮点儿粥，要喝吗？”

“要！”檀迦眼睛亮亮的，端着水杯跟过去。

家里的厨房设备齐全，两人却很少做饭。檀迦刚住进来的时候，原恂有提议请个煮饭阿姨，但被檀迦否决了。她说家里有外人的话，自己会不自在。

原恂早晨刚煮过一次粥，需要用的东西都好找。淘米、加水、开火，轻车熟路地做完这些，原恂偏头，见檀迦正一瞬不瞬地盯着锅，不禁抬手挠了挠她的下巴。

檀迦望过来，抬眸看他，问："要多久？"

"半个小时。"

檀迦"哦"了一声，问："那我们现在做什么？"

原恂抓着檀迦的右手，拇指摩挲地按着她虎口的位置。檀迦不知道这里是穴位，只是感觉被按得很舒服，便没制止，安静地任由他抓着自己的手。

"中午吃的什么？"

檀迦信口胡诌："蔬菜粥。"

原恂疑问："不是说跟同事去吃的蘑菇汤吗？"

檀迦忙改口："哦？我跟你说过吗？这几天忙晕了，日子过混了。我昨天中午吃的蔬菜粥。"

原恂没拆穿自己今天中午在当地新闻直播中看到了她，猜到她没空吃饭。

"从明天起在包里装盒牛奶、几块巧克力，平时来不及吃饭时，可以垫一下。"

檀迦嘴硬："我有好好吃饭。"

"我没有不相信你。是怕你还没到饭点会饿，有备无患，自己用不上的话，同事需要的时候也可以分给他们。"

都是些生活小习惯，檀迦欠缺的恰恰是这些。

檀迦低头看着原恂跟自己拉在一起的手，接受了这个建议。

隔天到报社，谁也没提昨天聚会上的不愉快，大家跟没事人一样，热情地跟檀迦打招呼，问她昨天有没有喝多。

伸手不打笑脸人，檀迦配合地跟大家维持着这种无伤大雅的表面和谐。

这几天为了多了解些关于原氏集团的内部消息，檀迦常跟隔壁财经组的同事拼桌吃饭。原氏集团在南境乃至国内都是数得着的大公司，加上近来公司内部变动不断，自然话题很多。不用檀迦引导，大家自觉地就聊起这个话题。

旁人不知道檀迦跟原氏新到任的总裁是夫妻关系，所以聊起来时，没有因为她在场而避讳什么。

“迦迦，你负责过‘同风起’的新闻，见到过那位吗？”这个同事叫隋温，是财经组能力比较强的记者，跟檀迦比较投缘，喜欢她低调却不沉闷的性格，聊起天来说的都是小女生喜欢的话题。

檀迦回得比较有分寸：“见过几面。确实挺帅的。”

“尊贵多金，脸还帅气。”对方突然想起什么，又问檀迦，“他跟‘同风起’的林总是不是在谈恋爱？”

没等檀迦回答，另一个同事先说了：“不能吧。他会喜欢这种女强人吗？”

对方刚说完，立马遭到隋温的反驳：“有什么不可能的！这叫强强联合，事业版图一加一大于二。”

除了花边新闻，吃完饭回报社的路上，隋温突然感慨了一句：“但不得不说，原恂的离开对‘同风起’是一个很大的打击。”

另一个接话：“这样的人才在哪里都会发光发热，他本就该去更大的舞台。至于‘同风起’，夹缝求生吧，看能不能有人站出来顶上职位的空缺。”

檀迦在心里琢磨着这话，进办公室前去露台拨通了舅舅的电话。舅舅的律所跟原氏集团有工作往来，檀迦本想从舅舅那儿打听些风向，但舅舅向来嘴严，背后从不论人是非。

檀迦听着舅舅不紧不慢跟她聊生活的琐事，渐渐意识到自己是关心则乱了。她操心也没用。

回到办公室，檀迦坐在工位上，走了会儿神。想了想，她还是拿起手机，给原恂发了张照片。拍的是中午吃的羊肉泡馍，蒸腾的雾气模糊了镜头。檀迦当时拍了几遍才选出一张看着不错的。

原恂回了个赞的表情图，也拍了张自己在吃的东西过来。是几个外带的食盒，荤素搭配，还有汤，看着很讲究。

檀迦："总裁专属？"

原恂："家里准备的便当。"

檀迦："骨头汤看着很好喝。"

原恂："是还不错。"

两人吃完饭还有工作，这会儿在吃饭的间隙闲聊几句，虽没什么营养，但句句挂念着对方。

这些天檀迦下班已经早了很多，但到家的时候，天还是黑透了。

车开进小区的时候，檀迦遥遥地看见灌木丛旁站着个奇怪的男人。也不能说奇怪，就是他穿着一身黑，棒球帽外面还扣着连帽衣的兜帽，整个人看上去十分阴鸷，给人的感觉突兀又不舒服。

檀迦不由得多想了些，趁着停车时，给原恂拨了个电话。

电话很快被接通，原恂的声音平缓地传来："今天要加班？"

"没，我已经到小区了。"檀迦还在琢磨那个男人。

毕竟只是猜测，她正斟酌怎么跟原恂说这一情况时，听对方先开了口："你从便利店前面的路走，我在这儿等你。"

檀迦愣怔地"嗯"了一声，才反应过来原恂这是要下来接她。

这个小区治安不错，进出小区有门禁，陌生访客的登记管理也执行得非常谨慎且严谨。檀迦的车子是新落户的，只买到了露天停车场的车位，距离单元楼也不远。

檀迦喜欢抄小路，倒不是图近。小区里的流浪猫胆子小，不敢到人前去，常在灌木丛里躲懒，檀迦包里习惯装着肉肠，见着了就会喂一喂它们。原恂知道她这个习惯，近来常提醒她不要走那边。

把车停好，檀迦遥遥地看见原恂正站在路口等她。

檀迦朝着原恂走过去，拐弯时，余光扫见那个黑衣男人正往自己这边走，他一只手抄在卫衣兜里，垂在裤边的那只手似乎拿着什么东西。

檀迦收回视线，看到站在前方等着自己的原恂，心下一惊，急忙要跟他说这件事。

哪知自己动作太急，往前走时没注意到台阶，身体一晃，险些摔倒。

原恂站得不远，见状，连忙迈步过来，伸手去扶。檀迦适时地按在他的小臂上，严肃地低喃了一句："我刚才过来时看到一个奇怪的人。"说着，檀迦拿出手机，作势要报警，"我们快点儿走。"

原恂却没动。

檀迦抬头，看见原恂正盯着她的身后，神态凝重。

檀迦随着望过去，看到刚才隐在黑暗中的年轻男人已经走到光下，他眉梢冷漠，却没有预想的那种仇恨的眼神。他手里拿着的也不是什么砖头，而是用几张广告纸包着的不知哪个不讲卫生的小区住户乱丢的垃圾。檀迦看过去时，他正把手里的东西丢到垃圾桶里，走向垃圾桶的这几步路，还把地上的烟头用广告纸包着一起丢进垃圾桶。

原恂冷静地说："不是坏人。"

檀迦"嗯"了一声，意识到是自己误会了，尴尬地把手机塞回包里。

原恂深深地看了眼对面的男人，确定他是确确实实地站在这里，不会突然消失或者无故离开后，才看向檀迦，说："是我之前跟你提过的一个朋友。"

檀迦点点头，好像想起来了。

"我跟他说几句话。"

"那我先上去。"檀迦礼貌地冲谢鄢笑笑，然后对原恂说道。

原恂点头，没多解释，只说："锅里煨着汤，爸让人送来的，你饿了就先喝一点儿。"

"好。"

檀迦往前走了段路，拐弯时回头看了一眼，原恂跟那个男人还站在原地，距离没有拉近也没有变远。檀迦站得远，听不见他们说了什么，她只看了一眼，便扭头进了楼栋。

两人站在路边。说实话，原恂没想到谢鄢会找来这儿，但如今见到了也不意外，因为他知道谢鄢一定会来找他的。只不过，如今真见到了，他一时竟不知道该说些什么。

小区里有不少遛狗的居民，还有玩滑板的少年，生活气息浓，越发衬得两人间气氛安静。旁边有个球场，隔着绿色的铁网能看到里面运球、传球的矫健身影。

“刚刚那个是你的女朋友？”

“是妻子，年初时领的证。”

谢鄢点点头：“恭喜。”

男人垂在裤缝边的手无意识地动了动，算着过去的年数。城市日新月异，旧楼拆迁，商户开业，明明还是同一座城市，可总有什么不一样了。城市包罗万象，接纳着神色各异的行人，只有他谢鄢停驻原地，被时代抛下。

“你现在住哪儿？”

谢鄢声音有些混浊：“电子城那边。”

原恂应了声，别开脸去看人打球。

谢鄢不知道该怎么开口，很多话到嘴边，只落了一句：“谢谢。”

球场那边刚进了个漂亮的三分球，原恂在心里跟着喝彩了一声，听到谢鄢的话，慢了半拍才转头。

谢鄢继续说：“发布会那天我去了，‘同风起’被你们经营得很好。”

“能力有限，只能做到这儿。而且我现在精力不允许，有些顾不上。”原恂扬扬眉，问，“怎么样，有兴趣回来吗？”

谢鄢喉结滚了一下，似乎在隐忍，过了一会儿，才说：“手生了。”他说着，转头看向原恂，“怕辜负了大家的心血。”

这个眼神里包含了很多。

他是从什么时候便有这样一个目标的？好像真的要追溯到玩纸飞机的年纪。

翅膀象征着自由，而无人机是他人生信念的寄托。“大鹏一日同风起”，这一品牌理念更是谢鄢的人生信仰。只不过一切都被自己搞砸了。

多亏原恂在守着这些。

“同风起”已经不属于自己了。不是谢鄢不想要，而是不配。

原恂所做的，尤其是在谢鄢出来后，原恂还能将“同风起”拱手奉还，这样的行为已经不仅仅是“仗义”两个字便能概括的。

他谢鄢何德何能，让兄弟为自己做到这般！更何况回忆两人在大学时相识的经历，自己从未为他牺牲过什么。这份不对等，让谢鄢为原恂感到不值。

原恂的注意力落在球场那儿，没注意到谢鄢的走神，或者说是自觉地不给他压力，自顾自地问道：“想打会儿球吗？”

“都行。”

球场上的男生不到二十岁，看到他俩一口一个“大叔”地叫着。原恂无所谓，没觉得年龄如何，跟这群弟弟奔跑在一起，意气风发的模样不输分毫。

这会儿他们还真像学生时代，有什么烦恼，到运动场上发泄一下，出出汗，心情便好了大半。

打了小半场，两个上了年纪的“大叔”便摆手婉拒了少年们再来一场的盛情邀请。原恂去旁边便利店买了两瓶水，扔给谢鄢一瓶。两人又站在路灯下说话。

水喝完后，原恂把瓶子丢进垃圾桶里，出声：“上去坐一会儿吗？”

“下次吧。”谢鄢把剩下的半瓶水往卫衣口袋里一插，抬抬下巴，示意原恂先走。

原恂随意一摆手：“走了。”

目送原恂走出一段距离，谢鄢也准备转身，哪想原恂突然停下。路灯的灯光从他头顶照下来，修饰着他硬朗挺拔的轮廓。他单手抄着兜，没回头，声音不算高，但咬字清晰，一字一顿，有力地撞在谢鄢心上。

“我是个成年人，有独立的思想和自己的判断。我做了什么，选择了什么，只是因为我愿意。关于自己愿意的事情，我从不觉得是一种负担。我很珍惜人生的每一场经历，因为仅此一次。”

说完，他微微侧身，露了个侧脸给谢鄢。

他继续说："鄢子，我对'同风起'做什么，完全是因为你是我兄弟。"

从这片住宅区离开，谢鄢突然觉得身心轻松了很多。

但随着他回到那片破败穷困、鱼龙混杂的电子城，方才在繁华高档小区的谈话就像是很久远的事情，眼前的光景无一不在提醒着他，他已经不是当年那个踌躇满志的少年了。

原恂回来的时候，檀迦正坐在餐桌旁，一边看焉斐誉的直播，一边喝汤。焉斐誉要搞俱乐部的事情提上了日程，要忙的事情很多，自身精力不允许她兼顾直播，所以借着今天开播的机会，大家都在关心她，问她先是不解说，现在又不直播了，未来打算做什么。焉斐誉正跟大家解释这件事情，说自己在筹备新的工作，不出意外的话，新赛季会跟大家见面。

檀迦看着看着，突然觉得时间过得真快。焉斐誉做解说前便开始直播，那时只是个传媒大学的学生，人气一点点做大后就进了电竞圈。再到现在接连遭到打击，是挫折，也是改变的契机。

听见开门声，檀迦探头朝门口看去，见原恂进来后随手带上门，身后没有别人，便问："你那个朋友没一起上来吗？"

原恂"嗯"了一声，看上去有些累。

檀迦把勺子搁下，把手机设置了静音。

原恂没过去，隔了段距离朝她面前的碗看了看。檀迦刚要说味道还不错，问他要不要尝尝，却听原恂问道："脚没事吧？"

听檀迦说没事，原恂点点头，径自往卫生间走。

檀迦心不在焉地喝了两口汤，朝卫生间方向看了看，起身跟过去。

卫生间门没关，原恂洗了手，折回卧室去拿换的衣服，迎面瞧见檀迦靠过来，提醒她："刚才打了一会儿球，身上臭。"看着在跟前站定的人，觉出她的脸色不对，问，"怎么了？"

原恂独立惯了，几乎不需要别人的关心和安慰，加上在檀迦面前他没暴露过负面情绪让她担心，再者他潜意识里觉得檀迦不会关注到自己的处境。所以这会儿他没觉得檀迦是在担心自己，还以为是她出了什么事。

“刚刚被吓到了？”他抬手捏了捏檀迦的脸，大脑飞快地转着，在想解决办法。他刚用凉水洗的手，这会儿皮肤的温度还没暖过来。原恂碰了碰她便撤手，说：“要不要我给你安排两个保镖？这几天先让他们暗中跟着，不影响你的正常生活。”

檀迦哭笑不得，抓住他的手，说：“不用。我没被吓到。再说外界也不知道我跟你的关系，不会对我做什么。”

原恂听她说完，才问：“想把我们的关系对外公开吗？”

“我都行。”

原恂想了想：“等时机合适吧。”

上学时檀迦也喜欢打篮球，是爱好者的水平，但耐不住她瘾大。她那时跟原恂班上的一个男生比较熟，两拨人一起打过球。大家运动过后身上是有汗味的，但那时檀迦就知道原恂身上不臭，反倒散发着热血与活力。

两人说了会儿话，便靠在洗手台上腻歪起来。

原恂洗完澡后看了眼时间，给祁周礼拨了个电话，说了谢鄢的事情。

檀迦则盘腿坐在餐桌旁继续喝汤。参汤一直在电锅里煨着，这会儿喝也不凉。

等原恂打完电话，朝檀迦看过去时，注意到她光着的脚，便转身去了卧室，再出来时，手里多了双袜子。

“把脚伸过来。”原恂在旁边坐下，示意。

檀迦照做，两条腿直接搁到他的腿上。看着原恂给自己穿袜子的动作，她出声喊他：“原恂。”

“叫老公。”

“老公——”檀迦黏黏糊糊地重新喊他，说了自己刚刚在琢磨的事情，“你说你爸送汤过来是不是暗示想抱孙子啊？”

原恂正认真地给她穿袜子，她脚趾长，脚踝细，握在手里没骨头似的，还软。就在原恂给她穿袜子的这点儿时间里，她也不老实。

“说话就说话，别乱动。”

檀迦“哦”了一声，脚是老实了，人还在问：“是不是呀？我刚刚说的有没有道理？”

“没有道理。”原恂说，“这汤是你说看着好喝，我让家里阿姨煮了送来的，没有你说的什么乱七八糟的功效。”

“我说呢！刚刚我对着菜谱研究了半天，也没查出这几样食材有补肾的功效。”

原恂把两只袜子都穿好，一只手抓着她两只脚的脚踝，牢牢地给她固定住，定睛看她，一字一顿地澄清：“我不需要补。”

“哦。”

檀迦把碗往桌子里面推了推，放下脚，踩在拖鞋上站起来，在原恂还没反应过来时，跨坐到他腿上，胳膊攀在他的肩膀上，声音做作又非常娇气地说：“我当然知道。这不是别人不知道嘛！”

刚洗过澡，檀迦身上很香。虽然两人用的是同一款沐浴露，但原恂觉得味道还是不一样的。

原恂喉结动了动，没什么耐心地回着檀迦刚刚说的话：“你还想谁知道？”

“我……”檀迦刚要说话，被原恂突然的动作打断了。他短短的头发刺着她的下巴和脖颈，痒得要命，而罪魁祸首正全身心地跟他睡衣的扣子较劲。

“原恂。”檀迦头后仰着。

没人应。她再喊：“老公。”

他才敷衍地回了她一个“嗯”字。

檀迦手扶在原恂的后脑勺，半干的头发有点儿潮湿。她心里想的却是刚刚盛的那碗参汤还没喝几口，一会儿又要凉了。

直到原恂的手机响起，打破了寂静。檀迦伸手去够手机，瞥了眼屏幕，提醒他：“是祁周礼。”

原恂闷闷地应了声，没有接手机的意思。

原恂不急，檀迦也不管。但祁周礼似乎是有急事，一连拨了三通。

檀迦怕耽误他的正事，推了推他，说："我帮你接了。"

她把手机放到他耳边，祁周礼的声音从电话那头传过来："喂喂喂，原徇你还在吗？我刚刚想了想，心里还是有点儿没底。"

原徇埋在她领口前，缓了一会儿，才认命地抬头，瞪了檀迦一眼，做口型说："你折磨我！"

檀迦补偿地捧着他脸亲了亲，做口型回："我一直在这儿。"

原徇手按在她身上，又揉又搓，烦躁地应着电话那头的人："什么事？"

"你也知道，谢鄢这人特别轴，你说他能回来吗？"

听见是这个问题，原徇的脸色瞬间黑了："我去哪儿知道？你要是再为这事给我打电话，我就拉黑你了。"

这天，"同风起"安排了几场面试，招聘的是顶替原徇管理研发部的人。但接连面试了几个，不是太年轻胆子小，就是墨守成规太老成。不太顺利的面试，让祁周礼和林葭本就僵持的关系越发冰冷。

刚才的面试者刚离开，会客室里两个人便爆发了争执。

"我宁愿相信这些是你请来的托。"林葭将手里装订着面试者资料的文件夹一合，瞥了祁周礼一眼。

"你到底要干吗？你是来挑刺的吗？"

"他自个儿还没说要回来，你就已经巴巴地准备好了欢迎仪式。祁周礼，你能别这样无条件地献殷勤吗？"

两人斗了会儿嘴，人事部的同事来提醒："还有最后一位。"

林葭整了整衣衫，示意："让人进来吧。"

"姑奶奶，我求求你了，少提点儿不满的意见——"随着会客室的门被推开，祁周礼的声音戛然而止，他陡然端坐好，直勾勾地看着眼前的人。

林葭将文件夹翻开，找了半天没看到下一位面试者的资料。

"对方的简历给我一下。"林葭偏头问祁周礼要资料，抬眸间，撞上祁周礼包含着惊喜与气愤的眼神。她茫然地侧了下头，看到了来人。

谢鄢穿着黑色的冲锋衣，见到故人也没什么表情，整个人像一团山雨欲来前挂在天边的乌云。听到林葭的声音，他抬了抬手，把简历递过去。

林葭手指僵着，微微动了动，仿佛在试探自己还能不能动，没有接下来的动作。

不过林葭很快平静了下来，食、中两指按在薄薄的纸张上，将简历拉过来，垂眸看着。

作为朋友，林葭对上面用冰冷文字概括的履历过于熟悉，她甚至更为具体地清楚谢鄢在其中起到了如何关键的作用。但当下，林葭表现得比一个陌生人还要疏离。

也正因为了解，林葭才知道自己将要问的这些对于面试者来说寻常得不能再寻常的问题，对谢鄢来说，有多尖锐。

“谢先生，你为什么要来‘同风起’？”

“我看你简历上有几年的履历空白，想问一下是为什么？”

“我们公司需要的是一位有责任、能担当、做事理智、不冲动的成熟员工，你认为自己拥有这些品质吗？”

祁周礼终于从遇见故人的感怀中回过神，用脚尖踢了林葭一下。后者不为所动，目不斜视地盯着坐在他们对面的男人。

整场面试完全是林葭一个人的发挥，祁周礼原本还想问几个问题，弱化一下林葭咄咄逼人的攻势，但尝试了几次都被林葭打断了，便自觉地放弃，退到一旁彻底当局外人。

虽说是局外人，但他也没闲着。他自甘放弃地往椅子上一靠，抱着胳膊，拿着手机玩起来。看神情，还以为他是在看新闻，实则是在给原恂发消息，实时转播会客室的情况。

林葭只是问得比较苛刻，几个问题问完，看着也像是消了气。她把单页的简历往文件夹里一夹，看向祁周礼，说：“你都听见了吧？”

祁周礼自然是听到了，他正一字不落地将内容转述给原恂。突然被点名，他愣了愣，应声。

林葭点点头，说：“那你决定吧。”

祁周礼诧异，林葭这是同意谢鄢回“同风起”了？

比起祁周礼恨不得有一万字要说的架势，原恂倒显得镇定很多。

不论是对谢鄢去了“同风起”，还是林葭对谢鄢的加入没再持反对意见，原恂都不意外。他们终究是朋友，是共过患难的朋友，是愿意彼此理解，也愿意给彼此解释机会的朋友。

跟祁周礼聊完，原恂并没有立马搁下手机，而是打开了与檀迦的聊天框，随手翻着过往的消息。

他俩近来的聊天确实密了很多，檀迦常分享些零碎的小事。中午吃了什么不太好吃，办公室的水桶又喝光了，要买沐浴露了，问他喜欢什么味道的，成天在办公室坐着好像又胖了，问他周末要不要去打泰拳……

有时原恂顾不上看，等看见时，已经有一连串未读消息了。檀迦对他有分享欲，是一个很大的改变。原恂很珍惜并且十分郑重地对待着——他一条不落，逐一回复了她分享的事情。

为此，檀迦还调侃他：“优秀！”

原恂看了会儿历史消息，注意到时间，给檀迦发了条消息问她晚上要吃什么。可等了好一会儿，对话框上方显示着“对方正在输入”的字样，却一直不见檀迦发来的消息。

他主动发道：“在写小作文？”

檀迦俨然不知道他能发现。

第六章

缘分开始于此

love

YAN YAN BAI RI

如果是以前，檀迦肯定嘴硬不承认，胡乱找着什么“我消息编辑到一半去忙别的事情了”的理由，仿佛在爱情这场博弈中，自己承认对他多心动一分便多一分输的可能。

但两人的感情发展到了现在这个阶段，默契早已有了，会担心对方，也会关心对方，算得上是恩爱的模范夫妻，檀迦的心态也变了。

如果说之前是一对势均力敌的玩家在博弈，那现在檀迦仿佛一个被冲昏头脑的爱情赌徒，抱着渺茫的希望，疯狂地试探着原恂爱自己的量级。

原恂问她：“准备跟我说什么？”

“杜渐回国了，说要聚一聚，他有联系你吗？”

“我知道。”原恂关心的是——“只有这件事情？”

杜渐是两人的高中同学，是原恂班上的，说起来也是檀迦跟原恂之间为数不多的连接点之一。檀迦说自己会打篮球不是瞎吹，虽然只是爱好者水平，但高中时没少跟焉斐誉在球场上玩，因为这个，她跟常在球场出现的杜渐也熟了起来。

杜渐喜欢过檀迦，无奈檀迦情根开得晚，一直拿他当兄弟处着。后来因为家里的安排，杜渐出国念书了。

原恂仗着懂她，自觉地猜起来：“怕我吃醋还是想要我吃醋？”

这确实冤枉檀迦了。杜渐突然联系她，檀迦心里记着他跟原恂更熟一点儿，聊了几句后立马就给原恂发消息。

但既然话说到这个份儿上了，檀迦顺水推舟地问了一句：“那你吃醋吗？”

发完这条消息，檀迦没怎么自信地抿了抿唇，对接下来原恂的答案有些期待，又有些忐忑。

但换位思考一下，如果突然间冒出个女生，说是追过原恂……呃，这好像不是一件多特殊的事情。

原恂从小就是天之骄子，身边明恋、暗恋他的女生无数。

这样想着，檀迦便觉得自己方才的问题有些小家子气了。

所以还没等原恂回复，檀迦立马补了一句：“和你说着玩的，我跟他没什么。他也喊了焉斐誉和赵乾，还有好几个以前玩得好的朋友。如果你有事去不了的话，那我就跟他们一起。”

发完这条消息，檀迦才接着刚刚的想法继续想。

追求者的话，她完全没必要吃醋，但如果是前女友呢……如果哪天原恂的前女友出现，说自己余情未了，要找他再续前缘，那檀迦一定会很介意吧。

这时，原恂回了消息：“周五晚上没事。到时我去接你，你跟我一起过去。”

正好有财务的同事问她要报销的发票，檀迦仓促地浏览完消息，回了个“好”字，便把聊天框关掉了。等她从财务部回来，把刚刚被自己翻乱的置物夹收好，回看与原恂的聊天内容时，才后知后觉原恂这句话里有自己的私心。

有点儿霸道，像是在宣示主权，分明是吃醋了嘛！

檀迦盯着屏幕，嘴角一点点弯起来，手放在键盘上，噼里啪啦一顿敲，给原恂发消息：“你晚上要加班吗？一起吃饭吧！”

杜渐收到两人的答复后，愉快地定了吃饭的地点和准确的时间。但到了周五那天，檀迦和原恂险些没去成。

意外倒不是出在两人身上，而是“同风起”那边又出事了。

祁周礼消停日子没过几天，林葭这个姑奶奶又有脾气了。不过这次倒不能只怪林葭，谢鄢这事做得确实有点儿欠考虑。

一直以来，研发部在“同风起”话语权最大，以前原恂在时，祁周礼跟林葭从不干涉他的决定，相反，还会积极调动各个部门配合他。而研发部内，本就是卧虎藏龙，各有所长。

祁周礼理解谢鄢新官上任三把火，但凡事要慢慢来。

“他要开除谁？”祁周礼当时还在外面跟客户吃饭，听说林葭在办公室跟谢鄢互呛起来的时候，通过电话联系了助理，“现在研发部正是需要人的时候，留着部门里那些老员工，能很大程度地方便接下来展开工作。如果不是犯了什么大错误，你们帮着说说好话。”

电话那头的助理回了个人名。

祁周礼想了想："舒杳？新来的那个小姑娘？"得到助理的肯定后，祁周礼说，"人是原恂招的，能力是没得说，平日看着青涩，做起事来还是稳的。你跟……算了，我一会儿给谢鄢打个电话说一声。"

顿了顿，他又补充了一句："我这边一时结束不了，你帮忙盯着点儿，别让林总跟谢鄢掐起来。"

祁周礼的担心确实有道理，但被他特意叮嘱过的助理在关键时刻哪能顶用。林葭那脾气，往好了说叫敞亮，往坏了说是莽撞。

平时对客户说话做事有分寸，对亲近的朋友，那表露的可都是本色。

他抽不开身回去盯着，只能打电话求助原恂。

原恂特意回了趟"同风起"，找林葭谈了会儿话，才去报社接上檀迦。

两人到聚会的餐厅时，其他人都已经在了。除了焉斐誉和赵乾，还有几个以前原恂班上的，有男有女。他俩到之前，杜渐正围绕他们展开聊天。

"欸，你说这不是巧了！这两个人都跟我说到楼下了。"杜渐比高中那会儿要幽默了，穿着条纹衬衣，外面罩了件小马甲，提升斯文气质的银边眼镜薄薄的，没什么度数。他看完消息就把手机搁下，认真分析起来，"阿恂时间观念强，一定是遇到什么事才晚了。他刚跟我说到楼下了，那肯定已经在楼下了。迦姐嘛，那指定是想用最美的状态来见我，化妆耽误了时间。消息里说是已经到楼下了，但指不定才到眼线。"

不少老同学被杜渐逗笑了，现场唯二知道内情的人对了对眼，深藏功与名地弯了弯嘴角。

焉斐誉知道檀迦今天跟原恂一起来，便是打着公开关系的主意，于是先趁机抛了个砖："你猜原恂今天会不会带女朋友来？"

赵乾在旁边帮腔："准确地说是老婆。"

"什么？他结婚了？！"杜渐高高瘦瘦，很精神。

不仅杜渐不知道，其他同学也纷纷表示诧异："不能吧？校庆时我见过他，季主任还打算给他介绍对象呢！"

焉斐誉扬眉："那原恂怎么说的？"

"原恂拒绝了。他拒绝的理由是什么来着……我当时隔得远，没听清……不会真是已经名草有主了吧？"

焉斐誉意味深长地笑了笑："所以啊，你们要相信我说的。"

焉斐誉这关子卖得好，不少人都被她带偏了，开始诧异起来。杜渐则一拍腿，懊悔道："我打电话问问，让阿恂把家属带来。我高中时就好奇，得是什么样的女生能拿住他。"

杜渐这电话拨得凑巧，手机铃声正从门口传来。

众人闻声抬头，看到服务生正引着一男一女两位客人进入包厢。

男人穿着比较休闲的针织开衫，搭配亚麻质感的长裤，里面是一件基础款的棉质白T恤，脚上穿着一双同色的平板鞋，整身灰白色系的穿搭带着清爽的少年气，给人感觉很舒服。他单手抄兜，正低头看拿在手里的手机。有些年头没见了，但原恂依然是人群中最瞩目的。

旁边的女人个头高挑，上身是一件西装领设计的白色短款外套，做旧的毛边不会显得太正式也不会显得太休闲，搭配一条浅蓝色的牛仔阔腿裤，十分拉长腿型。她一手拎着一个长形的白色真皮编织款包包，跟脚上镶水钻的尖头女士鞋搭配，另一只手懒懒地挽着原恂。她正偏头看他，未经烫染的长发把朝向这边的侧脸又遮了遮。

还没等杜渐发问，原恂就在一桌人中看到他了，问："打电话给我有什么事？要我捎什么上来？"

常跟他们聚会的都有这个习惯，不是缺烟就是少酒，大家总在坐下后打电话给最后一个到的人让捎上来，这定律就跟学生宿舍谁最晚上床谁就要关灯一样。

原恂一句话把大家拉回了学生时代，想想还挺感慨的。不过这不是重点。

"没，不用捎东西。"杜渐纠正，"打算问问你带家属了没。"

原恂淡淡地"哦"了一声，在服务生的引导下落座。

服务生见人到齐后，便问大家是不是可以上菜了。

杜渐已经不关心这顿饭吃什么了，敷衍地摆摆手让服务生去安排，自己的注意力则百分百地落在原恂刚刚无比自然地帮檀迦拉开座位的动作上。

等服务生走后，原恂才在众人两眼八卦的注视下，镇定地朝旁边一抬下巴，示意："你这不见到了。"

杜渐干笑："嫂子长得跟迦姐挺像啊！"

实话说，杜渐怎么也不敢想象原恂会跟檀迦处对象，关键两人还结婚了。原恂是天之骄子，是风云校草，是老师眼中、口中的优等生，是永远的别人家的孩子。而檀迦呢，虽然气质干净，但确实是个问题少女；虽然人缘很好，但确实是个问题少女；虽然长得漂亮，但确实是个问题少女；虽然复读后拿到了一流大学的文凭，但确实曾经是个问题少女。

优等生和问题少女，这两个设定摆在一起，让人一时很难适应得了啊！

檀迦微微一笑，温声道："还有更巧的，你没觉得我的声音也像吗？"

这个冷笑话一点儿也不好笑。

因为这个对于某些人非常愉快、对于某些人又非常不愉快的小插曲，今天的聚会变得非常有意思。

至于这场聚会结束后，这个消息会在多少人中间传开，又有多少人会惊讶，好像也不重要了，一切都是水到渠成，该到这一步了。檀迦觉得，可能是原恂给了自己信心，让她不再畏惧那些流言蜚语。

也怪檀迦心情太好了，在聚会结束回家的路上，她主动谈起了一个自己跟杜渐有关的乌龙事件。

那会儿高中毕业，她在季元山的建议下决定复读。季元山担心她应付不过来，便介绍了自己的一个学生给她辅导功课。这个人生导师的存在确实很关键，有时是提供课本知识的答疑，有时也负责解决她情绪上的问题。檀迦复读一年便能取得优异的成绩，除了自身的努力，对方的监督也至关重要。

拿到录取通知书时，檀迦最先向这个人生导师分享了自己的好消息，甚至提出要请他吃饭以表感谢。但对方干脆地拒绝了，说自己不在国内。

直到上了大学，檀迦有天发现他的空间动态转发了一条北央大学的校报通知，下面带着定位，是在北央大学。

檀迦连招呼也没打，就直接买机票去学校逮他。

“我当时还去过你们学校，不过没见到人，听说他去外地参加比赛了。是他的一个同学接待的我，请我吃了顿饭，给我买了回青浙的机票。我还记得吃的是你们北央大学食堂二楼的牛肉面，量是真的足，我吃了好久才吃完。接待我的男生似乎跟你是一个专业的，有点儿胖，戴着方框眼镜，憨憨的，但看着很精神，不太会照顾人，但很好说话。”

檀迦想了半天，也没记清对方的名字。

“好像叫付潮生还是郑潮生，只记得他自我介绍时说是‘春江潮水连海平’的‘潮’。你在校时认识这个同学吗？”

原恂觑了檀迦一眼，探究道：“是准备联系他，还是联系你那个人生导师？”

“都不是。”檀迦由衷地说，“就是挺感谢人家的。”

“不想再见见？”

“有什么好见的。估计人家不想见我吧。”檀迦真想过这种可能，“他确实在学业上给予了我很大的帮助，但仔细想想，他可能是顺手帮忙，拿我解闷呢！要不为什么我那次大老远地去北央大学找他，他连面都不愿意见？哪能那么巧正好去参加比赛了啊！”

有谁会为了解闷深更半夜不睡觉听她在电话里哭诉数学题不会做，有谁会为了解闷一边手里捯饬着线路板一边给她讲作文怎么写，有谁……算了，她不可能知道这些。

原恂那会儿确实是在比赛，檀迦一声不吭地到了北央大学，飞机落地后才给他发消息。原恂当时在邻省封闭训练，看到消息时，已经是几个小时后了。而在没有得到回复的这几个小时里，檀迦就一直站在北央大学门口等他。原恂大脑一时冲动，想立马奔回学校。但当时他们的实验出了问题，情况紧急。原恂分身乏术，只能托自己还在学校的室友去接她。

檀迦记性还不错，他那个室友叫郑潮生。

等比赛结束，原恂再联系她时，才知道自己被拉黑了。

“我认为他就是个骗子这件事情，也是后来才想明白的。我去北央大学扑了个空，刚回学校那几天，还没完全从他对我温柔又细心的照顾中走出来。我虽然没谈过恋爱，但那种感觉肯定不比失恋好受。我把他的QQ空间研究了个遍，最后还真被我发现了点儿东西。一些软件第三方登录时不是能选择用QQ嘛，我在一款网络游戏里看到了他的账号。说来也巧，他那个游戏昵称叫‘防伪杜渐’。不知道你还记不记得，高中时杜渐所有的账号昵称都是这个。”

原恂沉默地看着她，檀迦不解他眼神里的意思，自顾自地说：“知道是杜渐后，我还真松了口气。”她揪着外套上的毛边，继续说，“我当时心想，这个哥儿们，交得太值了。”

原恂勾勾嘴角，有些心疼自己又有些想笑。他问：“你因为这个联系杜渐了？”

“知道是他后，我更没什么别的想法了，只是特别想跟他说声谢谢。我确实打算联系来着。”檀迦说，“他当时不是出国了嘛，我也没留他的联系方式。我找了好几个朋友打听，确定了那就是杜渐的QQ号。但早在我加那个好友前，那个账号便被盗号了。”

季元山给檀迦的那个账号确实是原恂的。

这也怪原恂，高中时除了正经跟同学交友互动的大号，他为了参加一个竞赛活动注册了小号。杜渐跟他一个组，也知道密码，有时为了准备竞赛，常用这个邮箱接收学习资料。估计游戏账号就是那时候注册的吧，他隐约记得杜渐跟他提过一嘴。

如果不是檀迦今天提起，他还真忘记了。

季元山常联系的便是原恂这个小号，自然而然地把这个小号给了檀迦。

现在原恂还记得通过对方好友申请后收到的第一条消息——她发来自己惨不忍睹的高考成绩条，直白地问他："我这个成绩复读的话，考青浙大学有戏吗？"

原恂只知道这是季元山介绍的高考失利的学妹，本以为是他们明德校区的学生，但看到这张成绩条，对了一遍发件者的QQ号后才确定是檀迦。

盗号的事情他记得……他想起来了，之所以被盗号是因为杜渐打游戏时充太多钱了。杜渐神经有点儿粗，学业上很较真，但生活上没那么细心，号被盗了，他才意识到自己当初注册时错用成了原恂的小号。

那是一个现在虽然大火，但刚研发出来时玩家不太多的竞技类手机游戏，杜渐玩过一阵，摸透了创意便没再登录了。后来原恂找回账号后改过一次密码，杜渐便再也登不上了。

突然被勾起的往事让车上的两个人都陷入了短暂的回忆中，原恂专注地看着前方的路况，随口问："那知道对方是杜渐之前呢，还有别的想法吗？"

檀迦以为这个话题已经翻篇了，突然又被问起，想了想，实话实说："我也不知道。"

"没想过问问季老师，他是谁？"

檀迦闻言，一副恍悟的样子，猛然坐直。

原恂黑着脸，就差在脸上写着"不准问"三个字。檀迦莞尔，倏地笑了，澄清道："我问过的。季老师说，学生太多，他也不记得是谁了。"

檀迦重新靠回到座椅上："可能是季老师真的忘了，也可能是对方觉得我烦了，不让季老师告诉我。不过，这都不重要了。"顿了顿，她坦然地补充道，"不管怎样，我还是很谢谢那个贵人，谢谢他陪我熬过了崩溃绝望的复读时光，以及迷茫、不知所措的大学头一年的校园生活。"

原恂不动声色，心想，季老师忘是不能忘的，应该是得知他没主动说，便没多透漏。

难怪校庆那天，季老师还提起这件事，问他和对方还有没有联系。原恂说还联系着，甚至想把檀迦喊过去打个招呼，哪承想小姑娘生怕被抓住似的，飞快地溜走了。

原恂的手机振动了几下，收到了消息。在路口等红灯时，原恂才拿起手机看了几眼。

檀迦从坐上车后便一直在回工作消息，虽然听见他手机的音效了，却没分神。等她回完自己的工作消息侧头时，才注意到原恂有点儿不对劲。

原恂不知道收到了谁的消息，神情突然严肃起来。檀迦把胳膊放下，直勾勾地打量他，琢磨着他这是怎么了。

绿灯亮了，车子再次发动。不等檀迦出声，原恂先问道："你跟舒杳是高中同学？"

他冷不丁提起一个不相干的人，檀迦怀疑自己听错了，下意识问了句："怎么了？"

原恂问："你们关系很好吗？"

"还可以。高中时在一个班，不过后来她转学了。校庆那天我们才说上话，结束后我搭她的顺风车回去的。你怎么突然提起她？"她眨眨眼，一通乱猜，"故意让我吃醋？"

"我不会做这样的事情。"原恂正经说完，才解释道，"是'同风起'的事情。"

对噢，舒杳现在是"同风起"的员工，原恂问一句她的情况也正常。檀迦想了想，说："她能力挺强的吧。高中时学习一直很好，如果在分班考时没有被家里的事情耽搁缺考一场的话，肯定能被分到明德校区。"

如果舒杳高中在明德校区读……那她大概率不会认识葛清梦，也不会被为难，或许会名列前茅，在高考中有个不错的发挥，依旧能考入北央大学，回忆里也能少很多"意外"。

"怎么了？"原恂看出她的不对劲。

檀迦勾着嘴角，摇摇头，以前的事情她自己想起来只觉幼稚又荒唐，也不愿跟原恂提，只故作轻松地笑了笑，说："突然想起上次舒杳推荐给我的一家泰国菜，她说店里的冬阴功汤很好喝。我刚刚想到酸酸辣辣的味道，有点儿馋了。"

说着说着，檀迦愣是把自己说馋了。

原恂瞧见她舔嘴角的动作，不疑有他，在檀迦害羞地做了个鬼脸后，说："现在还吃得下吗？"

听出原恂的言外之意，檀迦骤然坐直，眼睛亮亮的，干脆地点点头："喝几口汤还是行的。"

原恂这会儿再说不去那就太残忍了，问道："在哪儿？"

"我看一下啊！"檀迦拿起手机，翻了翻与舒杳的聊天记录，把地址报给他。

原恂对南境的路熟，不用开导航就能知道在哪儿。

去往餐厅的路上，檀迦确定了现在餐厅还在营业，这才放心。

还有几项待处理的工作也暂时不管了，一切等吃完饭再说。

檀迦捧着手机浏览着餐厅的菜单，除了冬阴功汤，又连着报了几样招牌菜。

说着，檀迦又开始担心："第一次去这家餐厅，如果菜不好吃怎么办？要不我们还是去德思勤附近的那家泰国菜吧，那家店之前吃过，味道还可以。"

"不是说是朋友推荐的吗？说明还是有口碑的。"

檀迦心想自己跟舒杳在吃上面吃不到一块儿去，之前一起吃饭点东西时就能感觉出来，早知道不提议去这家了。

不过这会儿都已经快开到那家餐厅了，再折腾回去，就很晚了，肯定也没了吃东西的乐趣。

檀迦老毛病犯了，开始纠结。原恂不经意地偏头看了她一眼，提醒她："还有我呢！"

檀迦闻声抬头，只听原恂补充道："你尽管点，吃不完的我来解决。"

檀迦瞬间笑逐颜开，但下一秒，突然严肃地绷着脸，上下打量着他，也不知道在看什么。原恂任她瞧，过了一会儿，问：“怎么了？”

“你看过那则报道吗？说男人结婚后，容易发福，就比如那个谁。”檀迦报了对明星夫妇的名字，“那个男星前几天在机场被拍到脸明显胖了一圈。你最近没胖吧？”

檀迦凑近他瞅了瞅，说：“我看着脸没变，好像更帅了。”

原恂微笑着说：“我替我的脸谢谢你夸它。”

“实至名归、实至名归！”檀迦谦虚地摆摆手，接着往下看，胸膛、大腿，穿着衣服也看不出什么来。

原恂顺着她的视线，逐渐往下打量，抬眸质问她：“我胖没胖你没数？不是总摸吗？”

有了吃的，檀迦也没再关心什么舒杳、什么“同风起”，所以不知道这些天“同风起”内部的气氛不太和谐。

关于两个领导因为自己发生了争执的事，舒杳是知道的。身边的同事多少听说了两位领导的关系，一致认为舒杳是无辜受牵连，当了杀鸡儆猴的那只“鸡”。这件事情在公司闹得挺大的，但同事们并没有对舒杳有什么偏见，甚至生怕这个刚出来工作的小姑娘受影响，主动安慰起她来。

舒杳心里感激，每每都以笑脸回应，但甜美笑脸里的苦涩，又是人人都能窥见的。

林葭见状，也忍不住安慰了她几句：“别有压力。我不允许任何员工被无故开除。”

“谢谢林总。”舒杳应完，拘谨地搓了搓手，又抬头看了林葭一眼，满是愧疚和自责。

纵使林葭做事雷厉风行，瞧见小姑娘这神情，也不自觉地跟着心软了软，主动问道：“吃饭了吗？”

舒杳忙回：“还没。”

“正好。一起吃点儿。”

舒杳面露喜色：“好。”

两人往楼下走，在电梯间碰到折回办公室的同事，对方跟林葭打了个招呼后往旁边侧身让她们先过，林葭笑着点点头，视线收回来继续跟舒杳讲话。

舒杳按电梯时，注意到已经走过公司门禁位置的同事回头朝她们这边看。

她佯装不察，等电梯门缓缓闭上，才提了提嘴角，朝林葭侧过身，用自责又示好的口吻道："林总，我这段时间给您添麻烦了吧？"

"小事情。我跟谢鄢大学时便总吵架，也怪我现在脾气太好了，加上这些天被别的事耽搁了精力，不想和他掰扯。"林葭说着，特意看了舒杳一眼，然后换了话题，"明晚的聚餐，你会来吧？"

舒杳认真地点头："这是我入职以来的第一次团体活动，我一定不会缺席的。"

林葭笑了笑，说："我们公司的同事很团结，我相信这次聚餐对你而言将是一个非常难忘的聚餐。"

"明晚'同风起'有聚餐吗？"檀迦摘掉耳机挂在脖子上，视线落向旁边的人，问道。

书房里两张书桌拼在一起，檀迦跟原恂一人一边，各自对着电脑忙碌。檀迦的电脑屏幕是灰着的，中央是游戏人物复活的倒计时。

檀迦突然出声，原恂缓缓地从报表里抬眼，率先注意到檀迦的手机正停留在微信聊天页面，聚餐的消息应该是有人告诉她的。

"你不打算去吗？"檀迦问。

原恂把文件合上，关心地问："林葭告诉你的？"

檀迦没觉得林葭跟自己说这个有什么，执着地问原恂："说是给你饯行，以及给谢鄢接风。"

"我那天有事。"

听原恂如是说，檀迦"哦"了一声。恰好倒计时结束，游戏人物复活，檀迦匆匆地回了林葭一句，把耳机戴回去，鼠标哒哒哒响了几下。就在原恂以为没什么事了的时候，鼠标声突然慢了。

檀迦垂眸扫了一眼手机屏幕上新弹出来的消息，放慢手上的动作，偏头看向原恂："林葭说让我跟你一定要去。"见原恂的神色过于冷淡，檀迦下意识地猜测，"你们吵架了？"

她手上的动作停了。这时候她要是还能玩下去，那真的是没有心。

原恂扫了眼她屏幕的右下角，队友已经在问她是不是挂机了。他没回答，而是抬抬下巴，示意："先把游戏玩完。"

檀迦瘪瘪嘴，坐正后仍不放心地瞥了他一眼。

檀迦不是那种"知心姐姐"，焉斐誉惯会的那套洞察人心的本事檀迦始终没学到精髓。所以细数过往，檀迦极少过问他的私事。他公司的事情，她不懂，更谈不上帮忙；他身边的朋友，她不熟，也没有机会深交。

就比如林葭的微信还是之前采访时加上的，这段时间没有聊过天，撑死了是朋友圈点点赞、凑热闹评论一句，更别说私聊。今天林葭特意说聚餐让她也去的事情，确实让她很意外，檀迦应该第一时间意识到的。但原恂对此避而不谈，檀迦也有心无力。

她剩下的半局游戏打得一塌糊涂，游戏结束的一瞬，檀迦扭头看向原恂。但旁边的座位哪里还有人。她摘掉耳机丢到桌子上，在客厅的落地窗旁找到了他。

"你怎么在这儿？"

"打了个电话。"原恂把锁屏后的手机搁到旁边，朝檀迦伸了伸手。檀迦连看了半个小时的电脑屏幕，这会儿站到日光下，被刺得不自觉地眯了眯眼。她抬手，指尖刚碰到原恂，便被他反握住。他轻轻一拉，檀迦便跌进他的怀里。

原恂在阳光下站久了，一身阳光的味道。檀迦扑进他怀里，暖洋洋的，跟小时候午睡的感觉一样。

檀迦刚想赖在他怀里腻歪一会儿，却突然不动了。

原恂注意到她揉眼的动作，问："眼睛不舒服？"

檀迦用手压了压眼尾，说："好像是进什么东西了。"

"我看看。"

檀迦微微仰头，原恂按着她的下眼睑，看到眼白上的异物。

“是根眼睫毛。”

檀迦刚要说眼睫毛掉了可以许愿，原恂却已经吹掉了，还提醒她：“现在眨眼试试。”

眼睫毛没了，愿望飞了。檀迦沉默着，但还是听话地眨了眨眼，照实说：“没了。”

原恂搂着檀迦的腰，低头看过去时，明显感觉到她在置气。

“我刚才是在和林葭打电话。”原恂主动解释，“我没跟他们吵架，明晚的聚餐我会去。”

檀迦头也不抬：“我才不管你！”

“那你现在是在气什么？”原恂反思自己，“刚刚吹疼了？”说着，原恂抬手就要去给她揉眼睛。

檀迦将头往旁边别了别，埋怨道：“你吹掉了我一个愿望。”

原恂哪里懂小女生的浪漫，有些不解。

不知者无罪，檀迦瘪嘴：“算了，我原谅你了。”

原恂哪能就这样让她一个人继续生闷气，适时抓住她的手，按到自己心口的位置：“不能算了，你再怪一怪我，我道歉给你听。”

檀迦被他的花言巧语逗笑了。原恂面不改色，问她：“所以你得给我解释解释，什么愿望掉了？”

两人抱在一起腻歪了一会儿。

结束后，檀迦说：“我明晚没事，陪你一起去。”

原恂垂眸，神色专注地盯着她的唇，用指腹轻轻捻了捻她的唇角，才说：“这种聚会很无聊的，领导讲讲话，新人讲讲话，走的人讲讲话，然后大家开始吃饭，吃完就解散。你在家里歇着就行。”

檀迦贴在他的胸膛上，仰头看他，说：“我想陪你去。”

她想参与到原恂的生活里。檀迦很清晰地意识到了自己对原恂逐渐浓烈的感情，藏也藏不住，瞒也瞒不了，索性就放任自己。

但看着原恂的反应，他似乎不想让自己去，檀迦眼底的笑意一点点敛走：“我不可以去吗？”

“我只是不想你太累。”原恂倾身，作势要亲她。檀迦上身往后一晃，躲开了。原恂定定地看着她，檀迦垂着眼，自顾自道：“我去拿手机。”

原恂知道她这是闹脾气了，不过这次，他没有伸手把人留下。

檀迦回了书房，抱着膝盖坐在电竞椅上。书房里的陈列重新布置了，电竞椅是焉斐誉特意送给她的，说是“战椅”，打游戏时会战无不胜。

她百无聊赖地看着电脑，现在是“英雄联盟”世界赛期间，直播平台首页最大的宣传位给了世界赛的官方直播间。说来也巧，今天是小组赛第一场，MON 对战韩国队 PG。

MON 的状态很好，19 分钟就取得了胜利。开门红鼓舞了士气，檀迦这场比赛看得非常过瘾。

檀迦的注意力很快被转移，她不再纠结原恂不带她参加公司聚餐这件事情。

原恂不知什么时候站在她的身后，看到双方的 KDA（表示杀人数和死亡数的比率）数据，说了句：“想去看现场吗？”

檀迦闻声，嘴角的笑挂着，微微一偏头，报复性地拒绝了：“今年世界赛在 A 国，不太方便。”

“那等决赛时在家看直播，为小恪加油。”

“都行。”檀迦保持着面朝电脑的动作没动，眼眸垂着，知道原恂还在身后站着看，她抬手把耳机拔了，问，“要一起看吗？”

原恂拉了把椅子坐在她的旁边。

檀迦自觉地用手扒着桌子往旁边挪了挪，同时把电脑屏幕往旁边调整了一下角度。

赛区间战队的水平相差还是挺大的，所以小组赛的观赏性不是很高。好在不乏出奇制胜的战队，阵容选得花里胡哨，解说干笑着都不知道该怎么圆。但真应了那句阵容越怪，赢得越快，爆冷门地打赢了。

但坐在屏幕面前的原恂和檀迦明显没有在看比赛。

昨晚城西某处楼盘的开发商卷款跑了，购买过其住宅的住户在售楼处拉起了横幅。檀迦昨天下午刚准备下班就被领导叫走了，去现场一忙就是一晚上，早晨的时候才回家补了一觉。中午起来吃了点儿饭，本来打算去报社的，但看到了领导的留言，说她可以调休一天。不过就算在家，也是不能闲着的，她打算先打几把游戏消消食，一会儿开始补工作。

哪承想还没开始工作，人先窝在电竞椅里睡着了。

她睡觉的姿势不算舒服，原恂确定她睡熟后，起身去抱她。

原恂刚把人抱起来，她便醒了。檀迦动了动，惺忪地眨眼："我睡着了吗？"

"再睡会儿。我抱你去床上。"

檀迦重新闭上眼，脑袋在原恂的胸膛里蹭了蹭，找了个舒服的姿势，声音软乎乎地说："四点的时候叫我，我还有工作要做。"

原恂"嗯"了一声。

第二天晚上的聚餐，原恂还是带着檀迦去了。檀迦在报社楼下看到原恂的车子时，第一时间怀疑自己认错了，等绕到车前看清楚车牌后，才确定是他的。

坐在驾驶座里的原恂看着檀迦憨憨的样子，无奈地按了按喇叭，示意她上车。

檀迦快步走过去，坐上了副驾驶座："你怎么来了？"

"接你去吃饭。"

檀迦系好安全带，顿了顿，突然反应过来："'同风起'不是今天聚餐吗？"

原恂目视前方，专注地开车，说："一起去。"

檀迦眨了眨眼，嘴角弯起来，抓着安全带，心情不错。

原恂这才偏头看了她一眼，说："如果待烦了，或者遇到什么不喜欢的事情了，不准不开心。"

檀迦觉得原恂有些小题大做，自己也不是娇气的人。可檀迦不知，原恂的担心不无道理。

“同风起”聚会的餐厅就在他们园区里，快到下班时同事们陆续过来了，而公司刚闹过的不愉快并没有影响聚会的热闹气氛。

祁周礼不敢掉以轻心，时刻关注着林葭，生怕她搞出点儿什么事情让谢鄢下不来台。

对此，原恂却说：“林葭不是没有分寸的人。她既然已经同意谢鄢回来，便不会再赶他走。况且让她适当地撒撒气，总比憋在心里好。难道你还担心谢鄢应付不来？你这是拿着朋友的号码牌，操着当妈的心。”

祁周礼觉得挺有道理的。

檀迦在发布会那天的庆功宴上跟“同风起”的一些同事见过，一出现便有不少人跟她打招呼，檀迦跟他们相处起来没压力。

原恂跟祁周礼在旁边说话时，林葭过来跟檀迦撞了撞酒杯，问：“我听说，你跟舒杳是高中同学？”

“对，我们之前在一个班。”

林葭点点头，又状似不经意地问：“舒杳来‘同风起’，是你推荐给原恂的？”

檀迦莫名其妙，不解地说：“不是。怎么了？”

林葭笑了笑，古怪地说：“一会儿就知道了。”顿了顿，林葭补充，“刚刚的问题没别的意思，我只是想问个明白。如果你们不熟，那我就有数了。”

檀迦茫然，但也理解林葭可能有什么误会，随口澄清了一下：“我跟舒杳接触不多，但她人还挺好的。”

“是吗？”林葭笑了笑，“既然你这么说，那我不得不提醒你，交朋友要留个心眼。”

檀迦一直在琢磨林葭这几句话的意思，原恂注意到后，关切地问道：“林葭跟你说什么了？”

“没事，她让我今天玩得开心。”檀迦轻轻摇头，回答完便换到别的话题，“我看公司的同事挺喜欢谢鄢的。”

原恂随着檀迦的视线看过去，说：“理工生的脑回路很简单，你代码写得好，我就服你。谢鄢还是很强的。”

“那你跟他比呢？谁更服谁？”

原恂想了想，笑了：“我更服他。”

檀迦扬眉：“因为你谦虚？”

原恂纠正：“因为我欠他人情。”

檀迦点点头，虽然不知道原恂说的是什么人情，却也没追问。

原恂笑了笑，说：“以后有机会和你说。先过去吧，餐会要开始了。”

“好。”檀迦明显地感觉到，虽然自己对原恂人生的了解有很多空白，但自己鲜少因此而缺乏安全感，好像原恂偶尔的保证和兑现就很容易让她信任他。

“餐会正式开始前，我有几句话想跟大家说。”林葭从服务生那儿要来了个麦克风，试了试音，扬声道，“想必大家也都知道了，接下来原总因私人原因不会继续在‘同风起’任职，但有需要他帮忙的，随时招呼，他老好人了，不会拒绝的。其次呢，有人走就有人加入，谢鄢，是我、祁周礼、原恂我们仨的大学同学，咱们国内之所以有一所公司叫‘同风起’，全是因为他。之前他因为一些原因缺席了，但现在回来了，也希望大家多多关照。如果谁有意见，觉得他太笨，不配待在研发部，那你就去跟谢鄢本人理论，或者你去找祁周礼告状。不过，我这句提醒先说在前头，祁周礼从小跟谢鄢穿一条裤子长大，小打小闹的告状他肯定是不会偏袒你的。当然，你也可以告到我这儿，我一直看谢鄢不顺眼，说不定我还能帮你找回公道。不过，没根据的诬陷就算了，我跟谢鄢有脾气归有脾气，我们的感情不是几句话几场架就能减淡的。”

“好好的话，被她说得也不好听。”祁周礼不客气地说，转头去看谢鄢，“她还是这脾气，这么多年都没变。”

谢鄢嘴角动了动：“知道。”

檀迦听着林葭的发言，明白先前的误会是解开了。

林葭说着，低头看了看麦克风，确定自己的话能完好无损地传到餐厅每个角落后，浅笑着抬眸。这一眼，没有看向祁周礼、谢鄢、原恂间的任何一个人，也不是看向檀迦，而是看向坐在研发部员工中间的新员工舒杳。后者俨然没看懂这个眼神是什么意思，茫然地眨眨眼。见不少人望过来，她弯起嘴角，露出招牌的甜美笑容。

林葭语速平缓："说到吵架……前几天我跟谢鄢刚吵过一架，因为他想把舒杳辞退了，而我不同意，借着这个机会，我正好跟大家盘一盘这件事情。舒杳，你过来，站到我旁边。"

舒杳一脸"这事就算了吧"的表情想要拒绝，但无奈林葭已经喊了她，她只能照做。舒杳乖巧地过去，轻声喊了声："林总。"

林葭冲她笑了笑，亲昵地搭住她的肩膀。

祁周礼一脸蒙："林葭这是要做什么？"

谢鄢神色冷漠，一副"发生什么我都无所谓"的态度。

原恂神色凝重，朝舒杳看了一眼。林葭这些天在查什么，他多少知道些，没制止，也没参与。知道祁周礼在看自己，原恂却没回应，而是看向檀迦，低声问："要不要出去透透气？"

"不用，一会儿就吃饭了。"檀迦没多想，顿了顿，才抬手环住原恂的手臂，问，"怎么了？"

"没事。"

檀迦又说："我没觉得无聊。"

"嗯。"

檀迦跟原恂没说几句话，林葭的声音就打断了他们。

"舒杳，你来说，还是我说？"

舒杳忙摆手："我没事的。同事们都很照顾我，谢哥对我也很好。"

林葭点点头，意味深长地重复了一遍："没事了啊——行，那我来说。"

舒杳眨眼，被林葭搭着肩膀，不能动弹。不知道是不是错觉，她竟然觉得林葭对自己并不友好。

很快，舒杳验证了这个判断。

"想必大家都记得，咱们公司与昌隆那笔订单险些黄了的事情吧。我也是近几天才知道，是咱们自己的同事在背后搞了小动作。"

舒杏浑身一僵，机械地偏头。林葭也正好看向她，笑盈盈的。两人一笑一僵，看着好不滑稽。

“舒杏，需要我替你回忆一下吗？你从昌隆那里拿了多少好处？”

“林总……我……”舒杏不知所措地后退，连连摇头，想要辩解，想要澄清，但什么也说不出。

檀迦跟祁周礼的反应一样震惊，偏头问原恂：“是真的吗？”

原恂：“应该是。林葭不会诬陷人。”

祁周礼则是转头看向谢鄢，问：“你一早就知道，所以才要开除舒杏？”

谢鄢只回了个“嗯”字。

祁周礼又问：“你跟林葭解释的？”

“她自己查的。”谢鄢说。

祁周礼朝前面看了一眼，在周遭同事叽叽喳喳的惊叹声中，感慨道：“这都是什么事啊！”

因为这个小插曲，餐厅里萦绕着尴尬的气氛。原恂看着檀迦没吃几口，问她：“要不要先走？”

檀迦刚刚才想明白原恂先前不想自己来参加聚餐的原因，他应该早就料到林葭会在今天说这件事情。檀迦不是圣母，不会觉得林葭这样做不对，但她确确实实地为原恂的私心感动。

听见原恂跟自己说话，檀迦点点头，说：“好。”

从餐厅出来，檀迦挽着他的胳膊，有些黏他。原恂茫然地偏头：“身体不舒服？”

檀迦摇摇头，说：“我没想到舒杏是这样的人。”

檀迦对舒杏的印象很好，甚至几次三番地在原恂面前夸过她，哪想她竟然会做出这样的事情。

檀迦胡乱想着，也没理出个所以然来。过了一会儿，她偏头朝窗外看，才注意到这不是回家的路。

“我们这是要去哪里？”

“趁着时间不晚，带你去看看房子。”原恂说完，见檀迦一脸茫然，补充道，“爸爸送给我们的婚房。”

原恂现在离开“同风起”去管理家里的公司，平时跟家人接触的时间多。但檀迦去原家吃饭的频率不算高，一个月有个两三次，回去吃吃饭，说几句话，当天便回来。所以提起原家的长辈，檀迦不算很熟悉。但好在檀迦看着乖，在长辈面前嘴甜，再加上檀迦的存在对原忱鑫而言是一件喜闻乐见的事情，所以两辈人相处得还算和谐。

檀迦问：“远吗？我们要搬进去吗？”

“临着蔷江。”原恂说了个小区名。

檀迦知道，那一片是高档别墅区。

原恂又说：“还在装修，搬的话，也得在年后。今天过去看看你有什么想添置的。”

檀迦“嗯”了一声，没再说话。

到了地方，两人下车徒步往别墅走时，原恂问道：“不喜欢这儿？”

檀迦点头，左右看看，说：“有点儿冷清。我胆子小，你不在家的时候，我住这么大的房子会害怕。”

“那我常在家陪你。”

檀迦瘪瘪嘴，突然觉得自己有些矫情了。她眨了眨眼，为了缓和气氛，调侃道：“被你这么一说，我突然就很期待搬过来了。”

原恂刮了刮她的鼻子，问：“我现在在家的时间还少吗？”

除了刚回原氏集团那几天，原恂有些力不从心，忙了点儿，但不管怎样，还是每天都会回家。这段时间，他逐渐适应了紧张的节奏，轻松了些，回家的时间便更多了。

原恂笑着追问道：“还是说，你对我的思念太深了？”

檀迦眼一弯，往他怀里一凑，仰着脸，大大方方地承认：“好像是有点儿。”

这天回到家里，檀迦突然想起前一天下午自己跟原恂闹脾气的事情。经过聚餐得知了缘由后，她越发觉得自己在胡闹。

原恂在卫生间洗漱，檀迦进去时，他刚刷完牙。檀迦从旁边转过去，面朝他站着，踮起脚吻了吻他。

原恂任由她的手臂勾着自己，故意问她："不是不让亲吗？"

他说的是早晨的事情。

昨天檀迦虽然熬了个通宵，但调休后断断续续睡了不少，所以今天早晨醒得比原恂要早。她闭着眼醒了醒神，琢磨着自己昨天是不是没写工作报告的事情，继而想起今天是星期五，工作安排还不少，希望下午能准点下班，紧跟着她又想到今天晚上原恂要去参加"同风起"的聚餐，不带她……睡意自然是没了，昨天跟原恂置气的回忆一点点涌上来。

而这时原恂渐渐醒来，歪头看了她一眼。他半眯着眼伸出手来，抓着她的手拉到自己脸前，脑袋侧了侧，作势要吻她的手腕内侧。

檀迦哪里会让，挣扎着把胳膊抽回来。原恂刚醒，手有些脱力，而且本就没用什么力气抓她。

被檀迦轻松挣脱后，他听见檀迦说："我还生气呢，不让亲！"

一直到出发去上班，两人分别钻进一辆轿车，檀迦头也没回地喷了原恂一屁股尾气。

已经过了一天，檀迦早就不气了。

原恂明明知道这点，还故意问她。

檀迦得寸进尺，把他的头朝自己这边勾了勾，又亲上去。

"我当时在生气嘛！"

"现在不生气了？"

"嗯。我知道你是为了我好。"

"我哪里好？"

檀迦亲了亲他，说："哪里都好。"

在她还要亲过来时，原恂仰头，在这个不合适的环境里开始跟她讲道理——

"昨天晚上睡得好吗？"

"还可以。"

“我没睡好。”

檀迦单纯地发问：“怎么了？”

原恂直白地说：“在想你为什么生气。”

檀迦想说自己没有生气，但一时又无法解释自己有点儿伤心跟生闷气有什么区别。焉斐誉曾经说过她很冷淡，与人相处时总试图保持理智。但檀迦总归是个内心柔软的人，不能完全无视别人的想法，这就导致她不会对别人有要求，但仍抱着期待。

她试图以此掌握着人际关系的主动权。

原恂不等檀迦说话，自顾自地说道：“我没和女孩子相处过，所以有些事情可能处理得不好，下次你再有什么不开心的，直接说出来。能解决的咱们就解决，不能解决的想办法解决。不带你去聚餐，我是有自己的考虑。林葭要在聚餐时说舒杳的事情，而你和舒杳又是高中同学，掺和进这些事情里面不合适。昨天没跟你解释，是我单方面觉得这件事情很小，你可能不愿意参与，所以我也没有多说。”

檀迦喜欢原恂跟自己说这些，有一种自己被重视的感觉。但这些话开诚布公地说出来，檀迦又不知道该怎么回应。知道他始终为自己考虑，她心里暖暖的，也挺不好意思的。檀迦自小命苦，没多少人对她好过，连檀惠对她都是责骂大过夸赞。而她和焉斐誉、赵乾，是姐妹，是兄弟，能同甘能共苦，但总归不是家人。原恂肯这样对她，肯跟她说这些，檀迦是开心的。

她贪婪地享受着原恂的偏爱，却不知这样的宠爱能持续多久。像是一捧细沙，她只要稍有不慎，手指分开条细缝，便尽数漏掉了。又或者只需要一阵风，轻轻一吹，便散了。

原恂垂眸看她，静静道：“下次不要折磨我了。”

却见檀迦皱皱巴巴地眨眨眼，微微张开嘴打了个哈欠。

原恂问：“困了？”

檀迦嘴一瘪，往原恂肩膀上一趴，两个人的锁骨碰在一起，像是接了个绵长的吻，她低低地“嗯”了一声。

“那我不说了。”原恂一手扶在她的背上，单手把她抱起来。突然腾空，檀迦吓得双腿一抬夹住了他的腰，勾着他脖子的手臂也收得更紧了。

檀迦是不知道怎么回应才装困的，原恂对她太好了，她害怕这种好，又害怕失去这种好。反复纠结过后，她还是说了："你以后多和我说说。"

"嗯？"

"原恂。"檀迦连名带姓地喊他，说了一句很严肃的事情，"我没有家人了，你是我最后的家人。"

原恂心头一抽，一种挥之不去的痛感袭来。他缓了好一会儿，抱着檀迦穿过卫生间的门，进到卧室，才平静地答应："好。以后都跟你说。"

南境已经入秋，这座南方小城的雨水越发多了，或瓢泼，或淅沥。许是因为这是檀迦喜欢的气候，又或者是因为原恂的话，她的心情在这样的天气下变得格外宁静。

原恂没再提搬去江边别墅的事情，夫妻两人窝在这处小公寓里，日子过得有滋有味。

天渐渐凉了，檀迦那天路过商场时打算给原恂买件外套。刚进商场的大厅，她看着眼前站着的熟人，渐渐顿了脚步。

舒杳没怎么变，穿着一件鹅黄色的风衣，鬈发，头顶上扎了个小鬏鬏，冲檀迦笑起来时，眼睛弯成月牙，很清纯美好的形象。

距离"同风起"的聚会已经过去快一个月了，公司没有辞退舒杳，是她主动提出了离职。南境说大不大，但好歹是省会城市，说小也不小，不想被人遇见也确实见不着。

檀迦再次遇见舒杳，还真有些意外。舒杳却说："我很早便想和你聊聊了。"

还是上回吃饭的餐厅，檀迦把服务生递来的菜单还回去，只说先上两杯水。舒杳听着她的安排，没有阻拦，只补充道："再上几块蛋糕吧。"

等服务生走后，舒杳单刀直入地问："你是不是对我很失望？"

檀迦愣了一下，才大概回忆起聚餐那天的事情，如是说："确实是有点儿吃惊。不过我没穿着你的鞋走过你的路，便不能评判你的言行。我虽然不理解也不赞同你，但谈不上失望。你自己能说服得了自己便可以。"

舒杳没想到檀迦会把话说得这样直接，但想想说话的人是檀迦，便觉得不奇怪了。她总是波澜不惊的。

舒杳垂眸盯着桌布看了一会儿，再抬头时，她说道："可能是以前在学校你见过我最狼狈的模样，所以再遇见，我总想让你看看，我即便经历过那些，也能过得很好。但事实是，我失败了。"

檀迦想不通："你为什么要这样做？"

"你指的是出卖'同风起'吗？"

檀迦疑惑："不然呢？"

舒杳笑了，是檀迦很陌生的笑容："檀迦，你要承认，人生中有很多事情是迫不得已的。"

檀迦不会安慰人，这样的场合，舒杳更不值得被安慰。所以，她只是如实说出自己的态度："你其实不用把自己说得这样阴暗。葛清梦当年为难你，是她做得不对。你现在反击她，也没什么。但不论你做什么，报复的程度有多强烈，都减少不了一丝一毫她对你的伤害。你是个很优秀的人，名牌大学毕业，具有积极的上进心和与之匹配的能力，你本可以拥有光明而坦荡的前途。"

舒杳没再说话，似乎她们俩之间本就没什么好说的。

檀迦临走前，想到什么，拿出手机。

"我虽然不能安排你做什么，却是真心地建议你去看看心理医生。"檀迦在微信上找到舒杳的对话框，把名片发送过去，说，"这是我之前认识的一个心理医生，你如果有需要，可以联系看看。"

从商场离开的路上，檀迦给焉斐誉打了个电话，拨出后才想起她现在在A国看比赛。那边是几点来着？

还没等檀迦算明白时差，电话已经接通了。那边很吵，焉斐誉先跟檀迦说等她一下，然后跟人说了几句英文，过了一会儿，听筒里才清静。

檀迦现在脑袋里塞着很多情绪垃圾，率先说了句“你要忙的话，我一会儿再打给你”，得到对方说“在酒店大厅遇到个熟人打了声招呼，不忙”。

焉斐誉确实很了解她，只一句话便听出了她不对劲：“你怎么了？跟原恂吵架了？”

“不是。”檀迦把跟舒杳的聊天大概复述了一遍，问道，“你说我们年轻时犯过的错还能弥补吗？”

“你是指哪种错？”焉斐誉说道，“人不断成长，底线也在不断降低。小学时觉得写不完作业去上学，便是对老师的一种欺骗。但是长大后，人会为自己的行为找各种理由。未必是把别人当作傻子，但确实是安慰甚至是掩耳盗铃欺骗自己。小到工作中推卸责任，大到出轨，这些都是错误。”

焉斐誉坐在酒店大堂的会客厅里，身后有几支战队经过，对方说话声很吵，她怕影响通话，等身后声音小下去才继续说：“所谓错误界定的标准，恰恰是人道德程度的体现。当我们检讨自己时，不要有那么强的道德感，生活会轻松很多；但我们在待人处事时，尽量绷着根道德感的弦，不莽撞行事，不伤害别人，便够了。都是第一次做人，不要把自己搞得那么累。”

“行了，我不能再跟你说了。人一个人待着就容易思考人生价值，等姐姐我看完比赛回国，带你好好放松一下。身边热闹起来，就没空东想西想了。还有舒杳这个人，能不见还是别见了。本来以为这姑娘挺有趣的，没想到负能量这么重，你跟她待久了，不抑郁才怪！”

檀迦知道焉斐誉近期为了俱乐部的事情焦头烂额，又要拉投资，又要向次级战队买名额，还有不少乱七八糟的杂事等着她解决。这两天飞去 A 国看决赛已经是从海绵里挤时间了，便没再拖着她继续聊。

可能是时间隔得太远，也可能是檀迦变化太大，总之现在她很少想起以前的事情，今天算一次。

回家的路上，檀迦不自觉地捋起高中时的事情。

那时的檀迦不是大家眼中的好姑娘，她成绩不好，对课堂缺乏敬畏之心，但她从不认为自己对青春缺乏责任。

檀迦小时候见惯了母亲被街坊邻里在言行上的欺负，对恃强凌弱的事情十分厌恶，所以她不耻成为这样的人。

她也从不觉得自己和身边的朋友是无用的人。

和那些在机关单位工作的老同学对比，在饱受争议的电竞圈为梦想拼搏的焉斐誉一样铿锵美丽。

赵乾靠双手赚钱，干干净净，待人接物谦卑有礼，也很优秀。

甚至包括周肖罪……

那天因为民众大闹售楼处而通宵加班时，她见到了周肖罪。那个在檀迦眼中不学无术的青皮无赖，也成熟了不少。民众真金白银的钱打了水漂，根本不是几句安慰人的大道理就能够说服的。檀迦和同事赶到时，看着现场混乱的状况，有心无力，关键时候是周肖罪带着人来平息了。

周肖罪好像还是高中时的周肖罪，但肩上多了男人该有的担当和责任感。社会包罗万象，人生百态，没有人规定你该活成什么模样。只要对朋友有义气，对生活有善心，对社会有贡献，似乎就足够了。

想到这儿，檀迦坚定地否决掉舒杳对自己的道德绑架。

一定是舒杳错了。

檀迦到家的时候，原恂已经回来了。他穿着舒适的灰色家居服，端着接满水的水杯要回书房，见到檀迦回来，便停在书房门口跟她说话。

这个场景很眼熟，檀迦似乎经历过很多遍，可能这就是家的意义吧。

檀迦问：“今天没有加班？”

原恂回：“剩了点儿工作，回来处理。”

檀迦在玄关处换了鞋，正在用免洗洗手液擦手，听见原恂的话，愣了愣，知道他这是把自己的情绪考虑在内了。

她说他在家的时间少，他便把工作带回家做。

原恂端着水杯站在书房门口，见檀迦趿拉着鞋子疾步过来，以为她是有事情要说，哪承想檀迦抬手按着他的肩膀，稍稍一踮脚，亲上了他。

檀迦主动得有些反常。原恂把装着热水的水杯拿远些，单手搂着她，问：“怎么了？”

“针对你今天早早回家的奖励。”檀迦又亲了亲他，说，“明天继续保持。”

今天的檀迦这么黏人，原恂也没法好好工作了。工作地点从书房换到了客厅的沙发上，因为在这里，原恂看文件时，檀迦能靠在他身上翻书。

两人安静地各干各的，过了一会儿，原恂把手放在檀迦肚子上摸了摸，问：“饿了吗？”

檀迦瘦，肚子上没有一丝赘肉。

“我今天逛商场的时候遇见舒杳了，就一起去吃了点儿蛋糕。”

原恂淡淡地“嗯”了一声，说：“一会儿饿了告诉我。”

檀迦点点头，把话题扯回去，顺着蛋糕的事情说了舒杳解释自己当初那么做的原因。

原恂淡淡地听着，没有插话。

檀迦觉得惋惜，说起：“你还记得咱们高中时有一个学期的运动会是两个校区一起办的吗？”

“高一那年？”

“对。”

那年的秋季运动会好像是在国庆假期前，有的学生还穿着短袖校服。葛清梦用摇晃过的罐装雪碧捉弄舒杳，害她的衣服都湿了，内衣隐隐约约透出来。舒杳窘迫又气恼地跑开了，只是没跑几步就撞到了人，踉跄着坐到了地上。

被撞的人正是原恂，他跟朋友说着话，被撞后移过目光看了一眼。身边的朋友吓了一跳，惊呼着问倒在地上的舒杳有没有事。舒杳咬着唇，眼眶含泪，绷住所有难过的情绪，艰难地摇摇头。

原恂皱着眉说了声抱歉，把外套拉锁往下一拉，脱掉外套披到她身上，问：“同学，需要帮忙吗？”

这便是一切矛盾的起因。

檀迦很少回忆高中的事情，想起这些确实是意外。那天做梦梦见高中时的事情后，檀迦花了不少时间去整理高中时的过往。

不只矛盾由此引发，她跟原恂的缘分也是开始于此。

原恂借外套给舒杳，舒杳因为外套被葛清梦刁难，而檀迦替舒杳去找原恂还外套。

时隔多年，生活在青春期阴影下的舒杳报复着葛清梦，而檀迦和原恂成了夫妻。

挺戏剧的，命运果然是最好的编剧。

高中的几年时光仿佛开了加速器一样在眼前播放，檀迦想得有些出神。原恂注意到，抬手捏了捏她的耳垂，在她眼神茫然地看向自己时，问：“怎么了？”

“你觉得我高中时是坏女孩吗？”檀迦拇指的指甲一下下地擦过食指的指腹，表露着她不安的情绪，她在乎原恂的看法。

“那能怎么办呢？谁让我喜欢坏的！”原恂说着，低头去吻她。

檀迦的本意不是这个，但原恂这个吻落下得太郑重、太深情，让檀迦忘记了拒绝。

这样的原恂令檀迦突然想到了婚礼……

确定结婚那天，原恂提过办婚礼的事情，但被檀迦以怀孕的人比较累，精力顾不上为由拒绝了，哪承想怀孕是个乌龙。后来，原恂没提，檀迦也忘了。她虽然没有体验过，但直觉在婚礼上司仪说新郎可以亲吻新娘后，原恂吻她的情形，应该也会是如此郑重吧。

原恂放开他，却没坐直，始终垂眸和她四目相对，缓声说：“好女孩不一定光芒万丈。”

檀迦被亲迷糊了，哪里还能听进去原恂跟自己说什么。她舔了舔嘴角，脖子抬起来些，手臂勾在原恂脖子上往下压。

原恂只得停了话音，配合地亲她。

坏女孩该怎么定义呢？

每个人的标准不一致，但原恂认为，檀迦不是。

高中的时候，原恂就知道檀迦是个外冷内热的好女孩。檀迦班上有个女生胆子特别小，没写作业的时候会哭，忘记戴校牌也会哭。周一是升旗仪式，学校规定学生都要穿校服，那个女生每次都记得。但有一次领导周三来学校视察，校领导要求学生这天必须穿校服。那个女生因为前一天生病请假不知道这个消息，第二天在校门口看着挨个检查校牌和校服的校主任，抱着书包缩在角落里哭了起来。

檀迦跟朋友说笑着路过，知道情况后顺手就把自己的校服给她了。

不像焉斐誉把校服拿去服装店改得更修身些，檀迦的校服保留着原本的款式，她个子高挑，身形纤瘦，宽松肥大的校服衬得她羸弱可人，有一种清纯的娇小感，能轻易地激起旁人的保护欲。

但她更有着保护人的热心肠。

那女生接住檀迦的校服，哭哭啼啼地问檀迦怎么办，檀迦无所谓地说习惯了。结果就是檀迦因为没穿校服被校主任罚去打扫厕所。

焉斐誉从A国回来那天下雪了，这是南境今年冬天的初雪。与她同一航班回来的还有今年“英雄联盟”世界赛的冠军队伍MON。

电竞是正经的体育赛事，MON战队为国争光，回国后代言、庆功活动接连不断，一直到年底时，才稍稍歇下来。

今年最后那天，檀迦跟原恂做东，邀请了原恪和其他几个朋友来家里跨年。

焉斐誉先到的，给檀迦带了个包，说是在A国免税店看到的，觉着适合，她就买下了。檀迦是非常合格的捧场王，当即拆了包装，就着玄关处的全身镜上身试了试。

瞧着檀迦欢喜的样子，焉斐誉揶揄：“干吗？你老公不给你买？”

原恂手里拿了几支红酒杯，从餐厅出来，檀迦将包拿起来些，示意他看，随口问道：“和我今天穿的是不是很搭？”

“人比包美。”原恂只扫了一眼包，注意力便落在背包的人身上。

檀迦向着姐妹，嘴甜："包更好看。"

焉斐誉得了便宜还卖乖，不客气地看了原恂一眼，冲檀迦揶揄道："原恂，你行不行啊？我一个包就把你老婆收买了。"

檀迦不能冷落焉斐誉，也不想让原恂吃亏，不等原恂回答，径自挽上他的手臂，身子斜斜地往他身上靠，亲昵地说道："花自己家的钱买奢侈品多心疼啊！这种华而不实的包就得别人送。"

焉斐誉："行行行，我是冤大头！"

过了一会儿，林葭和谢鄢也到了，带着打包的海鲜和红酒，有说有笑，互动自然。被原恂问到"祁周礼呢"，向来是祁周礼发言人的林葭没吭声，旁边的谢鄢一头雾水地回答了这个问题："他还没过来吗？"

谢鄢看了一圈后，最终看向林葭。后者却像没察觉谢鄢在看自己一样，也没去接旁人落在她身上的视线，连焉斐誉这个外人都能感觉到林葭的反应怪怪的。

背开人，檀迦问原恂："林葭跟祁周礼吵架了吗？"

原恂摇头，说："我也不知道。"

大家简单打过招呼后，便分成了两拨。焉斐誉跟林葭虽然是第一次见面，但两人一聊起美容便停不下来，约着周末一起去做水疗。檀迦百搭，听别人聊什么，就跟着说几句。没一会儿，大家便打成一片，气氛甚是愉快。

几个人的说话声时高时低，坐在窗边抽烟的谢鄢朝这边望过来，眉目敛着，不知想到什么。

原恂单手抄兜，另一只手拿着两罐啤酒，往谢鄢眼前一伸，让他拿一罐，随后坐到旁边，单手开了自己那罐。原恂的视线追随着谢鄢看的方向，大概猜到他是在看什么，原恂慢悠悠地喝了口啤酒，问："对她还有印象？"

原恂这问题问得奇怪，但正中谢鄢的心思。

谢鄢诧异地偏头瞥了一眼，反问："你知道？"

谢鄢也是刚才听女生间聊起老城区的改建才想起来，他和檀迦早几年在那边的派出所见过。

他也是南境人，老家是在一个小乡镇里。不过他读完初中便离开家一个人生活，他租的房子正好在老城区。

当年檀迦母亲在那片区域遭遇了车祸，肇事司机逃逸，因为是非监控路段，警察短时间内没查到肇事车辆。谢鄢凑巧在附近测试无人机，拍下了事发经过，看到警方的追捕通知后，主动配合警方找到了涉事车辆。

他离开派出所时，跟同在警局配合问话的檀迦打过一个照面，但没有交流。

如果不是今天注意到檀迦在听林葭提起老城区时逃避的目光，谢鄢多想了一些，饶是他记忆再好，也记不起这件事。所以他比较诧异原恂竟然会知道这件事情。

“你们那时候就认识了？”谢鄢问。

原恂朝檀迦那儿望了一眼，摇头，说：“不算。我跟她是一个高中的，但不在一个校区，谈不上认识。”

原恂知道檀迦家里的事情时已经是大学了，那时，檀迦已经把原恂拉黑了。

被拉黑后，他特意去了趟青浙大学。虽然第一次来这所学校，但他对这里的环境十分熟悉，甚至知道校西门有家很好吃的煲仔饭。复读那年，檀迦不常跟他说自己的私事，聊最多的也是学习。但上了大学后，可能是整个人放松了，也可能是对这个线上辅导她的学长有了其他更精确的感情，檀迦会分享一些自己的生活。

但当他在校园里看到檀迦被一个抱着篮球的男生又拖又拽好脾气地哄着去篮球场时，原恂才知道一切是自己误会了。

但误会了又怎样，自己的心已经一发不可收拾地留在了她身上。

说起来，高中时原恂从未对檀迦动过什么心思，哪怕她借着还外套之便强势地闯进了他的生活。他一直是骄傲的，是众人仰慕的，与檀迦处在不同的世界。直到他上了大学，她在季元山的介绍下成了他的学生，两人的交集才多了起来。

最初，他觉得这女生烦得要命，怎么动不动就哭；渐渐又觉得她很坚强，哭着发泄一通后能沉下心来解决问题。这种翻来覆去的无奈与动容，惹得原恂心里痒痒的。

知道她复读那年的高考成绩，原恂并不意外，她的成绩是自己看着一点点进步的，甚至她的分数比自己预期的要高。

檀迦复读时不爱说家里的事，但有回在数学测试中发挥得不错，她把成绩拍给原恂后，乐观地跟他炫耀说自己特别幸运，顺嘴说起了当时在警局的事情，说本来警察都已经要敷衍结案了，多亏了一个玩无人机的男生提供了录像。原恂记得当时檀迦说着说着便哭了，难过地说她其实一点儿也不想要这好运气，如果没有那场车祸，她就算倒霉一点儿也愿意。

原恂后来能知道这个有责任感的男生是谢鄢，还多亏了祁周礼。谢鄢对自己经历的事情，不论是耀眼的还是糟糕的，很少挂在嘴边。但祁周礼是个大嘴巴，在原恂还没见过谢鄢时，便倒豆子似的将这个竹马好兄弟吹出了花。原恂本来态度平淡，直到听他说起谢鄢靠着无人机录像帮警察找到肇事车辆的事情，才上心地问了细节，这才借着祁周礼认识了谢鄢。

也因此，在结识之初，原恂便对谢鄢有十足的信任，甚至在谢鄢出事后，更毫无怨言地替他撑起了“同风起”。

不过这些，檀迦不知道，谢鄢不知道，所有人都不知道。

说话的工夫，原恪来了。

焉斐誉正跟檀迦在说话，听见门口的动静稍稍转了头。原恪脱掉外面的黑色羽绒服，将头顶扣着的连帽衣的帽子往下一扯，玻璃珠似的眼睛亮亮的，冲给他开门的林葭笑着说了声“谢谢姐姐”时露着虎牙，散发着一身干净清爽的少年气。

林葭没想到现在小男生这般嘴甜有礼貌，笑着说外面很冷吧，让他下次多穿点儿。

焉斐誉保持着转头的动作没动，敷衍地应着檀迦刚才说的话，注意力全落在原恪身上。她不动声色地上下打量着。这个年纪的男生是不怕冷吗，一件薄卫衣，一条露出脚踝的牛仔裤，看着一点儿也不抗寒，一米八几的个子配上爹毛的发型，白净的脸庞显得人畜无害。

原恪踩着深灰色的棉拖鞋走到客厅地毯的位置，说了声“嫂子，你今天真漂亮”，焉斐誉才堪堪回过神，意识到自己打量得有些久了。她故作轻松地往旁边移了移视线，把手里的砂糖橘慢吞吞地搁到桌上，扯了张湿巾擦手。

檀迦跟原恪自若地聊着天，让他坐，说一会儿就吃饭，又问他吃不吃橘子。她说着，用胳膊推了推焉斐誉：“你把果盘往那边推推。”

焉斐誉知道檀迦这是故意制造她跟原恪接触的机会，于是照做。

原恪大剌剌地敞着腿，往斜对角单人沙发的扶手上一坐，垂眸看了看果盘，笑眼看向旁边的焉斐誉，说了声：“谢谢。”

焉斐誉等了半天没听到后缀的称呼，扬扬眉，胳膊一收，把果盘撤回来：“马上要吃饭了，还是别吃了吧。”

檀迦瞧着他俩的互动，把果盘从焉斐誉手里夺过来，抬手递给了原恪：“别理她！你自己抓着吃，饭前吃点儿酸的开胃。”

春季赛一月中旬开始，选手的名单还没报给联盟，所以转会期还没结束。MON 俱乐部在转会期快结束时才公布选手挂牌的消息，Kira 便是其中之一。现阶段，大小俱乐部的选手都组得差不多了，要么是缺打野位的俱乐部反复斟酌买到了适合的打野，再也买不起 Kira 这尊神，要么就是暂时不考虑补这个位置的选手。这也导致作为联盟王牌打野的 Kira 的去向成了一个谜。

这关键的时候，焉斐誉竟给人甩脸子，檀迦表示非常不理解。不过这些她也插不上话，没多问。

林葭关了门刚坐下，立马又有人按门铃。

原恪没坐实，下意识站起来。林葭出声拦住他：“我去开。”

原恪随口：“没事，姐姐，我离得近。”

林葭的眼神跟哄小孩子似的，示意他听话：“坐回去。”

原恪跟温驯的小奶狗似的，“哦”了一声，委屈巴巴地眨眨眼，乖巧坐下。

林葭磨蹭着往门口走，任凭门铃响，也不着急。等她走到门口，门铃停了，她却始终不开门，抱着胳膊，闲散地往旁边柜子上一倚。等了一会儿，林葭的手机响了，她不紧不慢地接通。

只听她敷衍道："喂，是你敲门？我听门铃停了，还以为按错了。等着，我给你开。"

来人是祁周礼，他拿了瓶红酒，进来第一句话是对林葭说的："你可真是太有意思了！"

林葭一脸无辜："谁让你突然不敲了的！"

"行，我的错。"祁周礼脱掉鞋子和外套，拿着红酒往屋里走，不服气地嘟囔了一句，"玩不起！"

他话音刚落，后脚跟就被斜后方的人踢了一下。他黑着脸扭头："干吗？"

林葭脸色平和："不小心的。"

两人别别扭扭的样子恰恰印证了先前众人的猜测。

跟林葭凶归凶，祁周礼和旁人说话时却扬着笑脸，十分友好。等打了一圈招呼，祁周礼自觉加入了在阳台上抽烟的阵容。原恂问道："闹别扭了？"

自己要是知道答案就好了！

"早晨还挺好的……"祁周礼烦躁地抓了抓头发，怨愤地朝林葭那儿望了一眼，心想这都是什么事。

昨晚两人发生了点儿意外。公司出事后的一段时间，林葭一直住在祁周礼那儿，为了照顾女生挑剔的生活习惯，他主动把自己的卧室让出来，自己睡沙发。同一屋檐下，好赖是革命友谊更加深厚了。昨晚知道她心情不好要喝酒，他又是拎包又是买单，就差端着酒杯喂她喝了，她倒好，喝醉了耍酒疯竟然亲了他。

祁周礼确实也喝酒了，微醺，但不至于醉，也没有断片。

林葭熟门熟路，跟祁周礼一起回了家。

天亮了，酒醒了，她也翻脸了。听她冷漠地说就当昨晚什么也没发生，祁周礼顺着她的话答应下来。哪知他答应还答应错了，成了他的不是。

女生的想法都这么难猜吗？

祁周礼捏了捏眉心，心想自己这事做得似乎也不地道，自己一个顶天立地的男子汉，跟她计较什么。

带着这样的认知，晚上吃饭时，祁周礼死皮赖脸地拿着碗筷坐到了林葭旁边，哪知林葭从头到尾连个眼神都没分给他。祁周礼此刻仿佛那个“弱小可怜无助”的表情图。

他哀怨地瞪了林葭无情的后脑勺一眼，准备去找自己的已婚好兄弟哭诉，顺便取取经。

可他一偏头，发现这好兄弟哪里顾得上他，人家跟自己老婆在阳台抱在一起看星星呢！

阳台上，两人齐齐望着夜空。

檀迦盯着某片星空，突然抬手摸了摸眼，手拿开时，看到自己掉的眼睫毛。

“原恂。”檀迦连名带姓地喊他。

原恂淡淡地应了声，纠正：“叫老公。”

檀迦“哦”了一声，说：“老公，你有什么新年愿望吗？”她把食指指腹朝向他，让他看见上面的东西，“我刚刚掉的，这个愿望送给你。”

原恂看看她的手，又朝她的眼睛看了看。

檀迦催他：“快说嘛！有什么想做的？”

原恂扯了扯檀迦身上的披肩，随口说：“尽我所能，做个对社会有贡献的人。”

檀迦闻言，板起脸，追问：“没有自私一点儿的愿望吗？”

原恂想了想，直视着她的眼睛，说：“希望我的女孩勇敢做自己，不畏惧世俗的偏见。”

檀迦内心五味杂陈，在想原恂是什么时候看穿了自己心底最怕的事情。

原恂自然不会回答她心里的问题，而是问道：“你呢？”

檀迦不配合：“只有一根，只能许一个愿望。”

“那先欠着。”原恂用手背碰了碰她的脸，就像她刚刚催促他一样，示意她，“说说看。”

檀迦顺着原恂的话开始思考，片刻后缓缓出声：“我想……一直做你的女孩。”

她抬眸，认真地看着原恂在夜色与暖光下英俊帅气的脸庞。

屋里的人，间或热闹地碰杯，间或你来我往地斗嘴。阳台上，抱在一起的两人在满夜空的烟花下，接了个绵长深情的吻。

随着其他人异口同声的倒计时结束后，原恂低头，对檀迦说：“新年快乐。”

檀迦甜甜地笑着，回：“新年快乐。”

这个夜晚像是一道分水岭。

原恂彻底离开了“同风起”，“同风起”上下也接纳了谢鄢的加入。

檀迦在工作上虽有磕绊，但整体顺利。

祁周礼跟林葭在别扭中，迎接着新年的到来。

焉斐誉在几天后，公开了 Kira 加入自己战队征战春季赛的消息。

第七章

万事俱备，缺个新娘

YAN YAN BAI RI

新的一周，檀迦整理的有关“校园暴力”的专题进入收尾阶段。她斟酌着调整文案的表述方式，键盘声断断续续地响了一阵后，突然停止。

檀迦曲着手指，修剪整齐的指甲无意识地叩着字母按键，视线落在自己刚敲出的文字上，思想却一点点地游走。

焉斐誉的艺考、她的复读……都是很关键的人生转折点。焉斐誉常说“艺考从不是高考的捷径”，檀迦复读那一年，也是蜕了一层皮。

对于那个曾给予她帮助的学长，檀迦需要说声谢谢。

当时自己把人拉黑，有些过分了。

快下班的时候，檀迦把专题报道交给主编。从领导办公室回到自己的工位后，她收到了原恂的消息，说过来接她去看他舅舅的演出。

原恂听她的声音不对劲，问：“今天工作很累？”

檀迦说没有，然后清了清嗓子，让自己的声音听上去精神些，同时拿起水杯，浅抿了一口水，说：“下午有点儿忙，忘记喝水了。”

原恂的舅舅是个摇滚歌手，早几年在明德高中教过书。

檀迦上学时听过一些他的八卦，也在校园里见过对方几次，没想到他竟然是原恂的舅舅。

今天再见到林向荣，檀迦盯着舞台上炸裂的乐队演出，诧异地扬了扬眉，骨子里藏着的叛逆因子似乎被勾了出来。

酒吧里气氛乱，噪音多，原恂跟她说话要低头，挨得近点儿。

“喜欢这首歌？”他问。

檀迦脑袋跟着音乐的节奏打着拍子，踮踮脚，说：“你舅舅好酷！”

原恂探究地觑了她一眼，胳膊伸过去把人揽进怀里，只说：“别站太远。”

林向荣不常接商演，今天是他们乐队的周年纪念日，大家聚在一起，才有了这场演出。演出结束，乐队其他人都往后台走，林向荣却把脖子上的电吉他一摘，蹲身从舞台上跳下来。

底下观众最前面站着个高瘦的女孩，鬈发，穿着美艳的红色连衣裙，侧脸漂亮，笑容明媚，看着年纪不大。

檀迦还没看仔细，便被原恂扣住手：“过去打个招呼。”

听原恂介绍才知道，那女生叫孔明月，是林向荣的妻子。年纪确实小，跟林向荣差了十几岁。不过两人认识的时间也久，感情稳定，很甜蜜。

虽说檀迦跟她年龄相近，心态上却差了很多。比起檀迦安静的性子，孔明月的性格更爽利外向。

原恂跟舅舅有话说，把檀迦跟孔明月留在一处。孔明月跟她聊了几句，频频看手机，最后实在抱歉地跟檀迦说：“你不介意我玩会儿游戏吧？今天战队赛，实在是推不掉。”

檀迦笑笑，说没事，让她随意。

孔明月一边开游戏，一边问她：“迦迦，你玩游戏吗？水平怎么样？要不要一起打几把？”

“王者荣耀吗？”檀迦听见游戏的音效，低头看了一眼她的屏幕，说，“我不玩手机游戏。如果是英雄联盟的话，我还能加入。”

孔明月叹气：“那好可惜。你一会儿可以看我玩。”

说话间，孔明月登录了游戏，第一时间被拉进了房间。有男声调侃：“孔明月你什么情况？这么难请！”

孔明月不甘示弱地反驳：“连个五排都凑不起来，我看‘苏麻离青小分队’直接解散算了！”她扫了眼房间里其他几个人，问，“没拉阿遂吗？”

“迟意妈妈过生日，阿遂陪着呢！”

孔明月“哦”了一声，又说：“那还差一个人，再拉个谁？”

“我喊了李恩宇上线。”

孔明月立马拒绝：“不行！一拉他，江润如肯定也要来，她打游戏那么菜，还想不想冲省级第一战队了？再说已经有四个人了，不要情侣。”

孔明月划了划好友列表，说：“陈予光在线，就他吧。”

檀迦对这款游戏有印象，因为和英雄联盟为同类竞技游戏，刚面世时没少被放在一起比较。檀迦是英雄联盟的老玩家，因此听说过，不过正式了解这款游戏却不是因为这个。

当年她在辅导自己学习的学长常诠的动态里看到了游戏截图，于是下载了这款游戏。

看到他的游戏昵称后，檀迦只顾着去打听他是不是杜渐的消息，玩都没玩便卸载了。

原恂说完话过来时，檀迦正盯着孔明月的手机屏幕看。

林向荣站在孔明月身边，沉声问她："怎么打起游戏了？不跟迦迦说会儿话？"

孔明月头也没抬，说："战队赛，他们叫不齐人。"

林向荣冲檀迦笑了笑，打圆场："被宠坏了。你要是觉得无聊，让阿恂带你四处转转。"

檀迦说没事。

几个人又聊了几句，原恂看时间不早了，跟林向荣打了声招呼，说今天工作一天有点儿累，便把檀迦带走了。

累自然是个幌子。两人从清吧出来，没走远，檀迦就被原恂牵着手带到了人少的角落。

应该等到回家再问的，但实在是担心她。原恂把手放在檀迦小腹上摸了摸，问："生理期到了？"

檀迦被问得愣了一下，说："没有。"

还没等檀迦多想，原恂率先道："那聊聊？"

檀迦眨眼，心想这还有商量战术的吗？他们以前也没讨论过。

"这个有什么好聊的……"檀迦的脸颊微微泛红，有些害羞。

原恂一瞬不瞬地盯着她，越发觉得奇怪。

檀迦的手不安分地一寸寸、慢慢地在他腰上挪动着，原恂的目光随着她的动作移动。过了一会儿，他试探地问："怀孕了？"

原恂在跟檀迦就这件事达成共识前，一直有避孕的意识，上回怀孕虽说是个乌龙，但让他更加注意做好措施。

"什么啊……"檀迦越发蒙了。原恂今天怎么奇奇怪怪的？

除了这个，原恂真猜不到是其他什么事了。

檀迦低头看了看，又摸了摸自己平坦的小腹，无语地嘟囔："你觉得我肚子大了？我每天早晨都称体重，没胖啊！"

跨频聊天确实有点儿累，还是回家再说吧。

回家的路上，檀迦还在纠结自己是不是胖了。原恂的手机突然响了，是杜渐打来的电话。

檀迦看了一眼，问他："是杜渐，要接吗？"

"一会儿吧。"原恂琢磨着要跟檀迦开诚布公地聊一聊，知道杜渐不会有正事，便没着急接。

檀迦把手机调到静音给他放回去，没再管。

原恂想了半天没找到切入点，还是决定卖惨："改天跟我去看看我妈。"

檀迦闻言，立即偏头看向他。檀迦几乎不过问原恂家里的事情，原恂也很少提。这是她第一次听他提起他妈妈。

原恂说这话时神色淡淡的，像是在说"明天中午一起出去吃个饭"一样寻常。

檀迦以己度人，生怕勾起他的伤心事，轻轻应了声"好"。

过了一会儿，原恂主动说起："我妈是个文艺才女，身上书卷气很浓，你之前在家里看到的书画作品很多都是出自她。我姥姥、姥爷家是高知家庭，书香门第。别看我爸现在是上市公司老总，但认识我妈时只是个前途未知的创业者，所以我姥爷反对他们在一起。我舅舅说，我妈表面上乖，但骨子里不安分，所以没有人阻拦得了她的选择。就像她突然放弃电视台的工作要去演戏，也没有人能拦得住她。"

"她是一个有野心、敢决定，也有实力的人。所以大家虽然不赞同她的选择，却也默默支持着她的选择。但谁知她一部戏还没拍完，便失足从高台上摔下，抢救无效，去世了。"

檀迦听到这儿，抬手去摸原恂的胳膊，想要安慰他："都过去了。"

正好是红灯，原恂把车停下，腾出一只手牵着她，笑了笑，神情还算好：“已经过去挺久了，我已经接受了这个结果，所以也就没有那么难过了。”

原恂看向她，继续说：“人世无常，我们不能掌控什么。但人的韧性是无穷的，我们能爆发无穷的潜力，可以克服一切困难。”

檀迦赞同：“是的，我们不断地经历着亲人、朋友的离去，但也在迎接着新的亲人、朋友的到来。你有爸爸，有小恪，还有我，我也是你的家人。”

“我也是你的家人。”原恂说。

正说着，轿厢里又有手机铃声响起。这次是檀迦的，不过致电者依然是杜渐。

“杜渐打到我这里来了。”檀迦看了眼手机，说。

原恂应了声，示意：“接吧，估计是有什么事。”

檀迦点点头，接通了电话。

“周末有事吗？出来玩啊！”杜渐的声音永远朝气满满，连带着冲淡了轿厢里压抑的氛围，“我刚才给阿恂打电话，他没接。你们在一起吗？你问问他要不要出来打球。”

檀迦开的免提，原恂自然是听到了。

杜渐有事没事就喜欢找朋友聚会，檀迦跟原恂周末正好没事，商量过后就把见面时间定在了周六下午。

可能是之前聊的话题太沉重，檀迦对母亲去世的情绪感同身受，所以接下来几天，不论在私下里还是在人前都格外依赖原恂，黏着他，顺着他。

在球场的时候，杜渐嫌弃地揶揄道：“你俩能别腻歪了吗？”

杜渐又说起上回聚会结束，不少没参加聚会的同学听说他俩在一起后，扬言不可能，最后还是有人把聚会的照片晒出去，别人才信。众人纷纷表示，檀迦有点儿东西，竟然把原恂追到了。

球场上，除了他们俩，杜渐还叫了其他几个朋友。檀迦不认识，但大家热情、开朗，没一会儿便打成一片。

杜渐是做游戏的，打了会儿球，休息的时候，不知谁起的头，逐渐聊到这个话题。

檀迦听着，想到什么，问：“你玩王者荣耀的游戏昵称是不是叫‘防伪杜渐’？”

杜渐被球场边的人喊了一句，让他过去拿东西。他应了一声，边起身边回檀迦：“应该是吧。我注册账号时懒得想新的，就会用这个。如果这个被占了再取其他的。”

檀迦只是随口一问，话被打断也无所谓。倒是原恂偏头看了她一眼，一副探究的眼神。

回去的路上，原恂一直在想这件事情。当下让他承认这个外挂就是自己，并不是一件难为情的事情，但檀迦若知晓这件事情，会是怎样的反应呢？

檀迦细数过往，复读的时光确实是无比重要的经历，是她人生关键的转折点。她如今的生活无一不是受其影响，所以檀迦会回忆起那段日子是必然的。想起常诠，也都是平静而宽容的，不带超越朋友的感情色彩。可能是檀迦当时情根没开，也可能是当时两人的关系连暧昧都算不上。

更何况檀迦如今有了原恂，她虽然不知道完美的爱情是什么样，但真心地喜欢且享受当下的状态。

她想见常诠，也只是想说句谢谢。在复读那年，檀迦改变的不仅是对知识的积累和储备，无形中还有对自己、对成长、对人生的思考。而这个过程中，常诠的存在，是一个很重要的引导者的角色。

估计是想得太频繁了，那段无疾而终的经历成了檀迦心中的一个心结。如果不去解决，恐怕她会一直焦虑。

檀迦从车窗外收回视线。

到家后，她在原恂洗澡的时候，给焉斐誉打了个电话，问她在北央大学有没有认识的朋友。

焉斐誉听她说完，沉默半晌。檀迦还以为她在忙，也没着急催，安静地等她开口。焉斐誉先回道：“我大学时帮你打听过。”

焉斐誉在北央读的传媒大学，跟北央大学虽不在一个区，但好歹是同城，平日里常有联谊、社团、比赛之类的活动。檀迦生活里发生点儿什么，大大小小的都会跟她分享。所以当年焉斐誉得知檀迦被放了鸽子，傻傻地在陌生的城市等了好几个小时后，气得要去讨说法。最终焉斐誉还是被檀迦拦住了，说这是她的事情，她自己可以解决，没让焉斐誉插手。

焉斐誉略一停顿，无奈道："不过我能认识的人有限，没法帮忙。"她突然想起，"我记得原恂不就是北央大学的吗？他比我们高两届，跟你认识的那个人在校时间有重合，说不准见过。你要不要找你老公问问？"

檀迦犹豫："不合适吧……"

焉斐誉一语中的，直接说："你们是夫妻，也不适合瞒着。"

浴室里原恂喊她，檀迦应了一声，对焉斐誉说了句"我再想想"后，便把电话挂了。

檀迦去阳台的烘干机里取出浴袍，敲了敲门，推开一条缝，把手伸进去。

毛边玻璃上映着男人挺拔的轮廓，檀迦瞧着，扬了扬眉。见人影走近，他抬手去接东西。檀迦随口调侃着："连衣服都能忘，下次直接把自己也忘——"

话还没说完，檀迦手腕一紧，被人捏住用力一扯，她整个人就踉跄着跌进浴室里。

原恂下身穿着裤子，暴露在空气中的肌肉线条漂亮、流畅。他平日里穿衣服很难看出是有肌肉的，永远一副冷情的模样，斯文又禁欲。

他拿过檀迦递来的浴袍，往身上随意一穿，腰带松松散散地系上，前襟大敞着。

原恂问她："背着我跟谁打电话？"

浴室里都是热气，檀迦一进来脸颊就微微泛红，抬眸看过来时，眼睛湿漉漉的。尤其是她静静地注视他片刻后，黏黏糊糊地喊了声："老公。"

原恂嗓子有点儿痒，不轻不重地应了一声。

檀迦不打算瞒他，觉得这个场合说，好像还挺不错的。所以，她状似不经意地问："你跟大学的同学还常联系吗？"

"不太多。"原恂说，"怎么了？"

檀迦抿了抿唇，才开口："你介意帮我找一个人吗？"

原恂略一停顿，猜道："辅导你复读的那个男生？"

"嗯。"檀迦以为原恂是介意，便点到为止，没再往下说。

"你不是把他拉黑了吗？"原恂开口发问，"不生他的气了？"

提到拉黑，檀迦心里有点儿不舒服。这件事情她做得有些莽撞和任性。时间隔得久，很多事情其实记不清，当时两人保持着网友的关系，会分享生活，但其实也只是普通朋友的关系。檀迦拉黑的行为有些不太理智。

"好像没什么可生气的。我反而应该跟他说声谢谢。明明他帮了我那么多，我却任性地把他拉黑了。就算他是盗了杜渐账号的骗子，但他至少是帮助过我的。"

原恂："只是想说句谢谢？"

"嗯。"檀迦偏头看向他，眨眼，保证道，"我很老实的。"

"我不是这个意思。"

"那你帮我打听打听嘛！我觉得还挺有缘的，你们竟然是一个学校的，说不准还认识。"

原恂淡淡地"嗯"了一声。

他其实不是故意欺骗檀迦。

最初是觉得没必要说，反正他的身份只是辅导她学业的学长，连被她问起名字，他也是图省事地编了个假名，说自己叫常诠。

后来原恂动心了，又觉得突然告诉她自己是谁后，会被她讨厌。毕竟高中时，两人对彼此的印象都不太好。

只是，还没等原恂找到合适的机会开口，就被檀迦拉黑了。得，两个身份都被她讨厌，原恂更不可能说了。

重逢是他蓄谋已久的，结婚却是她迫不得已的选择。原恂好不容易拉高了她对自己的好感，怎么可能因为这种事让两人的关系变糟糕！

“好不好嘛？”檀迦撒着娇，求他帮忙。

原恂垂眸看她，半干的头发成缕地垂在额前，散发着清爽的少年气。他收紧揽在她腰上的手臂，反问：“帮你，我有什么好处，嗯？”

原恂又低头亲了亲她，问：“你高中时对我的印象是什么？”

“像一只开屏的孔雀。”檀迦觉得自己这个形容挺准确的，而且这只孔雀战斗力很强，不少异性为他上了头。

正为自己的精准用词点赞呢，她腰侧忽然吃痛，是原恂在掐她。

“还有呢？”原恂不甘心地问。

她较着劲儿，继续说：“闷骚。”

檀迦连着说了几个形容词，每说一个，原恂都得掐她一下。

最终檀迦忍无可忍，撩起衣服去看，旋即埋怨出声：“你都把我掐红了！”

“我看看。”原恂俯身去看，确认后，伸手抹了一把，说，“是你害羞了。”

随后他招呼也没打，抱住她的腿，猛一用力，将檀迦扛到肩上。檀迦还没反应过来，只觉天旋地转，眼前的景物转了个方向。她吓了一跳，脚踢着，要原恂把自己放下去。

原恂扛着她出了浴室，膝盖往床尾一跪，上身前倾，顺势把人丢到床上。

檀迦在原恂过来前，飞快地钻到被子里，安安全全地把自己裹住，只留下一个脑袋在外面，缩着脖子，一脸得逞地看着原恂。原恂也不急，从床尾把被子掀开，把自己蒙住，一点点地往上钻。

很快，檀迦的笑敛走了。

她想躲来着，但也只是想想。

檀迦靠在原恂怀里，快睡着时，听见他问：“高中那次，你生气了吗？”

可能是太困了，所以听原恂这样说，檀迦过了好一会儿才反应过来他说的是什么事。

停电那晚，檀迦跟原恂在教室的事情不知怎么被教导主任知道了，尽管原恂是好学生，还是被主任叫去办公室谈话了。

当时的年级主任是季元山，把原恂当成半个儿子照顾。等原恂到了办公室，年级主任也没有训人，只是问他当时的情况。

季元山则表示："我跟她妈妈是朋友。迦迦这丫头小时候很有灵气，还想着如果你们关系近点儿，说不准你还能帮她提高提高成绩。"

原恂想到教室里女生毫无眼力见儿的言行，直皱眉。

"那可能要让您失望了。"

原恂没有任何私人感情，态度表达得明确，十分直白。他从办公室出来，才发现檀迦在门口。她靠在墙上，听了似乎有一会儿了，看到他时，还朝他吹了个口哨。

两人眼神对上，檀迦挑衅着似乎要说什么，却听办公室里的季元山出声喊人："檀迦！"

"来了！"檀迦清脆地应了一声，扭头进去了。

两位当事人也清楚，高中的时候，他们根本不是一路人。

原恂隔着这么多年，突然问起这个问题，檀迦是这样回答的："算不上生气，只是有些看你不顺眼。"

檀迦最初因为原恂把外套借给舒杳的事情觉得他人还不错，没有表面上看上去那么冷冰冰的，至少有点儿人情味。但紧跟着便觉得原恂这人格局忒小，心眼也小，还爱记仇。

两人各自的生活圈子八竿子打不着，两个校区间流传着不少两人的八卦，但两个当事人毫无瓜葛，相安无事。

如果非要掰扯出点儿关系来，那可能就是杜渐了。焉斐誉和檀迦平时爱打篮球，在球场上跟杜渐熟了起来，而杜渐是原恂的同班同学兼好兄弟，杜渐有时会喊他来球场。

其实很多事情，檀迦也已经记不清了，经历了檀惠去世，她的生活态度懒散了不少，那点儿记东西的本事在复读期间已然超支了。

原恂等她的后话，可哪知，檀迦靠在他怀里呼吸逐渐平稳，已经睡熟了。

估计是累坏了。

檀迦睡了一觉后，前一天那种要把北央大学挖个底朝天也要找到人的情绪淡了一些。

早会上，主编表扬了檀迦准备的专题，并且直言檀迦进步之大，值得报社的每位同事学习。

不巧的是，白鸽因为上周一篇报道里用词有失公允，在会上被领导留下来谈话。

同一时期进来的两个实习生境遇不同，总归有人心里会不舒服的。

只是成年人的矛盾从来都不是由一件事情决定的，而是渐渐积累起来的。

这天中午吃饭，檀迦在电梯里遇到财经组的同事，随口聊了几句。对方问她国金那家日料的味道怎么样。冷不丁地被问了这么个问题，檀迦有些茫然，寻思自己既没跟谁去过那儿，也没跟对方说自己要去那儿啊。财经组的同事没等她发问，先说："昨晚你们部门不是在那儿聚餐了吗？我看好几个人都发朋友圈了。"

"……"

檀迦的分享欲基本上体现在了与焉斐誉的聊天记录上，所以她很少发朋友圈动态，也很少看别人的动态。这天她听别的部门的同事说起聚会的事情，才破天荒地打开了朋友圈。

大家确实在晒同一场聚会。

包括白鸽在内的几个女生都发了同一条动态，甚至配的图都是同一张。

组里同事聚会没喊她。

自己这是被孤立了？

檀迦心里琢磨着事，百无聊赖地看了一下朋友圈。她入职以来一直安守本分，兢兢业业，与同事私下相处不多，但对接工作时真诚有礼，她暂时没回忆起有什么冒犯他们的地方。

算了，顺其自然吧。

檀迦微微叹口气，正准备退出朋友圈的界面，却不经意地扫见屏幕中央显示的动态。是原恂发的，内容是一条无人机相关的新闻报道，没配什么字。

她盯着这条动态，并没有点开，而是一瞬不瞬地盯着下面的评论。除了几个“同风起”的员工之外，还有一个檀迦备注了的共同好友。

那人在评论区里问原恂：“最近来北央大学吗，聚一波？”

原恂应该是没看到，还没回。祁周礼率先回复了：“你们宿舍聚吗？加我一个蹭饭的。”

那人回：“行啊，你买单！”

对话到这儿，结束。

檀迦将这几句一来一回的对话看了几遍，不太敢确定自己的猜测——原恂跟郑潮生是一个宿舍的？

她认识的那个复读外挂就是郑潮生的室友。

所以原恂也认识？

那她之前在原恂面前提起郑潮生名字时，他为什么没有反应？

这时，有同事过来问她要文件，檀迦要先忙工作，就把手机搁下了。一整个下午，她屁股都没沾办公椅。等琢磨过来原恂可能是帮着室友隐瞒自己，檀迦一时心情复杂。

比起被同事孤立，她这会儿的反应更大一些，有一种被人耍了的愤怒感。

原恂晚上有应酬，去之前给檀迦打电话报备。照着早晨两人的腻歪程度，想着应该会煲一会儿电话粥。但原恂将电话拨过去，听见的只是一声淡淡的无所谓的“知道了”。

原恂一脸蒙，难以置信地看看手机屏幕，确定自己没有拨错号码后，不解地看向助理，发问：“我刚刚说话的语气很凶吗？”

不应该啊……

有时候原恂不注意，跟檀迦说话时冷了一点儿，让她觉得不舒服，她都会故意质问他“爱真的会消失吗”。原恂每每被她问得没了脾气，就算是真有心事也不烦恼了。

所以这是遇到什么事情了？心情不好？

已经定好的应酬不好推，原恂只得速战速决，解决完正事后，找了个理由提前离开。

马上要过春节了，气温降得厉害。车子快要开进小区时，原恂让司机靠边停了车。

原恂跟司机说：“送到这儿吧，你早点儿回去休息。我下去买点儿东西。”

夏天卖米糕的阿婆，冬天会开着三轮车卖烤红薯。原恂过去搭了几句话，挑了两个大些的，抬眼就瞧见小区门口有一道熟悉的身影。

檀迦一看就是临时决定下来买东西的，脚上踩了双浅棕色的雪地靴，到脚踝的长款羽绒服裹着她高挑纤瘦的身体，领口拉得严严实实，戴着顶白色的毛线帽。她一只手揣在口袋里，另一只手拿着手机，但半截手掌缩在袖子里。她一边往他这边走，一边给焉斐誉发语音。

“……我出来买烤红薯，太冷了。”

她缩着脖子将下半张脸藏在拉高的衣领里，听完了焉斐誉的语音，继续说道：“谁知道他什么时候回来，不回来才好呢！”

焉斐誉顺着她的话问：“你确定吗？你不是有那个什么潮的好友吗？直接问不就完事了！”

檀迦嘴硬：“问这个干吗？我一点儿也不想知道。”

“你就仗着原恂宠你，作吧！”

“他才不宠我。”檀迦冷得跺了跺脚，加速往前走，哪知一抬头，便瞧见自己刚刚在说的人。

原恂俨然已经注意到她了。夜很黑，旁边的门店隔得远，光照过来，看不太清原恂的表情，但能看出他挺平静的，也不知道听见了没有。

檀迦佯装没看见他，自顾自地看向烧烤炉，问：“阿婆，还有烤红薯吗？您烤的红薯特别香，我隔老远就闻见了。”

“今天没几个了。阿婆请你们吃。”老人认识檀迦，用纸袋将红薯包好，又装到塑料袋里，递过去，“你们都是好心人，回回都照顾我的生意。过几天我就不来咯！”

“您要搬家了吗？”

“回老家。年纪大了，落叶归根，早就想回去看看了，但又担心……”老人说着，朝推车上贴着的寻人启事看了一眼，抬起胳膊遮了遮眼睛。檀迦知道她是在偷偷地抹眼泪。

檀迦接红薯的动作慢了半拍，原恂抬手，帮她接了一下。

做记者的，这类社会案件不少见，但有些事，不是见得多了，就能免疫的。她情绪有些压抑，顺势朝原恂看了一眼。原恂拉住她的手，放到口袋里，另一只手拿着手机扫了二维码，说：“阿婆，我把钱转过去了。”

“欸，好。”阿婆移开袖子，脸上挂着笑。

檀迦想说什么，却觉得任何语言都是无力的。

一个小插曲让两人短暂地和解了。进了小区后，檀迦的手还被原恂拉着放在他呢大衣的口袋里。

“在想什么？”原恂出声。

“思考人为什么永远在失去。”她为阿婆这些年的不容易感伤了一会儿，渐渐又想到了檀惠。

“可能是为了让人更懂得拥有的意义吧。”原恂如是说。

烤红薯没吃几口，檀迦就接到了领导的电话，说城郊高速公路发生了连环车祸，要她去现场报道。檀迦不敢耽搁，胡乱套上了衣服便准备出门。

“动作可以快，但是不要着急。”原恂过去帮她把围巾缠好，将头发从围巾下面掏出来。

檀迦知道原恂说得有道理，捧着他的脸亲了亲，说：“早点儿休息，不要太想我。”

檀迦单腿蹦着提上鞋，确认录音笔的电量充足后放进包里收好，回头跟原恂摆手。

原恂折回客厅一趟，在她出门前，把热腾腾的烤红薯放进她的口袋里。

“我顾不上吃的。”

“暖手。”

送檀迦离开后，公寓瞬间安静下来。

原恂把玄关上放钥匙的陶瓷容器扶正，转身回了客厅。走过去的这一小段时间里，原恂突然找不到可做的事情了。

这种感觉像极了这些年跟檀迦的每一次分别。

原恂心里空落落的，总觉得有什么事情要发生。

他朝玄关处看了看，有一种立马想开车追上她陪她去的冲动。但很快，他把这个念头压住了。

原恂不是个会失去自我的人，做事克制、有分寸，但遇上檀迦的事，便常出例外。

但控制欲太强，肯定会引起檀迦的反感。

不知过了多久，手机响了，是郑潮生打来的电话。

“我听周礼说你结婚了？行啊，结婚了也不通知哥儿们，这是心疼哥儿们的份子钱吗？”

“还没办婚礼。”

“没办吗？那打算什么时候办？到时候我肯定去。有嫂子的照片没？周礼跟我吹是个大美人，我觉得你不像这样肤浅的人。”

“还没拍结婚照。”原恂说完愣了。他也才反应过来，两人结婚这么久，好像除了那本红色的证，其他该有的仪式感都没有。他肯定是有过拍结婚照、办婚礼的念头，但是因为什么放弃的呢？

“合照呢？合照总该有吧？”

也没有。

原恂上镜是真的，但很少自己拍照。

檀迦爱拍吃的、玩的以及日常中看到的各种东西，但几乎没跟他拍过合照。明明她和焉斐誉在一起时，吃个甜筒都能拍出个九宫格。

电话那头的郑潮生还在等他的答案，原恂只好说：“你见过。”

“嗯？啊？哈？”郑潮生性格外放，尤其是面对熟悉的大学同窗了四年的老同学。

原恂说："是檀迦。"

郑潮生安静了一会儿，大脑飞快转着，搜寻这个人是谁。

"好家伙，你结婚时我把老板炒了也得去！好歹我也算是你们俩爱情的见证者。当年你在外省参加比赛回不来，让我把她安全送到机场，一路上我可没少说你的好话。"

对于郑潮生的邀功行为，原恂只是淡淡地"嗯"了一声。

电视上正在播放当地的新闻。

下雪了，细密的碎雪刮过来，带着阵阵寒意。檀迦及时到位，穿着白色的羽绒服，站在风雪中，声音洪亮地报道着事故的情况。

她不张扬，但自信的气场很足，很温柔，却又有力量。

原恂被新闻直播分走了注意力，草草地挂了郑潮生的电话，心想婚纱照、婚礼这些新婚夫妻该有的，都得安排起来。

檀迦在镜头前面还比较镇定，但这并不代表现场的情况很顺利。

她简明扼要地报道完，新闻里的画面切走，在原恂看不到的幕后，响起一道急切地提醒声："小心！"

檀迦听到这话还没来得及反应，只见眼前一道黑影晃过，还没等想明白是什么东西飞过去时，檀迦的头便被重重地砸到，钻心的痛瞬间传遍四肢百骸。

檀迦的头撞到了摄影机器……准确地说，是摄影机器朝着她的头撞了过来。

"迦迦，你没事吧？"有人把摔倒的摄影师扶起来，有人来关心檀迦。

檀迦摇摇头。

摄影师站稳后，向旁边人摆摆手示意不用管自己，身上的泥土也顾不得处理，率先担忧地看向檀迦，愧疚道："迦姐，不好意思，我刚刚踩到了块石头，脚滑了一下，没拿稳机器。你的头……"

现场混乱，大家火急火燎的，没注意脚下是正常的事。檀迦不甚在意地抿嘴笑笑，正要说没事，但下一秒，有血顺着额头流了下来……

檀迦忙完已经是第二天早晨了，她这才看到手机里原恂关心她“注意保暖，遇事不要急”的消息。她先给原恂回了消息，然后收拾东西准备回去补觉。

往常原恂这个时间已经醒了，在看早间新闻，倒不一定看手机，所以檀迦没想到他会立刻回复。

原恂问檀迦是在报社还是在现场，要过来接她。

檀迦在现场报道完，便回报社写稿子。她如实回了句“在报社”，让他到了给自己打电话。

檀迦没当回事地把手机放下，心情愉悦地想，有人来接，路上自己可以补觉。熬通宵实在是太困了，喝了两罐红牛还是困。人是醒的，精神是疲惫的，头痛得要命，分分钟要炸了似的。

檀迦慢吞吞地收拾了东西，正想着去楼下买杯豆浆边喝边等原恂，有同事见她要走，提醒道：“迦迦，你记得先去医院。”

檀迦疑惑地“嗯”了一声，见对方指了指头，才猛然反应过来，自己头上还贴着纱布呢——昨晚情况突然，现场不能缺人，檀迦受伤后临时调不来人顶替，再说她的伤也不严重，用她自己的话形容就是“再不快点儿处理就要愈合了”，所以她也没当回事，用车上的药箱紧急处理了一下，便继续投入工作。

一忙起来，檀迦就把这件事抛到脑后了。

手机响起，是原恂的电话，说自己已经到了。

檀迦一惊，心想怎么这么快，东西也顾不得继续收拾，急急忙忙地在桌上翻找。

“在找什么？”同事问道。

檀迦冲她比画：“有没有什么东西能把我的头挡一挡？比如帽子、围巾什么的。”

“啊？你冷吗？”同事说，“我这里有顶帽子。”

“江湖救急，借我戴一下。”

报社楼下，原恂在车里等了一会儿，就见檀迦踩着小碎步走了过来。

他忙推开副驾驶那边的车门，让她上来。

“车里暖气挺足的，帽子不摘吗？”

檀迦把包往后座一丢，系好安全带，装傻道：“太困了，让我先睡一会儿。”

原恂觉得不对劲，偏头看了她几次。檀迦整个人缩在座椅里，头靠在椅背上，似乎是真睡着了。

他盯着看了一会儿，很快发现问题所在：“头怎么了？”

檀迦做贼心虚，虽然困，但始终没睡着。她想等原恂发动了车子再睡，可不知道原恂在干吗，迟迟没打火。她的帽子戴得很严实，没想到原恂还是发现了。

被质问后，檀迦先是装死，眼也没睁，继续“睡”。原恂等了一会儿，没得到回应，索性直接上手，手指刚碰到额头，檀迦终于装不下去了。

“嗯？你刚刚在跟我说话吗？”檀迦演起戏来还挺像那么回事，她看了原恂一眼，知道自己瞒不下去了，招认得还挺彻底，“你不说我还忘了。我昨晚让摄像机撞了一下，贴了块纱布。”

“破皮了？”

檀迦故作轻松地“嗯”了一声，在原恂紧追不舍的目光中，摘掉了毛线帽。

纱布露出来，上面有渗出来的血。

“去医院了吗？”

檀迦不敢骗他，说：“还没。”

原恂板着一张脸，觑她。

檀迦偷偷瞥了他一眼，从口袋里摸出昨晚原恂塞给自己的烤红薯，装无辜：“我还没来得及吃就凉了。”

她委屈地嘛嘴，好像额头上的伤还没有这个烤红薯重要。

原恂没法责备她，只能气自己，问：“疼不疼？”

檀迦摇摇头，说：“我一直没什么感觉，要不是血流到我眼睛里糊住了视线，我都没意识到。”

原恂冷声："那你还挺厉害的！"

檀迦去医院包扎，原恂一直陪着。

来的路上还挺能逞强，医生来给她处理伤口时人却秒㞞了，一会儿问会不会留疤，一会儿问多久能摘纱布。

话很多，娇气极了。生怕原恂抽空训自己，檀迦压根不给他说话的机会。

护士很快处理好，简单叮嘱了几句，转头就把注意事项说给原恂听。

原恂一一记下，跟护士道了谢。

去拿药的路上，檀迦没事找事："那些注意事项为什么不跟我说，是觉得我磕了脑袋记不住事吗？还是人家看你长得帅，有什么歪心思？什么意思！我还在呢，当我好欺负是吗？"

"护士是觉得你金贵，这种杂事老公帮你记着就行。"原恂哄孩子似的，耐心地说，"而且你一点儿也不好欺负。"

"好啊，你竟然说我凶！"

原恂乐得跟她拌嘴，反驳道："我的意思是，我对你有征服欲。"

被这不要钱的情话哄开心了，檀迦脸上挂着笑，说："这还差不多。"

檀迦在医生的建议下拍完了片子，好在只是皮外伤，没有大碍。

医院里人多病人杂，两人拿了片子下楼时，原恂问起："之前受过伤吗？"

檀迦眨眼，装傻："情伤吗？那我可要好好理一理。毕竟像我这种大美女，谈过的恋爱一只手都是数不过来的。"

原恂哧笑："有什么用？你这不还是栽我手里了。"

檀迦嘿嘿笑着，配合地一叹气，说："都怪你太优秀了，我哪里把持得住！"

闹完，檀迦正式回答起原恂的问题："磕一下、碰一下都是小伤，遇到那种需要记者当卧底获取消息的外勤才危险。不过，我还没遇到过。说起来，社会记者也是个高危行业。"

"危险性是相对的。人活着同样面临这样的危险，酒驾、恐怖袭击，地震、洪水，不管是人祸还是天灾，遇上了就躲不掉，跟职业无关。”原恂摸摸她的后脑勺，看了眼她额头上的纱布，说，“下次记住，不论什么，都没有你的性命重要。你要知道，有人会担心你，有人在等你回家。”

檀迦简直要溺死在原恂温柔的眼神里，轻轻应了一声：“好。”她朝原恂那边贴了贴，挽住他的手臂，说着掏心窝子的话，“我其实也不是非要做记者。”

“我小时候的梦想其实挺多的，想当科学家、建筑师，唯独不想当记者。因为我妈是记者。”

“我跟我妈的关系不算好。她不理解我，我也不理解她，她不跟我解释为什么我还没有麻将重要，我也不想告诉她自己为什么叛逆。我脾气急，我妈脾气更急。我俩在家就跟俩炸药桶似的，不是她炸就是我炸，要么两个一起炸。隔段时间关系自动修复，两人平缓地度过一段时间，然后继续炸，陷入无解的循环中。”

“但是她离开后，我觉得自己的世界一下子就空了。焉斐誉跟我说，我那阵子的状态没比死好多少，后来复读……”檀迦看了原恂一眼，自动把这个过程省略掉，“原恂，你是爱我的对不对？我也爱你。”

原恂趁周围没人，借着她靠在自己怀里仰头的姿势，俯身亲了亲她的额头，说：“我一直在。”

话题太压抑了，弄得两人都有点儿忧郁。檀迦笑了笑，主动缓解气氛：“我和你说过没有，我一直觉得自己运气挺好的。我妈离开后，我这一路总能遇到贵人，像是我妈在保佑着我。”檀迦垂着眸，静静地说，“高考完那个暑假，我其实挺想死的，好几次坐在大桥上，想着就这样跳下去算了。有回被季老师碰见，他语重心长地和我聊了很多。”

“季老师告诉我：希望是附丽于存在的，有存在，便有希望，有希望，便有光明。我那时候也不知道这是鲁迅说的，但觉得这话真厉害啊！活着总是有希望的。”

“我第一次高考总分不到四百分，复读那年的高考分数是627分。我其实挺笨的，跟不上老师的节奏，所以多亏了季老师给我介绍的那个学习很厉害的学长。”

其实原恂那时候没帮上什么忙，提供最多的可能是陪伴，让她有个能说话的人，不至于一个人钻牛角尖。檀迦能有现在的成绩，完全是因为她足够优秀和努力。

原恂心疼地望着她，说：“真傻。你以前跟我说过一句话，‘人们声称的最美好的岁月其实都是最痛苦的，只是事后回忆起来的时候才那么幸福’。是因为你心存善念，知道感恩，所以才能看见。”

檀迦纠正：“这是白岩松说的，一个很厉害的记者前辈。”

檀迦略微失神，正要问“我跟你说过吗”，视线却被队伍最前方刚取完药的一道身影吸引过去。她探究地多看了几眼，示意原恂：“那个是不是……”

原恂也注意到了，说过去打个招呼。

“小恂？迦迦？”乔鸾诧异地看着跟前的两人，神色有些躲闪。

乔鸾回病房时，后面跟了俩小尾巴。季元山正推着老花镜用平板电脑玩开心消消乐，手指在屏幕上一划一划的，嘴角咧到耳根，乐天派什么时候都一脸开心。

“回来得正好，帮我找一下充电器，马上就电量不足要关机了。”

乔鸾真是懒得说：“玩玩玩，眼睛都快长到屏幕上了。你先看看谁来了。”

季元山分了点儿余光过去，眼镜挂在鼻梁上，从眼镜框上看人，本是草草一扫，但瞧见跟进来的两个小辈，便没再移开。

俩小辈喊了人。

季元山把眼镜戴好：“你俩怎么一起来了？”

乔鸾接收到老伴投来的目光，解释：“没想告诉这俩小孩的，但在药房碰见了。小恂那么聪明，看一眼我拿的药就猜到了大概。你说我还能瞒得住吗？”

“如果不是在拿药时碰见，我们还不知道您住院了。”

季元山摆摆手，无所谓地说了句“老毛病”了，仔细瞧瞧两人，扯开话题："你们俩这是在一起了？"

"结婚了。"原恂把手放在檀迦的手上，握住，两人无名指上的戒指很显眼。

季元山学着原恂刚才的样子，板起脸："好啊！要不是被我问到，你们还打算瞒着我。"

几个人没说几句话，就到了医生查房的时间。日常检查完，医生跟家属交代了一些注意事项。

檀迦朝原恂递了个眼神，后者秒懂，在医生记录完各项信息离开时，抬步跟了出去。乔鸾晃了晃空掉的暖瓶，说要去接水，檀迦忙站起来说自己去，被季元山拦了下来："让你师母去吧，你留下，我正好跟你聊聊。"

"聊什么？我现在已经不是您的学生了，您不能再训我了。"檀迦看到了充电器，给季元山把平板电脑充上电，嘴上虽然这么说，但心里对季元山还是十分敬重和感激的。

都这么大人了，季元山也不会随便训她，只是八卦道："怎么样？我眼光不错吧！"

"什么啊？"檀迦茫然地看了看，以为他是在说平板电脑的外壳，不认同地说，"这是《海贼王》里的动漫角色吗？季老师，没想到您还有这么中二的一面。"

"谁说平板电脑外壳了！再说这也不是我的，是我小孙子的。"

檀迦笑道："现在小孩还看《海贼王》呢，够复古的！这不是我小时候看的动漫吗？"

季元山："说起这个，我想起来了，你小时候爱看《樱桃小丸子》，偷偷瞒着你妈去剪同款发型，结果村口的理发师手抖给你剪毁了。"

"还说呢！那周正好要拍证件照，我这头发也拯救不了，只能硬着头皮去了。那之后我再也没剪过短发，有心理阴影了。"

"留长头发挺好的。"提起小时候的事，季元山叹了口气，把话题聊回来，"小恂心细，有责任心。有他照顾你，你妈也能放心。"

檀迦小没良心地嘟囔："我可没看出来他心细。"

季元山配合着檀迦一脸幸福的小表情听这话，便知道两人感情很稳定。原恂把檀迦照顾得很好。

“话不能这么说。你大大咧咧粗神经注意不到，就代表别人不好吗？他陪你从复读时期过来，也算是同甘共苦过了。夫妻两人要一心，日子才有奔头。”

“我才不粗心呢，别人对我好我都知道，就像我知道您虽然总唠叨我，跟我说话就爱撑我，但您是真心对我好。”檀迦说了一通，突然顿住，眨眨眼，望着季元山，一脸疑惑，“什么复读时期啊？我大学快毕业时才跟他在一起的。”

檀迦不笨，脑袋反应快，只不过有时候犯懒，不愿意多想。这会儿注意到季元山的神情，檀迦联想到些什么，猛然间反应过来，佯装一副“原来你说这个”的恍然大悟的神情，接道：“哦，你说他辅导我功课的事情吗？说起这件事，我还要跟您讨个说法呢！您没告诉我是谁，害我被捉弄了好久。”

季元山没看出异常，说：“你俩高中的时候水火不容，在办公室门口碰见都能急眼，我敢直接告诉你吗？”

檀迦嘟囔了一句“还真是他”。

季元山没听清：“什么？”

“没事。”檀迦弯弯嘴角，露出个搞怪的笑容。

季元山：“别是又在说小恂。”

檀迦朝门口看了看，反驳：“我哪有这么没良心！”

话是这么说，可当原恂从医生那儿问完季老师的身体情况再回病房时，这个小没良心的已经不见了踪影。

檀迦是出去找原恂的，但出了病房，她就迷了路，更不知道原恂去了哪间办公室。

她收到原恂发的消息时，已经在去焉斐誉家的路上了。她逃命似的钻进医院大门口的出租车里，始终没从原恂就是常诠的事实里回过神来。

原恂发消息问她："去哪儿了？"

檀迦看见了，却没回。

知道常诠是原恂后，檀迦心里挺开心的。

但等她接受了这个事实，并且整理好情绪做好面对的准备时，人已经站在了焉斐誉的公寓外，抬手敲响了门。

来开门的人是原恪。

檀迦憋了一路的话还没等说出来，便被眼前的人吓回去了。她眼睛瞪圆，疑惑地往后退了一步，抬头看了看门牌，然后又低头扫了眼脚垫，确定这是焉斐誉家没错。

这大上午的，焉斐誉估计还没起床，怎么藏了个大男生在家里？

"嫂子。"原恪嘴甜，先喊人，才说，"她还在睡。"

檀迦嘴角动了动，已经不知道先说什么才好了。

焉斐誉睡眠浅，有一点儿动静就会被吵醒。

"什么情况？"焉斐誉昨晚熬了个通宵，天亮时才睡，这个点从卧室出来，睡眼惺忪，手里还拿着眼罩。刚要抱怨原恪太大声，让他轻点儿，睁眼就看到檀迦，问："你的头怎么了？"

檀迦现在心情有点儿复杂。焉斐誉把这天才少年招进战队，不想着好好磨合队伍打成绩，这倒好，把人磨合到家里来了。不过自己来的目的不是这个，她说："去现场时不小心撞到摄影机上了。"

焉斐誉点点头，抬头瞟了一眼杵在玄关处的原恪，一摆手，后者秒懂："你们聊，我回去了。"

等公寓门被重新关上，焉斐誉见檀迦还在往身后看，随口解释道："他住对门。"

檀迦"哦"了一声，也没心情调侃她。

焉斐誉看了一眼檀迦的状态，下意识猜："跟原恂吵架了？"

檀迦摸摸脸颊，反问："很明显吗？"

"是我太了解你了。"觉是没法继续睡了，焉斐誉去卫生间戴上发带，边挤牙膏边跟她说话，"如果是工作上遇到了问题，你不会生气，只会铆着劲儿想法子解决。"

檀迦承认自己确实是这样的。

“刚才看你头上的伤，还以为是被原恂家暴的，吓了我一跳。”焉斐誉咬着电动牙刷，示意檀迦说，“他怎么你了？”

“原恂这个骗子！他一直在耍我！”

电动牙刷嗡嗡地工作着。

焉斐誉听着听着，突然就平静了，不以为意地嘟囔道：“你说这件事啊……”

檀迦看着姐妹的态度，突然警觉起来：“你怎么一点儿也不吃惊？你这反应像是你之前就猜到了似的……不是吧，你早就猜到了？”

焉斐誉不想承认：“不是猜的。我之前不是说查过他吗……那时候就查到了。不过我想着对你来说不是坏事，而且原恂也没说，就没跟你说。

“如果不是因为这个，你觉得我能支持你跟原恂结婚？就算是因为孩子，我也得先刁难他一番。

“在这件事上，我不站你。原恂在你不知道的时候喜欢了你好多年，这妥妥的算暗恋了。原恂竟然会暗恋别人，你掂量掂量这分量。我没有说你不好的意思，你在我心里配得上世上最好的爱情。”

焉斐誉是做直播的，靠嘴皮子整活，根本不用打任何草稿，张嘴就来，话赶话说到这儿，越发肯定自己说得有点儿道理。

“所以啊，原恂来兑现了。”

“我也不是生气。”檀迦不是听不进去劝，只是突然发生了这么件事，她有些蒙，“就是突然不知道该怎么面对他。说实话，我有点儿害怕他对我这么好……凭什么啊？”

檀迦最初对自己的样貌有认知是初中时，那个年纪的女孩渐渐抽条，五官长开了，常有同学的家长夸她长得好看。喜欢往她身边凑的男孩子也不少，但大都是连话都没说几句的普通同学。也有很上心的，比如周肖罪，比如杜渐，也不知道他们是出于对美的喜爱，还是喜欢她的性格。只是檀迦开窍晚，一视同仁，对他们都没有心思。

“我觉得原恂不是这样看外表的人。”檀迦说。

焉斐誉琢磨了一遍她这句话的意思，说："你这是在夸自己呗！"

檀迦自然不是这个意思，但任凭焉斐誉念叨，也没有反驳。

焉斐誉洗完脸，从小冰箱里拿了片面膜敷在脸上："其实这不算是坏事。你想想高中时你跟原恂的关系，他不说自己是谁，肯定也是有顾虑的。至于结婚后为什么不说，应该是不知道怎么说吧，毕竟是他隐瞒你在先。"

"你还挺善解人意的。"檀迦意有所指，"行，胳膊肘这是已经开始朝原家人那边拐了。"

"什么原家人……"焉斐誉听出她在内涵自己，反驳，"你说Kira在我这儿的事吗？我们真的是特别单纯的战队老板和战队队员的关系，我还指望他们拿冠军呢！我组的这支银河战舰不说一路连胜，但目标是这赛季的大满贯不过分吧？像影响队员训练让他们分心的事情，我是绝对不允许的，自然也会以身作则。"

檀迦啧啧两声，贱兮兮地笑着瞥她："孤男寡女待在一个房间，很难不令人多想啊！而且，我看小恪完全符合你的择偶标准啊！"

"兔子还不吃窝边草呢，我像这种人？昨晚的事特别简单，一句话概括就是，他家停电了，小孩子怕黑，在我这儿睡沙发。喏，你自己看，沙发上的枕头和毯子不是还在吗？"

檀迦意味深长地"哦"了一声："我觉得小恪挺乖的，还知道给你把枕头和毯子叠起来。"

姐妹俩又闲扯了一会儿。

檀迦一直在看手机，焉斐誉眼尖，问："原恂给你发消息，你就回去呗！"

除了她刚才离开医院时收到了一条"去哪儿了"的消息，原恂电话没打，消息也没再发，怎么，就默认她失踪了是吗？大骗子！

闹脾气归闹脾气，但家还是要回的。昨晚熬了一宿，早上又去医院一番折腾，困得不行。她现在只想回家补觉。

檀迦刚从焉斐誉家出来，听见手机响，还以为是原恂的电话，拿起来一看，才发现是舅舅打来的。

舅舅问她现在有没有空，说自己现在忙，脱不开身，让她去机场帮忙接个客户。

舅舅不常给她打电话，现在找她帮忙说明是真的抽不开身，便应了。

去机场前，檀迦按照舅舅的要求去花店包了一束花，到机场时，正好是接机的那班航班落地的时间。

她在接机口举着写了律所名字的牌子等人。

“小迦。”一个穿着深灰色大衣的英俊男人停在她面前，笑着一摆手，问，“认不出我了？”

檀迦眨眼：“傅聿怿？”

傅聿怿眉眼处的笑容加深，他反问：“长大了，不喊我聿怿哥哥了？还有你的头怎么了？受伤了还到处乱跑。”

檀迦、傅聿怿，还有舅舅家的表姐檀欢，他们三个人算是一起长大，青梅竹马。小时候檀迦跟檀惠吵架，不回家，又不想去焉斐誉那儿，每每都是傅聿怿收留她。傅聿怿比她大几岁，大学时便在舅舅的律所实习，舅舅拿他当亲儿子对待，檀迦也觉得这个大哥哥很靠谱、稳重，对自己很好。

小时候檀迦总是哥哥长哥哥短，许多年没见，被开句玩笑她也没觉得有什么，改口喊了声：“聿怿哥。”

她简单解释了头是工作时受伤的，不严重，又说：“没想到舅舅让我接的客户是你。你现在不做律师了吗？”

“还是律师，不过跟你舅舅负责的方向不一样，我现在主要处理离婚纠纷的官司。如果你身边有朋友在这方面需要帮助，可以联系我。”傅聿怿抬手要摸她的头，被檀迦一歪身躲开了。

“我都这么大了，不要随便摸我的头。”檀迦挺直腰杆，义正词严地强调，“而且我现在是结了婚的人了，被我老公看见会吃醋的。”

“哟！什么时候的事？我都没听舅舅提过。”

“舅舅还不知道呢！你先帮我保密。”

“看你这小表情，感情甜蜜哟！”

“那当然。”

檀迦虽然不反感在人前秀恩爱，但从不主动做这个。今天是个例外——舅舅拐弯抹角地让她来接傅聿怿，她多少能猜到些什么，舅舅这是要撮合她跟傅聿怿。两人小时候关系确实好，妹妹崇拜哥哥，哥哥保护妹妹。但这么多年过去了，他们走着不同的轨迹，经历着，改变着，而且她已经结婚了，所以檀迦才会主动在傅聿怿面前强调这个。

檀迦接了人，和傅聿怿一起回了舅舅家。

舅舅和舅妈在家。舅舅见着檀迦头上的纱布吓了一跳，借着去厨房让舅妈给她多炖个汤养伤的机会，跟舅妈继续说悄悄话。

舅舅表示现在小孩子叛逆心重，催婚不能明面上催，一会儿在饭桌上话说得委婉一点儿。舅妈则还是坚持既然女儿喜欢傅聿怿，就先紧着女儿来。

夫妻两人说来说去，没统一意见。

饭桌上，舅舅和舅妈明里暗里地打听着傅聿怿的态度。舅妈更是直接问起他喜欢什么样的女孩，说帮忙物色。

傅聿怿通透，不等檀迦结束这场尴尬的试探，自个儿先说了：“老师、师母，我可能要辜负你们的美意了。我上个月刚离婚，暂时不考虑开始新的恋情。”

舅妈：“你离婚了？！”

舅舅：“什么时候结的婚？怎么也没告诉我们一声？”

檀迦：“啊？”

舅妈没再提撮合女儿和傅聿怿的事情，尬笑着说：“现今离婚是一件很普遍的事情，遇到喜欢的，也是可以积极主动的。”

舅舅则有些生气：“你们这些年轻人闪婚又闪离，消息瞒得倒是好，结婚连家人也不通知，是怕知道的人多了有牵扯不好离吗？婚姻不是儿戏，是一种责任和担当！”

这话傅聿怿听了是什么反应檀迦不知道，但她自己心里已经开始愧疚了。

她本来想过年的时候带原恂来舅舅家吃饭，并正式介绍他给舅舅和舅妈认识，可听着舅舅今天的观点，这要是让他知道自己和原恂早早地结婚了，不得气出个好歹来。

檀迦抿嘴，低下了头，一副受训的样子。

许是傅聿怿察觉到她的情绪，遂向舅舅多解释了几句这件事情，为她日后做铺垫。

吃了饭，傅聿怿说还要回去忙工作，下次再来家里看他们。檀迦也跟着起身，说自己也有点儿困了。

舅舅和舅妈今天受到的刺激不小，这会儿也没挽留，只说让他们在路上注意安全，到家报平安，便送两人出了门。

因为原恪从焉斐誉那儿离开便给他哥打了电话，原恂知道檀迦去了焉斐誉那儿，稍稍放心些。

到了晚上，原恂才联系檀迦，问她什么时候回来，自己去接她。

只是不等檀迦回答，他便在电话里听到一个陌生的男声问她："你家在哪里？我送你回去。"

这不是原恂跟傅聿怿的第一次见面。傅聿怿比原恂还要高两届，也是明德校区的学生，校史馆里贴着他的照片，是会被学校领导在大会小会上提起的优秀学长。

高中时，原恂遇见过傅聿怿来学校找檀迦，那时候他没什么反应，是因为他不知道自己将来会爱上檀迦。

如今原恂在小区门口，看到傅聿怿送檀迦回来，两人一起从出租车上下来的画面，想起往事时不免多回忆了一番细节。饶是他记忆再好，印象很浅，仍免不了心里吃醋。

傅聿怿客气地打了招呼，说听说过原恂，还说有空一起打球。

原恂将对方视为情敌，不愿输阵，拿捏着态度，跟学长互动。

出租车司机还在等着，傅聿怿不便多停留。

目送出租车离开，檀迦说："我们也回去吧。"

原恂垂眸，看了眼她头上的纱布，问："后来没再头晕吧？"

檀迦摇摇头，说没有，两人间的氛围仿佛被拉回到医院里，自然想起早上的事情。但她没问，只简单汇报了今天的行程："早晨焉斐誉找我有事，我去了她那儿一趟。傅聿怿是我舅舅的学生，今天舅舅临时让我去机场接他，然后一起在舅舅家吃了饭。本来想跟你说的，但忙起来忘记了。原恂，马上要过年了，你抽空陪我去看看我舅舅和舅妈吧。”

“好。”原恂淡淡地应声。

本以为事情会默契地被翻篇，但回到公寓后，两人却陷入了沉默的僵持中。

天色渐渐晚了，檀迦还一个人在书房，没有出来。原恂煮了碗酒酿汤圆，进了书房，放到她面前的桌子上。

“记得吃。”

檀迦头也没抬，说了句“谢谢”。

原恂离开前，扫见她的手机屏幕。她在玩游戏，是王者荣耀。

焉斐誉发过来一条语音，檀迦没立马看，因为她现在脑袋空空，注意力全放在好友列表的某个位置。

“防伪杜渐”这个账号的头像是亮的，他在线。

檀迦抬头，朝外面看了一眼。客厅里的电视开着，正在播放晚间新闻。她没看到原恂坐在那里。她沮丧地低头看回手机，屏幕里弹出个对话框，是“防伪杜渐”邀请她一起打游戏。

檀迦手不听话地点了接受。

进了房间后，原恂没急着开，只说：“等我一下，我改个名。”

一局游戏十几分钟结束，檀迦跟原恂一局接着一局，打了快一个小时。

“还玩吗？”这局结束后，原恂如是问道。

檀迦开麦，说：“不想玩了。”

“还生气吗？”

“没有生气。”

“那拉黑我的账怎么算？”

“……”原恂说的是当年拉黑他的事情。这人还有脸翻旧账！

彼时焉斐誉观战了一会儿，思前想后，给檀迦编辑了一段长长的消息："我觉得有必要说一下我的态度。间接帮着原恂隐瞒你，是我欠考虑。但你要相信，在任何时候，我的出发点都是为你好。当年我知道帮你的人是原恂后，去北央大学找过他一次，知道他是真心帮你，是对你好。原恂的确隐瞒在先，但这件事不足以影响你们的感情，甚至通过这件事，你更该认清，在你不知道的年岁里，原恂提前爱了你很久很久。我作为旁观者插一句，这份感情真的弥足珍贵。我觉得你们该开诚布公地聊一聊，也可能是你们之间发生了我不知道的事情，但迦迦，退一万步讲，你也不该像现在这样。我拿你当闺蜜，所以才跟你掏心窝子说实话，不管你是跟原恂置气，还是想彻底放弃这段婚姻，你现在的行为出格了。"

檀迦一脸蒙，连续看了两遍后，发消息问："我做什么了？"

她发的是文字消息。隔着网线聊天，看不到表情，听不到语气，焉斐誉以为她在跟自己犟嘴，于是不留情地戳穿："你在跟谁打游戏？那个叫'爱迦'的好友是我直播间的粉丝吗？"

檀迦说："跟我排游戏的'爱迦'是原恂。"

"？"

焉斐誉发过来一个问号，紧接着是条语音："不能啊！我刚刚也以为是撞名，所以托朋友特意查了，跟你双排的'爱迦'和我直播间的那个'爱迦'是用同一个社交账号登录的。"

"？"

这下轮到檀迦敲问号了。

焉斐誉当然不会去怀疑檀迦刚刚的话，只觉不敢相信："……不是吧？"

难道这两个角色也是同一个人？

这消息搁在谁身上，也不能在短时间内就消化啊！

檀迦已经蒙了，脑子里飞快地开始回忆自己最早知道这个账号是什么时候，好像是她大学的时候……其实记不清了。

那时焉斐誉还不是什么解说，只是在业余时间直播的大学生。檀迦也还是学生，跟她打游戏，一是混混时间聊聊天，再就是两姐妹一起搞搞节目效果。

“爱迦”好像那个时候就在了。

再仔细想想，好像是那天檀迦宿舍失窃，电脑什么的都丢了，晚上跟焉斐誉打游戏时过于心疼自己的钱，没忍住多说了几句。当时檀迦正好有点儿感冒，说着说着就开始吸鼻子，导致直播间的粉丝以为她哭了，不停地安慰她。焉斐誉脑袋灵光，心疼姐妹是真的，有经济头脑也是真的，安慰了她几句，顺便说：“今天的收益都给你，你把丢了的东西列个清单给我，我给你补上。”

“爱迦”就是那个时候出现的，而且每次出现都会给直播间攒人气。

万万没想到，对方竟然是原恂。

所谓的玩笑，都是真的。

在岁月的间隙里，他藏着很多温柔的秘密。

原恂不知道，只是一起打了几局游戏，檀迦的脸色怎么又变了，眼眶红着，看上去马上就要哭了。

“没责怪你。”原恂以为她哭是因为自己跟她算拉黑的账，于是说，“你拉黑得特别对，毕竟当时你也不知道隔着网线的人是好人还是坏人，保持警惕心，及时止损是应该的。我没有怪你，刚刚跟你开玩笑的。”

檀迦嘴角一瘪，不管不顾地扑到他怀里。

原恂连忙拥住她，捋着她的后背，安抚她。

手机振了一下，是焉斐誉的消息，她发过来一个夸张的数额，然后说：“刚刚算了一下这些年‘爱迦’给你刷的礼物钱，我平时给你买这买那，加起来也不够这些钱的十分之一啊！不说了，我现在给你挑个贵重点儿的新婚礼物回回礼。”

檀迦只看了一眼，没回，注意力全在原恂身上。

“什么时候的事情？”檀迦开口说话时才意识到自己嗓子哑了，突然流露出的哭腔把两个人都吓了一跳。

原恂心漏跳了半拍，听见她心疼地补了一句：“直播间的礼物。”

知道是这件事，原恂平静下来。刚刚换成这个昵称，他便没打算再瞒，只是没想到，她又一次在自己坦白前先知道了。

“哭了？”

檀迦原本没哭，也不想哭，但听原恂这样一说，眼眶里蓄着的泪水突然就决堤了。泪珠吧嗒吧嗒地打在原恂的手背上，原恂比檀迦先慌了。

檀迦不解：“你干吗对我这么好啊？”

原恂笑着给她擦眼泪：“傻瓜，你值得。”

檀迦哭得肩膀直抖，将脸埋在原恂怀里，声音闷闷的：“可是从来没有人跟我说过。”

“因为我对你的爱，足以胜过所有人。”

檀迦觉得自己最近变娇气了。

非工作时间整个人懒了不少，记性差不说，还容易犯蠢，甚至对以前很在乎的一些事情，也宽容了不少。

临近年底打扫房间时，檀迦看着才住进来半年多便能断舍离的一纸箱东西，便跟原恂提起搬家的事情。

“你不喜欢那里的环境也没关系。”原恂记得她说过的每一句话，提议，“我们物色一下其他地段的房子。”

“没有不喜欢。”檀迦说，“当时觉得太大了，两个人住冷清。但现在想想，家里空间大一点儿也挺好的。而且只要有你在的地方，就不会冷清。”

经过这次的事情后，两人的相处模式类似于老夫老妻。比起以前拣好听的哄他，檀迦还愿意向他表露自己真心的爱意。

在报社，她也没故意隐瞒自己已婚的事情，被同事发现无名指上的戒指，便大大方方地承认：“是婚戒。”

同事：“我没记错的话，小迦是应届生吧。现在小年轻结婚真快。”

檀迦佯装没从同事脸上看到八卦欲，低头看了看自己的素戒，说：“我们是高中同学。”

“甜蜜哟！”

有同事说起："不过遗憾了，前几天摄影组的小刘还跟我打听你的情况，本来还想着能撮合撮合你们。"

檀迦笑了笑，没放在心上。办公室的氛围整体还是很和谐的，一起分享工作心得，聊聊生活日常，碰到网购大促销的时候互相推荐。檀迦以自己舒服的姿态不刻意地融入着这个大集体。

两人又去看了季元山几次。季元山动了个小手术，留院观察了几天，便出院回家调养了。

年关将近，檀迦跟原恂提起带他去舅舅家，正式向他介绍的事情。原恂没意见，说听她安排。

提出结婚时，原恂也表示在婚前拜访一下檀迦的父母，但被檀迦拒绝了。之后檀迦没再提，原恂也没再问。不过，原恂跟檀迦的舅舅檀隶澍在工作上有过照面，正如檀迦知道的那样，舅舅的律所常年有合作关系的企业被原氏集团收购后，企业的员工一并加入原氏集团，其中便包括舅舅。

檀迦没提，原恂也没主动说。工作对接时，原恂和檀隶澍始终保持着老板和下属的关系。

两人很快定下去舅舅家的时间，但计划总赶不上变化。

那天周五是原恂的生日，檀迦早早结束了报社的工作，准备去接原恂下班，给他一个惊喜。也挺巧的，檀迦到的时候，原恂正在公司楼下，面前停着一辆车。

"老公！"檀迦注意到四周没有人，才敢放心喊出来。

原恂原本看向轿厢，闻声抬头，见到檀迦时怔了怔，除了错愕，并没有明显的欢喜。

檀迦疾步往那边走，但很快便定在原地，因为在她话音落下的同时，刚刚被轿车挡住的视野盲区里，出现了在场的第三个人。

糟就糟在这个人是她的舅舅。

"迦迦？"

檀迦热血上头，一时竟没分清这声称呼是谁喊的。

主动说和被发现完全是两种情况，更何况前几天舅舅还因为傅聿怿隐婚又闪离的事情，对年轻人的婚姻观抱着不悦的态度，这会儿让他知道自己的亲外甥女竟然也这样，不生气才怪。

檀惠去世后，舅舅把檀迦当成亲女儿对待，檀欢有的，檀迦也会有一份。舅妈偏向自己的女儿，但对檀迦不能说不好。不只舅舅，在自己看来，结婚生子，也是一件很严肃的事情。檀迦本意并不想隐瞒自己结婚的事情，是真的不知道怎么开口，哪知道，自己这一拖延，让事情更不好解释了。

因为是私事，三人去了公司附近一家适合聊天的茶室。

舅舅不是不讲道理的人，原恂在工作中跟他接触过，自然是知道的。

几个人在服务生的引领下往包厢走的时候，原恂轻轻攥了攥檀迦的手，在她偏头看过去时，小声说："没事，还有我。"

怎么可能会没事？檀迦抿着嘴，有些慌了。她不怕事，因为事情总会解决。但有些误会，即便是消除了，伤害还是存在的。

檀隶澍和原恂一人坐到长桌的一侧，晚落座的檀迦站在旁边，为自己该往哪边坐为难起来。

她是檀隶澍的外甥女，也是原恂的妻子。

坐在哪边，不坐在哪边，都不合适。

"坐下说。"最终是原恂留出了她坐的位置。

檀迦再看向檀隶澍，他坐在正中央，压根没打算让她坐过去。

檀迦冲原恂点点头，露出个"我没事"的表情后坐了下来。

"什么时候的事情？"檀隶澍率先发问。

原恂接话："去年年初的时候。"

快整整一年了。檀隶澍的拳头紧了紧，冷声："我问我外甥女。迦迦，你来说。"

如果说在檀迦出现前，檀隶澍以律所管理者的身份和原氏集团总裁谈判时，都是服务性的态度中藏着不卑不亢，那此刻，檀隶澍是端着长辈的气场的，强势且有针对性。

檀迦心想，舅舅对原恂本没有敌意，现在的态度大都是因为她处理事情的方法不对，所以这些事，原恂帮不上忙，总归是需要她自己解决的。

檀迦重复了一遍这个答案，却被舅舅问道："去年春天，你不是还没大学毕业吗？"

檀迦嗓子有些堵，但总归是要面对的。她坐正，舔了舔唇："我当时……"

服务生进来添茶水，檀迦借机停了话茬儿。等人走后，屋里的气氛稍微缓和了点儿，檀隶澍没再逼着檀迦回答，而是给了原恂说话的空间。

"我跟迦迦是高中同学，认识很多年了，中途因为异地分开，但我一直喜欢着她。我工作后，去青浙大学找她，才复合了。我们分在两地，聚少离多，迦迦没有安全感，对我而言，结婚是迟早的事情，所以才定了。"

他没提怀孕的事情，可能是怕舅舅难以接受。

檀迦找回了状态，补充道："我复读的时候，就是原恂一直在帮我。"

听到这儿，檀隶澍才觉得这段感情靠谱了些，表情也缓和了不少。

原恂拿起装着热水的水壶，去拿茶杯，同时开口道："迦迦没想瞒着您。但我们确定没多久，因为磨合问题闹了别扭。"

檀隶澍听到这儿，忍不住以过来人的身份说教几句："两个人交朋友时看到的大都是对方的优点，但结婚过日子，柴米油盐的细节里暴露的恰恰是个人的缺点。你们都是优秀的、有个性的年轻人，如果想把日子过好，一定不能浮躁，要多沟通。"

"我们以前不懂，经过这一年的相处，才渐渐明白这个道理。"原恂说着，认认真真地看向檀迦，檀迦也认认真真地回视他，"我相信经过这一年，我和迦迦更知道该怎么成为家人。"

檀隶澍满意地点点头，知道他们能这样想便放心了，转瞬才意识到，聊天的话题被偷换概念。

但看着两个小辈手搭手深情对望的画面，檀隶澍几度欲言，却不知道该说什么。

檀隶澍看着原恂有条不紊地洗茶、泡茶的动作，说不上是接受了这个事实，还是不那么生气了。他跟原氏集团这个小原总接触次数不多，但能看出其为人很稳重，是个有担当的人。

但从商之人，聪明，有手段，善于算计。

檀隶澍心疼地看了眼自己的外甥女，十分不放心。

“婚礼呢？”檀隶澍最终还是冷冷地问道。

原恂抢先说了：“我跟迦迦有两个比较中意的日期，在三月或者六月。具体的还需要等两家长辈见过面后敲定。至于婚礼的形式，因为迦迦喜欢中式，所以我想按照她的喜好。婚纱我也请设计师设计了。”

檀迦不知道原恂竟然想了这么多，诧异地偏头看向他。原恂面带笑容，回视她的眼神颇为深情。

听着原恂有条不紊地说了这么多，檀隶澍觉得自己没必要再质疑了，但结婚这么大的事敢瞒着长辈，心口的气一时难以消下去。

离开茶室时，檀迦偷偷地问原恂：“婚礼的事你已经都安排好了吗？”

原恂低头，轻声说：“万事俱备，只缺个新娘子。”

檀迦被逗笑，刚要拿乔说自己可是要出场费的，走在前面的檀隶澍忽然偏头，冲两人说：“我走了。”

檀迦知道檀隶澍还在生他自己的气，忙嘱咐他路上开车慢点儿。

“舅舅。”原恂突然出声，见檀隶澍驻足，才说，“改天我和迦迦去家里拜访您和舅妈。”

檀隶澍闻言，微偏着头，不咸不淡地“嗯”了一声。不管态度如何，也算是应了。

目送檀隶澍的车先开走，檀迦抿了抿唇，神色低落。她不想原恂担心，很快调整好情绪，仰头聊别的事情：“你还要回公司吗？”

“得回去一趟。”原恂还有个会要开，临时被私事拖住，让其他管理层顶着了，但自己还是得回去一趟的。

“那我……”檀迦刚要说自己去车里等他。

却听原恂表示：“带你参观一下我的办公室。”

檀迦应了一声“好”。

进公司后，原徇始终牵着檀迦的手，前台的姑娘再敬业也压不住眼底的八卦神色。

檀迦佯装不察，在诸多类似视线的注视下，跟着原徇上了16楼。

原徇带着檀迦出现时，正好是散会时间。拿着文件、电脑的员工低语着从会议室出来。

起先是有员工注意到这边，恭敬地喊了声“小原总”，随着注意到他们小原总手拉着的那个女生，呆愣愣地将尾音都拐了好几下。

其他人陆续看过来。

原徇面不改色地回应着，跟其中一个下属说了句话，便给檀迦指了指办公室的方向。

有个穿着浅灰色西装的男士过来，应该是他的助理，主动说：“小原总，我带太太过去。”

原徇“嗯”了一声，又跟檀迦说：“在办公室等我一会儿。”

檀迦在四面八方的目光中，走进了原徇的办公室。

檀迦对这间办公室的感受——陌生。她联想了一番原徇坐在办公桌前处理工作的样子，突然觉得格外带感。她东想西想，不一会儿，听到外面有欢快的说话声。

“弟妹在里面？快把人叫出来让我见见。”是道陌生的男声，檀迦没听出是谁。

她刚要起身，原徇就把人带了进来。

男人个子跟原徇差不多，戴着细框眼镜，比原徇要老成稳重，但人很幽默健谈。从原徇跟他的相处状态，檀迦能看出两人关系不错，是有私交，且原徇信任他。

“程褚和。”原徇介绍。

檀迦毕竟是记者，见过大场面，此刻也没露怯，端着原太太的仪态打招呼：“你好。”

程褚和万花丛中过，眼睛毒，眉飞色舞地打量了檀迦一番，冲原徇抬抬眉，那意思是“可以啊”。

原恂没接他这没正形的眼色，朝门口抬抬下巴："见着了就出去。"

"今天不是你的生日嘛，我来给你庆祝的。"程褚和说着，朝檀迦看了一眼，说，"正好，把弟妹也带上。蒋辞他们几个也没见过吧？"

"改天吧。"

"行嘞。那我就麻溜地走啦！"程褚和知道自己当电灯泡了，痛快地回他，随后冲着檀迦抬手，"下回聚会弟妹一起来。"

檀迦莞尔，乖顺地应了声"好"。

把人送走，檀迦问："你们经常聚会？"

檀迦本身工作忙，所以晚上到家时间早不了，有时出现新闻了，也不管是晚上还是放假时间，一个电话便得去现场报道。原恂比她好不到哪儿去，离开"同风起"后生活时间大大被压缩了。

"偶尔。"原恂说，"下次你跟我一起。"

"好。"

"那我们现在去吃饭，我定了餐厅。"

"不急。"原恂突然正经地看过来，伸手揽住她的腰，问，"那会儿叫我什么？"

"啊？"檀迦心说我没叫你啊，转念一想，猜原恂说的可能是在楼下的时候。她勾住他的脖子，试探着叫了一句："老公？"

原恂得逞地勾了下嘴，"嗯"了一声。

"又不是第一次叫。"

"喜欢听你叫。"

普普通通的一句话，被原恂说得格外欲。

檀迦踮脚亲他，黏黏糊糊地又喊了一声"老公"。

原恂不厌其烦地答应，回吻她。

檀迦亲得心不在焉，原恂却很专注。他捏着檀迦的下巴，轻轻抬了抬。

"现在开心点儿了吗？"原恂这是在哄她。

为刚刚被檀隶澍抓包挨训的事情。

檀迦瘪瘪嘴，手臂往他后背圈紧了些，整个人贴着他的胸膛，随着他清晰的心跳声，开口：“我妈没结婚就生了我。在那之前，她是个很出色的社会新闻记者，就是在我现在的那家报社工作。听我舅舅说，她最开始做过战地记者，总之很厉害，但因为我的存在，受了很多邻里的冷眼。

“不工作后，我妈就迷上了打麻将，也不管我。我们俩从我小时候一直吵到她去世。我没见过我爸，甚至不知道我爸是谁，但他每个月都会给我们钱，似乎还不少。别看我妈工作能力强，但打麻将的水平特别差，如果不是我爸给的钱够多，估计她连我读高中的学费都交不起。

“所以舅舅在我生命里占据了很重的分量。我身上很多品质和习惯都是潜移默化地受他影响。他有点儿怕老婆，但不是一味懦弱。

“知道我在学校胡作非为，他没有立马批评我，而是教给我很多道理，说人生走的每一步都有它的代价和回报，你尊重它，它便拥抱你，你伤害它，它也将伤害你。

“我被监考老师冤枉作弊，真不真相的，我都已经不在乎了，是他坚持带我去学校理论。”

说到这儿，檀迦笑了，仰头看向原恂，说：“我舅舅这样的脾气不当律师肯定是律师界的遗憾，他讲道理时一套一套的。你猜我当时在办公室，看着校主任被舅舅拧得哑口无言，心里最大的感受是什么？”

原恂问：“是什么？”

气氛太严肃，檀迦觉得得缓和一下。她攥着拳头，坚定地说：“知识就是力量。”

玩笑开得好，檀迦自己都被骗到了。她低着头，傻乐了一会儿，才继续说：“尤其是我妈去世后，我舅舅对我付出的便更多了。所以我没有故意瞒他，也不是故意让他伤心的。”

“我知道。”

“但是现在事情好像被我搞砸了。”

原恂轻轻地亲了亲她的额头，说：“等周末我们跟舅舅好好解释一下，剩下的我来解决。”

“好。”

从公司出来时，檀迦努力调动着自己的情绪，却发现两人间的气氛因为傍晚的小插曲变得比较压抑。

檀迦刚坐进车里，心里非常过意不去，伸出手小心翼翼地拽了拽原恂的袖子，晃了晃。

看着她撒娇的小模样，原恂抬手捏了捏她的脸颊，笑着问：“怎么了？”

檀迦明明是要道歉，脸却皱得跟自己受了委屈似的：“对不起，我搞砸了你的生日。”

原恂笑着，托着她的下巴把人拉过来亲了亲，深情而正经地望着她，嘴上却无所谓地说：“不碍事，我已经得到了最想要的礼物。”

第八章
离婚协议书

love

YAN YAN BAI RI

今天的生日活动是檀迦安排的，原恂一概不知。

檀迦订的是一家很受年轻人喜欢的桌游餐厅，适合朋友们一起聚餐。到了地方，她才告诉原恂："我把祁周礼、原恪他们都喊来了。"

檀迦从小到大的生日都是朋友们帮她过的，热热闹闹的，才有意思。就算在大学时期，焉斐誉和赵乾也会飞到青浙帮她庆祝，所以檀迦习惯了。

第一次给原恂过生日，思前想后，她觉得应该跟朋友在一起。

但注意到原恂淡淡回应的表情，檀迦瞥了他一眼，发出疑问："我是不是自作主张了？"

"不会。"原恂笑了笑，说，"我喜欢被你安排。"

檀迦恃宠而骄地"哦"了一声："那小恂子，下车开路。"

檀迦和原恂出现时，其他人已经到了。祁周礼开玩笑："来之前，我思考了半个小时，如果我给原恂准备一个奥特曼蛋糕，会不会被赶出去？"

撑他的人自然是林葭："这是个成年人该说的话吗？"

"你懂什么？男人至死都是少年。"祁周礼搭着旁边谢鄢的肩膀，试图找同类，"你说是吧？"

谢鄢不掺和这俩人的矛盾，把他的手拉开，站远了一些。

这段时间谢鄢顶了原恂的职位，"同风起"内部已成体系，一直正常运作。但在合作方乃至媒体看来，谢鄢与原恂相较完全不是一个分量，"同风起"走下坡路已经是必然。

为了打消外界的顾虑，"同风起"要做出成绩证明自己，所以这段时间大家异常忙碌。

当急切地要做出什么成绩时，暴露出的问题势必更多。

原恂还在"同风起"时，祁周礼和林葭就是互呛的状态，那次喝醉事件后，越发看对方不顺眼。

前几天林葭被父母催婚，频繁地被安排相亲。别看林葭在职场上雷厉风行，但面对父母，却说不出一句狠话。虽然在她看来，婚介平台的大把会员费就是骗钱的，但能让母亲有点儿事做，丢点儿钱就丢点儿钱吧。至于时不时安排来的适婚男士，林葭本着挖掘潜在客户的目的都会去见见。

哪知对于这一场场相亲，先跳脚受不住的不是她。

祁周礼跟踪狂似的，一路尾随林葭到吃饭的餐厅。坐远了听不见对方讲话，坐近了又怕被发现。祁周礼立起菜单遮着脸，竖尖了耳朵听。服务生打量着这个古怪的客人，就差报警了。

林葭一早就发现了他的存在，淡定地点菜、聊天，也不拆穿。

婚介平台介绍的男人一个比一个不靠谱。林葭今天吃饭的对象是个三十五岁的离婚男，聊天时借着看手相的名义坐到她旁边，丝毫不管林葭脸上流露出来的厌恶神情，甚至试图将手搭在她肩上。

林葭对着这越发得寸进尺的骚扰行为正要发作，却有人比她更快一步。

“我看你近期有血光之灾！”祁周礼听了很久，对男人看手相时的一通胡说非常不屑，三步并作两步来到他们面前，动作敏捷地把男人从林葭旁边揪了起来。

相亲男嚷着，骂祁周礼神经病。

“道歉！”餐厅里还有别的客人，祁周礼压着怒气，却不输气势地厉声命令。

相亲男吃了苦头，却还在狡辩：“你有病吧！这是我女朋友！服务生呢？服务生来管管！”

“管得着吗？”祁周礼一用力，男人被按在桌子上嗷嗷直叫。

林葭觉得祁周礼这一刻特别有担当。

但下一秒，祁周礼在相亲男认㞞、道歉，马不停蹄地滚走后，转身就把林葭骂了个狗血淋头。

林葭一阵无语，为自己刚刚竟然在心里夸祁周礼感到后悔。

两人心里清楚对方是为自己好，但好面子，互相较着劲儿，谁也不愿意先服软。这不，两人现在还互看不顺眼呢！

原恂瞧着两人之间熟悉的暗潮涌动，索性直接问：“你俩还没在一起啊？”

被提问的祁周礼和林葭相看两生厌，齐齐哼声：“就他？也配！”“你觉得我眼瞎吗？”

其他人心知肚明，配合他们演戏，且看谁能犟过谁。

祁周礼想起来，问：“你俩怎么才来？”

原恂无奈耸肩：“‘早恋’被家长发现，叫去训了会儿话。”

不过有人比他俩来得还晚，原恪跟焉斐誉一起过来的。估计是当了老板的缘故，也可能是站在原恪这个弟弟身边，焉斐誉身上的气场越来越强。好在原恪长得帅气，不说话没表情时看起来也特别酷。

焉斐誉跟大家打了招呼，说取生日礼物费了点儿时间，然后随手把礼盒递给原恂：“既是生日礼物，也是你俩的新婚礼物，希望你们生活甜蜜。要是敢欺负我们迦迦，我可饶不了你。”

檀迦揶揄：“你惯会省事，哪有两个礼物一起送的！”

焉斐誉起了个头，其他人也开始送礼物。

不知道是不是檀迦的错觉，跟这群熟悉的朋友在一起，檀迦觉得原恂明显放松了。虽然在外人看来，工作中和生活中的原恂似乎没有什么区别，都是不苟言笑，都是禁欲冷淡，但檀迦作为朝夕相处的身边人，这种感觉异常强烈。回到熟悉的生活圈，那个熟悉的原恂又回来了。

吃了饭，一行人没有转场，直接在包厢里玩起了桌游。檀迦被焉斐誉拉到一旁说话，不经意抬眼时，注意到原恂正在看这边。

隔着这点儿距离，檀迦跟原恂做了个鬼脸，原恂弯唇，浅浅笑了一下。

原恂察觉到手机振动，低头看到来电人，冲檀迦指了指手机，又指了指露台。檀迦点头，让他去。

电话是程褚和打来的，室外的空气肃杀，电话里的声音格外清晰。

“下午去你公司是要跟你说，你上次让我查的事情，有眉目了。”程褚和在电话里说，“檀惠出车祸前，是去见了你爸爸。”

原恂敛走笑，“嗯”了一声，对这一情况并不意外。

原恂接手公司后，在熟悉公司账目时留意到原忱鑫这些年在做公益。一个企业有几个固定的公益项目不是什么特别的事，但其中几个项目都有一个共同的特点——原恂知道檀迦虽然嘴上不说，但内心很崇拜她的母亲。他去了解过檀惠的事情。所以他一看公司的公益项目，便立马意识到，这跟檀惠做过的几篇报道有关。

山区的留守儿童、虐杀动物、矿井塌陷、退役的运动员……一个报道过，一个一直在资助。

这类账目的数量多了，难免会让人觉得奇怪。

最终让原恂联想到车祸的事情，还是因为谢鄢。谢鄢知道原恂帮自己是因为檀迦后，明确地表示：“其实我没帮上忙。我赶到时，事情已经解决了。是一个在刑侦方面很厉害的警察出面，排查了各个路口前后两个小时的监控，第一时间查到了肇事司机。只不过那司机家里太穷了，根本赔偿不起，所以事情解决起来花了些时间。你别听祁周礼瞎吹，这件事跟我没有关系。”

谢鄢以为原恂这下可能要去感谢那个警官，便帮忙想了想，说：“如果我没记错的话，那个警官年底那几天因为突发性心脏病去世了，还上过新闻。”

谢鄢一提，原恂便有印象了。

那个警官姓郑。

原恂见过他，还是在自己家里。原忱鑫创业前服了两年兵役，和郑叔叔是战友。

但郑叔叔是刑侦心理学的专家，不是地方的小片警，介入车祸事件中着实有些大材小用。

所以原恂才想到查一查原忱鑫和檀惠之间的联系。

知道他俩是认识的，一切似乎就解释得通了。想来他们的关系一定不错吧。

彼时，檀迦见原恂放下手机后，迟迟没有进来，隔着一道玻璃门，他挺拔地站在那儿，屋里走动的朋友都成了烘托的背景。

正好原恪过来聊天，檀迦把焉斐誉推给他，抬步朝露台走去。

原恂始终没有转头，直到檀迦开了露台的玻璃门，才闻声偏了偏头。

“怎么不进去？”檀迦搓搓手，放在嘴边哈了口气。

“一起看会儿风景。”

原恂伸手拉她，示意她过来、再过来点儿，然后用宽大的风衣裹着她，两人紧紧地拥在一起。

“你的脸都被冻冰了。”檀迦在他怀里蹭来蹭去，转过身，用手捧着他的脸，一会儿哈气，一会儿给他暖脸。

见原恂的眼神有些忧伤，檀迦问：“在想什么？”

“儿女的生日，是母亲的受难日。”原恂说，“有点儿想我妈了。”

檀迦一愣，随后用手捧着他的脸，小心翼翼地哄他：“你和小恪长得都这么好看，你妈妈一定是个大美人。”

“谁妈？”原恂一把揽住她的腰，把人往自己怀里带了带。

“咱妈、咱妈。”

檀迦被碰到痒痒肉，还没来得及躲开，原恂用风衣把她裹得严严实实的，逼问：“我的生日礼物呢？”

檀迦狡辩：“你在路上不是说已经得到了最好的礼物？我以为那个礼物就是我。”

“是你啊！”原恂承认。

檀迦幼稚地跟他玩文字游戏：“这不就得了。”

原恂抵着她的额头，跟她耍赖撒娇：“可我现在想拆礼物。”

“那你拆啊？”

“真的？”

檀迦自信地“嗯”了一声，心想屋里都是朋友，任谁往这边一偏头就能看见露台的情形，他肯定不敢做什么。

正因为檀迦抱着这种不信邪的态度，原恂手绕到她背后时，她仿佛被踩到尾巴的小猫一样，陡然警惕起来。

“原恂！”檀迦气急败坏地喊他，瞪了他一眼。

两人在露台腻歪了一会儿，直到屋里有人喊“寿星，切蛋糕了”才回屋。

蛋糕是檀迦订的，她不是没想过自己动手做一个，但想到自己上回险些把厨房烧掉的经历，及时掐灭了这个念头。

原恂许了愿，吹了蜡烛。

原恂把檀迦搂在怀里亲了亲，察觉到檀迦把手伸到了自己的口袋里，便疑惑地低头看："什么？"

"生日礼物。"檀迦说。

檀迦给原恂的生日礼物是一支录音笔。晚上回到家，檀迦在浴室洗澡时，原恂开始听里面的内容。

他也没特意数自己听了几遍，直到浴室门响起，檀迦出来，手扶在门框上，黏黏糊糊地喊了声"老公"，原恂才回过神来。

檀迦迈着猫步，慢悠悠地朝他走来，眼神拉丝。走到跟前，她抬脚，踩在凳子的边上，他腿分叉坐着，檀迦放脚的位置卡得刚刚好。

原恂低头看了一眼，从她涂着猩红色指甲油的脚趾一点点向上移。

四目对上时，檀迦问："好看吗？"

"我需要仔细看看。"他把人打横抱起，不给她作天作地的机会。

情到浓时，檀迦问他："你听过了吗？"

原恂做事的时候喜欢专注，不太想闲聊，知道她说的是录音笔，只淡淡地"嗯"了一声。

檀迦却想要多一点儿的评价，执着地喊他："原恂。"

原恂没回。

檀迦又喊："老公，我有正事要跟你说。"

原恂才敷衍地应了一声，示意她自己看，反问："你确定要现在说？"

檀迦笑着勾住他的脖子，亲了亲，不再打岔。

正事自然是没有说成。

直到第二天早晨，两人醒来，檀迦赖在原恂怀里才说起去舅舅家的事情："到时我舅舅肯定会查户口，从你家里的情况，问到我们两个人的情况，我们需要串一下供。"

原恂刚醒，还有点儿迷糊。他一条胳膊伸在檀迦的脖子下面让她枕着，小臂支起来，手腕勾着，随意捏着她的耳朵玩，不怎么走心地答应。

“我跟你说认真的。”檀迦板起脸，去抓他不老实的手。

“好，我认真听。”原恂不玩她的耳朵了，把人往自己怀里搂了搂，示意她继续说。

檀迦絮絮叨叨说了不少，借着自己对舅舅和舅妈的了解，设想了很多要聊的话题，然后跟原恂逐一商量着答案。

说着说着，檀迦突然好奇：“老公？”

“嗯？”

原恂闭着眼，清晨明媚的阳光洒进来，本就立体英俊的五官显得越发利落。檀迦来了兴趣，翻身趴在他身边，抬手摸了摸他的眉眼，不解道：“你竟然也会暗恋？”

她柔软的指腹顺着眉眼，滑过鼻梁，最后摸到原恂薄薄的嘴唇。

原恂缓缓睁眼，纠正她的形容：“我只是在等一个合适的时机，以一个合适的身份，重新和你认识。”

“哦。”檀迦撇嘴。

原恂把人往自己身上抱了抱，四目相对。

“你这是什么表情？”

檀迦犟嘴：“被这么优秀的人偷偷喜欢这么多年，我还不能小小骄傲一下了？”

“那你呢？”

“我什么？”

“什么时候开始喜欢我的？”

檀迦想了很久，始终不知道该怎么回答。

原恂抬了抬头，仔细看她：“睡着了？”

檀迦凑过去亲了亲他的下巴，说：“被你眷顾过的女生，应该都很难不喜欢上你吧。”

高中时，檀迦一进学校便听说了这个风云人物，长得帅，学习好，私生活干净，简直就是模范生。檀迦虽然与他有过摩擦，但她承认，自己也有错，所以怨不得原恂。

复读那年，原恂不求回报地辅导自己，在学习上、生活上始终尽心尽力。檀迦那时一心只想考学，所以反应有些迟钝。但若真没动别的心思，当意识到自己可能被对方欺骗了时，她也不至于那么伤心。

后来重逢，原恂褪去学生时代的青涩，带着令人信赖的成熟与稳重，无限包容着她，檀迦怎么可能不爱上他！

檀迦对原恂，用那句很俗的话来形容最合适不过——始于颜值，陷于才华，忠于人品。

这样的原恂怎么可能让檀迦失望呢？

原恂心思细，给舅舅、舅妈，连堂姐檀欢都准备了见面礼。檀迦没怎么操心，像往常回舅舅家吃饭一样轻松。

舅舅一家对这次见面挺重视的，连一直在外地的表姐檀欢也回来了。檀迦一进门，便被檀欢拽到一旁说悄悄话："迦迦，你真跟原氏集团的少爷结婚了？"

檀迦无奈地笑了笑，一时竟说不上这句话哪里不对劲。

毛珺珊不是势利，只是认为经济基础决定上层建筑，所以看人先看经济能力。对于檀迦能有这样一个归宿，在舅妈看来，是很不错的。只是这样的缘分怎么就轮不到檀欢身上呢？原本以为傅聿怿是个良婿，他和檀欢有着青梅竹马的情谊……哪承想傅聿怿闪婚又闪离。

相较于另外两人的态度，檀隶澍略显严肃。在他眼里，原恂还是个需要接受考验的小辈："你家里父母身体都还好吗？"

"我妈在我小时候去世了。我爸现在不管公司的事情，每天跟朋友打打高尔夫、喝喝茶，身体挺硬朗的。"

檀隶澍点点头，又问："你爸年纪不算大，事业有成，这几年没打算再找？"

檀迦觉得舅舅问得过于直接了，原恂却觉得没什么，一五一十地回答了："我和我弟小时候，我爸想找个阿姨来家里方便照顾我们。但我和我弟那时不懂事，赶了对方几次，我爸就再也没有这个念头了。现在他把公司的事情交给我管，处于半退休状态，平时跟几个熟悉的叔叔在弄度假村的事情。"

檀隶澍点了点头，又问："他见过迦迦吗？"

檀迦这替人尴尬的毛病又犯了。舅舅这个问题回答起来有点儿尴尬，照实回答，便显得结婚这件事只隐瞒了舅舅，但如果说还没有，便显得原恂对檀迦不重视，一年了，竟然还没见过家人。

檀迦拽了拽原恂的袖子，檀隶澍看到后出声提醒："照实说就行。"

原恂冲檀迦笑了笑，手覆在她的手背上拍了拍，无声地安慰她，然后牵着她的手，一直没松开。

"见过了。我爸很喜欢迦迦。"

檀隶澍听到这话冷哼了一声，不知是因为只有自己是被忽略的那方，还是别的什么原因，明显不高兴。

檀迦忙解围，撒娇地喊了声："舅舅。"

檀隶澍恨铁不成钢地瞪了檀迦一眼，说："我就问几个问题，看把你急的。"

檀迦耍赖，笑着说："我这不是看舅妈饭都要做好了，着急想要尝尝嘛！舅妈的手艺那么好，菜放凉了可就辜负她的一番忙活了。"

"就是就是，快来吃饭了！"毛珺珊连忙搭话，"老檀，饭桌上再聊。小恂第一次来家里，不能让人饿着肚子。"

话题这才揭过去。

饭桌上，毛珺珊问起原恂身边还有没有不错的男生，给檀欢介绍一下。

檀欢正专心吃着东西，没想到话题聊到自己身上，不开心地制止道："妈，说这个做什么！"

毛珺珊不理解："都是一家人，有什么不能说的？"

原恂看出有一方不愿意聊这个，点到为止地答了一句："我会留意的，有合适的让迦迦推给您。"

一顿饭吃得还算愉快，可能也归功于原恂满分的应变能力。

吃完饭，又聊了会儿天，檀迦突然想起一件事来："舅舅，我拿一下家里的钥匙。"

檀隶澍朝原恂的方向看了一眼，问："现在过去？"

檀迦笑了笑，说：“嗯，正好消消食。”

檀迦带原恂去的是家里的老房子，常年没人住，渐渐成了放杂物的仓库。她不常过去，所以钥匙放在檀隶澍那儿，方便有人能时不时去通通风、放点儿东西。

檀迦想带原恂过去，想让他看看自己小时候生活的地方。

傍晚，胡同口有打太极拳的老大爷，两人的影子被昏黄的路灯拖得老长。

“这是老小区了，老人居多，大家平时休息得早。”檀迦挽着原恂的手臂一边慢悠悠地走着，盯着自己的脚尖，随着他的步调调整自己迈步的节奏，一边介绍这边的情况。

等到了地方，檀迦开了门，在原恂前面进了房间，轻车熟路地摸黑找到了灯的开关。

“有点儿乱。”檀迦站在房间中央东张西望着，老旧的家居散发着伤感的气息。

原恂帮着把掉在地上的笔记本捡了起来。

檀迦看了一眼，说：“这是我妈做的剪报。”

原恂把笔记本递给檀迦的时候，有一张字条从里面掉了出来。他低头，看到了上面的字：“八骏日行三万里，穆王何事不重来。”

檀迦把字条夹回去，解释：“我妈写的，她的字很好看吧。她用毛笔写大字更好看，之前这边的墙上挂着她写的字，可能我舅舅给取下来了。就是有一点不好，她总喜欢那些矫情压抑的诗，读起来难受，但她明明是个很刚强正义的女人。那句话怎么说来着，‘铁肩担正义，妙手著文章’，她做记者的时候，担得起这十个字的赞誉。”

原恂怕檀迦想家人，憋在心里难受，抬手摸了摸她的头发。

檀迦咧着嘴，说：“我没事。我想让你多了解了解我。”

她顿了顿，赖在原恂怀里，仰头说：“我也想多了解了解你。”她说，“我们好像很惨，家庭都不太完整。”

原恂亲了亲她的额头，说：“所以我们要很幸福，把长辈的那份弥补上。”

“好。”

许是听檀迦说多了，原恂想到了自己的母亲。

林鸥其实不是个称职的母亲，至少在原恂看来，是这样的。她很自我，看重自己的感受，即便是为人妻为人母后依然是一副被宠坏的大小姐形象，换句话说，就是她一直到死，都保持着自己的少女状态。所以对原恂和原恪来说，林鸥缺少了一个母亲该有的陪伴与付出。

不过，也可能是原恂那时候太小，很多事情记不得，也或许是对大人的事情并不完全理解，所以误会了母亲。

但原恂承认，母亲在他心里，是很有分量的。

林鸥跟檀惠是完全不同类型的女人，但原忱鑫在林鸥去世后交往过的女人，大都是有才情的女人。有喜欢穿旗袍的舞蹈老师，也有谈吐大方的文学作家。她们像檀迦的母亲一样，喜欢书法，热爱读诗，会收藏一些很有年代感的东西。原恂抗拒原忱鑫带别的女人来家里，也从未直接接触过对方，但她们给人的感觉是这样的。

“没想过去找你的亲生父亲吗？”原恂问檀迦。

檀迦摇头：“小时候可能会不理解，为什么别的小孩有爸爸，而我没有，但慢慢地也就不纠结这件事情了。我身边有很多爱我的人，所以父亲这个角色存不存在也没有那么重要。而且单亲家庭在这个社会也不是什么罕见的存在。我的一个大学同学，她父母在她很小的时候便离婚了，她跟母亲一起生活，也是随母亲姓，活得骄傲、优秀，十分要强。我听她说过很多关于父亲的坏话，没有责任感，对她的母亲实施冷暴力、自私，但当我有机会见过她的父亲后，才发现，有的人只是不适合做父亲。我想，那个抛弃我和我母亲的男人，可能在这个世界上拥有着体面的工作、不错的生活，甚至一个全新的家庭，但那都与我无关。我不恨他，也不想要见他，就当没有这个人好了。”

傍晚的时候，原恂本想带檀迦去跟朋友吃饭，前一天约好的，程褚和几个人想帮他再庆祝一次生日。

但临出发时，檀迦接到报社的电话，让她回去加班。挂断电话后，檀迦遗憾地望向原恂，撇撇嘴："我精神上想陪你，但身体不允许。我刚接到通知，要回报社加班。"

"我送你过去。"原恂捏捏她的脸，示意她不要不开心，并且不厌其烦地叮嘱，"劳逸结合，不要工作得太累。还有，不要受伤，我会心疼的。"

"知道了。"檀迦跟他玩绕口令，"看着你心疼，我也会心疼。"

有了上回的教训，加上原恂的叮嘱犹在耳畔，晚上檀迦安然无恙，倒是原恂那边出事了——

会所里，程褚和避开人，把原恂让自己调查事情的结果给他后，原恂看着手上的照片和纸质文件，状态有点儿糟，准确地说是心情复杂。

他竟然不知道，自己的父亲和檀迦的母亲，关系已然这么深——昔日的同学、要好的朋友、未满的恋人。

"需要再继续往下查吗？"程褚和见过檀迦，但不知道她在原恂心里的分量，所以这话问得很小心。

其实根本不用原恂回答，从他的表情就能看出来，他们的感情一定很好。

原恂问："还有谁知道这件事？"

程褚和被他这个眼神吓到，磕绊了一下才说："只有我。"

程褚和不知道是不是自己的错觉，原恂看上去像是想让自己永远开不了口。

"我的嘴严着呢，你放心。"程褚和真是服了，明明自己比原恂要大两岁，竟被他拿捏住了，非常怕死且㞞地保证道。

"你只是调查了一件往事，这件事到此为止。"原恂的态度很果断，没给程褚和继续查下去的机会。

程褚和几度欲言，被原恂坚定的神色噎了回去。

过了一会儿，原恂说："开发区的那个项目，你一直想做？"

"对啊！"说到这个，程褚和就憋了一肚子气不知道跟谁发，技不如人，技不如人啊，"我团队为了这个项目通宵达旦，没想到最终还是被你谈成了。”

原恂“嗯”了一声，语气稀松平常地说：“给你了。一会儿让助理跟你去办手续。”

“嗯嗯。嗯？”程褚和被原恂赶走后才反应过来，这是封口费。

原恂在窗口又站了一会儿，正准备抬步回去时，手机响了。

是檀迦的消息，问他：“你在做什么？”

“刚吃完饭。”

“有女生吗？”

“没有。”

“真的？”

“查岗？”

檀迦打来了语音电话，原恂第一时间没接。檀迦又打了一遍，原恂才接通。

“怎么才接？”檀迦问。

原恂：“有点儿事，在回别人的消息。”

檀迦“哦”了一声，嘟囔：“还以为是旁边有什么人不方便呢！”

原恂在给私人诊所的医生发消息，等她说完有一会儿，才回：“你想有什么人？”

“谁知道呢！”

“下回你来看看。”

“我下次突击检查。”

“行。以后行程、地点提前报备。”原恂听到敲键盘的声音，问，“还没结束？”

“还得有一会儿。”

“早点儿回家。”

檀迦“嗯”了一声，算了一下时间：“争取十点前把工作解决。”

紧赶慢赶，檀迦从电脑屏幕前抬头时，已经是十点半了。

她关了电脑，打着哈欠从报社出来，刚走出大厅就被两道喇叭声吓得一激灵，定睛一看，认出是原恂的车子，眼睛顿时放亮。

檀迦在路上睡了一觉。

到了小区车库，原恂没喊她，熄了火，下了车。

檀迦不知睡了多久，醒来时，原恂靠在车头。檀迦揉着脖子下来，朝他走过去："你怎么没叫醒我？"

等走近了，檀迦才知道自己闻见的烟味是来自原恂。她抬手挥了挥，将眼前的一片白雾挥散，皱了皱眉问："你怎么抽起烟来了？"

"刚去便利店买的。"原恂把东西往口袋里一收，摸了摸口袋，回车里取了手机和钥匙，扬扬头，示意，"回家睡觉。"

檀迦跟他犟嘴："刚睡醒，不困。"

"我睡。"原恂胳膊上搭着自己的外套，手里拎着她那个还没巴掌大什么也装不了只能装可爱的包，拉着她的手把她往自己怀里拽了拽，说，"你看我睡，行吗？"

檀迦在路上睡了一觉，这会儿压根儿不困，洗了个澡，更加精神了。

卧室里，最后那盏夜灯也关了。檀迦趴在原恂的胸膛上动手动脚："老公，你困不困啊？"

原恂都已经闭上眼了，用动作反问她："你说我困不困？"

"睡觉。"原恂把她在自己睡衣扣子那儿胡乱扒拉的手拿开，钳着把人抱住。

隔天一早，两人正在吃早饭。

原恂突然开口："如果我们不要小朋友，你觉得怎么样？"

檀迦舀了粥的勺子往嘴边递，闻声，怔了怔，被滚烫的热粥烫得连连咳嗽。

"慢点儿。"原恂抽出几张餐巾纸递给她。

檀迦随便清理了一下衣服，探究地问原恂："怎么突然提这个？"

"聊聊规划。"

粥太烫，那就先不喝粥。檀迦把装了油条的盘子往自己面前拉了拉，拿了一根吃。有东西吃着，她才认真想了想，回答："如果没有小朋友的话……也挺好吧。"

“我始终觉得母亲是一个很伟大的身份。”檀迦无比郑重地说，“我可能还没完全做好准备，但一直期待着，就像做你的妻子一样。我曾经在没有准备的情况下成为你的妻子，有惊慌，也有顾虑，但此时此刻我十分享受这个身份，甚至期待着与你的第十年、第二十年。”

说到这儿，檀迦抿嘴笑了笑，补充道：“我不贪心，如果只能选择一个身份，那我愿意只是你的妻子。”

原恂伸手过来，揉了揉她的头，说：“过来让我亲亲。”

檀迦还有话要跟原恂说，便擦了擦手，起身绕到原恂身边，黏着他坐下。两人抱在一起亲了一会儿，檀迦说：“等你有时间，我陪你去医院吧。”

“去医院做什么？”

“任何时候都不能讳疾忌医，就算我们不要小朋友，有病也需要早点儿治。”

原恂皱着眉头瞅她，一脸“你在说什么”的茫然态度。

檀迦傻眼，试探地问：“所以没事？”

“有什么事？”

“那就是说你还行？”

原恂黑脸：“我行不行你不知道？”

檀迦被揽着腰压在桌子上连连求饶，胡乱扯着别的话题，问新家那边味儿是不是散得差不多了，等周末过去看看需要添置些什么，然后是不是可以搬过去了。

虽然原恂亲口说过自己没事，但他的古怪让檀迦变得心事重重。

中午在公司午休时，她甚至做了个梦，梦里的原恂任由自己喊他，始终不回应，无情又陌生。

下午下班后，檀迦便去找焉斐誉这个知心姐姐解答困惑。

焉斐誉在自己住的小区租了一幢别墅，打算当作俱乐部的训练基地。檀迦过去时，焉斐誉正在装修现场当监工。

现场施工人员来来去去，确实不是说话的地方。檀迦几次开口都被打断，便打消了说话的念头。

焉斐誉承认自己这段时间忙，没顾得上檀迦的事情，加上他们小两口正是甜蜜恩爱的时候，她就算闲着，也不合适把人叫出来。也正因为这样，此刻看到檀迦忧心烦恼的模样，焉斐誉也没怎么放在心上，只当是檀迦恋爱到一定程度，自己吓唬自己，平白生出了不安全感。

但檀迦站在这儿，焉斐誉也不适合当哑巴，这样便显得太不重视了。她想了想，说道："你要试着在他面前表达情绪。"

见檀迦在认真听，焉斐誉继续说："就比如你因为他冷落你，你很难过，你要将这种心情表达出来，告诉他你很失落、很伤心。如果他爱你，这个时候他便会愧疚，会跟你道歉。但说句对不起是两片嘴皮子一碰的事情，谁不会啊，你要引导他将这句对不起转化为实际行动，比如你要他送你束花、给你买个包，或者你们去周边城市短途旅行一下，又或者其他的能满足你们情趣的事情。你懂我的意思吧？生活也好，恋爱也好，就是玩，你要有花样玩得起来，那才会有趣。"

焉斐誉说完，顿了一下，不情不愿地补充道："这是我的想法，你听听就好。这是我之前跟我前男友相处时总结出来的，不过利弊如何，见仁见智，毕竟我也没有成功的经验。不过除了他劈腿这件事，我跟他在一起的日子确实过得挺开心的，从不会因为他什么地方做得让我不满意而伤心，毕竟有了这个惩罚制度，遇到不愉快可以慢慢教。男人是可以调教出来的。"

焉斐誉就是焉斐誉，几句话就让檀迦的心平静下来。

檀迦琢磨着自己该如何调整自己的心态，让自己和原恂的相处更加融洽。

两人又有的没的说了一会儿，檀迦突然接到赵乾的电话，说舅舅出事了。

檀迦挂断电话，回去和焉斐誉打招呼："我得先走了，你继续忙。我舅舅突然晕倒住院了。"

焉斐誉到嘴边的那句"你老公打电话来哄你了"的调侃咽回去，改口："舅舅怎么了？我还忙什么忙！等会儿，我拿个包陪你过去。"

路上，焉斐誉听檀迦说了大概情况，当即打电话联系了自己熟悉的医生。

到了医院，赵乾还没走。

檀隶澍是在街上晕倒的，恰好赵乾在旁边，第一时间叫了救护车送来了医院。

医生说檀隶澍已经脱离了危险，这属于应激性休克。

得知这种状况是受到重大刺激导致的，檀迦担忧，问舅舅是遇到什么事了，大家一起想办法解决，让他不要太有压力。焉斐誉也帮着劝说，檀迦和檀欢都已经工作，也渐渐稳定了，让他不用太操心，要多注意休息。

焉斐誉常跟檀迦去檀隶澍家，也是脸熟。檀隶澍很喜欢这个孩子，和气地应着，说你们都很争气。随即他看向檀迦，问原恂没来吗。

檀迦说自己接到电话时跟焉斐誉在一起，还没来得及告诉他。

檀隶澍点点头，说不用告诉他，不是什么大事，就别让人担心了。

檀迦的心思都在檀隶澍身上，没多想，应下。

赵乾在一旁争宠："舅舅，你只夸了她俩争气，我呢？我呢？"

檀隶澍脸色还有些发白，看着没什么精神，被赵乾这么一调侃，脸上多了些血色："你也争气。你们这群孩子啊，是我看着长大的，个个都有志向，有抱负，是顶天立地的栋梁。"

人到了一定的年纪，不能进医院，要不能查出来不少大病小病。

檀隶澍这一昏迷，被檀迦强制性要求做了个体检，结果检查出胃部有点儿小毛病，这个年只能在医院过了。

不过这几年不能燃放爆竹，年味也少了。生活节奏快起来，大家各有各的忙，年不年的，过得没什么感觉。

像檀迦这类从事新闻行业的，更没有休息时间。

檀迦这天来医院做采访，忙完后给原恂打了个电话。

原恂在电话里说了几句自己的看法，但檀迦没怎么听进去，开始撒娇。

原恂明白了，檀迦这是在黏自己：“要我过去哄你？”

檀迦正欲说“那你来”，目光突然在前方匆匆的人流里扫见了一道熟悉的人影：“原恂。”

“嗯？”

檀迦抻着脖子张望着，说：“我好像看到你爸爸了。他正往住院部走。”

“可能是有朋友在住院。”原恂没在意地说，顿了一下，想起来，“他最近不是在青浙吗？”

檀迦这会儿已经调整好了，精神了一些：“说到住院，我先不跟你说了，我去看我舅舅一趟。这两天估计要加班，我到时候也没时间来看他了。”

“你不去也行，明天我过去。”

“几步路的事情，我不看一下不放心。”

檀迦拿着电话往住院部走，快到病房时，才准备挂电话：“先不跟你说了，我到了。”

病房里，檀隶澍不知道跟谁在为什么事情争执，说话音量大到檀迦在走廊里都能听得见。

医生和护士之前便提醒过，病人刚做完手术，需要休息，不能说太久，更不准吵闹。檀迦本想上前制止，但手按在门把上要将门推开的瞬间，停住了。

病房里的访客是她刚刚见过的人——原恂的爸爸原忱鑫。

檀迦不是故意偷听，却在听到他们聊起自己后，没有走开。

在檀迦眼里，舅舅是个随和的人，上一次还是因为母亲顾着打麻将没有管檀迦，导致檀迦食物中毒，他和母亲大吵了一架，质问她现在哪里有一点儿做母亲的样子！质问她是连日子都不过了吗？质问她以前的理想目标呢，是不是失个恋，非得寻死觅活才可以？质问她这是在折磨谁，有人会心疼吗？说她这是糟蹋自己的人生……

檀迦当时是蹲在墙边偷听的，听到一半被傅聿怿发现拉走了。傅聿怿说不管是大人还是小孩，都有自己的烦恼，大家会自己解决。檀迦那时年纪轻，思考问题不深，傅聿怿三两句话便打消了檀迦的疑虑。他又带她去便利店买了个雪糕，她吃完后也就忘得差不多了，更何况隔天舅舅便和母亲和好如初了。

只不过现在想来，檀迦知道舅舅是因为很在意母亲才生气的。

病房里，在原恂面前一向保持着威严父亲形象的原忱鑫，在檀隶澍面前完全处于弱势："是我没有保护好小惠。"

檀隶澍靠在床头，总归是对眼前的男人无法放下心中的芥蒂，好一会儿，如是说："我不赞同两个孩子在一起。"

檀迦不知道父亲是一个什么形象，在子女的成长中又会起到什么作用。如果是舅舅这样的，那她很愿意。成长在一个宽容、开明的家庭，她或许会比现在要自信积极很多。

也正因为这样，檀迦难以置信舅舅会表达出让她和原恂分开的想法，但舅舅从未欺骗、伤害过自己。

随着檀迦回忆起这些天来原恂古怪的地方，越发觉得原恂也向自己隐瞒了什么事情。

原忱鑫和舅舅还有妈妈是认识的……

原忱鑫因为年轻时的事情向舅舅道歉……

她行尸走肉般地走出了病房，到医院一楼大厅时，忽觉一阵不适，朝着角落的垃圾桶疾步过去，俯身呕起来。

路过的好心人给她递了水，问她情况还好吗。檀迦感激地抿抿嘴，说自己没事。

她坐在医院的长椅上，拿出手机，却一时不知道该打给谁。

报社那边还有工作，檀迦没法耽搁太久。她双手捧着脸搓了一把，便精神饱满地投入工作中。

檀迦这晚没有回家，面对原恂发来的消息很久才回复。

她想了想，还是联系了律师。

律师是原恂的人，上一次檀迦因为离婚的事情联系过他一次，结果檀迦还没有收到对方准确的答复，原恂便已经收到了消息。

不过现在檀迦不怕原恂知道。

她不是闹脾气，不是试探，是要断掉自己反悔的余地。

檀迦以工作忙为由，斩断了与原恂的绝大多数联系。律师可能已经联系了原恂，也可能没有，檀迦不知道，也暂时没有过问。

这几天里，檀迦身上发生了几件事情，对她打击都不小。

第一件事是檀迦从主编那儿听说自己能进报社是因为原恂的父亲。

报社最近在定春招的章程，檀迦在办公室忙这件事。主编不经意地提起去年夏天的那一批实习生走的走，转的转，最后只有檀迦还在这个组。又说起当初听朋友极力推荐她时还有些意见，可经过半年的历练，发现她是表现最好、进步最大的那个，工作时所表现出来的精神面貌比报社绝大多数员工都要积极，又提点她在接下来要继续戒骄戒躁，稳扎稳打地来。

檀迦虚心听着，最后问："您说的朋友是……"

"原忱鑫。听他让我照顾你的态度，很看重你。他是你家里的亲戚？"

檀迦敷衍地应了一声，不知该怎么解释。

从办公室出来，檀迦在工位上坐了一会儿便快到下班时间了。大家今天不怎么忙，聊着晚上去吃什么。

同事说说笑笑，聊到星巴克新出的杯子有多鸡肋，檀迦听着，突然就想到白鸽在时拉帮结派孤立她的事情。当时大家有质疑过她进公司的途径，不过檀迦自认为自己行得正坐得端，刻苦工作，做出成绩，谣言也就淡了，哪承想事实就是这样。

如果不是亲身经历，连檀迦都要觉得自己有点儿得了便宜还卖乖。

第二件是在大学宿舍群里聊天时得知，自己在大学期间享受的那些优待，绝大多数是因为原忱鑫。

起初是一个室友分享了原氏集团新任总裁小原总原恂的照片，说现在霸道总裁都这样帅的吗，霸总小说里的男主角突然就有了脸。

照片是从某篇财经报道上保存下来的，原恂穿着宝石蓝的衣服三件套，拍得中规中矩。

那个室友不知道檀迦跟原恂的关系，花痴道："咱们大学跟原氏集团有战略合作，每年他们的总裁都会和校董开会洽谈。如果我晚上几年学，说不准还能跟这个小原总来一场校园偶遇。"

放在平时，檀迦不会多想，但心里突然冒出主编的话，她没来由地将它们联系到一起，破天荒地联系了上大学时的导师。好在是过年，檀迦这个电话打得不算突兀。

导师还记挂着她，问她现在做什么工作，听她说完近况后，放心地说挺好的。

檀迦为当时辜负了老师的安排，没有留在青浙感到抱歉。

导师表示没关系，只要她能过得好，怎么样都行。

对话间没听导师提起原忱鑫，檀迦竟然松了口气，反思自己过于敏感，变得神经兮兮的。

哪知檀迦刚冒出这个念头，便听导师说起："我觉得还是有必要告诉你，老师对你好是真心的，我是真的很喜欢你这个学生。但是老师给你介绍工作也好，给你一些调研实习的机会也好，还有另外一部分原因……"

果然，檀迦的猜测是正确的。

这两件事情凑在一起，檀迦才知道，哪有什么好运气，不过是一些爱她的人，在暗地里照顾她。

另一边，原忱鑫把原恂叫回了家，而且是让他一个人回来，说他们父子俩单独说说话。

书房里，原忱鑫提道："一直没问你，你和檀迦是怎么认识的？"

原恂实话实说："高中同学。"

"初恋？"

原恂"嗯"了一声。

"真好。"原忱鑫感慨，眼神哀伤，似是在回忆自己年轻时的事。

原恂问："我妈不是你的初恋吗？"

原忱鑫摇头，说："不是。"

原恂想起来："我听舅舅说过，是我妈追的你。"

这天，两人聊了很多，但又始终没聊到关键点。父子俩带着底牌，互相拉扯，彼此试探。

从原家出来，原恂坐在车里发了会儿呆，许久后才对司机说："去报社。"

车子发动，原恂看着窗外的风景，突然改口，说："还是回公司吧。"

之后的几天，原恂出差了，一直到两人结婚纪念日那天，他才回来。

许久未见的两个人约好了一起过。

但檀迦从报社出来，没见到原恂，只有原恂的司机来接她。司机说："小原总在餐厅等您。"

檀迦也没多想，便上了车。

因为是结婚纪念日，所以今天选择的餐厅比较讲究，地上铺着红毯，花团锦簇的鲜花插成拱门，尽头是长长的装点着香薰、摆着鲜花的餐桌。

原恂已经提前过来了，在旁边的休息室里开着视频会议。门被敲响时，他刚结束工作会议。他随口应了一声让人进来，头也没抬，始终盯着电脑屏幕。

听脚步声，甚至听敲门声，就知道来人不是檀迦。

餐厅的服务生过来给原恂手边的杯子添了水，并没有走。

许久后，原恂抬头，问："还有事？"

眼前的女服务生给人的感觉没有特意打扮，但不论是从头发还是脸上的表情甚至身上的味道都让人挑不出错，恰好符合原恂的喜好。

看着眼前的女人欲言又止，分明是有事情要说的模样，原恂扬了扬眉，停下手上的动作，示意她可以随意说。

女服务生深深地望着原恂，面露娇羞："我只是想跟您说一声谢谢。您可能不记得了，前不久我被客人刁难，是您帮我解了围。"

原恂不记得自己帮过谁，但这件事情确实是有的。当时他从餐厅往外走，经过大厅时，看到一个富家少爷在跟一个女服务生搂搂抱抱。他只一眼便看出两者的关系，本不想管，但那一瞬间让他想起大学时的檀迦。

檀迦的家庭情况跟别人不一样，自然承担的也要多一些。她刚上大学便开始做各种兼职，家教还算轻松的，有一回去售楼处做销售，被别人骚扰过。

只这一个类似的画面，原恂便已经停了脚步。能出入这个餐厅的少爷自然是认识原恂的，见他跟自己说话打招呼，怎么可能会无视。

原恂说着无关痛痒的话，目光随意地朝哭得梨花带雨的服务生一扫，立马就有人把无关人员赶走了。

突然提起这件事，原恂表示："无心而已，你不必说谢。"

女服务生摇摇头："您说无心是风度，我想感谢您是礼数。"

原恂没说话。

女服务生又表示："水有些凉了，我帮您重新添一杯。"

但她没拿稳，水杯落回桌子上，撒出来的水顺着桌沿流到了原恂的裤子和衬衣下摆上。

"不好意思、不好意思。"女服务生手忙脚乱，从旁边拿过纸巾就要帮他清理。

水往下流，站着不方便，她可能是愧疚，等原恂去拦时，她已经屈膝跪在地毯上了。她不敢怎么碰原恂，却又不敢不帮他收拾衣服，眼眶红着，马上就要哭了。

就在这时，房间的门被敷衍地敲了两下，随着门从外面被推开，檀迦的声音传进来："是这间吗？"

檀迦在跟外面的人说话，见人点头后，扭头正欲喊原恂，哪知目光落向房间里的一瞬间，人先愣住了，刚刚被打断没说出口的话还说不说已经不重要了。

檀迦的脸色瞬间变了，最后看了一眼跪在原恂膝边的人，一句话也没说，转头便走。

"对……对不起，我……"女服务生自然是知道被误会了，进退两难地站在那儿，不知所措。

原恂什么表情也没有，甚至没说一句重话，只冷漠地说："你出去吧。”

对方有些意外于原恂的冷静，但这些不是她该纠结的，忙疾步退了出去。

片刻后，休息室里传来东西摔在地上的声音。

三月，天气渐渐回暖，是乱穿衣的季节。

檀迦站在街上，看着眼前匆匆的人流，想到去年的今天。

在檀迦对结婚的提议没有异议后，原恂带她回了南境。结婚登记处的阿姨每天都会见到几百上千对新人，但打量着眼前这对男才女貌的年轻人，仍然忍不住问檀迦："这位女士，请问你是自愿结婚的吗？"

檀迦当时还没从自己要结婚的无措中走出来，她没想过这么快结婚，更没想过是跟这个没见过几面的原恂结婚，虽然是老同学，但她总觉得差了点儿什么。

"是……是自愿的。"

往事被风割开，檀迦定睛看着路边被修剪整齐的花坛。

过了一会儿，她重新折回去。

正如她刚刚所想，原恂今天布置的场合确实隆重，檀迦喜欢这种华而不实的浪漫。仔细想想，檀迦这一小喜好，好像也是被原恂惯出来的。

她身边的朋友中，焉斐誉是最有仪式感的人，妇女节、情人节都会准备礼物或者直接送花，平时买化妆品也习惯给她多带一份。焉斐誉是她的姐妹，对她这样的用心是独一份的，檀迦有自知之明，不会以这个为标准要求别人。但突然闯进她生活中的原恂，也为她圈出了一片少女国度。

不像焉斐誉那种宠溺，原恂的仪式感更细腻些。他会在送的花里放写着情诗的卡片，说她是人间四月天；也会送她公主裙，说世间美好也不及她，她配得上一切美好的事物。

印象最深的是毕业典礼那天。结束了四年的大学生活，即将步入社会，檀迦对自己的未来并不感到迷茫，而是觉得有些难过。她不喜欢分别，想不通为什么人要不停地离别旧人，遇见新人。她在经历过数次刻骨铭心的离别后，仍然学不会笑着享受这个过程。

台上校长为穿着学士服的毕业生拨穗，颁发毕业证书。

典礼结束后，檀迦与同学一起离开。往外走时，听到门口几个女生说外面捧花的那个男人好帅啊，不知道是谁的男朋友。因为她们说话声音大，檀迦被影响后偏头看了一眼，那一刻，檀迦还没有意识到她们说的人是原恂。

有人喊了檀迦一声，同行的同学眼神兴奋地不停拐她的手臂。檀迦茫然地眨眼，偏头看过去。

原恂站在匆匆人流中，逆行着朝她而来。

他穿着白衬衣、西装裤，带着一身干净的少年感，怀里的向日葵在刺眼的阳光下格外漂亮。

那一瞬间，檀迦突然觉得，离别未必痛苦，但相遇一定是喜悦的。因为总有人带着一身光，披荆斩棘，向你奔来，是你的欢喜，是你的幸运，是独属于你一个人的小小世界。

后来檀迦才知道，原恂那段时间很忙，出现在举办典礼的礼堂见了檀迦一面之后，甚至都没有时间陪她吃一顿饭，便又匆匆去赶飞机了。

动身去机场前，原恂说："乖乖在家里等我。"

檀迦莞尔，应了一声"好"。

往事在回忆中渐渐模糊，很多情绪都已经记不清了，但这是檀迦曾为原恂心动过的证据。

然而此时此刻，只要想到刚刚休息室里的场景，檀迦便觉得，这一切仿佛是一场笑话。

知道是假的，她依然会难过，她难过于原恂选择这样的方式结束这段关系。哪怕给她多保留一丝美好呢？

如果说刚刚被刺激的举动过于感性，那此刻折回来的檀迦是完全理性的状态。

短短十分钟里，她已经做好了决定。

就像当初得知她怀孕，原恂提出结婚，掌握着主动权一样，如今的主动权交到了檀迦手上。

檀迦不喜欢猜忌，不喜欢怀疑，而且她信任原恂。她想用真心换真心，想把对方当成自己疲惫社交一整天后可以放松警惕的那个人。但如果夫妻两人都做不到坦诚相待，那檀迦会很累的。

原恂没想到檀迦会折回来，似乎也没想过追出去解释。

檀迦看着眼前朝夕相处，但这一瞬间觉得十分陌生的男人，平静道："我们谈谈吧。"

原恂默许了她的要求。

所以，檀迦接下来也没有绕弯子。

"过去的一年，谢谢你给了我一个家，我过得很开心。"檀迦垂眸，深吸了一口气。朝夕相处一年，她也曾交付过信赖，所以此刻被放下，她是难过的，是遗憾的，是不舍的，明明他们很恩爱啊，明明他也很爱她啊……

但是，檀迦不得不承认："原恂，我们就走到这儿吧。"

从今往后，可以是朋友，但不是恋人，不是夫妻。

檀迦这次转身，走出会馆后没有再折回去。

等原恂回到家时，客厅里只亮着一盏小夜灯，豆黄色的暖晕下，摆着一份檀迦已经签过名的离婚协议书，那枚银色的素戒就压在上面。

第九章

时光馈赠的秘密

YAN YAN BAI RI

四月，可可西里。

四野荒凉，风一吹就是满嘴的沙。檀迦裹着围巾，彻底融入了当地习俗。

来西北的第一天，她剪了头发，长度保持在耳根，刘海也短短的，形象跟《这个杀手不太冷》里的女主角一样。

近日还有一批志愿者要到，檀迦被安排去接他们。

檀迦没想到来的人会是褚念，她戴着一顶缝着蕾丝边的小花帽，手指甲染着蔻色指甲油，穿着一身娇嫩的碎花裙，跟去海边度假似的。

对方在机场出站口瞧见她也是一愣。

檀迦半天才想起来，当初自己对着网站上志愿者招聘信息踟蹰不定时，确实是褚念爽快地替她做了决定："野生动物保护？听上去好酷！你要去吗？加我一个啊！"

所以她来也不奇怪。

自打檀惠去世后，檀迦整个人对什么事情都淡淡的，可做可不做。总想着，没有期待，便不会有落空。在交朋友这件事上，也是这个态度。但褚念过分热情了。

阳光照不到背阴面，但水流能浸润任何缝隙。大学时，褚念润物细无声地渗透进她的生活，让她从颓丧闭塞的保护壳里钻出来。

还有另一队志愿者今天到，檀迦打算一趟就全部接到他们，所以结过梁子的两人被迫待在同一辆车里等。

褚念把行李丢到后备厢，人钻进后座，从包里掏出化妆镜补防晒霜。

没等檀迦说话，褚念先开口了："你还会开这个？"

"我还会翻白眼。"檀迦没上车，后背往车门上一靠，笼着火点了根烟。

褚念被233得噎声，透过没摇上去的车窗抬眼瞧她。檀迦的皮肤越晒越白，光滑细腻，藏蓝色的裤管收进马丁靴里，掐出女人姣好的身线，身上那股子厌世劲儿特别拿人。

褚念朝那简陋的小破出站口望了望，不见有人来，百无聊赖极了，没话找话："你不是结婚去了吗？怎么，你老公不要你了？"

檀迦已经有一段时间没听人提起这件事了，来到这儿后，队里是来自全国各地的志愿者，大家很少打听彼此的私生活。

此刻听人提起，檀迦有一种恍惚感，不知是因为自己和褚念闹过矛盾早已不是能谈心的关系，还是自己忍不住又一次开始思念原恂。

她承认，这不是自己第一次想起他。每一分、每一秒，哪怕她被手里的事情牵绊住精力，只要一个与他有关的元素出现，她都能想起他。摘了戒指，剪了头发，离开了熟悉的城市，她感觉自己变了，但其实很多东西都没变。

不像她和褚念渐行渐远是因为一件虽不知缘由但结果很清晰明确的矛盾，她与原恂之间没有矛盾。

他们明明那么相爱，却又不得不分开。

“专注自家。”檀迦冷冷地回褚念。

褚念撇撇嘴，没再说话。

又过了一会儿，航拍社团的志愿者们到了。挺巧的，又有一个檀迦的熟人，戴眼镜的斯文男人叫郑潮生，是原恂在北央大学的室友，那年檀迦去北央大学找原恂，是他接待的。

檀迦冲人平静地打了声招呼，也没借往事寒暄，把烟掐了，上车。

这车底盘高，檀迦长腿一迈，抓着车顶跳上车，动作一气呵成，十分漂亮。坐在后排的褚念从头至尾地瞧见她的动作，没正经地吹了个口哨。

檀迦拧开矿泉水瓶喝了口水，借着车内镜朝后座看了一眼：“不是说来五个人吗？是有人没到吗？”

郑潮生坐在副驾驶座上，正调试着无人机的参数，准备一路航拍，闻言回头看了一眼，说：“我们队长临时改了路线，后天他直接在羌塘跟我们会合。”

檀迦没所谓地点头，把水瓶丢进置物箱里，说：“出发了。”

她话少，但心细，没一会儿便对这几个人有了基础的了解。

郑潮生是航拍社团的副队长，有褚念这个兼具好奇和话痨属性的陪聊在，他们绘声绘色地聊起社团过去参加社会性活动的趣事。言谈间，不难听出他们对自己队长的崇拜与敬重。

檀迦眼神好，只瞥了一眼便看出郑潮生手里拿的那台无人机是“同风起”的机器，随口夸道：“机器不错。”

“品牌赞助的，酷吧！”郑潮生晃了晃手里的遥控器，顺嘴念了一长串这款无人机的广告词。

檀迦对这些广告词当然熟悉。想到往事，她不自觉地翘了一下嘴角。

“好歹见你笑了。”郑潮生出声，“刚才还在想你是失恋了还是失业了，苦大仇深的，看着怪吓人的。”

被人直白地戳穿伤心事的檀迦：“你是不是觉得自己很幽默？”

郑潮生：“行行行，我的错。晚上请你吃凉薯赔罪。”

檀迦：“吃一筐也没用。”

郑潮生：“你是猪吗？”

檀迦嘴皮子功夫不落人后：“那你挺厉害的，能跟猪对话。”

郑潮生服了：“原来你是这个路子的，早知道还是让你苦着张脸当酷妹得了。劲儿劲儿的，多拿人啊！”

“滚哪，你毛病真多！”

无聊、幼稚、低级地拌着嘴，檀迦终于放松了。

作为檀迦曾经的朋友，褚念自然也看出檀迦心情不好。她盯着檀迦看了一会儿，又朝坐在副驾驶座的航拍社团副队长投去目光。

郑潮生后脑勺长了眼睛似的，转头问她：“看我做什么？”

听见郑潮生转身对后排的人这样问，檀迦才抬头从车内镜朝后看了一眼。

褚念有些娇气，但人不坏，此刻她正无语地反驳：“看你咋的？”

郑潮生好整以暇，仔细打量了褚念一番，丝毫不让：“你不会是对我一见钟情了吧？”他越想越觉得自己猜对了，笑着补充道，“刚刚在行李传送带那里你就一直看我。”

确实有这么回事，郑潮生的行李出来得早，他大剌剌地敞着腿坐在拉杆箱上玩手机，褚念拖着自己的拉杆箱经过时，偏头看了他一眼。

褚念反驳：“我是看你一个大男生用个粉色行李箱，觉得诧异。”

被鄙视的郑潮生气不打一处来，略显凶狠地瞪了她一下。

可褚念压根就不怕他。褚念脑袋一偏，对檀迦说："你现在交朋友的眼光越来越差了。"

檀迦不容置喙地一撇嘴，说："以前也没好到哪儿去。"

到了地方，下车拿行李时，檀迦避开人跟郑潮生介绍："她是我的大学室友，嘴硬心不坏，没有别的意思。"

郑潮生心思粗，对女孩子的情绪考虑得不细致，但很尊重女生。他说："知道。我一大老爷们不跟小姑娘生气。"

檀迦笑着点点头，补充道："不过你确实跟她前男友长得很像，就连喜欢的颜色都一样。"

"晦气！"

"哈哈哈——"檀迦捉弄完人，心情不错地走了。

航拍社团的成员跟野生动物保护协会的志愿者碰了面，一顿饭的工夫便打成了一片。

饭后，郑潮生叉着腰在外面看天空时，看到檀迦在车边放东西，快步过去帮忙，顺嘴提起来："你和阿恂……"

话还没说完，檀迦偏头瞅了他一眼，示意他可以闭嘴了，同时自动把话题岔开："是不是要出发了？"

没多做停留，一行人准备前往羌塘。

大家陆续上了车。郑潮生还是跟檀迦一辆，自觉地跟过去坐在了副驾驶座。

郑潮生双手交叉，撑在脑后，整个人靠在座椅里，自顾自地说起来："突然想到，跟阿恂同宿舍四年，没见他对谁像对你一样如此上心过。"

檀迦眼神复杂地朝旁边瞥了一眼，猜到郑潮生可能知道了她和原恂离婚的事情，是来给原恂当说客的。她语气夸张地说道："小姐，我好久没见少爷这么开心地笑过了。"然后略停顿了一下，才恢复了正常的说话语气，"小说里常有这样的对话。"

郑潮生知道自己被阴阳怪气地嘲讽了，但还是坚持说完："不管你信不信，这是事实。当年你来我们学校找他，他在外地回不来，打电话安排我去接你时的语气我能听得出来，他很在意你。”

檀迦从来没有怀疑过原恂的心思。

郑潮生估计没听原恂说整件事情的来龙去脉，还以为他俩是寻常的矛盾引发的婚变。

郑潮生絮絮叨叨地说了很多，其中有檀迦知道的，也有檀迦不知道的。

——原来那年她离开后，原恂结束集训后曾去青浙找过她。

“我不知道你们当时发生了什么，但阿恂那次回来后，整个人变得很压抑。偶尔我还会拿你开他的玩笑，但他从来不接茬。我以为你们是结束了，直到后来我借用他的电脑时，无意中发现他频繁地浏览青浙大学新闻传播学院的信息，也看到他天气软件里关注的城市永远有一个青浙。”他顿了顿，突然说起，“有一年你是不是长水痘被隔离了？”

檀迦有些诧异：“你怎么知道？”

郑潮生看过来，说：“我怎么知道的，很简单，从原恂那儿得知的。但是原恂怎么知道的，我不知道。他当时在青浙陪你，你一定也知道吧？”

她确实不知道，但长水痘的事情，她记得。

是大三那年的事情。她在青浙除了宿舍没有地方住，拒绝了褚念邀请她去自己家里隔离的想法后，一个人去了酒店。房间靠近马路，她每天的乐趣便是倒数路灯熄灭以及亮起的时间。吃的饭菜是在附近餐厅订好，由酒店员工送到门口的。

直到有一次，门外站着一个戴口罩的男生，他手里拎着她的午餐。

檀迦戴好口罩才开门。

“你好，我是青浙大学公益社团的志愿者，今后负责给你送餐。”

“谢谢。你下次把外卖放在门边就可以。”

男生点头，将打包盒递过来，说：“用餐愉快。”

檀迦打电话跟酒店前台常给自己送餐的员工确认了这件事情，才放心地吃了。

接下来几顿饭，都是这个戴口罩的男生送来的。他每次都是等在门边，跟她说几句话才离开。

隔离的最后那天，男生站在门口却迟迟没走。

檀迦拿着装了餐盒的塑料袋，看到里面是红烧小排和紫薯粥，绿色的好像是油麦菜。抬头见男生还在，正欲发问时，听见男生先开口："我方便进去坐一会儿吗？"

檀迦也在学院社团里有职位，对社团的规章制度有所了解，随口问道："是需要采访我，方便写活动总结吗？"

男生笑了笑，没否认："方便的话，简单聊几句。"

檀迦点点头，侧身让出路，示意他进来。

男生从身前经过时，檀迦仰头看了一眼，才注意到男生很高，身上的味道如雪后松柏的气息，清冽好闻，虽然戴着口罩，但眉眼立体、很英俊，应该是个帅哥。

檀迦没有带上门，而是完全敞开着。

"我可能需要摘口罩吃饭……"房间里，两人隔了段距离坐着，檀迦提了提自己的午餐，说道。

男生说："请便。"

两人确实只是简单地聊了几句，简单到檀迦已经回忆不起他们具体聊了什么。

"那个男生是原恂？"

似乎已经不需要郑潮生回答什么了，因为檀迦心里已经有了肯定的答案。

"要出发了。"这次是郑潮生说的。

檀迦沉默着准备发动车子，这时褚念钻进后座。

郑潮生朝后睨了一眼："你坐这辆车做什么？"

"干吗？打扰你们约会啦！"

说着，褚念跟檀迦打了个招呼，神秘兮兮地问："你听说过这个地方的传说吗？"

檀迦在想事情，其实没什么听故事的状态，只淡淡地接了一句："什么？”

褚念蔫坏地一挤眼，说：“你会在这里遇见你不想见的人。”

檀迦嗤笑，撑回去：“你还挺有自知之明。”

褚念神秘地笑了笑。

褚念和郑潮生的眼神对上。

郑潮生觉得这两个女生似乎话里有话，抱着肩，偏头朝后看了看，若有所思。

褚念率先笃定地说道：“没看你。”

郑潮生勾着嘴角，轻笑一声：“又没说不让你看，紧张什么？”

“你没谈过恋爱吧？”褚念心思直，想到什么便直接说出来，话出口才琢磨出这话问得有点儿歧义。

郑潮生自然是往别的方面想了：“有事？”他朝后转身，意味深长地看了她一眼，说，“你不会真的看上我了吧？”

褚念想骂人。怎么会有人这么自恋！

郑潮生从她的脸上看不出答案，但坚持表达了自己的观点：“听檀迦说我跟你前男友长得很像？虽然我也挺好奇竟然有人跟我长得一样帅，但我并不想做谁的替身。妹妹，理智点儿，不要恋爱脑。你嘛，还算漂亮，就是脾气有点儿急，改一改或者装一装，开始一场新的恋爱很容易。”

“我可谢谢你的祝福。”

郑潮生无所谓地摆摆手，说：“小事情，你别来麻烦我就行。”

往羌塘去的这一路，褚念和郑潮生你撑我一句，我驳回你两句。有这相声当背景音，檀迦一点儿也没犯困。到了地方，褚念第一时间跳下车，一副“我再也不想跟你同车”的架势。刚在车外站稳，想到什么，她扭头对檀迦补了句：“我说的那个传说，你别不当回事，有惊喜哟！”

到了傍晚，檀迦才知道褚念这个“惊喜”的真正含义。

檀迦出现时，说会在羌塘和众人会合的航拍社团社长正跟当地向导打招呼：“你好，极目航拍，常诠。”

一道无比熟悉的男声撞进檀迦的耳朵里。

她茫然地抬头，原本是随意地一扫，但此刻漆黑明亮的眼底只剩下满满的难以置信。

常诠。

是她的原恂。

“常队长，久仰久仰。”当地的向导走过去握手。

檀迦眼睛都不眨地盯着他们聊，直到向导冲她招手：“来，檀迦，我给你介绍一下。”

时间在某些时候的确改变不了什么，眼前的男人依然是记忆中的模样。檀迦看着，心口一阵绞痛，曾经可以亲、可以抱的人，此刻只能相对站着，以陌生人的身份重逢。

简单地向对方自我介绍了几句，等这场走形式的客套结束，不论从哪个角度考虑，檀迦也没有找到说服自己单独打个招呼的借口。更何况此时郑潮生雀跃地跳到原恂身旁，用拳头捶了一下他的肩膀后，两人热络地聊起来，彻底断了檀迦要过去说话的机会。

檀迦站得远，听不见他们在说什么。看到两人站在一起，檀迦难免想到大学时的事情。当初檀迦招呼也不打地去北央大学扑了空后，直接把人拉黑，中间断了联系。

“他就是你老公？”褚念不知什么时候出现在她旁边，“很帅啊！”

檀迦闻声偏头，见褚念面带笑容，探究地打量着原恂的方向。

“原来你喜欢这个类型的。”褚念喃喃自语，“大学时见你跟那谁走得近，还以为你喜欢阳光运动型男生。”

褚念说的男生是檀迦的男闺蜜，那人是名副其实的妇女之友，叫薛凯。他是校篮球队的，永远活力四射，朝气蓬勃，朋友很多，男生缘好，女生缘更好。但他不是檀迦喜欢的类型。

“薛凯现在去当兵了吧？你们还有联系吗？”褚念冷不丁地问道。她说话的声音不低，站在不远处的男人刚好听到。

原恂偏头，朝这边望过来。

檀迦顶着原恂炙热的目光，简短地回答：“他大多数时候拿不到手机，偶尔会打电话。”

褚念煞有其事地点点头，眼睛滴溜转了一圈，兴致勃勃地追问：“他后来跟你表白过没？”

檀迦觉得站在斜侧方的男人朝这边投来的目光更直白了。檀迦心里狠狠地说了褚念一番，头也没抬，反问褚念：“你很闲？”

“这不是没事做，聊聊天嘛！”

檀迦冷着脸，无情地说：“如果我没记错的话，我们现在还在矛盾期，不需要通过聊天培养感情。”她顿了顿，纠正褚念方才的用词，“还有，不是老公，是前夫。”

檀迦适时地停了话茬儿，因为视线里多了一双男士马丁靴——是原恂过来了。

郑潮生在原恂后方给褚念使眼色，意思是让她去旁边。

褚念看看檀迦，又看看原恂，虽然内心十分不想搭理郑潮生，但为了檀迦，还是照做了。

“这可是你有事要麻烦我，跟我说谢谢。”走出一段距离，褚念瞥了眼与自己同行的郑潮生，占嘴上的便宜。

郑潮生格局大，不跟她计较，无比爽快地说：“谢了。”

被感谢的褚念并没有想象中的开心，不乐意地撇撇嘴，加快步子，把人甩开。

檀迦和原恂面对面站着，两人对视的眼神中包含了很多情绪，有心照不宣的默契，有好久不见的挂念……可能是远离了熟悉的城市、熟悉的生活，在别处重逢时，过往的经历更多的像是在看别人的故事。

檀迦突然觉得万分感慨。

只是还没等她开口，原恂先说：“瘦了。”

两个轻轻的字节有些沉重，尤其是檀迦低头时看到了原恂无名指上还戴着那枚戒指。

她无意识地吸了吸鼻子，说：“天气回暖，减了衣服。”

原恂点点头，两人没再说什么。

就好像他们只是经历了一次普通的分别，不需要特意为重逢准备开场白。

饭间，有人发现：“瞧我这眼神，你这无名指上戴着戒指呢！是婚戒还是赶时髦戴着玩的？要是单身，我可要自作主张给你说个媒了。”

“是婚戒，我妻子选的。”

檀迦捏着酒杯朝那边看了一眼。男人五官立体，冷白皮在这黄沙中格外扎眼，更何况他长得那么英俊，身上张弛有度的分寸感很吸引人。

吃完饭，檀迦扭头，见身后有个小尾巴。

“你跟着我做什么？”檀迦觉得莫名其妙，褚念这人怪怪的。

褚念一副“你以为我想”的抗拒模样，不知道的还以为是被谁逼着似的。

“你还在生气吗？”

“什么？”檀迦想起来，“你说论文的事情？”

看着褚念的表情，檀迦确定她说的是这件事。也对，在论文风波前，两人的关系十分要好，牛皮糖似的，随时随地都待在一起。其他同学常开玩笑，你要是找不到她们其中一个人，只要知道另一个在哪儿，肯定能找到。所以褚念抄袭并且栽赃她的事情，檀迦无论如何也想不通。

生气吗？刚得知的时候，她非常生气，觉得被自己护着的鸡崽咬了。

但现在还生气吗？好像不了，就当自己看错了人，信错了人。

檀迦话说得不客气：“气你的愚蠢吗？”

“你！”褚念着急，但转瞬无所谓地一摆手，突然就不想那么快告诉檀迦真实情况了，“算了，我不跟你计较。”

是你做错事在先，怎么成了不跟我计较？檀迦不理解。她刚要说点儿什么，抬眼见原恂出来，立马噤了声。

不知情的褚念自顾自地问：“你前夫长得帅，还有钱，对你也特别好，那你们为什么离婚？”

褚念是真心地发问，虽然说出来可能很难令人相信，但褚念没想过要伤害檀迦。

檀迦不太想回答这个问题，也不知道该怎么对别人解释。顶着不远处原恂的目光，她意味深长地一笑，说：“你猜。”

说话间，褚念才注意到原恂。结合檀迦这个回答，褚念微微张嘴，面露诧异之色，不自觉地朝原恂的下身看去，她脑袋里想什么不言而喻。

原恂随着她的打量，茫然地低头看了一眼，抬头时皱了下眉。

褚念回归这趟西北之行的正事：“我们还是聊聊吧，这样憋着，你难受，我心里也不舒服。”

原恂已经拿着手机去了别处讲电话。

此时檀迦还不知道，褚念将要对自己说的事有多严重。

“有件事说出来你可能不信，我刚确定时也觉得挺扯的。”褚念自嘲地笑了笑，然后板着一张脸，字正腔圆，非常冷静地陈述道，“医学证明，我是你姐姐。”

是的。

褚念得知檀迦是自己的父亲和别的女人的孩子时，一时不敢相信。直到她带着两人的头发去医院做了亲子鉴定，才确定了这件事情。

也正是这份亲子鉴定，成为褚念和檀迦决裂的关键因素。

褚念的母亲和周绥生很早便分开了，但褚念一直不理解，为什么明明两个人看上去感情很好，都很爱自己，却会分开呢？这个问题，褚念思考了十八年，直到无意从母亲口中得知，离婚是因为父亲有外遇，周绥生在她心里一直以来的好父亲形象才崩塌。再到后来，母亲在她朋友圈里见到檀迦的照片，问起这个女孩是谁，褚念看着母亲古怪的表情，逼问下才知道，檀迦可能是那个女人的孩子。

母亲对父亲的这种行为已经看淡了，看到檀迦的照片也并没有任何不悦的态度。但褚念不一样，如果是真的，那她接受不了这个事实。所以她偷偷取了檀迦和周绥生的头发，去医院做了亲子鉴定。

“然后便有了论文的事情。”褚念说完，心里突然就舒坦了。实话实说，她对檀迦的好是真的，大学四年表现出的闺密情也都是真的。檀迦遇到什么麻烦，她绝对是第一个冲过去帮忙的；檀迦有了好的成绩，她也是真心地为檀迦开心。当时因为那张亲子鉴定报告，中伤檀迦，跟檀迦决裂，褚念内心同样不好过。

如今说开了，能不能继续做朋友，褚念不知道，不知道檀迦还愿不愿意，也不知道自己还会不会在意。

褚念一口气说完，但檀迦只回了淡淡的一句："我知道了。"

褚念眨眨眼，口干舌燥地吞下口水，问："然后呢？"

"谢谢你告诉我这些。"檀迦说，"这对我很重要。"

褚念不开心，挥着手臂指指自己："你就没有什么想对我说的？"

檀迦在褚念期待的眼神中，认真想了想，说："以后别犯蠢了。"

褚念想咬人！

褚念一脸不满地走了，哒哒的小碎步代表着她被撑得不开心。

檀迦一个人坐在外面待了会儿，又过了一会儿，身后传来脚步声。她头也没回，问："想到回撑的话了？"

身后人没回答，檀迦猜到来人可能不是褚念，正准备扭头去看，只觉肩上一沉，多了件外套。

原恂给她披外套的动作算不上温柔，说是丢的也不过分。

檀迦低头看看外套，又看看他，开口："谢谢。"

原恂手垂下来，落在她的头顶，轻轻按了按："一个人坐在这里发什么呆？"

看着原恂的态度，檀迦突然想明白褚念为什么会出现在这儿了——是他找来解释真相的。

突然觉得好气，演戏赶自己走的是他，解释求和的也是他，怎么什么都让他做了，只有自己被戏弄得团团转？

所以此刻的檀迦不是很想理他。

"被人看到要误会的，你经营的好丈夫人设恐怕不保了。"

"你以为谁都跟你一样蠢。"原恂暗指结婚纪念日那天在餐厅的事情。

檀迦理直气壮："你故意演给我看，我不得配合？"

"我故意——"原恂把脏话咽回去，问檀迦，"你什么时候知道的？"

"在医院见到你爸的那天。"檀迦说得更详细些，"我在病房外听到了舅舅和你爸的聊天，舅舅不同意我们在一起。"

原恂："难怪。"

"难怪什么？"

"律师跟我说你要离婚的时候，我就该料到是这个原因。"原恂顿了顿，看向檀迦，解释，"那天在餐厅，不是故意演戏，是意外。但那个服务生是我爸安排的，你进门的时间也是我爸算好的，被你误会后，我才意识到这点，抱歉！"

"才不要你的道歉！"檀迦嘟囔，"嘴皮子一碰，轻轻松松就说了，你知道当时我有多伤心吗？"

檀迦话赶话说出口，听得身旁人保持着沉默，她茫然地偏头去看。

原恂正垂着头，在她望过来时，又抬头看了她一眼。

檀迦不知道该怎么形容这个眼神，是自责和愧疚吗？她想到郑潮生告诉自己的陈年往事，突然觉得这两个词太单薄了。

"我没有怪你的意思……"

屋里有人出来，要找原恂商量接下来的航拍内容。

一行人大老远来这儿聚在一起，不是为了旅游的。一忙起来，两人竟连单独说话的机会都没有，但因为堵在两人之间的那面墙已经被推平，就算暂时没有坐下来好好聊聊，也知道和好是早晚的事。更何况，这种在公共场合，两人隔着人群偷偷对视一眼，交换着关心与牵挂的感觉还挺不错，像是在瞒着众人偷偷地恋爱。

晚上，众人陆续休息了。

檀迦靠在原恂怀里，坐在星空下，独享着安逸的时光。

檀迦在发呆，原恂问："在想薛凯？"

檀迦回过神，拉住原恂的手，冲他笑了笑，说："不是。"顿了一下，反问，"我跟褚念说的话，你都听见了？"

见原恂看着自己的表情，知道他是听见了，檀迦解释："我跟薛凯没什么的，就是好朋友。不过——"她一顿，兴师问罪地看向原恂，"我还要问问你呢！你没来的时候，郑潮生跟我说了，大学时你总偷偷去青浙看我，还关注我们学校的论坛和青浙的天气。"

原恂没有否认。

檀迦撇撇嘴，小声抱怨：“你怎么从没告诉过我这些？”

因为类似的事情太多了。他会关注另一座城市的天气、另一个学校的学院动态，在生活中听到有人喊“jiājiā”都会率先抬头，看一看是不是她。

原恂说：“现在你属于我，其他的都不重要了。”

“重要。”檀迦陡然坐直，跟他强调，“知道这些，我便能多爱你一些。”

檀迦说着，声音突然就小了。他们两人处于夫妻的关系，朝夕相处，对对方的爱意程度竟然要取决于往事，有些可悲。

原恂自然也是想到这里，遂说：“不论我过去做了什么，那是我一个人的决定，我会自己负责，你不必受此牵累。现在和未来，你爱我多一些，我很开心；你爱我少了，我也不会因此抱怨。”

“你就一直站在这儿呗，不管我是靠近还是走远。”檀迦打断他，质问完，气呼呼地别开脸，嘟囔，“焉斐誉说我自私、冷情，我看你比我过分多了。绝对理智的背后，是相对冷漠。你口口声声说爱我，但爱一个人，怎么会舍得放她离开？”

檀迦扭头，告诉原恂：“你要把我绑在你身边，就算我捂住耳朵不想听，你也要告诉我你有多爱我。”

原恂被她控诉了也不生气，心情不错地总结：“原来你喜欢这样的。”

檀迦这才猛然意识到掉进自己挖的坑里了，她打死不承认：“我只是举个例子。”

原恂笑着接话，也是想着法子哄她：“我觉得这个例子很不错，我们以后的相处中可以适当地尝试。”

“相处”两个字发音加重，欲盖弥彰，是某种暗示。

檀迦嘴硬：“听不懂你在说什么。”

原恂认真地说着自己的观点：“在我们没有相遇的日子里，彼此拥有着独立的人生，你拥有绝对的恋爱自由权，我是害怕，告诉你这些会成为你的负担。虽然我希望你自始至终属于我，但如果不能，那我希望你所拥有的每一段感情，即便没有我，也都是回忆。我不想你回忆起来时，是伴随着遗憾的。我希望你能收获很多很多的爱，不仅限于我。但你的爱，未来只准给我。”

檀迦眨眨眼，突然明白过来：“你是说薛凯吗？”从原恂脸上的表情判断，她猜得没错，她神情一松，倏然笑了，“他是跟我告白过，但那是闹着玩的，故意捉弄我呢！”

哪有男生会开这样的玩笑，不过是告白失败后，借着玩笑来缓解两人间的尴尬，继续做朋友罢了。

原恂见过檀迦跟薛凯相处的状态，很放松、很开心。

檀迦生怕原恂不信，想了想，补充道：“薛凯是比我高一届的学长，是学生会的，我入学的时候他负责接待新生。他这个人特别自恋，而且还不自知，开学第一天，就有单纯的学妹被他花枝招展的外表骗了。”

“他主动招惹你的？”檀迦高中时便漂亮，在女生间十分出挑，不管是明德校区还是第一中学的男生，都有关注她的。

檀迦点头：“嗯。起初我觉得他很烦人。”

“那后来怎么改观了？”

檀迦现在回想起来，仍觉得挺戏剧性的，这个理由解释起来好像不是那么有说服力：“好像是考试周，又或者是准备英语四级考试，记不太清了，那天我吃了午饭回图书馆看书，趴在桌子上小睡了一会儿，醒来的时候，看到他给我肩上披了件外套。图书馆的空调开得很低，平时还好，睡着了真的挺容易着凉的。”

“就因为一件外套吗？”原恂皱了皱眉，心情有些复杂。

檀迦自己也说不清楚：“是又不是。当时就觉得这个男生挺细心的，慢慢接触下来，发现他性格直率外向。”她看向原恂，总结，“然后我们便成了朋友，一起经历的事情多了，知道他很讲义气，待人真诚，见多识广又很幽默，渐渐就成了好朋友。不过，再好也仅限于好朋友这层关系。过去是这样，现在和未来也会一直是。”

“没有怀疑你。”原恂看着檀迦努力澄清的样子，笑了笑，诧异这天聊着聊着还有意外收获，“我只是在回忆那件外套的颜色。”

“嗯？”檀迦茫然，心想跟颜色有什么关系吗？

直到她听见原恂问："是件灰色的棒球服，对吗？"

"你怎么知道……"檀迦想到郑潮生说原恂会去青浙偷偷看她的事情，不敢相信，"你当时在场？！"

看着原恂的表情，檀迦做了个大胆的猜测："那件外套不会是你的吧？"

棒球服符合薛凯的穿搭风格，所以檀迦从未怀疑。

而原恂……早些时候在"同风起"，穿搭偏休闲舒适，卫衣、风衣也是常穿的；管理家里的公司后，因为工作需要，穿得就会精英总裁范儿一些了，偏正式化；而现在在外地，非工作时间，穿着便随意了，冲锋衣、牛仔服等，各种混搭。所以那件外套，也有可能是他的。

连檀迦自己都不知道，她此刻望向原恂等着他公布答案的眼神里，多少带着些期待。

正如原恂定义的，类似的事情太多了，如果不是檀迦提，他可能已经忘记那件外套的事了。他说："那天不是特意去学校找你。你们学校有个计算机相关的讲座，我跟着导师一起去参加。当时我在实验室外接电话，在路上捡到了你的校园卡，你可能不信，但确实是这么巧。我看到你往图书馆走，本来想喊你，但看见有同学跟你打招呼，你们有说有笑的，便没上前打扰。图书馆进闸口时需要校园卡，我本来以为你会发现，结果你跟你同学从员工通道混进去了，没用卡。"

对于原恂说的事情，檀迦自然不陌生，她常这么干。

"我好像知道你说的是哪个朋友了，是不是一个女生，长得不太高，头发有点儿卷，喜欢扎双马尾？她在图书馆兼职，偶尔需要搬东西，从学生闸口进出太不方便，我之前被闸口那根杆子磕到过腿，留下心理阴影了，能混进去绝不走正门。"她咯咯笑着说完，猛然一顿，回到重点，"所以说，那件外套真的是你的啊！"

"我用你的校园卡进了自习室，等你睡着，就把校园卡放到你的位子上，给你盖了外套才走。"原恂说完，看着她，"所以檀迦同学，你得为我正名。"

闹了这么大个乌龙，还被正主澄清，檀迦哭笑不得："又不赖我，谁让你做好事不留名的？”

当时她醒来，先是看到棒球服，然后看到坐在旁边位置上笑嘻嘻跟自己打招呼的薛凯，先入为主地认为外套是他的。她刚睡醒，脑袋还有点儿沉，等缓了缓，彻底醒了神，才把外套还给他，说了谢谢，又问他要不要喝汽水。

薛凯那段时间死缠她，有事没事、不分场合地来她身边刷一刷存在感，连褚念都问“他是不是喜欢你”。只不过檀迦没有这个心思，薛凯也没挑明，她自然没多想。

他喝着檀迦从自动售卖机里买的饮料，几度要说话，都被檀迦制止：“不要说话，大家都在学习。”

檀迦顾着看书，也没多想薛凯要跟自己说什么，现在想来，可能是要解释那件外套不是他的吧。

薛凯不是会冒名顶替的性格。

过去，这件外套让檀迦有机会交到一个很好的朋友，而如今，这件外套被原徇赋予了新的意义。

过了一会儿，檀迦问：“除了这次，你还有什么时候在场？”

“薛凯告白那晚。”

那是原徇被檀迦拉黑后发生的事情。他结束完比赛，没有跟车回学校，而是一个人买票去了青浙。一路上，原徇想了很多，把利弊梳理了一遍又一遍，甚至想直接承认后告白算了。哪承想，就连告白这样的事情，也被人抢了先。

那天，原徇到青浙时已经是晚上了，他没有去酒店，直接拦了出租车到了檀迦的学校，然后便被他看到了那样一幕——

薛凯捧着花站在檀迦面前，身后是举着手机起哄的亲友团。檀迦脸上挂着笑，跟薛凯说话。

原徇只看了个开头，便没再看下去。

热闹都是别人的，他只是经过，连看客都算不上。

“老公。”檀迦喊他，仰头去亲他。

很多次，只要檀迦转身，便能发现他站在身后。但檀迦始终向前，从未注意过身后。也好，这样也不错，他们虽然错过，但她一直在积极且勇敢地生活。

一个缠绵的深吻加重了两人间的甜蜜气氛，忽听外面传来郑潮生的声音：“干吗呢？！”

这话显然不是对他俩说的，因为郑潮生这语气很凶，是要发火的前兆。

檀迦最先反应过来，一把推开原恂，还没调匀呼吸，就问道：“出什么事了？”

客栈前台，褚念被值班的男生推了一下，眼看要跌倒，只觉腰上一紧。

郑潮生中气十足地大喊了一嗓子后，疾步过来扶住了要摔倒的褚念：“你没事吧？”

褚念站稳后，轻轻地摇摇头。刚刚吵过架，她的脸有些发红。

郑潮生瞧着她这模样，如果换别的情形估计要调侃她害羞个什么劲儿。但现在，情况还没了解清楚，并不适合开玩笑。

郑潮生抬眸，瞪向前台小哥，刚准备说“你是大男人，对女孩子动手合适吗”，便感觉到自己的袖子被人拽了拽，一低头就看到褚念正委屈地皱巴着一张脸，模样像极了在跟他告状：“我在餐厅吃饭时手机被偷了，想让他帮我查监控，结果他就推我。开门做生意哪有这样的啊！”

郑潮生被褚念这随机应变的精湛演技折服，不过他也机敏，在褚念又是挤眼又是撇嘴的暗示下，飞快地做出了反应：“是啊！”他和褚念一对眼神，示意她放心，然后猛地一转头，继续说道，“你们客栈就是这样招待客人的吗？老板呢？把你们老板叫出来！”

褚念站在郑潮生旁边，明显一副“有人撑腰，我天不怕地不怕”的模样，开始配合郑潮生一个唱红脸一个唱白脸：“我只是想找回我的手机，并不想给客栈添麻烦。”

檀迦和原恂过来时看到的就是这样一幕。两人大为震惊，你看看我，我瞅瞅你，他们都不知道什么时候这两个人的关系如此突飞猛进。

客栈小哥典型的欺软怕硬，他打量着眼前的两个人，最终还是去调监控：“我帮你们调一下吧，不过餐厅的监控坏了，只有走廊的监控能隔着落地玻璃拍到几张桌子……”

确实如前台小哥说的那样，监控画面还算清晰，但只拍到了靠近落地窗的那一排桌子，褚念吃饭时坐在再往里的那排，最多只能是在她站起来走动的时候拍到下半身。

褚念去餐厅时虽然已经过了吃饭时间，但餐厅里人还不少，有吃水果的，也有玩电脑的。如果没记错，当时还有几个小姑娘拿着单反相机在拍照。

原恂看了会儿监控视频，没看出谁像是小偷。他刚移开视线，准备从四周找找线索时，看到檀迦也没在看监控视频。

檀迦拿出自己的手机拨出个号码，等了一会儿，隐约听见周围有铃声在响。她拿着手机，循着铃声找过去。

电脑前面，褚念和郑潮生在问还有没有其他监控，前台小哥无奈地说只有这一个，两方僵持着，除了一遍遍看着监控视频也不知道怎么办了。

直到檀迦从客栈休息区的沙发缝里抽出一台手机，手机铃声响得更清晰了，电脑前的几个人闻声望过去。

褚念惊喜万分，认出这是自己的手机，只是她还没说话，便听檀迦道：“你这丢三落四的毛病什么时候能改改？”

褚念顶着几个人的视线，走上前把手机拿过来，擦了擦上面根本不存在的灰尘，捂在胸口，无力地辩解：“我就是忘了嘛！”

一场小插曲，并没有引起大的水花。褚念和郑潮生短暂地和解演了出戏，结束后依然是互看不顺眼的欢喜冤家。檀迦和原恂则依旧甜蜜，手牵着手，对视时眼神都能拉丝。

走到没人的地方，原恂把人拉过来亲了亲，问：“我们算是和好了，对吗？”

檀迦“嗯”了一声，回吻他。

原恂往后躲，继续问：“那还离婚吗？”

“不离了。”

返程那天，因为假期没结束，郑潮生索性跟着原恂回了南境。

“那你呢？”檀迦看向也做了同一决定的褚念，问道。

褚念和檀迦之间的矛盾虽然解释清楚了，但很难立马回到从前。

褚念：“想吃臭豆腐了不行啊？”

檀迦耸耸肩，眼神直往郑潮生身上瞟，说：“还以为你是因为什么人呢！”

褚念不吱声了。

在行李传送带旁等行李时，褚念的手机恢复信号后，有电话打进来，是周绥生。

褚念刚接通电话没说几句，檀迦便猜到了。檀迦太熟悉褚念跟周绥生讲电话的语气了。

郑潮生在传送带上看到了自己的行李箱，估计是想起褚念先前提过自己行李箱颜色的事情，嘟囔道：“粉色怎么了？男生用粉色很酷的好吗？”

褚念在接电话，虽然听到了郑潮生的声音，但不好接话，只皱着五官做了个鬼脸回应他。

说来也搞笑，连褚念这个接电话的人都没有认真听电话的内容，檀迦这个外人倒是屏息凝神，试图去听电话那头的周绥生说了什么。

但哪能听到呢？檀迦却不死心，像是跟自己较上了劲儿，执着地想要听出个所以然来。

直到原恂抬手，轻轻捂住了她的耳朵，檀迦才从自己固执挣扎的情绪中出来。她脸上沉痛冷漠的脸色还没有完全敛去，抬眼撞进原恂的眸里，突然就平静安心下来。

原恂知道她在做什么，却没有说。

“一会儿想吃什么？”

“想吃小区楼下的牛肉粉。”

原恂点头：“好，带你回去吃。”

出了机场，原恂的司机早在外面等待。檀迦看看郑潮生，安排道：“我跟阿恂有点儿私事，这位大小姐就交给你了。”

褚念嘟囔：“谁要跟他走！”

“就你那在大学校园都能迷路的调性，能保证顺利地在这座城市生活吗？”檀迦不客气地问她。

褚念心虚：“行吧。”

这回轮到郑潮生不乐意了：“别啊！你如果觉得为难就算了，当今社会，打车软件比比皆是，只要肯花钱，想去哪儿都迷不了路。”

褚念不听他的建议：“我不爱打车，我就爱麻烦你。你拒绝也没用，我就赖定你了。”

两个人拌嘴的工夫，檀迦已经拉着原恂上了车，草草地打了个招呼后，真就不管他们，溜之大吉了。

等车子发动起来，原恂问道：“你说他俩有几成可能在一起？”

“你也看出来了？”檀迦还没从自己做红娘的喜悦中回过神来，不想原恂竟也这样认为，遂说道，“百分百能在一起。我觉得他俩特别搭。”

略一顿，檀迦又跟原恂打听：“你和郑潮生以前是大学室友，了解他的感情生活吗？没有纠缠不清的初恋女友吧？别看褚念平时挺机灵的一个人，真谈起恋爱来，那可真是不管不顾。不过据我观察，郑潮生人品还不错……”

檀迦还没说完，眼前的光线突然一暗，还没等问原恂怎么突然靠近，只觉唇上一软。

檀迦抬起手臂勾着他的脖子，等分开时，两人的额头抵在一起，原恂说：“你说走就走的账我们该算一算了。”

檀迦没吭声——不敢说话了。

原恂评价：“你真是好狠的心。”

“以后不会了。”檀迦保证道。

以后真的不会了。

那些被原恂埋藏在时光中的往事确实影响着檀迦，成为一种羁绊，将她绑在原恂的身边，没有任何再离开的理由。檀迦喜欢这种影响。

褚念和郑潮生的南境之旅很愉快，至少檀迦看过褚念的朋友圈动态后是这样认为的。

檀迦回报社销假，恢复了忙碌的工作状态，抽空还要跟原恂聊公益的事情，每天疲惫但充实，而且有爱人陪在身边，生活格外有意义。

檀迦跟周绥生碰面是在墓园，那天是檀惠的忌日，天气很好。

檀迦在原恂的陪同下去看望母亲。墓园环境清静，任城市日新月异，这里永远是当年的光景。要说改变，可能就是又长了些杂草，石碑上的字被风雨侵蚀得又旧了些。

这是她第一次带原恂来这里，随着陈年往事暴露在空气中，两个人的感情也越发坚定，举手投足间默契的配合更显浓浓的爱意。

原恂蹲着拔掉墓前的杂草，檀迦神思凝重，将花放下后，把带来的酒摆出来。

两人在墓前说了好一会儿话。

檀迦说工作，说生活，说自己结婚了，说："你应该见过原恂的，他的照片被贴在校门口的海报上，你开家长会时肯定……哦，忘记了，我高中时的家长会都是舅舅去给我开的。我没有怪你的意思，但你看，当年没有提前见见女婿是不是挺遗憾的？他人长得帅，上学时学习好，工作了会赚钱，对我也好。想想，我真是占了大便宜。"

原恂则说自己的情况，说家里的情况，说自己和檀迦的事情，说他对檀迦的感情，说他计划的未来，言辞间无一不体现着爱。最后，原恂跪在墓前，对着石碑上的黑白照片，郑重地磕了三个头，说："希望您能放心地将迦迦交给我。"

下山的时候，檀迦说："她爱吃螃蟹，等秋天来的时候，我们带几只。"

原恂说："好，我都记得。"

檀迦又回忆着，絮叨地说："今天忘记带车厘子了，母亲爱吃。"

原恂说："下次带。"

檀迦又想到原恂在墓前的保证，问起："以后家里真的什么事都听我的？”

原恂反问：“我以前有什么事没听你的吗？”

檀迦仔细想了想：“好像也没有。”顿了一下，她无所谓地说，“还是不要听我的了，我懒得管。每天工作好累好累啊，下班到家，我只想当咸鱼。”

“好，都随你。”原恂无奈地笑。

檀迦脚步雀跃，不像往日离开墓园时那么沉重。

爱一个人从来不是说说而已，它体现在眼神里，体现在笑容里，滋养着被爱者，由内而外散发着温暖的力量。

快到山脚的时候，两人碰见了拎着车厘子来看檀惠的周绥生。

“我去买瓶水。”原恂这是给两人留出说话的空间。

檀迦没有拒绝，等原恂离开，又等周绥生走到自己跟前。

周绥生望着檀迦，眼神复杂，想了几种开场白，最终只是一句：“迦迦，抱歉。”

檀迦没接话，她对周绥生的印象很好，准确地说，是从褚念那里得知周绥生是自己的亲生父亲之前的印象很好。

刚考上大学时，檀迦因为母亲的离开和陌生的环境，每天的情绪都不太好。

那段时间她在一次学校活动中认识了周绥生，他是一位在业内很有威望的记者前辈。

可能是因为崇拜，檀迦对他轻易地敞开心扉，周绥生也给予了她很多帮助，渐渐地，两人成了朋友。

对的，朋友。

檀迦信任他，生活中遇到想不通的难题总会想到去请教他。前不久，她还联系过他。

哪承想，他竟然是自己的亲生父亲。

所以这句“抱歉”在檀迦听来，是如此突兀。

檀迦曾对原恂说过，对于父亲这个角色，自己没有爱，同样也没有恨。但当檀迦得知对方是周绥生时，檀迦内心是震惊的，是生气的，是自我怀疑的，有一种被辜负的失望感。

“为什么？”檀迦问，问的是为什么自己的父亲会是他。

周绥生回答：“褚念的母亲对周家有恩，两家早早地定下了我和她的婚约。”他答的是自己不能跟檀惠在一起的原因。

周绥生和檀惠在战地相识，共同经历过生死。檀惠那样坚定勇敢的女人，令周绥生疯狂心动，但他已有婚约，两边都是他无法辜负的。

檀惠不愿看他为难，伤心地离开了。

周绥生以为，他们之间的故事会这般结束，不会再见。

但几年后两人在震区重逢，平行线有了交会的趋势。在经过无数次的若即若离后，终于在离开震区的那天晚上，干柴烈火，谁也没再克制自己的感情。

所有的欲念与奢望在那一晚，得到了兑现与满足。

两人约定，这是开始，也是结束，既然他绝情，那她也不愿再见。

“我不知道她怀孕了。”周绥生纠正自己的用词，“我不知道她怀了我的孩子。”

如果知道是自己的孩子，周绥生可能也不会为了这个放弃自己的事业。但可能的意思，不就是还存在一定的侥幸概率吗？只不过那时，他确实不知道。

原忱鑫作为两人的好友，不满周绥生的行径，为檀惠抱不平，与周绥生多年未有往来。

过年那段时间，原忱鑫在度假山庄遇见周绥生，火气依然未消。

那天原忱鑫离开后，周绥生心情不好，多说了褚念几句，褚念遂和他吵了起来。争执间，褚念说他既然不喜欢自己这个女儿，就趁早去找别的女儿。周绥生觉得莫名其妙，让她把话说清楚，自己哪里有别的女儿。两人话赶话，褚念才说漏了之前给他和檀迦做过亲子鉴定的事情。

“医学报告都认证了，檀迦和你有血缘关系。”

“谁？！”

褚念重复了一遍，周绥生才敢相信自己听到的是檀迦，而她竟然是檀惠的女儿。

他们竟然有过一个孩子……

周绥生从回忆里回过神来，看着眼前的女孩，试图从她的五官中看出昔日檀惠的痕迹。他早该认出来的，眉眼是有些像的。第一次见到檀迦时，他便有一种熟悉又亲切的感觉。他一直将这种感觉归结于檀迦的礼数与教养上，却从未思考过，她竟然是自己的女儿。

“爸爸来晚了。”尽管今天阳光明媚，蓝天白云高远，但墓园的风依旧凄凉，周绥生说任何话，在檀迦听来都十分滑稽。

这个称呼，让檀迦猛然意识到当下自己所处的情形。不过，她很快便冷静下来。

“去看看我妈吧。”檀迦把路让开，别开了脸。

檀迦猜，檀惠是想见他的。

看着周绥生往前走，檀迦没有跟过去，而是朝着相反的方向，按照原路下山，在半途就看到了等她的原恂。

原恂朝她伸过手去，檀迦拉住他的手，人走快几步挨在他身上，嘴角抿出一个淡淡的微笑，说：“等久了吧。”

“不会。”

周绥生的出现让檀迦有些不自在。如果自己的父亲是其他人，檀迦可能会如自己预期的那样绝对平静。

等候在车里的司机见他们回来，下车来开后座的门，檀迦轻轻拽了拽原恂的袖子，说：“陪我走走吧。”

“好。”

两人手牵着手，肩挨着肩，静静地往前走。司机开着车，缓慢地跟在他们身后。道路两侧的行道树将阳光筛出斑驳的光影，尽数洒在他们身上。

檀迦想跟原恂聊聊周绥生的事情，可她觉得自己好累啊，脑子里仿佛有一团乱麻，根本找不到线头。

原恂没有过问她和周绥生在山上聊了什么，说起别的事情：“我舅舅介绍了个婚庆策划公司，他结婚时就是选的这家，说创意和服务很到位。我们有时间去和对方聊一聊。”

檀迦应：“好。”

原恂又说：“设计师的婚纱图稿快完成了，到时你看看喜不喜欢。”

檀迦还是点头，说相信他的眼光。

这天的檀迦格外好说话，原恂说什么她都答应。

日头渐渐西斜，两人坐在路边的排椅上，细细描摹着属于他们的未来。不知过了多久，檀迦靠在原恂怀里渐渐睡着了。原恂没有喊醒她，又等了一会儿，才把她稳稳地抱起，朝着停在路边的车子走去。

檀迦这一觉睡得很平静，梦里只有原恂和他们的未来。

周末的时候，檀迦没有加班，原恂却出差了。

她嘴上说不舍得原恂，撒着娇不让他走，但等原恂出发后，立马喜滋滋地拨通了焉斐誉的电话，问她今天有什么安排。

焉斐誉说晚上朋友的酒吧开业，她们先去逛街，再去给朋友庆祝。檀迦爽快地说没问题，开心地在衣帽间里挑今天的战袍。

刚敷了张面膜，洗过脸准备化妆时，门铃响了。

檀迦嘟囔着不会是焉斐誉来接她吧，一边抬步去看可视对讲门禁。

来人是原忱鑫。

檀迦连忙开门让人进来，说：“爸，阿恂今天出差了。”

原忱鑫则说：“我来找你。”

檀迦刚洗过脸，什么也没搽，这会儿皮肤有些缺水，皱得她有些难受，整个人不自在地坐在原忱鑫的斜对面。

原忱鑫喝了口檀迦给他倒的水，又打量了一圈室内的装潢，最终看向檀迦，问道：“昨天去看你妈了？”

檀迦想到自己和原忱鑫在原家书房见面的场景，那是两人第一次见面。檀迦本以为原忱鑫会对自己、对自己的家庭百般挑剔，但是没有。

原忱鑫这次特意过来，却没说什么，只问了几个长辈和小辈间聊天时老生常谈的话题。

原忱鑫一直自责和后悔当年得知檀惠远去战地做记者后，托周绥生照顾檀惠的决定。

檀隶澍因为檀惠的遭遇，迁怒于他，他认。檀隶澍因此介意两个小辈在一起，原忱鑫便做那个破坏姻缘的恶人，让两人分开。

好在尘埃落定，两个有情人终成眷属。

不过这些，原忱鑫没跟檀迦提起。

原忱鑫待了没一会儿便离开了，好像只是顺路过来。

后来檀迦跟原恂说起这事，原恂说："爸只是想见见你。"

夏天的时候，原氏集团总裁牵头成立了循嘉基金会，助力于青少年的心理健康成长，更是以个人名义投入了500万元善款帮助基金会进行前期运作。南境乃至国内各大企业陆续加入，首批募捐款高达3亿元。

原恂这个商场新秀广登各大新闻头条，成了公众关注的焦点。

与此同时，他的私生活也被紧密关注。

那天檀迦和原恂难得都有空，订了餐厅吃烛光晚餐。

哪承想，一夜之间，花边新闻满天飞，各大媒体爆料：男主角与神秘女人在车内拥吻，携手回家后第二天才离开。

循嘉基金大跌，原恂名声好坏参半，连带着原氏集团的股票都受到了影响。

原恂得到消息的第一时间便召开新闻发布会，公开澄清："不是神秘女人，是夫人。"

这是他第一次在大众面前，正式公开自己的私生活。

另一边，檀迦在为自己的工作奔忙，绯闻的事情对她没有造成任何影响，加上她相信原恂一定会处理好，所以没有丝毫担忧。

她所在的地方是南境的城中村，这里有一片亟待整改的老式居民楼。几分钟前，一户居民因为煤气使用不当，造成爆炸，顷刻间半幢楼处在滚滚浓烟中。

这幢居民楼的住户大都使用煤气罐做饭，火势若不及时控制，一旦蔓延开，会造成二次或者多次爆炸。

此刻消防车和救护车已经就位，消防大队队长摊开居民楼结构图，制定救援方案。

檀迦和同事们完成本职工作的同时，也深深地祈祷所有人平安，祈祷火势造成的损失减到最小。

檀迦得空关注原恂发布会的内容是在回报社的路上，焉斐誉发过来的一条在网络上高赞、高讨论度的短视频，截取的正是原恂在发布会最后的那段发言。

画面中，原恂穿着烟灰色的西装，英俊挺拔，站在闪光灯下优越自信，一如少年时站在主席台上作为优秀学生代表演讲的模样。

他言辞真挚，声音动听，直视镜头的眼神格外深情。

“我与夫人年少相识，数年岁月，不敢谈看遍百苦，却也经历了许多。

人活在世上，为名利、为梦想，也可以因为爱，爱父母，爱子女，爱恋人。行到水穷处，我才知爱能使人温柔至此。

占用公共资源深感抱歉，借此公开说明，循嘉基金，是我和夫人创办的。

我与夫人愿将爱传递给大众。

谢谢。”

番外
大团圆

YAN YAN BAI RI

“新郎，你是否愿意娶眼前的女士为妻，不论贫穷与富贵、健康或疾病，护她、爱她。”

“我愿意。”

爱尔兰的一个小岛上，担任司仪的季元山问完作为新郎的原恂后，又将同样的问题抛给新娘。

面上洋溢着甜蜜幸福笑容的檀迦温声细语地回：“我愿意。”

在场的亲朋嘉宾和季元山都欣慰地望着这对郎才女貌的璧人，看着他们交换对戒，相拥亲吻。

婚礼按照已定的流程推进着，没有人发现这对新人半小时前在化妆间吵过一架。

“哥，嫂子，新婚快乐。”原恪穿着白色的伴郎西装，领口的衬衣扣子开了两颗，看着随意自在，像他的心情一样。他先是跟两位新人说了几句吉祥话，正准备说嫂子的手捧花扔得准，自己需要把向焉斐誉的求婚提上日程时，隐约发现他哥的脸色不太对。

亲兄弟是最熟悉的人，原恪和他哥斗智斗勇这么多年，自觉不会看错。他狐疑地端详了他哥几眼，不解地将目光落向他那可亲可敬的漂亮嫂子。

察觉到原恪的视线，檀迦抿唇，冲他投去一个不太漂亮的笑容。

其实这事跟原恪也有关系，所以不怪原恂刚刚看敌对者似的狠狠地剜了亲弟弟一眼。檀迦冲帮自己隐瞒的原恪投去一个抱歉的眼神，又使眼色给他打预防针。

也不知道原恪是没理解她的意思，还是演戏演上瘾了，歪着脑袋一脸茫然地盯着檀迦。

“对你嫂子有想法？”

直到原恂冷飕飕地来了这么一句，原恪才把视线从檀迦身上移开，冲着自个儿亲哥拨浪鼓似的飞快地摇了摇头，坚定地回答：“没有，绝对不敢有！”

原恂淡淡地睨了他一眼，原恪瞧着他哥逐渐松懈的眼神，刚要松口气，转瞬却听到他哥一副了然的语气："那就是对我有想法。"

原恪薄唇微张，有口难言。

好在原恪终于成功地从檀迦那儿接收到了关键信息，意识到原恂是因为嫂子那次采访中胳膊骨折打了一个月石膏的事情生气后，微微睁圆了眼睛，脚掌微动，当即想要溜。

但出于男人的担当与责任感，原恪不想把锅都推给嫂子，决定就事论事，从旁观者的角度公道地说一说自己对这件事情的理解，毕竟他也不想自己亲哥和亲嫂子刚举办完婚礼，扭头就进民政局把结婚证换成离婚证。

况且，这件事情微不足道。

原恪就不信他哥没有事情瞒着他嫂子。

他哥这大男子主义和强势的占有欲真是要不得。

"哥，其实这件事……"

原恪是意外中得知这件事的。他打职业比赛这几年，一直受一个前辈照顾，但前辈打职业比赛久了，手部劳损严重，那天原恪正好没训练，就陪前辈去一位老中医那儿做复健，碰巧遇见吊着石膏不敢回家躲在那里养病的檀迦。

也是巧了，那个中医是檀迦母亲那边的亲戚。

事情挺简单的，原恪张张嘴，正要解释，转瞬一想，突然间明白过来，他哥生气，可能不是因为嫂子有事情瞒他，而是因为瞒的事是有关身体健康的。

他哥这是担心嫂子。

想明白这一点，原恪觉得自己说什么都是多余，准确地说，他站在这儿已经是多余的了。

原恪捏着食指和中指，在自己的嘴边做了个拉拉锁的动作，紧紧地抿着唇，不再说话了。

然后迅速离开。

焉斐誉与原恪

原恪也是有女朋友的人，自然懂得他哥的担心。

他女朋友叫焉斐誉，是他所在电竞俱乐部的老板。他追了很久，在带领战队拿下一个世界级赛事的冠军后，终于告白成功，并且向粉丝公开了两人的恋爱关系。

泳池清澈见底，倒映着蓝天白云。

焉斐誉仰躺在泳池旁的躺椅上，正捧着手机修图。她打算一会儿发一组九宫格。选哪九张照片有讲究，每张照片的每处细节都要无可挑剔，所以她往这儿一躺就是半个小时。

焉斐誉用手指在屏幕上划来划去，一会儿放大一会儿缩小，打算再修一修时，收到了公司运营部同事发来的消息。

对方发来的是一条电竞八卦，这个叫“电竞钵钵机”的博主言之凿凿，从焉斐誉在儿童节发布的一条视频入手，分析了视频中她和Kira的互动，得出结论：焉斐誉和Kira已分手，但出于种种考虑，暂时未对外界公开。

“这件事情的影响原本不严重，毕竟自打上个赛季你和Kira公布恋情后，这种爆料就层出不穷，但这次的情况有些不太一样。这个赛季战队表现不佳，没拿到世界赛的门票，导致关于战队的负面声音越来越多。有关你和Kira的私生活的讨论越来越离谱，对公司形象、对Kira个人的发展都非常不利。”

运营部的同事等了一会儿，估摸着自家老板看完了相关信息，才小心翼翼地问：“誉姐，战队和西柚平台的首播日在后天晚上八点，要不到时你去Kira直播间露露脸，不管是打游戏或者聊几句都行，以正视听？”

焉斐誉在圈子里待得算久了，从很少有人知道电竞也是一项竞技运动，到这个圈子涌现了越来越多的观众和粉丝。随着掌声和关注度的增加，粉丝对这个圈子的要求也越来越高，越来越多的框架限制着圈子里的电竞选手、解说、主持人，以及奋斗在各个位置的幕后工作人员。

他们背负着自己的梦想与众人的希望，艰难地前行。

焉斐誉轻轻地合上眼睛，无数过往的经历像放电影一样从眼前闪过，她的心情因为混杂了多个十分有纪念意义的深刻瞬间而变得五味杂陈。

许久后，她缓缓睁开眼睛，眸子里平静稳定的情绪代表她已经恢复状态了。

“不用这样麻烦。”焉斐誉如是回复公司的运营部同事，“我现在开个直播说说这件事情吧。”

焉斐誉自从彻底退居幕后做管理者后，便很少直播了，她在直播平台的账号仍然保留，直播间还有少量粉丝。

因此焉斐誉一上线，开播的消息立马被驻守在直播间的粉丝发到了粉丝群、微博超话等社交平台上。

等焉斐誉调试好用手机直播的一些设置，就注意到直播间的在线人数正直线飙升。

“难得休假，随便播播。”焉斐誉找了个最佳的出镜角度，大概看了几眼公屏上飞快滑过的弹幕，慢悠悠地说，“我现在在国外参加婚礼。”

弹幕飘过：“是别人的婚礼，还是自己的婚礼啊？”

“你不会瞒着兄弟们偷偷结婚了吧？”

她很久没直播，粉丝们难得蹲到直播，兴奋地不停送礼物，还扬言这是“随份子”。

焉斐誉哭笑不得，说这是自己好姐妹的婚礼。

又闲聊了几句，焉斐誉没有忘记正事。不过不用她专门去找，原恪率先出现在她的视野里。

焉斐誉不知道发生了什么，只见原恪苦着一张脸，好似受了什么委屈。还没等她提醒自己正在直播，原恪便已经大步走到焉斐誉跟前，俯身，捧着她的脸亲了亲。

察觉到原恪情绪不对，焉斐誉担心地问："怎么了？"

以为他是看到网上的八卦开始闹脾气，焉斐誉正要出声安慰几句，让他跟直播间的粉丝打个招呼，便听原恪率先说道："我哥说我做事幼稚，思想不成熟，说你跟我谈恋爱是图新鲜，不会答应我的求婚。姐姐，你是这样想的吗？"

焉斐誉下意识地看了一眼手机屏幕，弹幕从最开始的疯狂问号到渐渐被"求婚"两个字占领。

她张了张嘴，然后长长地舒了口气，说："小恪。"

原恪没什么事，只是心里有些羡慕原恂。但原恪冲动之下，话都说到这个份儿上了，要是被焉斐誉拒绝，那真的是太受挫了。原恪希望焉斐誉答应，哪怕是哄他，当然如果是认真的那就太好了。

"果然。"原恪套路起人来都不带脸红的，剧本说来就来。

他一副从她这个简短称呼的语气中联想出了很多很多的画面，沮丧而失落地一垂眼，说："我不听，我不听！"

焉斐誉问："你不听，我怎么答应你的求婚？"

原恪抬眸看向她，眼睛发亮："你答应了？"

焉斐誉不说话，这求婚也太草率了，她并不太想答应。

原恪一脸兴奋，迫不及待地追问："是答应了吗？"

"嗯。"

原恪闻言一喜，凑过来还要亲她。焉斐誉这次没纵容他，不容置喙地抵着他的肩膀把人推开，在他茫然又不解的注视下，提醒道："我在直播。"

原恪机械地转动脑袋，看向手机屏幕的直播间画面，确定焉斐誉没有欺骗自己。

"好巧，你们也在呢……"原恪嘴角微动，没什么感情地打招呼，在看到弹幕上有粉丝以他这个求婚为话题展开讨论时，要面子地补充道，"那什么，这个求婚不是我的真实水平，只是个预告，重头戏在后头呢！"

不久之后，原恪确实给了焉斐誉一场非常有仪式感的求婚与轰动整个电竞圈的婚礼。

不过，这些都是后话了。

江润如与李恩宇

彼时，林向荣作为新郎原恂的舅舅出现在现场，孔明月作为新郎的舅妈自然也在场。

只不过她对于江润如也出现在这里感到非常意外。

"世界这么小吗？你们来旅游？"两人航班错开了，当在岛上见面时，孔明月如是问江润如。

江润如晃了晃手里的请柬，说："我是新娘的朋友。"

江润如和檀迦同为记者，两人是在工作中认识的，她们在出差采访时遇到了危险，如果不是檀迦反应及时，受伤的便是江润如了。江润如记恩，投其所好地帮了檀迦几次，一来二去两人也就熟悉了。

邀请江润如来参加婚礼时，檀迦特意交代过，自己在外采访受伤的事情没有跟家人说，让她一定要保密。

江润如同样表示："我也瞒着我老公呢！"

纸是包不住火的，檀迦是自己这边的亲戚说漏了嘴，而江润如则属于自己话太多。

江润如跟李恩宇解释自己和檀迦怎么认识的事情，原本是有意隐瞒受伤的事，但那次出差太刻骨铭心了，江润如越说越兴奋，为了起到更强烈的渲染作用，江润如自个儿主动提起来。

"要不是迦迦，我估计要在ICU（重症加强护理病房）躺着了，那次情况真是太险了……"话一说出口，才意识到坏事了，江润如想要捂嘴已经迟了。

"我怎么没听你提过？"

"……忘记了。"江润如心虚。

李恩宇揭穿她："你这不是记得挺清楚的吗？"

江润如不说话了。

“江润如，你真行！”

李恩宇没有跟江润如吵架，而是三令五申她以后不能再这么莽撞。

但李恩宇反应越平静，江润如越心慌。

“要不，你批评我几句吧。”参加完原恂和檀迦的婚礼，两人回到北央后，江润如最先忍不住，对李恩宇说道。

李恩宇当时在看一些法条文件，坐在书桌前，坐姿端正，鼻梁上架着窄边眼镜。他隔着薄薄的镜片，看向一脸愧疚、自责、内心不好受的情绪一比一呈现在脸上的江润如，漫不经心地说：“没什么好批评的，你是个成年人，说话、办事都有自己的分寸，不用听我说什么。”

李恩宇就是故意的，他越不批评她，江润如心里的愧疚感便越发强烈，好像她犯了什么了不得的大错一样。

江润如气呼呼地瞪了他一眼，自暴自弃地说：“李恩宇，你不爱我了！”

“我就是太爱你了，才纵容得你连这样的事情都瞒着我。”李恩宇说。

迟意与江遂

那天，江润如和迟意这俩已婚少女分隔一南一北，在电话里聊起了自己的近况。

迟意听她提起檀迦和原恂夫妇，说：“你说的这两个人，我好像也认识。我在一次扶贫助民的活动中见过檀记者。前段时间台里录节目，合作的‘同风起’的无人机，是他们家的吧？”

“对，这可真是巧了。”

迟意也觉得挺巧的。她这边还有事，和江润如聊了几句后，便挂了电话。

正值夏末秋初，是大学开学季，江遂和他的战友被安排在迟意的母校敏南大学带新生军训。骄阳似火，绿茵操场上分布着一个一个的方阵。跟教官挺拔笔直的站姿相比，学生的军姿散漫歪扭，并不标准。

不过就像江润如在电话里说的那样，这群十八九岁的少男少女，其实不需要做什么，带着独属于这个年纪的青春张扬的面貌，便拥有最好的模样。

这是每个人都会经历的，是上天对青年人的保护和青睐。

青年人可以享受，却不该沉溺于此。

迟意打电话的工夫，已经走到了操场边。她在那儿站了一会儿，很快发现了一个意料之外却也是情理之中的现象——即便是时隔这么多年，在大学校园里，江遂从帅气优秀的天之骄子摇身一变成为严肃冷脸的教官，也依旧十分受欢迎。

年轻男人肃容英俊，高大挺拔，绑着腰带，穿着迷彩服随意往那儿一站，就有一种凛然正义的气质。

他对四周投来的目光不甚在意，站军姿、踢正步、练习转向等，按部就班地操练着。他的言行举止带着宽容与亲和，但那自带威严气场又坦荡的语气，那仿佛被标尺纠正过的站姿步伐，让大家不自觉地收起嬉笑与玩闹，谨慎而坚定地服从着他的命令。

也就只有在解散休息时，有个别胆大的同学敢凑过来打探。

“教官，你多大啊？”

江遂没直接回，而是反问：“你们觉得我多大？”

猜多大的都有，被说小了，他就回“眼力不错”，被说大了，便回“没这么夸张吧”。

同学们看出来了，这个教官，还挺幽默的。

女生们原本还好奇这个帅教官有没有女朋友，跃跃欲试地推搡着让人作为代表发问，但在那之前，大家注意到操场边出现了一个穿着连衣裙、绾着长发的温婉漂亮的女人。

“江教官。”女人声音甜美，笑容干净。

江遂原本看着别处，眼神锐利、冷静，闻言，扭头望过去，漆黑深邃的眼神瞬间温暖柔和起来。

江遂在学生们的起哄声中款款走过去。

迟意等着他走近，嘴角上扬，眉梢挂笑，两条手臂往身后一背，仰起脸，笑盈盈地问道：“江教官，谈恋爱吗？”

“再嫁我一次都行。”江遂接了她的话，问道，“忙完了？”

迟意收起玩笑，点头：“要回去了，决定过来突击检查一下。江教官很受欢迎啊！”

“江教官永远是你的。”阳光猛烈，像极了两人经历过的一个又一个的酷夏。

迟意只是过来打个招呼，说了几句话便走了。江遂往回走，在学生们起哄前，咬着哨子吹响：“集合！”

学生们陆陆续续地起身，走到刚刚操练的位置站成方阵。

刚刚闲聊的欢脱气氛还在，江遂趁着转身的动作朝操场入口处望了一眼，看到迟意离开的清瘦背影，视线还没收回来，便被自己带的学生打趣：“江教官，女朋友噢——”

“严肃。”江遂用一贯严厉的语气下达命令，在学生们眼神兴奋地收敛笑容，恢复到军训状态中时，状似不经意却以大家都能够听见的音量补充了一句，“是老婆。”

“噢——”

学生们叫得更兴奋了。